中國古典文學基本叢書

# 白居易文集校注

第三册

〔唐〕白居易 著
謝思煒 校注

中華書局

# 白居易文集校注卷第十九①

## 翰林制詔三　勅書批答祭文贊文附　凡五十五首②

### 與王承宗詔③〔一〕

勅：王承宗，朕臨馭天下，及此五年。三叛誅夷，四方清泰。不以武功自負④，常推恩信爲先。爾父云亡⑤，即欲命卿受詔。而遠近方鎮，内外人情，紛然奏陳，皆云不可。朕以卿累代積勳賢之業，一門有忠義之風，功著艱危，恩連姻戚。雖中心是念，而衆請難違。可否之間，久不能決。然亦欲以觀卿進退之禮⑥，察卿忠孝之心。卿自罹憫凶，屬經時月⑦。待使臣而動皆得禮，奉章疏而言必由衷。請獻官員，願輸貢賦。而又上陳密款，遠達深誠。潔身而謀出三軍，損己而讓推二郡。斯有以得臣子之大節，知君親之大恩。卿心既然⑧，朕意亦定⑨。特加新命，仍撫舊封。今授卿起復左金吾衛大將軍、檢校工部尚書、充成德軍節度等使、恒州刺史、恒冀深趙等州觀察等使、兼御史大夫⑩〔二〕，仍賜上柱國，并賜告身旌節等往。想卿忠孝，哀感兼深。其德、棣兩州，以卿進讓⑪，元欲於卿親屬之内⑫，選授一人。在法雖有推恩，相時亦恐非便，今所以除薛昌朝德、棣兩州觀察使。昌朝昔嘗事卿先父，今又與卿親隣。卿宜具以誠懷，令報昌朝知委⑬。卿今授命之後⑭，足得節制三軍，使其不失事宜，方見卿之忠藎。昨者衆情易惑，非卿不能効此誠；羣議難排，非朕不能斷此意。所宜保持大義，勉勵遠圖。深念斯言，永副予望。其當軍大將已下，各宜特與改轉⑮。卿即條録聞奏，其官健等亦宜量加優賞。想宜知悉。

（3231）

【校】

①卷第十九　即《白氏文集》紹興本、馬本卷五十六，殘宋本卷五十七，那波本、金澤本卷三十九。金澤本署「太原白居易」。

②翰林制詔三　金澤本作「翰林制詔批答三」，無「勅書批答祭文贊文附」九字，「五十五首」作「五十五道」。

③題　紹興本、殘宋本、郭本無「與」字，據金澤本、那波本、馬本補。

④武功　馬本作「功武」。

⑤爾父　金澤本作「自卿先父」

⑥欲以　紹興本等無「以」字，據金澤本補。

⑦屬經　金澤本作「屢經」，郭本作「倏經」。

⑧卿心　郭本作「公卿」。

⑨朕意　金澤本作「朕志」。

⑩節度等使　紹興本等無「等」字，據金澤本補。

⑪進讓　郭本作「退讓」。

⑫元欲　馬本作「尤欲」。

⑬知委　那波本作「知悉」。

⑭授命　金澤本作「受命」。盧校同。

⑮特與　金澤本無「特」字。

**【注】**

朱《箋》：作於元和四年（八〇九），長安。

〔一〕王承宗：王士真子。《舊唐書・憲宗紀》：「（元和四年九月）庚戌，以成德軍都知兵馬使、鎮府右司馬王承宗起復檢校工部尚書，充成德軍節度使；以德州刺史薛昌朝檢校左常侍，充保信軍節度、德棣等州觀察等使。昌朝，薛嵩之子，婚於王氏，時爲德州刺史。朝廷以承宗難制，乃割二州爲節度，以授昌朝。制纔下，承宗以兵虜昌朝歸鎮州。」《王武俊傳附承宗》：「承宗，士真長子。……元和四年三月，士真卒，三軍推爲留後。朝廷俟其變，累月不問。承宗懼，累上表陳謝。至八月，上令京兆少尹裴武往宣諭，承宗奉詔甚恭，且曰：『三軍見迫，不候朝旨。今請割德、棣二州上獻，以表丹懇。』由是起復雲麾將軍，左金吾衛大將軍同正、檢校工部尚書、鎮州大都督府長史、御史大夫、成德軍節度、鎮冀深趙等州觀察等使。又以德州刺史薛昌朝檢校右散騎常侍、德州刺史、御史大夫，充保信州節度、德棣觀察等使。昌朝，故昭義節度使嵩之子，婚於王氏，入仕於成德軍，故爲刺史。承宗既獻二州，朝廷不欲別命將帥，且授其親將。保信旌節未至德州，承宗遣數百騎馳往德州，虜昌朝歸真定囚之。朝廷又加棣州刺史田渙充本州團練守捉使，冀漸離之。令中使景忠信往諭旨，令遣昌朝還鎮，承宗不奉詔。憲宗怒，下詔曰：……詔左神策護軍中尉吐突承璀爲左右神策、河中河陽浙西宣歙等道赴鎮州行營兵馬招討處置等使，會諸道軍進討。」

〔二〕恒州：後避穆宗諱改鎮州。《舊唐書·地理志二》河北道：「鎮州。……天寶元年，改爲常山郡。乾元元年，復爲恒州。興元元年，昇爲都督府。元和十五年，改爲鎮州。」

## 答李愻等謝恩令附入屬籍表①〔一〕

卿先父頃逢多難，嘗立大功。每想忠勞，豈忘存殁。念先臣之績，雖書名於太常；推同姓之恩，更附籍於宗正。俾增榮於一族，兼延寵於九原②。卿等或詩禮承家，或弓裘奉業。咸鍾新命，慶屬本枝。省所謝陳③，深嘉誠懇④。（3232）

【校】

殘宋本此篇在《祭盧虔文》後。

①題　「李愻」紹興本等作「李遜」，據金澤本改。「令」金澤本作「命」。

②九原　郭本作「九泉」。

③省所謝陳　郭本無四字。

④深嘉　那波本、殘宋本作「深喜」。「誠懇」　郭本此下有「所謝知」三字。

【注】

朱《箋》：作於元和四年（八〇九），長安。

〔一〕李愻：晟子。裴度《唐故太尉兼中書令西平郡王贈太師李公神道碑銘》：「有子曰愿，……曰愻，左神武軍大將軍，兼御史大夫。」《舊唐書·憲宗紀》：「（元和四年四月）庚子，制故太尉西平郡王李晟宜編附屬籍。」參岑仲勉《唐集質疑·李愻或李遜》。

## 祭盧虔文〔一〕

維元和四年歲次己丑，七月日，皇帝遣某官某以清酌庶羞之奠①，致祭于故秘書監、贈兵部尚書盧虔之靈：惟爾質性端和，風猷茂遠。名因文著，位以才升。秉大節而事君，始終一致；陳義方而訓子，忠孝兩全。甲族推華②，士林增美③。久在貂蟬之列④，近遷圖籍之司。方延寵光，遽閟幽穸。褒獎之命⑤，雖已表於哀榮⑥；遣奠之恩，宜再申於軫悼。魂兮不昧，鑒此誠懷。尚饗！（3233）

【校】

①某官某　金澤本作「某官某乙」。

②推華　金澤本作「增華」。

③增美　金澤本作「推美」。

④久在　金澤本作「久次」。

⑤褒獎　金澤本作「褒贈」。

⑥雖已　金澤本作「雖以」。「表於」　金澤本作「表其」。

【注】

朱《箋》：作於元和四年（八〇九），長安。

〔一〕盧虔：從史父。《舊唐書・盧從史傳》：「父虔，少孤好學，舉進士，歷御史府三院、刑部郎中、江汝二州刺史、秘書監。」羅振玉《丙寅稿・秘書監盧虔神道碑跋》：「此碑歸登奉勅撰，鄭餘慶奉勅書，宋以來諸家皆未著錄。據碑稱虔葬於絳州，近人所撰《山右石刻叢編》亦不之及。此百餘年前舊拓，爲松江沈韻初舍人所藏，殆海内之孤本矣。虔爲成德節度從史之父……碑稱虔字子野，大王父齊指，高道不仕。王父神友，左金吾衛兵□□□（殆渤曹參軍三字）。父名已泐。虔少讀書姑射山，永泰初舉進士高第，解褐□□州襄陵縣尉，尋補陜州□□主簿。河南尹鄭叔則表爲王屋縣尉，仍辟留守從事。俄遷監察御史，拜殿中侍御史，遷侍御史知雜事。尋除復州刺史，改江州刺史。歲課第一，就加朝散大夫。尋除刑部郎中。除大府少卿，□□州刺史，充本州防禦使，兼東都畿汝州都防禦副使，輕車都尉，賜紫金魚袋，就加左散騎常侍兼御史中丞。元和元年，拜左散騎常侍，加朝散朝議大夫，又加正議大夫、上柱國，封范陽縣國侯，食邑一千户，仍□銀青光祿大夫。三年十月，遷檢校工部尚書兼秘書監。以四年三月卒，年七十有六，後□月八日，詔贈兵部尚書。其年秋八月十一日，遷神于絳州龍門縣。」

# 批李夷簡賀御撰君臣事跡屏風表（一）

朕思求理化①，親閲典墳。至於去邪納諫之規，勤政慎兵之誡，取而作鑒②，書以爲屏③。與其散在圖書，心存而景慕；不若列之繪素④，目覩而躬行。庶將爲後事之師，不獨觀古人之象。卿詞彰恭順，義見忠規⑤。省覽再三，深叶朕意。所賀知。（3234）

【校】

①朕　《文苑英華》其上有「省表具知」四字。

②取而　郭本作「取之而」。
③書以　金澤本作「畫以」。
④列之　金澤本作「列於」。
⑤義　金澤本作「美義」。

朱《箋》：作於元和四年(八〇九)，長安。

【注】

〔一〕李夷簡：見卷十八《除李夷簡西川節度使制》(3215)。《舊唐書·憲宗紀》：「(元和四年四月甲辰)以刑部郎中、侍御史知雜李夷簡爲御史中丞。」「秋七月乙巳朔，御制《前代君臣事跡》十四篇，書于六扇屏風。是月，出書屏以示宰臣，李藩等表謝之。」《唐會要》卷三六《修撰》：「其年七月，制《君臣事跡》十四篇。上以天下無事，留意典文，每覽前代興亡得失之事，皆三復其言。又讀貞觀、開元《實錄》，見太宗撰《金鏡書》及《帝範》上下篇，玄宗撰《開元訓誡》，思繼前躅，遂採《尚書》、《春秋後傳》、《史記》、班范《漢書》、《三國志》、《晏子春秋》、《吴越春秋》、《新序》、《説苑》等書君臣行事可爲龜鑒者，集成十四篇。一曰君臣道合，二曰辨邪正，三曰誡權幸，四曰戒微行，五曰任賢臣，六曰納忠諫，七曰慎征伐，八曰慎刑法，九曰去奢泰，十曰崇節儉，十一曰獎忠直，十二曰修政教，十三曰諫畋獵，十四曰録勳賢。分爲上下卷，上自製其序曰：前代君臣事跡。至是，以其書寫於屏風，列之御座之右。書屏風六扇於中書，宣示宰臣李藩、裴垍曰：『朕近撰此屏風，親所觀覽，故令示卿。』藩等進表稱賀。」

## 批百寮嚴綬等賀御撰屏風表〔一〕

朕烈祖太宗以古爲鏡①，用輔明聖，實臻理平②〔二〕。垂作孫謀，每懼乎失墜；取爲殷鑒，遂飾以丹青③。至若明君直臣，前言往事，森然在目，如見其人。論列是非，既庶幾爲座隅之誡④；發揮獻納，亦足以開臣下之心。況卿等職在儀形⑤，政當補察。各勤所任，共副兹懷。所賀知。（3235）

【校】

①朕　《文苑英華》其上有「省表具知」四字。

②實臻　《文苑英華》作「實致」，校：「集作臻。」

③飾以　紹興本等無「以」字，據《文苑英華》補。郭本作「飾乎」，《全唐文》作「飾之」。

④座隅　郭本作「座前」。

⑤職在　金澤本作「位在」。「儀形」　馬本、郭本作「儀刑」。

【注】

朱《箋》：作於元和四年（八〇九），長安。

〔一〕嚴綬：見卷十五《嚴綬可太子少傅制》（3064）。《舊唐書·嚴綬傳》：「（元和）四年，入拜尚書右僕射。」

〔二〕以古爲鏡：《貞觀政要·任賢》：「太宗後嘗謂侍臣曰：『夫以銅爲鏡，可以正衣冠；以古爲鏡，可以知興替；以人爲鏡，可以明得失。朕常保此三鏡，以防己過。今魏徵殂逝，遂亡一鏡矣。』」

## 答杜兼謝授河南尹表〔一〕

卿文通吏道①，學達政源。凡歷官常，輒聞績効②。觀能以授，俾亞理於三川；見可而遷③，宜專臨其一府。盡委封畿之政，仍兼運漕之權④〔二〕。歲時之間，佇有勤効⑤。勉恭爾職⑥，重副予懷。所謝知。（3236）

【校】

①卿　《文苑英華》其上有「省表具知」四字。

②績効　金澤本作「聲績」。

③見可　金澤本作「試可」。

④運漕　金澤本作「運輸」，其下衍「予」字。

⑤勤効　金澤本作「成効」。《文苑英華》作「勞効」，校：「集作勤。」

⑥勉恭　金澤本、《文苑英華》作「勉勤」，《文苑英華》校：「集作恭。」

【注】

朱《箋》：作於元和四年（八〇九），長安。

㈠杜兼：《舊唐書·杜兼傳》：「元和初，入爲刑部、吏部郎中，拜給事中，除金商防禦使，旋授河南少尹、知府事，尋正拜河南尹。」韓愈《中散大夫河南尹杜君墓誌銘》：「改河南少尹，行大尹事。半歲，拜大尹。元和四年十一月二十二日，無疾暴薨，年六十。」

㈡仍兼運漕之權：河南尹兼充河南水陸運使。《唐會要》卷八七《河南水陸運使》：「開元二年閏二月，陜郡刺史李傑除河南少尹，充水陸運使。至三年九月，畢構爲河南尹，不帶水陸運使。至天寶三載十一月，李齊物除河南尹，又帶水陸運使。貞元十年二月，河南尹齊抗充河南水陸運使。至元和六年十月，敕：河南水陸運使宜停。」

## 與茂昭詔〔一〕

勑：茂昭，盧校等至，省所奏恒州事宜，并別論請陳獻者①，具悉。卿望重勳賢，寄崇藩鎮。謀參廟算，寵接國姻〔二〕。累上表章，繼陳誠款。永言智略，已見匡濟之才；載念公忠，益表感知之志②。若非勞瘁憂國，義勇忘家，則丹赤之心，不能至此。想風興歎，至于再三。所緣恒州事宜，朕亦思之甚熟。但以武俊率身仗順，於國有功。忠勳所延，宜及後嗣③〔三〕。承宗又密陳深款，遠獻忠誠。既念舊勞，已降成命。計其奉詔，必合感恩。如或乖違，續有商議。卿宜以睦隣爲事，體國爲心。想卿誠懷，當悉朕意。

（3237）

【校】

①論請　馬本作「論情」。

②益表　金澤本作「益知」。「感知」　金澤本作「感激」。
③後嗣　紹興本等作「俊嗣」，據金澤本、盧校改。

朱《箋》：作於元和四年（八〇九），長安。

【注】

〔一〕茂昭：易定節度使張茂昭。《舊唐書·張孝忠傳附茂昭》：「（元和）四年，王承宗叛，詔河東、河中、振武三鎮之師，合義武軍，爲恒州北道招討。茂昭創廩厩，開道路，以待西軍。……使長男克讓與諸軍分道並進。克讓渡木刀溝，與賊接戰屢勝。茂昭親擐甲冑，爲諸軍前鋒，累獻戎捷，幾覆承宗。會朝廷洗雪承宗，乃詔班師，加檢校太尉，兼太子太傅。」

〔二〕寵接國姻：茂昭弟茂宗尚義章公主。《舊唐書·張孝忠傳附茂宗》：「茂宗以父蔭累官至光禄少卿同正。貞元三年，許尚公主，拜銀青光禄大夫、本官駙馬都尉，以公主幼，待年十三。屬茂宗母亡，遺表請終嘉禮。德宗念茂昭之勳，即日授雲麾將軍，起復授左衛將軍同正、駙馬都尉。諫官蔣乂等論曰：『自古以來，未聞有駙馬起復而尚公主者。』……德宗不納，竟以義章公主降茂宗。自是以戚里之親，頗承恩顧。」

〔三〕武俊：王武俊，士真父，承宗祖父。新舊《唐書》有傳。德宗建中間爲恒州刺史，與朱滔等一同僭號。興元元年削僞國號，與李抱真同救魏博，敗朱滔。貞元十二年，加檢校太尉，兼中書令。

## 與師道詔〔一〕

敕：師道，省表具悉。卿業重相門，位崇戎閫。忠輸于國，行著于家。久而益彰，嘉歎無已①。所奏亡兄師古請列于私廟昭穆者，此乃心推孝友，誠切恭敬②〔二〕。覽表見情，深足嘉尚。但以祠廟所建，貴於禮成。師古雖則始營，至卿方行祔禮。即卿爲廟主，固合其宜。況師古爵位尊崇，弘選自合祔廟〔三〕。别立祠宇，使其主之。奉以蒸嘗，亦非乏祀也。已令有司重議如此，頗謂得中，且叶禮經③。卿宜知悉。（3238）

【校】

①嘉歎　金澤本作「喜歎」。

②恭敬　金澤本作「敬恭」。

③且叶　郭本作「宜令」。

朱《箋》：作於元和四年（八〇九），長安。按，當作於元和二年（八〇七）。

【注】

〔一〕師道：李師道，正己子，師古弟。《舊唐書·李正己傳附師道》：「師道，師古異母弟。其母張忠志女。師道時知密州事，師古死，其奴不發喪，潛使迎師道於密而奉之。朝命久未至，師道謀於將吏，或欲加兵於四境，其判官高沐固止之。乃請進兩税，守鹽法，申官員，遣判官崔承寵、孔目官林英相繼奏事。時杜黄裳作相，欲乘其未定也，以計分削之，憲宗以蜀川方擾，不能加兵于師道。元和元年七月，遂命建王審遥領節度，授師道檢校左散騎常侍、兼御史大夫，權知鄆州事，充淄青節度留後。十月，加檢校工部尚書，兼鄆州大都督府長史，充平盧軍及淄青節度副大使，知節度事、管内支度營田觀察處置、陸運海運、押新羅渤海兩蕃等使。自正己至師道，竊有鄆、曹等十二州，六十年矣。懼衆不附己，皆用嚴法制之。大將持兵鎮於外者，皆質其妻子。或謀歸款於朝，事泄，其家無少長皆殺之。以故能劫其衆，父子兄弟相傳焉。五年七月，檢校尚書右僕射。」

〔二〕亡兄師古請列于私廟昭穆：《唐會要》卷十九《百官家廟》：「元和二年六月，淄青節度使李師道立私廟，追祔曾祖、祖、父三代及兄師古神主。詔下太常，議曰：『伏以師古雖是師道親兄，師古身存之日，先未祔廟。今廟因師道而立，即師道便合是百世不遷之宗。謹按《封爵令》，傳襲之制，皆子孫以下相繼，並無兄弟相繼爲後之文。則明師古神主，不合入師道之廟。若師古男自有四品三品官，兼有封爵，准《開元禮》，合待三年喪終，禮祭畢後，别立廟宇，設師古神主座，行祔祭之禮，自承宗祀，庶合禮經。』敕旨依奏。」

〔三〕弘選：據文意爲師古子。《舊唐書·李正己傳附師道》：「侄弘巽配流雷州。」疑爲一人。

## 與於陵詔〔一〕

敕：於陵，省所賀安南破環王國賊帥李樂山等三萬人者具悉①〔二〕。蠻夷犯疆，方鎮致討。兇徒喪敗，荒徼清平。卿素藴忠誠，又連封壤。疾既同於山藪②，勢益壯於輔車。想聞捷書，當倍慰愜③。載省所賀，深見乃懷。（3239）

【校】

①具悉　紹興本等其下有「卿」字，據金澤本删。

②同於　金澤本作「去於」。

③慰愜　金澤本作「慰意」。

朱《箋》：作於元和四年（八〇九），長安。

【注】

〔一〕於陵：楊於陵。見卷十五《楊於陵亡祖母崔氏等贈郡夫人制》（3074）。《舊唐書·憲宗紀》：「（元和三年四月乙亥）以户部侍郎楊於陵爲廣州刺史、嶺南節度使。」

〔二〕破環王國賊帥李樂山：《舊唐書·憲宗紀》：「（元和四年八月）丙申，安南都護張舟奏破環王國三萬餘人，獲戰象、兵械，並王子五十九人。」《新唐書·裴守真傳附行立》：「由蘄州刺史遷安南經略使。環王國叛人李樂山謀廢其君，來乞兵，行立不受，命部將杜英策討斬之，歸其孥，蠻人悦服。」裴行立爲安南都護在元和八年。《新唐書·南蠻傳下》：「環王，本林邑也，一曰占不勞，亦曰占婆。直交州南，海行三千里。地東西三百里而贏，南北千里。西距真臘霧溫山，南抵奔浪陀州。……永徽至天寶，凡三入獻，至德後，更號環王。元和初不朝獻，安南都護張舟執其僞驩、愛州都統，斬三萬級，虜王子五十九，獲戰象、舠、鎧。」

# 答段祐等賀册皇太子禮畢表〔一〕

朕祗膺統序①，恭守典常。爰推至公，乃命長子。使主國鬯②，用貞邦家〔二〕。册畢禮

成，良增感慶。卿等各司軍衛③，同奉表章。備見忠誠，益深嘉歎。所賀知。（3240）

**【校】**

①朕　《文苑英華》其上有「省表具知」四字。

②國鬯　金澤本作「國匕鬯」。

③軍衛　郭本作「軍府」。

**【注】**

朱《箋》：作於元和四年（八〇九），長安。

〔一〕段祐：見卷十七《除段祐檢校兵部尚書右神策軍大將軍制》（3155）。《舊唐書·憲宗紀》：「（元和四年十月）庚寅，册鄧王寧爲皇太子。」

〔二〕使主國鬯：《易·震·卦》：「震驚百里，不喪匕鬯。」《象》：「『不喪匕鬯』，出，可以守宗廟社稷，以爲祭主也。」王弼注：「明所以堪長子之義也。」

## 答李詞賀處分王士則等德音表①〔一〕

朕臨馭天下②，以懲勸爲先。有惡必誅，無功不念③。顧承宗之罪，誠合討除；思武俊之勳，宜令嗣襲。況墳墓禁其剪伐，將校許以歸降。庶明用師，蓋非獲已。卿職修卿寺④，誠奉本枝⑤。省茲賀章，備見忠藎⑥。（3241）

【校】

①題　「李詞」《文苑英華》作「李嗣」。

②朕　《文苑英華》其上有「省表具知」四字。

③無功不念　郭本作「有功必念」。

④職修卿寺　四字郭本作「等」。

⑤本枝　《文苑英華》作「宗枝」。

⑥忠藎　紹興本等作「忠盡」，據《文苑英華》、馬本改。

朱《箋》：作於元和四年（八〇九），長安。

【注】

〔一〕李詞：本書卷二十有《答宗正卿李詞等賀德音表》（3345）。《新唐書·宗室世系表上》大鄭王房：襄邑恭王神符五世孫、司農卿模子，「太子賓客、守散騎常侍詞。」顧況《湖州刺史廳壁記》：「今使君詞，唐景皇帝七世之孫。」岑仲勉《白氏長慶集僞文》謂即此人。憲宗《贈吴少誠司徒册文》：「今遣使權知宗正卿李詞、副使起居舍人裴度，持節册贈爾爲司徒。」時元和四年十二月。《舊唐書·李齊運傳》：「舉李詞爲湖州刺史，既而邑人告其贓犯，上以齊運故，不問而遣之。」則其人貞元間爲湖州刺史。王士則：武俊子、承宗之叔。《舊唐書·憲宗紀》：「（元和四年十月）己丑，詔軍進討，其王武俊、士真墳墓，軍士不得樵采，其士平、士則各守本官，仍令士則各襲武俊之封。」參卷十五《王士則除右羽林大將軍制》（3059）。

## 與吐蕃宰相鉢闡布勅書①〔一〕

勅：吐蕃宰相沙門鉢闡布，論與勃藏至，省表及進奉，具悉〔二〕。卿器識通明，藻行精潔②。以真如實性，合忠信至誠③。故能輔贊大蕃，叶和上國。弘清淨之教，思安邊陲；

廣慈悲之心④，令息兵甲⑤。既表卿之遠略，亦得國之良圖。況朕與彼蕃，代爲甥舅。兩推誠信，共保始終。覽卿奏章，遠叶朕意⑥。披閱嘉歎，至于再三。所議割還安樂、秦、原等三州事宜，已具前書，非不周細〔三〕。及省來表，似未指明。將期事無後艱，必在言有先定。今信使往來無壅，疆埸彼此不侵。雖未申以會盟，亦足稱爲和好。必欲復修信誓，即須重畫封疆。雖兩國盟約之言，積年未定；但三州交割之後，剋日可期。朕之衷情，卿之志願，俱在於此。豈不勉歟！又緣自議三州已來，此亦未發專使。今者贊普來意，欲以再審此言⑦。故遣信臣，往諭誠意⑧。即不假別使，更到東軍。此使已後，應緣盟約之事，如其間節目未盡，更要商量，卿但與鳳翔節度使計會。此已處分，令其奏聞。則道路非遥，往來甚易。頗爲便近，亦冀速成。更待要約之言，皆已指定；封疆之事，保無改移⑨。即蕃漢俱遣重臣，然後各將成命。事關久遠，理貴分明。想卿通才，當稱朕意。曩者鄭叔矩、路泌，因平涼盟會没落蕃中。比知叔矩已亡，路泌見在〔四〕。念兹存没，每用惻然。今既約以通和，路泌合令歸國，叔矩骸骨亦合送還⑩。表明信誠，兼亦在此。其論與勃藏等尋到鳳翔，舊例未進表函，節度不敢聞奏⑪。自取停滯，非此稽留。昨者方進表函⑫，旋令召對。今便發遣，更不遲迴。仍令與祠部郎中、兼御史中丞徐復及中使劉文璨等同往⑬。其餘事宜⑭，已具與贊普書内。卿宜審於謀議，速副誠懷。兼有少

信物賜卿，具如別録，至宜領也。冬寒，卿比平安好。遣書指不多及。（3242）

【校】

①題　《文苑英華》無「勑」字。

②藻行　金澤本、《文苑英華》作「操行」，《文苑英華》校：「集作藻。」

③以真如實性合　紹興本等作「以爲真實合性」，據金澤本改。「至誠」　紹興本等作「立誠」，據金澤本改。

④慈悲　金澤本作「慈愍」。「悲」《文苑英華》校：「一作想。」

⑤令息　金澤本作「念息」。

⑥朕意　金澤本作「朕志」。

⑦欲以　金澤本作「亦欲」。「此言」　郭本作「此事」。

⑧往諭　《文苑英華》作「往輸」，校：「集作諭。」

⑨保無　郭本作「無使」。

⑩亦合　金澤本其上有「固」字。

⑪節度　金澤本作「節使」。

⑫表函　金澤本作「表來」。

⑬仍令　金澤本作「仍命」。

⑭事宜　金澤本此下有「等」字。

【注】

朱《箋》：作於元和四年（八〇九），長安。

〔一〕鉢闡布：《新唐書·吐蕃傳下》：「（元和）五年，以祠部郎中徐復往使，並賜鉢闡布書。鉢闡布者，虜浮屠豫國事者也，亦曰鉢掣逋。復至鄯州擅還，其副李逢致命贊普，復坐貶。虜以論思邪熱入謝，且歸鄭叔矩、路泌之柩，因言願歸秦、原、安樂州。詔宰相杜佑等與議中書，論思邪熱拜於廷，佑答拜堂上，復以鴻臚少卿李銛、丹王府長史吳暈報之。」朱《箋》謂徐復所攜即居易所撰此書。《新唐書·吐蕃傳下》又載長慶二年劉元鼎入盟吐蕃，至贊普夏牙，見「贊普坐帳中……鉢掣逋立于右，宰相列臺下。……盟壇廣十步，高二尺。使者與虜大臣十餘對位，酋長百餘坐壇下，上設巨榻，鉢掣逋升，告盟，一人自旁譯於下。已歃血，鉢掣逋不歃。盟畢，以浮屠重爲誓，引鬱金水以飲，與使者交慶，乃降。」《唐蕃會盟碑》右面蕃官題名「大蕃宰相同平章事名位」首位，漢文漫漶，餘「正同平章事沙」六字，據蕃文義爲「同平章事兼理內外國政大沙門鉢闡布允丹」（bkav chen po la gtogs te phyi nang gnyis la dbang zhing chab srid vdsin pa ban de chen po dpal chen po yon tan），鉢闡布爲 dpal chen po 的譯音。參王堯《吐蕃金石錄》、李方桂《鉢掣逋考》（《歷史語言研究所集刊》二十三本)。時吐蕃墀德松贊、墀祖德贊(可黎可足)贊普先後在位，佞佛過甚，實施僧相制，以僧相居衆相之上。參林冠群《唐代吐蕃的僧相》(收入《唐代吐蕃史論集》)。疑爲同一人。

〔二〕論與勃藏：《舊唐書・憲宗紀》：「(元和元年六月)甲申，吐蕃論勃藏來朝貢。」《吐蕃傳下》同。

〔三〕安樂秦原等三州：《舊唐書・吐谷渾傳》：「高宗遣右威衛大將軍薛仁貴等救吐谷渾，爲吐蕃所敗，於是吐谷渾遂爲吐蕃所併。諸曷鉢以親信數千帳來内屬，詔左武衛大將軍蘇定方爲安置大使，始徙其部衆於靈州之地，置安樂州，以諸曷鉢爲刺史，欲其安而且樂也。……及吐蕃陷我安樂州，其部衆又東徙，散在朔方、河東之境。」《新唐書・地理志四》隴右道：「自祿山之亂，河右暨西平、武都、合川、懷道等郡皆没於吐蕃，寶應元年又陷秦、渭、洮、臨，廣德元年復陷河、蘭、岷、廓，貞元三年陷安西、北庭，隴右州縣盡矣。」「秦州天水郡，中都督府。本治上邽，開元二十二年以地震徙治成紀之敬親川，天寶元年還治上邽，大中三年復徙治成紀。」《新唐書・地理志一》關内道：「原州平涼郡，中都督府，望。廣德元年没吐蕃，節度使馬璘表置行原州於靈臺之百里城。貞元十九年徙治平涼。元和三年又徙治臨涇。大中三年收復關隴，歸治平涼。」

〔四〕平涼盟會：《舊唐書・德宗紀》：「(貞元三年)五月丁亥，以侍中渾瑊爲吐蕃清水會盟使，兵部尚書崔漢衡副之，瑊與駱元光率師二萬往會盟所。……蕃相尚結贊請改會盟之所於原州之土梨樹，神策將馬有麟奏：『土梨地多險阨，恐蕃軍隱伏。不如平涼川，其地坦平，又近涇州。』乃改盟於平涼川。……（閏五月）辛未，侍中渾瑊與吐蕃宰相尚結贊同盟於平涼，爲蕃兵所刼，瑊狼狽遁而獲免，崔漢衡已下將吏陷没者六十餘人。」又見新舊《唐書·吐蕃傳》、《渾瑊傳》等。《舊唐書·路隨傳附父泌》：「父泌，字安期。……以策説渾瑊，瑊深重之，辟爲從事。瑊討懷光，累奏爲副元帥判官、檢校户部郎中、兼御史中丞。河中平，隨瑊與吐蕃會盟於平涼，因刼盟陷蕃。在絶域累年，棲心於釋氏之教，爲贊普所重，待以賓禮，卒于戎鹿。貞元十九年，吐蕃遣邊將書求和。隨哀泣上疏，願允其請。……元和中，蕃使復款塞，隨復五獻封章，請修和好。又上書於宰執哀訴。裴垍、李藩皆協力敷奏，憲宗可之。命祠部郎中徐復報聘，乃特於詔中疏平涼陷蕃者名氏，令歸中原。吐蕃因復等還，遣使來朝。遂以泌及鄭叔矩之喪與銘及遺錄至，朝野傷歎。憲宗憫之，贈絳州刺史，賜絹二百匹。至葬日，委所在官給喪事。泌累贈太子少保。」歸鄭叔矩及路泌之柩在元和五年五月，此書謂路泌尚在，蓋得之一時傳聞。

## 與希朝詔〔一〕

勑：希朝，省所奏，請自部領當道兵馬一萬五千人取蔚州路赴行營，并奏土門及承天軍各添兵士備禦者①，具悉〔二〕。卿武毅雄才，忠貞大節。出爲良將，倚作信臣。約己徇公，忘身許國。忿違命不恭之寇②，激勤王自効之心。親統鋭師，率先羣帥。況又周知要害，備設防虞。計其威聲，已振兇醜。有臣如此，朕復何憂？佇建殊功，以副深望。所有動靜，宜數奏聞。想當知悉。（3243）

【校】

①土門　金澤本作「土門路」。

②忿違命　郭本作「念違令」。

【注】

朱《箋》：作於元和四年（八〇九），長安。

〔一〕希朝：范希朝。見卷十七《授范希朝京西都統制》（3165）。《舊唐書·憲宗紀》：「（元和四年六月丁丑）以靈鹽節度使范希朝爲太原尹、北都留守、河東節度使。」四年十月，詔諸軍進討王承宗。參本卷《與王承宗詔》（3231）注。《金石錄補》卷十九《恒嶽題名》：「河東節度、支度營田觀察處置等使、開府儀同三司、檢校司空、太原尹、御史大夫、北都留守、上柱國、成紀郡王范希朝，奉詔領馬步五萬人，與義武合軍，赴恒州討叛，得薦誠于安天王。……元和五年二月六日鐫。」

〔二〕土門：即井陘。《元和郡縣圖志》卷十七河北道恒冀節度使獲鹿：「井陘口，今名土門口，縣西南十里，即太行八陘之第五陘也。四面高，中央下，似井，故名之。韓信擊趙，欲下井陘。成安君陳餘聚兵井陘口，號二十萬。」承天軍：在井陘口西。《山右石刻叢編》卷七胡伯成《承天軍城記》：「晉東東山井陘者，昔淮陰伐趙之路，控天作險，蹙地成隘，一夫奮守，可以當萬。皇六葉，賊臣總燕師者，帥漁陽雜虜，逾盟津，突函谷，有切天下之志。時元戎薊公慮侵軼於我，乃申命開府張公曰奉璋，嚴戎式遏。公謀包百勝，雄入九城，名惶赫犬戎，容仿鼻麟閣。既至，登鸛鵲洪中頂，四顧而歎曰：『敵在吾目中矣，東其口，扼其喉，若兹乎？』遂度地勢，籠山巖谷，築登登，削馮馮，未浹辰而畢。……城成，帝嘉之，號承天，信承於天也。」《唐代墓誌彙編續集》大曆〇一〇《唐故河東節度右廂兵馬使開府儀同三司試太常卿文安郡王張公墓誌銘》：「公諱奉璋，其先清河人也。……洎天寶十四年，屬胡豎安祿山□構凶徒，竊據河洛。公奮兹忠勇，志剪渠魁。時有詔詔公充河東招討團練等使兼節度都虞候，增秩雲麾將軍。公於是領所部之衆，拒井陘之口，固我汾晉，直搖燕趙。……自討鄰旋旆，稍加驃騎將軍，封清河縣開國男，充承天軍使。其城即公之所創也。密邇就敵，城孤援絶，公裹糧坐甲，拊背扼喉，當成安必死之郊，斷慕容奔丘之路。」《舊唐書·王廷湊傳》：「裴度率衆屯承天軍，諸將挫敗，深州危急。」

# 與師道詔〔一〕

勑：師道，朱何至，省所奏當道赴行營兵馬取正月過河逐便攻討，并奏兵馬出界後請自供一月糧料；又奏待收下城邑，若有軍糧，一月已後續更支計，并陳謝慰問者，具悉。卿文武間生，忠貞特立。動有所効，知無不爲。昨已獻帛助軍①，極盈數於萬疋；今又賫糧出境，減經費於三旬。此乃力之所任，無不罄竭；慮之所及，無不經營。因時見憂國之心，臨事識忠臣之節。詔書慰諭，未盡朕懷；章疏謝陳，益嘉乃志。再三興歎，寤寐難忘。其所奏聞，並依來表。想宜知悉②。（3244）

【校】

①昨已　紹興本等無「已」字，據金澤本補。

②想宜　金澤本作「想當」。

【注】

朱《箋》：作於元和四年（八〇九），長安。按，詔稱「取正月過河逐便征討」，當爲元和五年（八一〇）正月事。

〔一〕師道：李師道。見本卷《與師道詔》（3238）。時爲平盧淄青節度副大使、知節度事。此爲荅師道奏派兵討王承宗詔。參本卷《與王承宗詔》（3231）注。

## 與劉濟詔〔一〕

敕：劉濟，李臯至，省表及露布，十二月十七日劉緄部領當道行營兵馬收下饒陽縣城①〔二〕，破賊衆三千人，并擒斬將校收獲馬畜器械等，兼送賊將韓履清等四人②，又進所收饒陽縣等者③，具悉。卿盡忠伐叛，發漁陽精鋭之師；緄仗順臨戎，討冀方昏狂之寇。詔下而父子戮力，鼓行而將卒齊心。先羣師以啓行④，首諸軍而告捷。連擒逆將，併下賊城。獻歸罪之俘囚⑤，進已收之縣邑。可謂忘身徇國，盡禮事君。疾風知勁草之心⑥，大雪見貞松之節。况表章之内，益歎恭勤；而眷想之間，如覩風彩⑦。計兹兇醜，當已震驚。破竹之勢可乘，覆巢之期非遠。佇清大憝，重副深懷。其饒陽縣卿宜且令鎮守，稍加存撫，用勸將來。

宋常春至⑧，卿所密奏，具委事情⑨，且宜叶和，以體朕意。故令宣慰，想當知悉。（3245）

**【校】**

①部領　金澤本無「部」字。

②韓履清　紹興本等作「朝履清」，據金澤本、《管見抄》改。

③等者　金澤本、《管見抄》無「等」字。

④羣師　紹興本等作「羣帥」，據金澤本改。

⑤獻歸　紹興本等作「歸獻」，據《管見抄》改。

⑥勁草　紹興本等作「偃草」，據金澤本、《管見抄》、那波本改。

⑦風彩　郭本作「豐采」。

⑧至　紹興本等無，據金澤本、《管見抄》補。

⑨具委　郭本作「具悉」。

**【注】**

朱《箋》：作於元和四年（八〇九），長安。

〔一〕劉濟：新舊《唐書》有傳。時爲幽州節度使。權德輿《故幽州盧龍軍節度副大使知節度事……贈太師劉公墓誌銘》：「去年冬，王師問罪於常山，公率先蹈厲，累上功捷，引義慷慨，賦詩以獻，詔宰司序引百執事屬和以美大之。師次瀛州，既轉欒壽，又遣支兵，急攻安平，三旬未下。武怒益奮，命其子總以騎士八千先登，公親鼓之，士皆殊死戰，亭午而拔，誅屠無噍類，蓋所以宣威制勝於可必也。」《資治通鑑》元和五年正月：「春正月，劉濟自將兵七萬擊王承宗。時諸軍皆未進，濟獨前奮擊，拔饒陽、束鹿。」

〔二〕劉緄：濟長子。《舊唐書・劉怦傳附劉總》：「元和五年，濟奉詔討王承宗，使長子緄假爲副使，領留務。時總爲瀛州刺史，濟署爲行營都兵馬使，屯軍饒陽，師久無功。總潛伺其隙，與判官張玘、孔目官成國寶及帳内小將爲謀，使詐自京至，曰：『朝廷以相公逗留不進，除副大使爲節度使矣。』明日，又使人曰：『副大使旌節已至太原。』又使人走而呼曰：『旌節過代州。』舉軍驚恐。濟驚惶憤怒，不知所爲，因殺主兵大將數十人及與緄素厚者。乃追緄，以張玘兄皐代知留務。濟自朝至日晏不食，渴索飲，總因置毒而進之。濟死，緄行至涿州，總矯以父命杖殺之，總遂領軍務。朝廷不知其事，因授以斧鉞，累遷至檢校司空。」知緄實留守幽州，此詔所敍或當爲劉總。

## 祭吳少誠文〔一〕

維元和五年歲次庚寅，二月辛未朔，二日壬申，皇帝遣内侍省内府局丞、賜緋魚袋孫士政以清酌庶羞之奠，致祭于故彰義軍節度使、贈司徒吴少誠之靈曰：惟爾武毅挺質，韜鈐拔身。負勇果之雄材，蓄變通之明識。自察廉列郡，節制成師。貞且有威①，勤而不擾。軍戎輯睦，封域底寧。從義而致誠②，仗順而保福。既延寵渥，方茂輝榮。遽此幽淪，深用傷悼③。逝波不捨，去日苦多。想松檟以軫懷，聞鼓鼙而興歎。恩加遣奠，禮舉褒崇。念爾有靈，知予此意④。尚饗！（3246）

【校】

①有威　馬本作「有爲」。

②而　金澤本作「以」。

③深用　金澤本作「用深」。

④知予　金澤本作「歆予」。

【注】

朱《箋》：作於元和五年（八一〇），長安。

〔一〕吴少誠：新舊《唐書》有傳。《舊唐書·憲宗紀》：「（元和四年十一月）己巳，彰義軍節度使、檢校司空、同平章事吴少誠卒。」

## 與季安詔〔二〕

敕：季安，省所奏當道行營兵馬今月十七日已收棗强縣，其賊棄城夜走者，具悉。卿輸忠報國，嫉惡忘家。遣無敵之師，伐不龔之寇①。軍聲遠屆，先路以風行；逆黨潛知②，棄城而宵遁。已收縣邑，益振兵威。此皆卿訓練所加，指麾有素。永言明効，實屬深懷。固可乘勢應機，逐便進討③。以卿忠藎，當副朕心④。（3247）

【校】

①不龔　紹興本等作「不襲」，據金澤本改。
②逆黨　郭本作「逆虜」。
③進討　郭本作「攻討」。
④當副　郭本作「宜副」。

【注】

朱《箋》：作於元和五年（八一〇），長安。

〔二〕季安：田季安，緒子。時爲魏博節度使。《舊唐書·田承嗣傳附季安》：「元和中，王承宗擅襲戎帥，憲宗命吐突承璀爲招撫使，會諸軍進討。季安亦遣大將率兵赴會，仍自供糧餉。師還，加太子太保。」

## 與希朝詔〔一〕

敕：希朝，張嘉和至，省所奏前月二十六日破逆賊洄湟鎮六千餘人①，具悉。卿親領鋭師，誓誅逆黨。張軍心以吞敵②，奮士力而指蹤。潛戒偏裨，先攻險阻。伐謀而事有成算，剋日而動不愆期。果敗兇徒，遂據要地。況殺傷既衆，收獲頗多。益壯軍威，可奪虜氣。佇聞掃蕩，以慰衷懷。（3248）

【校】

①所奏　馬本作「初奏」。「洄湟」　馬本作「河湟」，誤。

②軍心　郭本作「軍威」。

【注】

朱《箋》：作於元和五年（八一〇），長安。

〔一〕希朝：范希朝。見本卷《與希朝詔》（3243）。《資治通鑑》元和五年正月：「丁卯，河東將王榮拔王承宗洄湟鎮。」

## 與從史詔〔一〕

勅：從史，曹公乂至①，省所奏今月三日於柏鄉縣南破賊衆約三萬人②，并擒斬首級收獲器械及馬等，又奏當軍所傷士馬數并量事優卹事宜，具悉。卿外揚武略，内竭忠謀。率有名之師，深入其阻；遇無狀之寇，大挫其鋒。兵刃屢加③，捷書頻至。殺傷數廣，績効居多。非卿悉力摧兇，誓心報國，則何能指麾之下，動必成功；表奏之間，事皆審實？既光重委，益副深懷。嘉歎再三，不忘寤寐。所奏承璀出軍合陣④，并續發露布事宜，具委所陳，想當知悉。（3249）

【校】

①公乂　金澤本作「公又」，郭本作「公義」。

②於柏鄉　紹興本等無「於」字，據金澤本補。「三萬」　金澤本作「二萬」。

③屢加　金澤本作「屢交」。

④合陣　金澤本作「合戰」。

【注】

朱《箋》：作於元和五年（八一〇），長安。

〔一〕從史：昭義軍節度使盧從史。《舊唐書·憲宗紀》：「（元和五年四月）甲申，鎮州行營招討使吐突承璀執昭義軍節度使盧從史，載從史送京師。」此詔撰於此前。岑仲勉《白氏長慶集僞文》考盧從史攻柏鄉在元和五年二月。柏鄉縣屬趙州。

## 與季安詔〔一〕

勅：季安，許峯至①，省所奏，具悉。卿勳親重德，台輔元臣。竭誠信以戴君，弘識度而體國。謀能極慮，言必盡忠。周覽表章，益增寤歎。吴少陽自參軍務，頗効恭勤。豈待奏陳，已有處分〔二〕。想宜知悉。（3250）

【校】

①許峯　金澤本作「許岑」。

【注】

朱《箋》：作於元和五年（八一〇），長安。

〔一〕季安：田季安。見本卷《與季安詔》（3247）。

〔二〕吴少陽：見卷十七《授吴少陽淮西節度留後制》（3161）。蓋田季安爲吴少陽奏請，此詔答之。

## 與昭義軍將士詔①

勑：昭義軍節度下將士等，卿等當軍將士，與諸道不同。自經艱難，多易將帥。而忠順之節，未嘗有虧。朕每思之，無時暫忘。盧從史爲卿主將，作朕藩臣。權位尊崇，恩寵優厚。而乃外示恭順，内懷姦邪。刻削軍中，暴殄境内。朕以君臣之道，未忍發明。爲之含容，頗有年月。近又苟求起復，請討恒州②。與賊通謀，爲國生患。自領士馬，久屯行營。收當軍賞設之資，加本道芻粟之估。不爲公用，盡入私家(一)。此則主將之恩③，於卿何有？臣子之分，負朕實深④。卿等辯邪正之兩端，識逆順之大義。抱忠勇者恥居其下，守名節者憤發於中。失三軍之心，已聞大去；犯衆人之怒，果見不容。遠察事宜，備知誠款。興言嘉歎，至于再三。其當軍將士等賞設先已有處分⑤。上自將校，下及士卒。各勵爾志，再思朕言。卿等承前已來⑥，常保忠貞之節；自今已後，永爲心腹之軍。宜念始終，副兹矚望。故令宣慰，宜並悉之。夏熱，卿等各得平安⑦。

（3251）

【校】

①題　「詔」《文苑英華》、金澤本、《管見抄》作「書」。

②請討　《文苑英華》作「請伐」，校：「集作討。」

③之恩　郭本作「之惡」。

④實深　馬本作「日深」。

⑤先已　紹興本等無「先」字，據金澤本、《管見抄》補。

⑥承前　《文苑英華》作「從前」，校：「集作承。」

⑦平安　此下《文苑英華》有「好遺書指不多及」七字，《管見抄》有「好」字。郭本作「想宜知悉」四字。

【注】

朱《箋》：作於元和五年（八一〇），長安。

〔一〕盧從史爲卿主將二十二句：《舊唐書·盧從史傳》：「（李）長榮卒，從史因軍情，且善迎奉中使，得授昭義軍節度使。漸狂恣不道，至奪部將妻妾，從事孔戡等以言直不從引去。前年丁父憂，朝旨未議起復，屬王士真卒，從史竊獻誅承宗計以希上意，用是起授，委其成功。及詔下討賊，兵出，逗留不進，陰與承宗通謀，令軍士潛懷賊號。又高其芻粟之價，售於度支，諷朝廷求宰相。且誣奏諸軍與賊通，兵不可進。上深患之。護軍中尉吐突承璀將神策兵與之對壘，從史往往過其營博戲。從史沓貪好得，承璀出寶帶奇玩以炫耀之，時其愛悦而遺焉。從史喜甚，日益狎。上知其事，取裴垍之謀，因戒承璀伺其來博，揖語，幕下伏壯士，突起，持捽出帳後縛之，内車中，馳以赴闕。從者驚亂，斬十數人，餘號令乃定，且宣諭密詔，追赴闕庭。都將烏重胤素懷忠順，乃嚴戒其軍，衆不敢動。」

# 與承璀詔〔一〕

敕：承璀，卿總領禁軍，控臨戎境。見敵每彰其勇敢，因事益表其忠勤。言念在懷，發於寤歎。昭義軍將士等，去邪遠惡，仗義保忠。統其成師，宜得良帥。孟元陽夙懷武毅，累著功庸。威名甚彰，人望所屬〔二〕。以之爲帥，必愜軍情。以之討賊①，必有勳績。今授元陽檢校尚書右僕射，充昭義軍節度等使。未到行營間，其昭義軍卿宜切加宣撫，務使安寧。烏重胤職在偏裨，保於忠正。宜從奬擢，以表殊恩〔三〕。今授烏重胤河陽節度使，兼御史大夫②。卿亦宜諭此恩意，令知朕心。兼恐河陽無人，速宜進發，想當知悉。

（3252）

【校】

①討賊　金澤本作「討戎」。

②河陽節度使兼御史大夫　金澤本作「御史大夫充河陽節度使」。

朱《箋》：作於元和五年（八一〇），長安。

【注】

〔一〕承璀：吐突承璀。新舊《唐書》有傳。憲宗即位，授内常侍，知内省事、左監門將軍。王承宗叛，詔以承璀爲諸道赴鎮州行營兵馬招討等使，改招討宣慰使。

〔二〕孟元陽：新舊《唐書》有傳。原爲陳許將，元和初，拜河陽節度。《舊唐書·憲宗紀》：「（元和五年四月）壬申，以昭義都知兵馬使、潞州左司馬烏重胤爲懷州刺史、河陽三城懷州節度使，以河陽節度使孟元陽爲潞州長史、昭義軍節度、澤潞磁邢洺觀察使。」

〔三〕烏重胤：《舊唐書·烏重胤傳》：「烏重胤，潞州牙將也。元和中，王承宗叛，王師加討。潞帥盧從史雖出軍，而密與賊通。時神策行營吐突承璀與從史軍相近，承璀與重胤謀，縛從史於帳下。是日，重胤戒嚴，潞軍無敢動者。憲宗賞其功，授潞府左司馬，遷懷州刺史，兼充河陽三城節度使。」

## 與元陽詔〔一〕

勅：元陽，澤潞全軍方討恒、冀，盧從史虧失大節，苞藏二心①。姦迹邪謀，日已自露。軍情物議，俱所不容。尋追赴朝，今已在道。朕以昭義將士忠順成風，況在行營，久勤戎事。今欲使其戰者奮發，居者悦安。共成大功，必在良帥。以卿有瀫水之勳効②，有河陽之政令〔二〕，思之甚熟，無以易卿。宜領重藩，仍遷崇秩③。今授卿檢校尚書右僕射、充澤潞節度等使，并賜旌節告身等往。卿宜速發，先到潞府上訖，便赴行營，慰安軍心，宣諭朕意。烏重胤徇忠守節④，宜加獎用。今便授重胤河陽節度使、兼御史大夫，想宜知悉。（3253）

【校】

①苞藏　郭本作「包藏」。

②勳効　金澤本作「勤効」。

③仍遷　郭本作「乃遷」。「崇秩」　馬本作「宗秩」，誤。

④守節　金澤本作「守正」。

【注】

朱《箋》：作於元和五年（八一〇），長安。

〔一〕元陽：孟元陽。見前篇注。

〔二〕瀊水：當作溵水。《舊唐書·孟元陽傳》：「韓全義五樓之敗，諸軍多私歸，元陽及神策都將蘇元策、宣州都將王幹各率部留軍溵水，破賊二千餘人。兵罷，加御史大夫。」本書卷二一《論孟元陽狀》（3376）：「臣伏以孟元陽溵水有功，河陽有政。」

## 與昭義軍將士勅書①〔一〕

勅：昭義軍節度下將士等，卿等久在行營，乍無主將。而士旅輯睦，軍壘安寧。足彰守正之心，尤見盡忠之節。以此歎矚，勞於寢興。孟元陽是朕信臣，爲國良將。威略可以懾兇孽，慈和可以牧師人。累著忠勤，克諧朕命。爲其主帥②，必副羣情。況卿等同嫉姦邪，久困貪暴。宜以仁賢之帥，撫卿忠義之軍。靖思元陽，無出其右。今授元陽檢校尚書右僕射、充卿等當道節度等使③。勉同王事，以慰朕懷。烏重胤特効忠誠，深宜獎擢。今便授河陽節度使，兼御史大夫。故令宣慰，並宜知悉。（3254）

【校】

①題　「勅書」馬本作「詔」。

②朕命爲其　金澤本作「朕志命爲」。

③等使　紹興本等無「等」字，據金澤本補。

【注】

朱《箋》：作於元和五年（八一〇），長安。

〔一〕昭義軍將士：見本卷《與昭義軍將士詔》（3251）注。

## 與師道詔〔一〕

勅：師道，林英至，省所陳奏，并進王承宗與卿書者，具悉。王承宗童騃無知，兇嚚有素。雖藉祖父之寵①，曾微分寸之勞。但以武俊勳在册書，姻連戚屬。朕獨排羣議，特降殊私。未卒父喪，使承祖業。既加新命②，仍撫舊封。則朕於承宗，恩亦至矣。而僞陳誠款，欺誑使臣。假託軍情，拒違詔命。則承宗於朕，罪莫大焉。悖禮亂心，暴於天下。此乃承宗干國家之紀，非朕忘武俊之功。遂至用師，蓋非獲已。仍開生路，許以自新。而梟音不悛，鴟張益熾。人情共棄，國典不容。在於朕心，安敢輕捨？卿既膺注意③，義感酬恩。所獻表章，具已詳覽。慮深遠計，詞切讜言。在忠謀而則然，於事體而未可。誠嘉勤至，難允懇懷。今諸道將帥，親領士馬。深入寇境，頻奏捷書。四面合圍，一心旅進。窮迫已甚④，覆滅非遥。況卿同遣師徒，已收縣邑。冀清氛孽，佇見功名⑤。勉於令圖，副此矚望。（3255）

【校】

①祖父　郭本作「父祖」。

②既加　紹興本等作「即加」，據金澤本改。

③既膺　金澤本作「寄膺」。

④窮迫　郭本作「窮逼」。

⑤佇見　金澤本作「佇建」。

【注】

朱《箋》：作於元和五年（八一〇），長安。

〔一〕師道：李師道。見本卷《與師道詔》（3244）。

## 與師道詔〔一〕

勅：師道，任文質至，省表具悉。盧從史頃者請率全師，誓清妖孽①。朕推誠待物②，許之不疑。而背恩於上，結怨於下。邪謀貳志，日以彰聞。虧大節而自絶於君，積釁怒而不容於衆。因以邀命③，幸而脱身。屈法申恩，已有處分。昨者詔旨，已明示卿。卿體國爲心，事君盡力。固宜有聞必薦，有見必陳。竭其忠諒之誠，濟其獻替之美④。省閲章奏⑤，嘉歎良多。（3256）

【校】

①妖孽　金澤本作「妖寇」。

②朕推誠　馬本無「朕」字。

③邀命　金澤本作「趣命」。
④獻替　郭本作「獻納」。
⑤章奏　金澤本作「所奏」。

【注】

朱《箋》：作於元和二年（八〇七）至元和六年（八一一），長安。按，當作於元和五年四月盧從史被執後。

〔一〕師道：李師道。見前篇注。

## 與茂昭書〔一〕

勅：茂昭，王日興至，省所奏今月十八日大破賊衆一萬七千人并擒斬收獲訖者，具悉。卿親率勁兵，誓平妖寇。竭股肱之力，中有奇謀；勵父子之軍，前無强敵。故能深入賊境，大破兇徒。殺傷既多，俘獲亦廣。具詳奏報，備見忠勞。眷矚之懷，發於寤歎。將士等各懷勇烈，同忿寇讎。激於衆心，致此殊効。況荷戈於炎暑之際，奮身於鋒刃之

間。永念於茲，未嘗暫忘。故令宣慰，宜並悉之。（3257）

【注】

朱《箋》：作於元和五年（八一〇），長安。

〔一〕茂昭：張茂昭。見本卷《與茂昭詔》（3237）。《舊唐書・憲宗紀》：「（元和五年四月）丁亥，河東范希朝奏破賊於木刀溝。」《張孝忠傳附茂昭》：「使長男克讓與諸軍分道並進。克讓渡木刀溝，與賊接戰屢勝。茂昭親擐甲冑，爲諸軍前鋒，累獻戎捷，幾覆承宗。」權德輿《唐故河中晉絳慈隰等州節度使……贈太師張公墓誌銘》：「恒人以步騎二萬，逾木刀溝，爲從衡七里之陣，來薄於城。公擐甲出壁門，徑當其鋒，俾其子克讓與猶子克儉、甥陳楚等分搤之，設左右翼以待之，出奇決命，凡數十合，取巧於七縱，蓄鋭以三捷，席勝鼓行，橫屍如陵。」

## 與昭義節度親事將士等書

勑：昭義軍節度下親事將士等，盧從史受恩至重，負國至多。衆所不容，追令赴闕。朕以誤曾任使，貴全始終。今則止於貶官，此蓋曲從寬典①。卿等抱忠懷義，朕所素知。

頃以諸營同事從史②，三軍一體，俱是王臣。既不相干，又能自効。朕方議優賞③，以酬功勳。何至不安，有此疑懼？必恐從史已追之後，元陽未到之間，卿等當營，乍無主將〔二〕。或被外人扇誘，遂令衆意憂疑④。勢使之然，事非獲已。朕雖在此，遠見軍情⑤。料卿本心，必無此意。況元陽勤儉恤下，寬厚愛人。久在河陽，甚近澤潞。元陽臧否，卿等合諳。以卿忠義之軍，故擇仁賢爲帥⑥。已有詔示⑦，宣諭元陽⑧。若到行營，一無所問。乃至將士家口，亦令優卹安存。卿復何憂？必得其所。況昭義將士艱難已來，保守忠貞，未嘗虧失。天下稱歎，卿亦自知⑨。又卿等父母妻兒⑩，家田墳墓，一物已上，並在潞州。頃刻之間⑪，豈忍便棄？朕之此語，卿宜細思。各相勉諭，同保忠順。計元陽已合到彼，卿等便取元陽指麾。想卿等心，必副朕意。故令宣慰，宜並悉知⑫。（3258）

【校】

殘宋本此篇在下篇《與執恭詔》後。

①蓋　金澤本、《文苑英華》作「亦」，《文苑英華》校：「集作蓋。」

②諸營　紹興本等作「詣營」，據《文苑英華》改。

③方議　紹興本等無「議」字，據金澤本補。
④遂令　紹興本等無「遂」字，據金澤本補。
⑤遠見　紹興本等作「遠有」，據金澤本、《文苑英華》改。
⑥爲帥　郭本作「之帥」。
⑦詔示　金澤本、《文苑英華》作「詔旨」。
⑧宣諭　金澤本作「宣示」。
⑨卿亦　《文苑英華》作「卿已」，校：「集作亦。」
⑩卿等　紹興本等無「等」字，據金澤本補。
⑪頃刻　金澤本作「倉卒」。
⑫宜並　馬本作「並宜」。「悉知」　金澤本作「悉之」，馬本作「知悉」。

【注】

朱《箋》：作於元和五年（八一〇），長安。

〔一〕元陽：孟元陽。見本卷《與承璀詔》（3252）注。

## 與執恭詔〔一〕

敕：執恭，王克謹至，省所奏今月八日進收平昌縣，已令鎮守，并奏劉濟欲與卿約義事宜者①，具悉〔二〕。卿奉辭伐罪，仗節啓行。指顧偏裨，收復城邑。已令鎮備，兼務緝綏。威惠之方既明，弔伐之義斯在。永言倚任，彌注衷情②。劉濟將相大臣，與卿先父同列。欲求契約③，固合允從。豈唯繼好私情，亦足叶心王事。載省來奏，深鑒乃誠。至於寢興，不忘嘉矚。（3259）

【校】

①事宜　紹興本等無「宜」字，據金澤本補。

②衷情　金澤本作「衷懷」。

③欲求　金澤本作「所求」。

【注】

朱《箋》：作於元和五年（八一〇），長安。

〔一〕執恭：程執恭。時爲横海軍節度使。見卷十七《加程執恭檢校尚書右僕射制》(3158)。

〔二〕劉濟：見本卷《與劉濟詔》(3245)。

## 與恒州節度下將士書①〔一〕

勑：成德軍節度下將士等，朕以王者之道，與物無私。若違命執迷，則罔有容捨。若知非改悔，則無不含弘②。不窮無告之人，不塞自新之路。頃屬姦臣從史，謀構異端。致使恒陽，隔於恩外。六郡之地，皆廢農桑；三軍之人，並懼鋒鏑③。每一念至，中心憫然。今卿等繼獻表章，遠輸誠款。省承宗之勤懇，難阻其情；思武俊之功勞，不能無念。況事因詿誤，而理可哀矜。今已降制書，各從洗雪。承宗仍復舊官爵，充恒、冀、深、趙、德、棣六州觀察使、成德軍節度使，將士等官爵賓封，並宜仍舊，待之如初。卿等各宜叶力同心，知恩感德。共保終始，稱朕意焉。故令宣慰，宜並知悉。(3260)

【校】

①題　「與」《文苑英華》作「授」。

②含弘　《文苑英華》作「含容」，校：「集作弘。」

③並懼　金澤本、《管見抄》作「並罹」。

【注】

朱《箋》：作於元和五年（八一〇），長安。

〔一〕恒州節度：即成德軍節度使王承宗。《舊唐書·憲宗紀》：「（元和五年七月）丁未，詔昭洗王承宗，復其官爵，待之如初。諸道行營將士，共賜物二十八萬四百三十端匹。時招討非其人，諸軍解體，而藩鄰觀望養寇，空爲逗撓，以弊國賦。而李師道、劉濟亟請昭雪，乃歸罪盧從史而宥承宗，不得已而行之也。」

## 與承宗詔〔一〕

勅：承宗，頃者盧從史苞藏姦詐，矯示公忠。下誣物情，上惑朝聽。使卿陷於違命，使朕至於用兵。交亂君臣，罪有所在。今從史已正刑典，遠棄驩州。構亂者既就屏除，誘陷者自宜明白①。況卿代連姻戚，朕豈不思？祖有功勞，朕豈不念？事不得已，勢至如斯②。棄絶已來，常懷憫惻。卿今既陳章疏③，懇獻衷誠。請進官員，願修貢賦。誓心以納款，歸罪而責躬。情可哀憐，法存開釋。朕託于人上，及兹六載。體天地含弘之德，厚君臣終始之恩。常以人安爲心，豈欲物失其所？今所以開獨見之路，降非常之恩。卿及將士等已具制書，並從洗滌。卿仍復舊官爵，便充恒、冀、深、趙、德、棣等州節度觀察等使④，并賜旌節告身等往。爵土仍舊，君臣如初。想卿中懷，當自知感。所宜追補前悔，勉勤後圖⑤。夙夜思之，永副朕意⑥。想當知悉。（3261）

【校】

①明白　金澤本作「明辨」。

②如斯　金澤本作「於斯」。

③既陳　金澤本作「繼陳」。

④節度觀察等使　金澤本作「觀察使成德軍節度使」。

⑤勉勤　金澤本作「勉弘」。

⑥朕意　金澤本作「朕志」。

# 批宰相賀赦王承宗表〔一〕

先臣武俊①，功不可忘；後嗣承宗，過而能改。朕所以捨其罪悔，議以勳親。垂宥過之恩②，尚宜及爾十代③；引泣辜之責，誠合在予一人。與其黷武而取威，不若匿瑕而務德。卿等重居台輔，密贊謀猷。發於衷誠④，有此稱賀。省閱章奏⑤，嘉歎久之。（3262）

【注】

朱《箋》：作於元和五年（八一〇），長安。

〔一〕承宗：王承宗。見前篇注。

【校】

①先臣　《文苑英華》其上有「省表具知」四字。

②宥過　金澤本、《文苑英華》作「宥善」，《文苑英華》校：「集作過。」
③尚宜　郭本作「尚且」。
④衷誠　金澤本、《文苑英華》作「忠誠」，《文苑英華》校：「集作衷。」
⑤章奏　金澤本、《文苑英華》作「章表」，《文苑英華》校：「集作奏。」

【注】

〔一〕敕王承宗：見前篇注。

朱《箋》：作於元和五年（八一〇），長安。

## 與劉濟詔〔一〕

敕：劉濟，省所謝男紹及孫景震等授官，并謝賜器仗弓甲刀斧等者，具悉。卿文武全才，將相重任。本於忠諒，成此勳勞。尚德尊賢，位已極於台輔；念功懋賞，寵宜及於子孫。時論允歸，朝章斯舉。至於出玆戎器，賜我元臣。但可以申朕恩私，未足以表卿功績。載覽來表①，備見乃誠。併此謝陳，益嘉勤盡。（3263）

【校】

①來表　金澤本、《管見抄》作「來奏」。

【注】

〔一〕劉濟：見本卷《與劉濟詔》(3245)。《舊唐書・憲宗紀》：「(元和五年七月)乙卯，幽州節度使劉濟爲其子總鴆死。」

朱《箋》：作於元和五年(八一〇)，長安。

## 代王佖答吐蕃北道節度論贊勃藏書〔一〕　奉勑撰。

大唐朔方靈鹽豐等州節度使、檢校户部尚書、寧塞郡王王佖致書大蕃河西北道節度使論公麾下：遠辱來書，兼蒙厚貺。慰悚之至，難述所懷。國家與彼蕃代爲舅甥，日洽恩信。雖云兩國，實若一家。遂令疆埸之臣，得以書信相問。況麾下以公忠之節，雄勇之才，翊佐大邦，經略北道。佖近蒙制命①，守在邊陲。慰望之情，一二難盡。皇帝以贊普頻遣和使，懇求通好。凡此邊鎮，皆奉朝章。但令慎守封陲，不許輒取侵軼②。至於事理，彼此宜然。且如党項久居漢界，曾無征税。既感恩德，未嘗動摇。然雖懷此撫循，亦聞闕彼財貨。亡命而去，獲利而歸〔二〕。但恐彼蕃不知，大爲党項所賣。其中亦聞誘致，事甚分明。不能縷陳，計已深悉③。今請去而勿誘，來而勿容。不失兩境之歡，不傷二國之好。在此誠爲小事，於彼即是遠謀。幸履坦途，勿遵邪徑。今聖上德柔四海，威及萬方。雖外國蠻夷，尚皆率服④。況中華臣妾，敢有不恭？豈假彼蕃，欲相借助？誠愧厚意，終訝過言。承去年出師討逐迴紇⑤，其間勝負，此亦備知。不勞來書，遠相示及⑥。所蒙寄贈，並已檢到。佖爲邊將⑦，須守常規。馬及胡瓶，依命已授⑧。其迴紇生口，緣比無此例，未奉進止，不敢便留。今却分付來人至彼，望垂檢領。有少答信，具如別數，幸恕寡薄也。初秋尚熱⑨，惟所履珍和，謹因譯語官馬屈、林恭迴，不具。佖白。

（3264）

【校】

①制命　金澤本作「制令」。

②輒取　金澤本、那波本、馬本作「輒令」。

③計已　金澤本作「計亦」。

④率服　紹興本等作「率伏」，據金澤本改。
⑤迴紇　金澤本作「迴鶻」，下文同。
⑥遠相示及　金澤本作「遠垂相示」。
⑦邊將　紹興本等脱「將」字，據金澤本、那波本補。
⑧已授　馬本作「已受」。
⑨初秋　金澤本作「秋初」。

【注】

朱《箋》：作於元和五年（八一〇），長安。

〔一〕王佖：見卷十七《除王佖檢校户部尚書充靈鹽節度使制》（3159）。王佖爲靈鹽節度使在元和四年（八〇九）六月。岑仲勉《白氏長慶集僞文》：「此書由内署起草代覆，必是佖得吐蕃寄物表請進止者。但苟非佖之蒞事消息傳達域外，彼蕃亦無由指名饋贈，經此兩重往返，而覆書之日猶是初秋，可決其非四年也。書又有近蒙制命語，則亦非已逾兩年者，故斷爲五年七月作，與同卷前後數篇時期亦合。」吐蕃北道節度：敦煌古藏文卷《吐蕃贊普傳記》第八（Pelliot tibétain P. T. 1287）讚頌墀松德贊贊普功績：「國威遠震，隴山山脈以上各部，均入於掌握。設置五個通頰

（Thong khyab）萬户，並新設立德論大行政區（bde blon khams chen po）。」此爲安史之亂後吐蕃侵占河隴地區後所設統治機構，通頰萬户即管理唐淪陷區漢户者。德論大行政區下所轄爲：瓜州節度使（kwa cu khrom chen po）、河州節度使、雅莫塘節度使（鄯州節度使 dbyar mo thang khrom chen po）、涼州節度使（mkhar tsan khrom chen po）等。此前，吐蕃已於吐谷渾故地、青海湖附近地區設立軍事行政區，見敦煌古藏文卷《吐蕃大事紀年》（Pelliot tibétain I. O. 750）鼠年（六七六）、龍年（七〇四）記事。參烏瑞（G. Uray）《釋 khrom：7—9 世紀吐蕃帝國的行政單位》（《國外藏學研究譯文集》第一輯）、楊銘《吐蕃時期河隴行政機構的設置》（收入《吐蕃統治敦煌研究》）。

〔三〕党項久居漢界：《新唐書·西域傳党項》：「（郭）子儀以党項、吐谷渾部落散處鹽、慶等州，其地與吐蕃濱近，易相脅，即表徙靜邊州都督、夏州、樂容等六府党項於銀州之北、夏州之東，寧朔州吐谷渾住夏西，以離沮之。……六州部落曰：野利越詩、野利龍兒、野利厥律、兒黄、野海、野窣等。居慶州者號東山部，夏州者號平夏部。永泰後稍徙石州，後爲永安將阿史那思暕賦索無極，遂亡走河西。元和時復置宥州，護党項。」

## 與吉甫詔〔一〕

勅：吉甫，韓用政至，省所奏陳謝，具悉。卿忠貞立身，文武爲德①。志惟經國，謀不忘君。才可以雄鎮方隅，故委之外閫；智可以密參帷幄，故任以中樞。而能一其衷心，再有沖讓。雖勞謙彌切，每陳丹府之誠；而憂寄方深，難輟紫垣之務。勉諭已伸於前詔，忠勤載露於來章。今征討已停，方隅稍泰。克清之日，雖則不遥；難奪之心②，亦宜且抑。重此宣諭，當體朕懷。是推至公，煩有陳謝。（3265）

【校】

①爲德　金澤本作「爲憲」。

②難奪　金澤本作「難奮」。

【注】

朱《箋》：作於元和五年（八一〇），長安。

〔一〕吉甫：李吉甫。見卷十七《贈吉甫先父官並與一子官制》（3166）。《舊唐書·憲宗紀》：「（元和六年正月）庚申，以淮南節度使、中書侍郎、同平章事、趙國公李吉甫復知政事、集賢殿大學士、監修國史。」此詔作於李吉甫自淮南復入知政事前。

# 與吐蕃宰相尚綺心兒等書〔一〕

勑：吐蕃宰相尚綺心兒等，論思諾悉至①，省表并進奉，具悉〔二〕。卿等才器特茂，識略甚明。仗義立身，資忠事主。上佐贊普，下康黎元。以尋盟納款爲謀，繼好息人爲請②。是卿上策，叶朕中心③。每覽表章，輒用嘉歎。朕與彼蕃國不同他邦④，代爲舅甥，日結恩信。自論盟會，頗歷歲時。常欲速成，以爲永好。雖誠明之内，彼此無疑；而言約之間，往復未盡。今故略收來意⑤，重示所懷。想卿通明，當所鑒悉。河隴之地，國家舊封。論州郡則其數頗多，計年歲則没來甚近⑥。既通和好，悉合歸還。今者捨而不言，豈是無心愛惜？但務早成盟約，所以唯言三州⑦〔三〕。則没於彼者甚多，歸於此者至少。猶合推於禮讓⑧，豈假形於言詞？來表云此三州非創來侵襲⑨，不可割屬大唐⑩。且此州本不屬蕃⑪，豈非侵襲所得？今是却歸舊管，何引割屬爲詞？去年論與勃藏來⑫，即云覆取進旨⑬，贊普便請爲定〔四〕。今兩般使至，又云此之小務⑭，未合首而論之。前後既有異同，信使徒煩來去。雖欲速爲盟會，其如無所適從？静言一三，固不在此。若論和好，即今各無侵軼，已同一家。若議修盟，即須重定封疆，先還三郡。若三郡未復，兩界未分，即是未定封疆，憑何以爲要約？　彼若吝惜小事，輕易遠圖，未能修盟，且務通好。　至於信使，一往一來，但令疎數得中，足表情意不絶。　彼有要事，即令使來。　此有要事，亦令使往。　若封境之上，小小事意，但令邊頭節度兩處計會商量，則勞費之間，彼此省便。　前般蕃使論悉吉贊至，緣盟約事大，須審商量⑮，未及發遣。　後使續來，來使雖是兩般⑯，所論只緣一事。　故令相待，今遣同歸。　在於日時，亦未淹久。　所送鄭叔矩及路泌神柩及男女等，並已到此，良用惻然。　厚贈遠歸⑰，深嘉來意。　其劉成師元非劉闢子姪，本是成都郡人，已令送還本貫。　其餘事目，並具與贊普書中⑱。　卿等宜審參量，以副朕意。　使迴之日，可備奏聞。　今遣兼御史中丞李銛及中使與迴使同往，各有少信物，具如別數⑲，至宜領之〔五〕。　秋涼，卿等各得平安好，遣書指不多及。（3266）

【校】

①論思諾悉至　金澤本、《文苑英華》作「論悉吉贊及論思諾悉等繼至」。

②繼好　金澤本、《文苑英華》其上有「以」字。

③叶朕　紹興本等作「吐朕」，據金澤本、《文苑英華》、馬本改。

④不同他邦　紹興本等無四字，據金澤本補。

⑤略收　《文苑英華》作「略敍」。
⑥没來　馬本作「沿來」，誤。
⑦唯言　金澤本、《文苑英華》作「唯論」，《文苑英華》校：「集作言。」
⑧推於　金澤本、《文苑英華》作「推爲」，《文苑英華》校：「集作於。」
⑨非創來　紹興本等無「來」字，據金澤本、《文苑英華》補。
⑩大唐　紹興本等此下有「來」字，據金澤本、《文苑英華》删。
⑪此州　紹興本等無「州」字，據金澤本、《文苑英華》補。
⑫論與勃藏　紹興本等作「與論勃藏」，據金澤本改。
⑬即　《文苑英華》校：「集作却。」「進旨」　金澤本、《文苑英華》作「進止」，《文苑英華》校：「集作旨。」
⑭此之　紹興本等作「比之」，據金澤本、郭本改。
⑮商量　金澤本、《文苑英華》作「商議」，《文苑英華》校：「集作量。」
⑯續來來使　紹興本等無四字，據金澤本補。《文苑英華》作「續來來」三字。
⑰厚贈　《文苑英華》作「厚賵」，校：「集作贈。」
⑱具與　紹興本等作「在」，據金澤本改。
⑲別數　金澤本、《文苑英華》作「別錄」，《文苑英華》校：「集作數。」

朱《箋》：作於元和五年（八一〇），長安。

【注】

〔一〕尚綺心兒：《舊唐書・吐蕃傳》：「（元和十四年）十月，吐蕃節度論三摩及宰相尚塔藏、中書令尚綺心兒共領軍約十五萬衆，圍我鹽州數重。」又長慶元年會盟：「大蕃贊普及宰相鉢闡布、尚綺心兒等，先寄盟文要節。」《册府元龜》卷九八〇《外臣部・通好》：「（元和七年）二月，吐蕃東道節度論誥都、宰相尚綺心兒以書遺鳳翔節度使李惟蘭，惟蘭奏獻之。」《唐蕃會盟碑》右面蕃官題名「大蕃宰相同平章事名位」第二位爲「□□□□天下兵馬都元帥同平章事尚綺心兒」，蕃文爲「□□□□dmag go chog gi blon zhang khri sum rje sbeg lha」。敦煌古藏文卷《吐蕃贊普傳記》第二（《大相表》）（Pelliot tibétain P. T. 1287）載墀德松贊在位時宰相「没廬綺心兒達囊」（'Bro khri sum rje stag snag），墀祖德贊繼位後續任。此二者爲一人，即本書之尚綺心兒。漢文又作「尚起律心兒」，見敦煌文書 P. 2765vb「大蕃勑尚書令賜大瑟瑟告身尚起律心兒聖光寺功德頌」。參王堯《吐蕃金石錄》，王堯、陳踐譯注《敦煌本吐蕃歷史文書》。《賢者喜宴》（dPa' bo gtsug lag phreng ba.）載墀德松贊興佛盟誓「宰相同平章事及大小臣工發誓者」最末一位爲「蘭論綺心兒貝拉」（rlang blon khri sum rje speg lhe）。林冠群疑此人之姓氏身份有誤，rlang 當作'Bro zhang，亦即《大相表》之没廬綺心兒達囊。見《墀松德贊〈父子時期吐蕃政情之分析》（收入《唐代吐蕃史論集》）。

〔二〕論思諸悉：《舊唐書·吐蕃傳》：「（元和）五年五月，遣使論思耶熱來朝，並歸鄭叔矩、路泌之柩及叔矩男文延等一十三人。」《新唐書·吐蕃傳》作「論思邪熱」，《册府元龜》卷九八〇作「論思頰熱」。

〔三〕三州：即本卷《與吐蕃宰相鉢闡布勑書》（3242）所云：「所議割還安樂、秦、原三州事宜。」

〔四〕論與勃藏：見本卷《與吐蕃宰相鉢闡布勑書》（3242）注。

〔五〕李銛：《新唐書·吐蕃傳》：「（元和五年）虜以論思邪熱入謝，且歸鄭叔矩、路泌之柩……復以鴻臚少卿李銛、丹王府長史吳暈報之。」《册府元龜》卷九八〇《外臣部·通好》：「（元和五年）七月，以陝州大都督府左司馬兼通事舍人李銛爲鴻臚少卿、攝御史中丞，持節充入吐蕃使，仍賜紫金魚袋。太子中舍人吳暈爲丹王府長史兼侍御史，爲之副。」李錡從父弟名銛，官宋州刺史，見《唐國史補》卷中。又《舊唐書·憲宗紀》：「（元和七年正月辛未）以司農卿李銛爲京兆尹。」八年十二月，改鄜坊觀察使。此李銛或爲另一人。

## 答王承宗謝洗雪及復官爵表①〔一〕

帝者之道②，蕩然無私。唯推赤心，以牧黔首。故一夫不獲，若納之於隍；一物歸誠，則容之如地。況卿家聯懿戚，寵自先朝〔二〕。祖立茂功，賞延後嗣。因人詿誤，不汝疵瑕③。滌以恩波④，煦之寵澤。撫舊封而察廉六郡，進新律而統制三軍。蕩穢加恩，何以過此？及覩來表⑤，乃見深誠。言必由衷，事皆知感。承家襲慶，誓繼力於前修；補過酬恩，願指期於後効。永言爾志，甚叶朕懷。勉思始終，用副眷矚。所謝知。（3267）

【校】

①題　「及」金澤本作「并」。

②帝者　《文苑英華》其上有「省表具知」四字。

③不汝　紹興本等作「不染」，據金澤本、《管見抄》、《文苑英華》改。

④滌以　《文苑英華》作「浸以」，校：「集作滌。」

⑤及覩　金澤本、《管見抄》、《文苑英華》作「及觀」，《文苑英華》校：「集作覩。」

【注】

朱《箋》：作於元和五年（八一〇），長安。

〔一〕王承宗洗雪：見本卷《與恒州節度下將士書》（3260）注。

〔二〕卿家聯懿戚：承宗叔父士平選尚義陽公主。《舊唐書·王武俊傳附士平》：「以父勳補原王府諮議。貞元二年，選尚義陽公主，加秘書少監同正、駙馬都尉。」

## 與鄭絪詔〔一〕

敕：鄭絪，省所奏邕管黄少卿及子弟等事宜，具悉〔二〕。卿望重中朝，寄深南服。誓敷惠政，佇化遠人。言念忠勤，不忘監寤①。山洞夷落，易擾難安。比來撫之，未及其道②。覽卿所奏，頗合其宜。歲時之間，當革前弊。勉於招諭，以副朕心。想宜知悉③。（3268）

【校】

①監寤　金澤本作「鑒寐」。

②未及　金澤本作「未得」。

③想宜知悉　紹興本等無四字，據金澤本補。

【注】

朱《箋》：作於元和五年（八一〇），長安。

〔一〕鄭絪：《舊唐書·憲宗紀》：「（元和五年三月）癸巳，以太子賓客鄭絪檢校禮部尚書、廣州刺史、嶺南節度使。」

〔二〕邕管黄少卿：《舊唐書·憲宗紀》：「（元和三年五月）癸亥，以邕管將黄少卿爲歸順州刺史，弟少高、少溫並授官，西原蠻酋也，貞元中屢寇邕管，至是歸款。」《新唐書·南蠻傳下》：「貞元十年，黄洞首領黄少卿者，攻邕管，圍經略使孫公器。請發嶺南兵窮討之，德宗不許，命中人招諭。不從，俄陷欽、横、潯、貴四州。少卿子昌沔趫勇，前後陷十三州，氣益振。乃以唐州刺史陽旻爲容管招討經略使，引師掩賊，一日六七戰，皆破之，侵地悉復。元和初，邕州擒其别帥黄承慶。明年，少卿等歸款，拜歸順州刺史。弟少高爲有州刺史。未幾復叛。」

## 答高郢請致仕第二表〔一〕

卿有忠貞之節，立於險中；有清重之名，鎮于朝右。而能始終有道①，進退有常。援禮引年，遺榮致政。人鮮知止，卿獨能行。不唯振起古風，亦足激揚時俗②。確然再

請，朕甚多之。然以出入三朝，勤勞二紀。於卿而志雖難奪③，在朕則情豈易忘④？誠鑒乃懷，未允來表。（3269）

【校】

①有道　金澤本作「以道」。

②激揚　金澤本作「繳惕」。

③確然……難奪　二十五字紹興本等作「於卿則確然難奪」，據金澤本改。

④則　金澤本作「而」。

朱《箋》：作於元和五年（八一〇），長安。

【注】

〔一〕高郢：見卷十七《贈高郢官制》（3177）。《舊唐書·憲宗紀》：「（元和五年九月）癸亥，以兵部尚書高郢爲右僕射致仕。」

## 與劉總詔〔一〕

敕：劉總，卿業繼將門，才兼武略。累臨軍郡，悉著良能①。襲以弓裘②，宜加旌鉞③。仍舉奪情之典，以昭延賞之恩。今授卿起復雲麾將軍、檢校工部尚書、充范陽節度等使，并賜旌節官告往，想宜知悉。（3270）

【校】

①悉著　金澤本作「歷著」。

②襲以　金澤本作「可襲」。

③旌鉞　那波本、馬本作「旌鉞」。

【注】

朱《箋》：作於元和五年（八一〇），長安。

〔一〕劉總：濟子。見本卷《與劉濟詔》（3245）注。《舊唐書・憲宗紀》：「（元和五年九月）壬戌，以瀛州刺史劉總起復，授幽州長史、充幽州盧龍軍節度使。」

## 答裴垍讓中書侍郎平章事表〔一〕

卿自登台輔，每竭忠貞。一身秉彝，百度惟序①。致君盡力，久積股肱之勤；憂國勞心，微生腠理之疾。暫從休告，遽獻表章②。所陳雖是卿心，所請殊非朕意。宜加調攝，速就平和。以副虚懷，無爲固讓。（3271）

【校】

①惟序　金澤本作「攸序」。

②遽獻　郭本作「遂獻」。

【注】

朱《箋》：作於元和五年（八一〇），長安。

〔一〕裴垍：見卷十七《除裴垍中書侍郎同平章事制》（3154）、《贈裴垍官制》（3179）。《資治通鑑》元和五年：「（九月丙寅）裴垍得風疾，上甚惜，中使候問旁午於道。」

## 答劉總謝檢校工部尚書范陽等兩道節度使表①〔一〕

卿幼承義訓，長有令聞。能遵忠孝之風，不墜弓裘之業。朕所以命加異等，寵冠常倫。特授雙旌，超登八座。豈唯延賞，亦在任能。將懋前修，勉申後効。載省章疏，深鑒誠懷。所謝知。（3272）

【校】

①題　紹興本等無「等兩道」三字，據金澤本、《管見抄》補。

朱《箋》：作於元和五年（八一〇），長安。

【注】

〔一〕劉總：見本卷《與劉總詔》（3270）。

# 與茂昭詔〔一〕

敕：茂昭，王日興至，省表陳讓檢校太尉者，具悉。卿文武大僚，勳戚重望。累展朝宗之禮，足表恭敬之心①。況多戰伐立功，彌彰勤藎②。言念及此，每用嘉焉。宜加寵榮，已降新命。何至謙讓，仍辭舊官？眷倚之懷，並具前詔。想宜知悉。

（3273）

【校】

①恭敬　金澤本作「敬恭」。

②勤藎　紹興本等作「勤盡」，據馬本改。

【注】

〔一〕茂昭：張茂昭。見本卷《與茂昭詔》（3237）。《舊唐書·憲宗紀》：「（元和五年十月）甲午，以前

朱《箋》：作於元和五年（八一〇），長安。

義武軍節度、檢校太尉、兼太子太傅、同平章事張茂昭檢校太尉、兼中書令、河中尹、充河中晉絳慈隰節度使。」

## 答任迪簡讓易定節度使表①〔一〕

卿修文立身，經武致用。每誓心於忠勇，常濟事以智謀。自副戎車，已屬時望；及分旌鉞，果愜軍情②。況義武之師③，輸忠仗順。所期慰撫，以就輯寧。何至撝謙，有兹陳讓？所進官告，今却賜卿。宜體朕懷，即斷來表。（3274）

【校】

①題　金澤本無「使」字。

②果愜　金澤本作「累愜」。

③義武　紹興本等作「武義」，據金澤本、《全唐文》改。

【注】

朱《箋》：作於元和五年（八一〇），長安。

〔一〕任迪簡：見卷十七《除任迪簡檢校右僕射制》（3185）。《舊唐書·憲宗紀》：「（元和五年十月）辛巳，定州將楊伯玉誘三軍爲亂，拘行軍司馬任迪簡，别將張佐元殺伯玉，迪簡謀歸朝，三軍懼，乃殺佐元。壬辰，制以迪簡檢校工部尚書、定州長史、充義武軍節度觀察、北平軍等使。」

## 答裴垍讓宰相第三表〔一〕

卿疾病已來，表疏相繼。雖辭乞之誠頗切，而注望之意方深。所以來章，久而未報。然念卿勤懇之請，至于再三。若心不甚安，即疾難速愈。是用輟樞劇之務，加崇重之官。稍遂優閑，佇期痊復。勉從爾志，深抑予懷。（3275）

【注】

朱《箋》：作於元和五年（八一〇），長安。

〔一〕裴垍：見本卷《答裴垍讓中書侍郎平章事表》(3271)。

## 答裴垍謝銀青光禄大夫兵部尚書表〔一〕

卿自居鈞軸①，日獻謀猷。戴君常竭其股肱，憂國每形於顏色。及嬰疾病，益不遑安。未踰四旬，以至三讓。撝謙秉易退之道②，堅懇陳難奪之詞。遂抑朕心，俯從卿請。而七命印綬，五兵尚書。官秩甚崇，事務稍簡。就以優養，冀乎和平。載省表章，深見誠意，所謝知③。(3276)

【校】

①卿　《文苑英華》其上有「省表具知」四字。

②撝謙　金澤本、《管見抄》作「謙撝」，馬本作「撝謙」。

③所謝知　三字紹興本等無，據金澤本、《管見抄》、《文苑英華》補。

【注】

朱《箋》：作於元和五年（八一〇），長安。

〔一〕裴垍：《舊唐書·憲宗紀》：「（元和五年十一月）庚申，以中書侍郎、平章事裴垍爲兵部尚書。」

## 與劉總詔〔一〕

勅：劉總，康志安至，省所謝陳①，具悉。卿之先父，爲朕元臣。大節殊功，殁而不朽。宜加恩禮，俾洽哀榮。故命宰臣，爲之撰録〔二〕。卿義深報國，孝重承家。既感顯親之恩，願竭戴君之節。遠有奏謝，益用嘉之。想宜知悉。（3277）

【校】

①謝陳　金澤本作「陳謝」。

【注】

朱《箋》：作於元和五年（八一〇），長安。

〔一〕劉總：見本卷《答劉總謝檢校工部尚書范陽等兩道節度使表》（3272）。

〔二〕故命宰臣爲之撰録：權德輿《故幽州盧龍軍節度副大使知節度事……贈太師劉公墓誌銘》：「（元和）五年秋七月，寢疾，薨於莫州之廨舍，享年五十四。冬十月，歸全於涿州良鄉縣之某原。追錫太師，不視朝三日。命諫議大夫弔詞法賻，廷尉卿持節禮册。又詔宰臣德輿銘於壽堂。」

## 與房式詔〔一〕

勑：房式，卿以良才，尹兹東洛。公忠無怠，聲績有聞。嘉歎之深①，寧忘寤寐？宣城重寄，深在得人。藉卿政能，往就綏撫。今授卿宣州刺史、兼御史中丞、充宣歙等州都團練觀察處置等使，并賜告身往。卿宜便起赴本道②，勉修所任，以稱朕懷。想當知悉。（3278）

**【校】**

①之深　金澤本作「在懷」。

②卿宜　那波本作「宜卿」。

【注】

朱《箋》：作於元和五年（八一〇），長安。

〔一〕房式：新舊《唐書》有傳。《舊唐書·憲宗紀》：「（元和五年十二月癸酉）以河南尹房式爲宣州刺史、宣歙池觀察使、採石軍等使。」

## 與盧恒詔①〔一〕

勑：盧恒，卿累登朝序，皆著公方。自領藩條，益彰理行。恪恭而奉上，勤儉以牧人②。不加寵榮，何勸來者？朕以擢管漕運，軍國所資。其務甚殷，所寄尤重。以卿有忠勞之前效，幹濟之長才。常簡朕心，宜授此職。今除卿尚書刑部侍郎、充諸道鹽鐵轉運等使③，并賜告身往。卿宜即赴闕庭④，想當知悉。（3279）

【校】

①題　紹興本等「盧恒」下衍「卿」字，金澤本原有「卿」字，後塗抹。今删。

②牧人　金澤本作「卹人」。

③等使　紹興本等無「等」字，據金澤本補。

④卿宜　紹興本等無「卿」字，據金澤本補。

【注】

朱《箋》：作於元和五年（八一〇），長安。

〔一〕盧恒：朱《箋》謂即盧坦，蓋因避穆宗諱而追改。按，穆宗名恒，盧坦字保衡，蓋初名恒。《舊唐書·憲宗紀》：「（元和五年十二月癸酉）以前宣歙觀察使盧坦爲刑部侍郎，充諸道鹽鐵轉運使。」

## 與新羅王金重熙等書①〔一〕

勅：新羅王金重熙，金獻章及僧沖虚等至，省表兼進獻及進功德并陳謝者，具悉〔二〕。卿一方貴族，累葉雄材。仗忠孝以立身②，資信義而爲國。代承爵命，日慕華風。師旅叶和，邊疆寧泰。況又時修職貢，歲奉表章。進獻精珍，忠勤並至。功德成就，恭敬彌彰。載覽謝陳，益用嘉歎③。滄波萬里，雖隔於海東；丹慊一心，每馳於闕下。以玆嘉尚④，常屬寢興。勉弘始終，用副朕意⑤。今遣金獻章等歸國，并有少信物具如別錄⑥。卿母及妃并副王宰相已下各有賜物，至宜領之〔三〕。冬寒，卿比平安好，卿母比得和宜⑦，官吏僧道將士百姓等各加存問，遣書指不多及。（3280）

**【校】**

①題　金澤本無「等」字。

②仗忠　《文苑英華》作「秉忠」，校：「集作仗。」

③益用嘉歎　金澤本作「益嘉懇到」。「益用」郭本作「並用」。

④嘉尚　金澤本作「歎尚」，《文苑英華》作「歎賞」，校：「集作嘉尚。」

⑤用副　金澤本作「用制」。

⑥具如　《文苑英華》作「具左」，校：「集作如。」馬本作「見如」，誤。

⑦和宜　金澤本作「如宜」，郭本作「宜和」。

**【注】**

朱《箋》：作於元和五年（八一〇），長安。

〔一〕新羅王金重熙：《舊唐書·順宗紀》：「（貞元二十一年二月）戊辰，以開府儀同三司、檢校太尉、使持節大都督雞林州諸軍事、雞林州刺史、上柱國、新羅王金重熙兼寧海軍使，以重熙母和氏爲太妃，妻朴氏爲妃。」《册府元龜》卷九六五《外臣部·封册》：「（元和）七年七月，以新羅王金重熙卒，立其相金彦昇，遣使來告。」重熙，新舊《唐書·東夷傳·新羅》、《唐會要》卷九五《新羅》均作重興。《三國史記》卷十《新羅本紀十》哀莊王元年：「哀莊王立，諱清明，昭聖王太子也，母金氏桂花夫人。即位時年十三歲。阿飡兵部令彦昇攝政。……秋七月，王更名重熙。」六年：「春正月，封母金氏爲大王后，妃朴氏爲王后。是年，唐德宗崩。順宗遣兵部郎中兼御史大夫元季方告哀，且册王爲開府儀同三司、檢校太尉、使持節大都督雞林州諸軍事雞林州刺史、兼持節充寧海軍使、上柱國、新羅王。其母叔氏爲大妃，朴氏爲妃。」十年：「秋七月，遣大阿飡金陸珍入唐謝恩，兼進奉方物。大旱，王叔父彦昇與弟伊飡悌邕將兵入内作亂，弑王。」據卷三一《年表》：哀莊王元年當德宗貞元十六年，即位十年薨，當憲宗元和四年。《三國史記》記重熙母一作金氏，一作叔氏，與《舊唐書》、《册府元龜》異。

〔二〕金獻章：《唐會要》卷九五《新羅》：「（元和）五年，其王子金憲章來朝貢。七年，重興卒，立其相金彦昇爲王，遣使金昌南等告哀。」《三國史記》卷十《新羅本紀卷十》憲德王（即彦昇）二年（當元和五年）：「冬十月，遣王子金憲章入唐，獻金銀佛像及佛經等，上言爲順宗祈福。」當即其人。然據《三國史記》，元和五年彦昇已弑重熙，居易此書及《唐書》等均不詳此節，新羅使節其時蓋掩其事不報，至元和七年方告哀。此金憲（獻）章亦非重熙王子（重熙如有子亦未成年），而是彦昇王子。此書未稱其爲王子，蓋彦昇未言即位，憲章亦僅以使臣身份入唐。

〔三〕副王宰相：當指彦昇。《三國史記》卷十《新羅本紀十》哀莊王元年：「阿飡兵部令彦昇攝政。」二年：「以兵部令彦昇爲御龍省私臣，未幾爲上大等。」同書卷三七《職官志》新羅官號：「上大等，或云上臣，法興王十八年始置。」「兵部令一人，法興王三年始置，真興王五年加一人，太宗王六年又加一人。位自大阿飡至太大角干爲之，又得兼宰相。」

## 答文武百寮嚴綬等賀御製新譯大乘本生心地觀經序表〔一〕

朕勤求道本①，廣挹教源。以真如不二之宗，助清淨得一之化。況斯經典，時爲大乘。名理精微，翻譯成就。雖契心則離於文字，而得意亦假於筌蹄。庶使發揮②，因爲述序③。卿等精通外學，懇竭忠誠④〔二〕。引經贊揚，奉表稱賀。再三省覽⑤，嘉歎久之。

（3281）

【校】

①朕　《文苑英華》其上有「省表具知」四字。

②庶使　金澤本作「庶在」。

③述序　金澤本作「序述」。

④忠誠　金澤本作「中誠」。

⑤省覽　《文苑英華》、郭本作「省鑒」。

【注】

朱《箋》：作於元和六年（八一一），長安。

〔一〕嚴綬：見本卷《批百僚嚴綬等賀御撰屏風表》（3235）。新譯大乘本生心地觀經：《舊唐書・憲宗紀》：「（元和）六年正月，勅諫議大夫孟簡、給事中劉伯芻、工部侍郎歸登、右補闕蕭俛等於豐泉寺翻譯《大乘本生心地觀音經》。」《孟簡傳》：「（元和）六年，詔與給事中劉伯芻、工部侍郎歸登、右補闕蕭俛等，同就醴泉佛寺翻譯《大乘本生心地觀經》，簡最擅其理。」憲宗《大乘本生心地觀經序》：「《大乘本心地觀經》者，釋迦如來於耆闍崛山與文殊師利、彌勒等諸大菩薩之所説也。其梵夾我烈祖高宗之代師子國之所獻也，寶之歷年，秘於中禁。朕嗣守丕業，虔奉昌圖，聽政之暇，澡心於此。……乃出其梵本於醴泉寺，詔京師義學大德罽賓三藏般若等八人翻譯其旨，命諫議大夫孟簡等四人潤色其文，列爲八卷，勒成一部。……時我唐御天下一百九十有四年也。」《宋高僧傳》卷三《唐醴泉寺般若傳》：「釋般若，罽賓國人也。貌質魁梧，執禁嚴整，在京師，充義學沙門。憲宗敦崇佛門，深思翻譯，奈何有事於蜀都，劉闢阻命，王承宗未平，朝廷多故。至元和五年庚寅，詔工部侍郎歸登、孟簡、劉伯芻、蕭俛等，就醴泉寺譯出經八卷，號《本生心地經》。此之梵夾乃高宗朝師子國所進者。寫畢進上，帝覽有勑，朕願爲序。尋頒下其文，冠於經首。」

〔二〕外學：佛教以教外之學爲外學，此則指佛學。

## 答孟簡蕭俛等賀御製新譯大乘本生心地觀經序狀①〔一〕

大僊經典②，最上法乘。來自西方，閟于中禁。將期利益，必在闡揚。遂命僧徒，譯其句偈。兼詔卿等，潤以文言。昨因披尋，深得真諦。悟本生不滅之義，證心地無相之宗。方勤護持，聊著序引。永言述作，猶愧聖明。卿等賀陳，良深嘉尚③。（3282）

**【校】**

①題　「孟簡蕭俛」《文苑英華》作「蕭俛孟簡」。

②大僊　《文苑英華》其上有「省表具知」四字。
③嘉尚　金澤本作「嘉心」。

【注】

朱《箋》：作於元和六年(八一一)，長安。

〔一〕孟簡：見卷十八《孟簡賜紫金魚袋制》(3227)。蕭俛：見卷十七《除蕭俛起居舍人制》(3170)。

## 答元膺授岳鄂觀察使謝上表①〔一〕

夏口重鎮②，屬在時賢。非明肅不能理其軍，非簡儉不能阜其俗③。以卿有仁厚之質，謇直之風。累踐班行，皆著名節④。遂輟中憲，往臨外藩。知已下車，深慰人望⑤。佇茲報政，用副朕懷。所謝知。(3283)

【校】

①題　「膺」紹興本等作「應」，據金澤本、《文苑英華》改。《文苑英華》校：「集作應，非。」

②夏口　《文苑英華》其上有「省表具知」四字。

③簡儉　郭本作「簡靜」。

④皆著　郭本作「宿著」。

⑤深慰　金澤本、《文苑英華》作「當慰」，《文苑英華》校：「集作深。」

## 【注】

〔一〕朱《箋》：作於元和六年（八一一），長安。

元膺：呂元膺，字景夫，新舊《唐書》有傳。《舊唐書·憲宗紀》：「（元和五年十二月壬午）以前御史中丞呂元膺爲鄂州刺史、鄂黄岳沔蘄安黄等州觀察使。」

# 答李鄘授淮南節度使謝上表①〔一〕

卿抱兼人之才②，秉徇公之節。每登要職，悉著能名③。若刃發硎，投而不滯；如玉在佩，動必有聲。朕以距淮而南，人物繁會。非廉明何以貞師察俗？非簡惠何以通商綏農？前勞既彰，後効何遠④？載省來表，知已下車。勉副虛懷，佇觀新政。所謝知。（3284）

【校】

①題　金澤本「淮南」下有「等」字。

②卿　《文苑英華》其上有「省表具知」四字。

③悉著　金澤本、《文苑英華》作「輒著」，《文苑英華》校：「集作悉。」

④何遠　金澤本作「非遠」。

【注】

朱《箋》：作於元和六年（八一一），長安。

〔一〕李鄘：新舊《唐書》有傳。《舊唐書·憲宗紀》：「（元和五年十二月）癸酉，諸道鹽鐵轉運使、刑部尚書李鄘檢校吏部尚書，兼揚府長史，充淮南節度使。」

## 畫大羅天尊贊〔一〕　并序

歲正月十九日，順宗仙駕上昇之月日也〔二〕。皇帝嗣位六載，每及茲晨①，齋居孝思，明發不寐。以爲玄祖之教本乎道，先帝之神在乎天。故畫大羅天尊像者，欲以最上勝因而成本願功德也②〔三〕。然則知之者不如念之者，念之者不如仰之者。是用諦念真力，虔仰尊儀。命設色之工圖其儀形，命掌文之臣贊其功德。達孝誠于天上，致孝理於域中。斯蓋弘願發於我皇，景福薦於先后。稽首奉詔，跪稱讚云：

維大羅兮天上天，維天尊兮仙上仙③。高真之鑒照下界，孝敬之心達上玄。每一念兮以一仰，感罔極兮福無壥④。（3285）

【校】

①茲晨　金澤本作「茲辰」。

②本願　紹興本等無「願」字，據金澤本補。

③天尊　金澤本作「大尊」。「仙上仙」　金澤本作「仙中仙」。

④無壥　金澤本作「無邊」。

【注】

朱《箋》：作於元和五年（八一〇），長安。以憲宗繼位在永貞元年（八〇五），文稱「嗣位六載」，當爲元和五年。按，此文之嗣位六載即指元和改元之六載，當元和六年（八一一）作。

〔一〕大羅天尊：梁肅爲唐肅宗作《大羅天尊畫像贊》：「大羅之界，象帝之尊。文明武德，有赫孝宣。」《雲笈七籤》卷三《道教本始部·道教所起》：「三清之上即是大羅天，元始天尊居其中，施化敷教。」同卷《道教三洞宗元》：「最上一天曰大羅，在玄都玉京之上。紫微金闕，七寶騫樹，麒麟、師子化生其中，三世天尊治在其内。三界二十八天，其次四天，其次三境，最上大羅，合三十六天，總是三尊所統。」

〔二〕順宗仙駕上昇：《舊唐書·順宗紀》：「（元和元年正月）甲申，太上皇崩于興慶宮之咸寧殿，享年四十六歲。」

〔三〕勝因：佛教語。《佛説光明童子因緣經》卷一：「此處出已，應不復於惡趣受生，以佛光明最勝因緣故。」本願功德：亦佛教語。《衆許摩訶帝經》卷十一：「以本願力今值於我復作供養，所獲功德乃與阿囉曩毗正等正覺平等無異。」《道行般若經》卷九：「佛語須菩提：乃往久遠世有菩薩，名薩陀波倫，爲前世施行功德所追逮，本願所成，世世作功德所致。」

# 白居易文集校注卷第二十[1]

## 翰林制詔四　勑書批答祭文贊詞附　凡六十八首

### 答元義等請上尊號表(一)

朕自君臨[2]，運逢休泰。時歲豐稔，兇醜殄夷。此皆宗社降靈，忠賢宣力。顧惟寡德[3]，敢受鴻名？卿中發懇誠[4]，上尊美號。雖屬人望，難貪天功。宜悉所懷，勿固爲請。(3286)

【校】

①卷第二十　即《白氏文集》紹興本、馬本卷五十七，殘宋本卷五十八，那波本卷四十。

②朕　《文苑英華》其上有「省表具知」四字。

③寡德　郭本作「薄德」。

④中發　《文苑英華》作「等發于」，校：「集作中發。」

【注】

朱《箋》：作於元和二年（八〇七），長安。

〔一〕元義：岑仲勉《白氏長慶集僞文》以爲元義方之奪文。《新唐書·文藝傳·元義方》：「歷虢、商二州刺史，福建觀察使。」《舊唐書·憲宗紀》：「（元和四年四月庚子）以商州刺史元義方爲福建觀察使。」岑氏謂：「則義方當元和二年末，非商州即虢州刺史也。」《唐代墓誌彙編續集》元和〇一八柳澗《唐故同州澄城縣主簿韋府君墓誌銘》：「夫人河南元氏，虢州刺史義方之女。」志撰於元和三年十一月，則義方此前爲虢州刺史。按，元義方爲外州刺史，其位不當領銜上尊號。又，參本卷各篇篇題，凡姓名三字者均省首字，故元義方不應訛奪爲元義。元義或爲元衡之誤。《舊唐書·憲宗紀》：「（元和二年十月）丁卯，以門下侍郎、平章事武元衡檢校吏部尚書、兼門下侍郎、平章事、成都尹、充劍南西川節度使，仍封臨淮郡公。將行，上御安福門慰勞之。」又：「（元和三年正月）癸巳，群臣上尊號曰睿聖文武皇帝。」此答稱「勿固爲請」，則在正式上尊號前，領銜者當爲武元衡。

## 答薛苹賀生擒李錡表①〔一〕

朕自嗣耿光②，每多惕厲。念必先於除害，志無忘於安人。李錡大負國恩，自貽天罰③。師徒未動於疆場④，父子俱肆於市朝。信上天之禍淫，與率土而同慶。省視來表，深鑒乃誠。所賀知。（3287）

【校】

①題 「薛苹」紹興本等作「薛萃」，《文苑英華》明抄本作「薛華」，明刊本作「薛平」，校：「集作萃，非。」從岑仲勉《唐集質疑》改。

②朕 《文苑英華》其上有「省表具知」四字。

③天罰 《文苑英華》作「天討」，校：「集作罰。」

④未動 《文苑英華》作「未勤」，校：「集作動。」

【注】

朱《箋》：作於元和二年（八〇七），長安。

〔一〕薛苹：新舊《唐書》有傳。《舊唐書·憲宗紀》：「（永貞元年十一月甲申）以虢州刺史薛苹爲潭州刺史、湖南觀察使。」岑仲勉《唐集質疑·薛苹與薛平》：「苹蓋從湖南任上表賀也。」並以次篇《答薛苹詔》有「且清白之風，既自家而刑國」語，謂苹固以清白聞，斷此人非薛嵩子、武將薛平。生擒李錡：《舊唐書·憲宗紀》：「（元和二年十月）庚申，李錡據潤州反，殺判官王澹、大將趙琦。……癸酉，潤州大將張子閬、李奉仙等執李錡以獻。……十一月甲申，斬李錡于獨柳樹下，削錡屬籍。」

## 與薛苹詔①〔一〕

勑：薛苹，楊君靖至，省所陳謝，具悉。卿勤王之節，徇公滅私；事主之誠，移忠資孝。苟非褒贈，何以顯揚？且清白之風，既自家而刑國；則寵旌之澤，宜因葉以流根。式遵追遠之經，用表教忠之訓②。是爲禮典，煩致謝章。（3288）

【校】

①題　「薛苹」紹興本等作「薛萃」，從岑仲勉《唐集質疑》改。正文同。

②教忠　那波本作「敬忠」。

【注】

朱《箋》：作於元和二年（八〇七），長安。

〔一〕薛苹：見前篇注。

## 與嚴礪詔〔一〕

敕：嚴礪，薛光朝至，所陳謝具悉。卿徇公竭誠，臣節克著；揚名濟美，子道有光。教忠既本於義方①，追遠宜崇於禮命。俾優褒贈，爰慰孝思。秩貴冬官，以表過庭之訓；封榮石窌，用旌徙宅之賢〔二〕。雖示新恩，允符舊典。遠煩陳謝，深見懇誠。

（3289）

【校】

①教忠　那波本作「敬忠」。

【注】

朱《箋》：作於元和二年（八〇七），長安。

〔一〕嚴礪：新舊《唐書》有傳。《舊唐書·憲宗紀》：「（元和元年九月）戊戌，以山南西道節度使嚴礪爲梓州刺史、劍南東川節度使。」《嚴礪傳》：「元和四年三月卒。卒後，御史元稹奉使兩川按察，糾劾礪在任日贓罪數十萬。詔徵其贓，以死，恕其罪。」岑仲勉《白氏長慶集僞文》謂此詔「秩貴冬官，以表過庭之訓」，蓋答礪謝父贈工部尚書之詔。參前後各篇，當作於元和二年末。

〔二〕封榮石窌：謂嚴礪母受封。《左傳》成公二年：「齊侯見保者，曰：『勉之！齊師敗矣！』辟女子。女子曰：『君免乎？』曰：『免矣。』曰：『鋭司徒免乎？』曰：『免矣。』曰：『苟君與吾父免矣，可若何？』乃奔。齊侯以爲有禮。既而問之，辟司徒之妻也。予之石窌。」

## 與餘慶詔〔一〕

敕：餘慶，省所謝陳，具悉。卿累居衮職，時謂盡忠；自尹洛師，日聞報政。臣節既彰於宣力，子道莫大於揚名。俾光孝思，爰舉禮命。榮褒冢宰，寵賁幽靈〔二〕。式是彝章，豈爲私渥？有煩陳謝，深見誠懷。（3290）

【注】

朱《箋》：作於元和三年（八〇八），長安。

〔一〕餘慶：鄭餘慶。見卷十八《除鄭餘慶太子少傅制》（3209）。《舊唐書·憲宗紀》：「（元和三年六月）甲戌，以河南尹鄭餘慶爲東都留守。」岑仲勉《白氏長慶集僞文》謂餘慶在河南尹任内因其父蒙贈吏部尚書而陳謝，此詔當在六月前所發。

〔二〕冢宰：吏部尚書。《唐六典》卷二吏部尚書：「後周依《周官》，置大冢宰卿一人，正七命。隋復曰吏部尚書。」

## 答黄裳請上尊號表〔一〕

朕以薄德①，嗣守丕圖。不敢荒寧②，以弘理道。幸屬歲時豐稔，兇寇梟夷。風雨不愆，禮圜丘而報本③；雷霆未震，釁太社而服刑。斯皆十聖降靈，幽贊寡昧；百辟叶德，馴致和平。永惟弘名，實懼虚美。卿上稽祖訓，下酌羣情。陳獻表章，請加徽號。暨于王公卿士④，降及耆艾緇黄。咸一乃心，各三其請。朕嘗以宰元化者曲成於物，法天道者從欲於人。雖恤隱泣辜，未臻三五之化；而樂推欣戴，難違億兆之心。德非稱焉，讓不獲已。勉從所請，深愧於懷。（3291）

【校】

①朕 《文苑英華》其上有「省表具知」四字。

②荒寧 《文苑英華》作「遑寧」，校：「集作荒。」

③禮 《文苑英華》作「祀」，校：「集作禮。」「而」《文苑英華》作「以」，校：「集作而。」

④王公卿士 《文苑英華》作「公卿士庶，」校：「集作王公卿士。」

朱《箋》：作於元和二年（八〇七），長安。

【注】

〔一〕黄裳：杜黄裳。《舊唐書·憲宗紀》：「（元和二年正月）乙巳，以門下侍郎、同平章事、南陽郡開國公杜黄裳檢校司空、同平章事、兼河中尹、河中晉絳等州節度使。」黄裳元和三年九月卒。參本卷《答元義等請上尊號表》(3286)。

## 與從史詔(二)

勑:從史,楊幹至,省所奏今月七日到潞城縣降雪尺餘,兼奏耆老等詣闕請欲立碑,並手疏通和劉濟本末事宜者,具悉。卿分朕之憂,求人之瘼。時降大雪,豐年表祥。豈惟澤及土田,將使物無疵厲①。休慶斯在,慰望良深。耆老等遠詣闕庭②,請立碑紀。尋已允許,當體誠懷。以旌政能,無至陳讓。知卿協比其鄰,翼戴爲意。陳此手疏,發於血誠。忠懇彌彰,嘉歎不已。永言臣節,何日忘之?想宜知悉。(3292)

【校】

①疵　盧校:「疵字見《釋名》,前《祭廬山文》亦用之,當即札之異文。」馬本、郭本作「疵」。

②闕庭　紹興本、殘宋本作「關庭」,據他本改。

【注】

朱《箋》：作於元和二年（八〇七），長安。

〔一〕從史：盧從史。見卷十九《與從史詔》（3249）等。詔云降雪事，岑仲勉《白氏長慶集僞文》謂元和二年底作。其與劉濟通和事，新舊《唐書》未載。

## 與韓臯詔〔一〕

勅：韓臯，省所陳賀，具悉。朕自守睿圖①，每思寬政，慮先禁暴，念在措刑。李錡負國反常，阻兵干紀。未勞師旅，已就誅夷。卿宣力納忠，秉心嫉惡。遠陳慶賀，深見懇誠。想宜知悉。（3293）

【校】

①朕自守　紹興本等其上有「卿」字。盧校：「疑衍文。下《與季安詔》、《與茂昭詔》皆卿朕連文，疑卿字皆衍。」從删。

【注】

朱《箋》：作於元和二年（八〇七），長安。

〔一〕韓臯：見卷十八《除韓臯東都留守制》（3190）。《舊唐書·憲宗紀》：「（元和元年正月）辛未，以鄂岳沔觀察使韓臯爲鄂、岳、蘄、安、黄等州節度使。」

## 與元衡詔〔一〕

敕：元衡，卿立身許國，竭力匡君。人之具瞻，予所嘉賴。凋殘是卹，遠籍宣風之能；利澤所資，暫輟爲霖之用。慈和既敷於兵後，惠信當洽於言前。永念忠勤，豈忘寤想？計卿行邁，已至西川。涉遠冒寒，固甚勞頓。勉加綏撫，以副朕懷。想宜知悉。（3294）

【注】

朱《箋》：作於元和二年（八〇七），長安。

〔一〕元衡：武元衡。參本卷《答元義等請上尊號表》（3286）注。

## 答李扞等謝上尊號表〔一〕

朕自臨萬邦①，僅經三載。位雖託於人上，化未洽於域中。永念眇身，敢當大號？卿等義深宗室，忠盡君親。一其情誠，三有陳獻。迫以人望，厭于天心。遂抑所懷，勉從其請。固辭而事非獲已，撫德而何以堪之？再省謝章，彌增惕厲②。（3295）

【校】

①朕　《文苑英華》其上有「省表具知」四字。

②惕厲　《文苑英華》作「惕慮」，校：「集作厲。」

【注】

朱《箋》：作於元和二年（八〇七），長安。

〔一〕李扞：據此答及本卷《答李扞謝許遊宴表》（3309），爲官宗正卿者。《唐代墓誌彙編》大中一〇七呂煥《唐故中散大夫秘書監致仕……東平呂府君墓誌銘》：「公夫人隴西縣君李氏，外王父桂府觀察使、宗正卿、魏國公玕。」即其人。

## 答馮伉請上尊號表[一]

朕統承大寶，時屬小康。伐謀而吴、蜀克清，示信而華夷有截。斯皆宗社垂祐，天地降和。非予沖人，所能馴致。卿上稽十聖之例，下酌萬人之心。以爲不讓强名，未傷於體道；屈己徇物①，何爽於至公？遂抑素懷，俯從衆望。雖鴻名未稱，每勞蹐地之心；而人欲不從②，即爽法天之德。勉依勸請，良用愧懷。（3296）

【校】

①徇物　馬本作「循物」。

②不從　紹興本等作「下從」，據郭本改。

【注】

朱《箋》：作於元和二年（八〇七），長安。

〔一〕馮伉：新舊《唐書》有傳。《舊唐書·馮伉傳》：「順宗即位，拜尚書兵部侍郎。改國子祭酒，爲同州刺史。入拜左散騎常侍，復領太學。元和四年卒。」《憲宗紀》：「（元和四年四月）戊寅，國子祭酒馮伉卒。」岑仲勉《白氏長慶集僞文》謂伉上表時非同州刺史即國子祭酒。按，伉當以國子祭酒上表請上尊號。

## 答長安萬年兩縣百姓耆壽等謝許上尊號表〔一〕

朕每念雍熙①，慚未及於億兆；永言徽號，讓已至于再三②。而文武具寮，緇黄庶老，懇陳誠款，明引訓謨。開予以天地無私之心，起予以聖宗不易之訓。以爲大道者無求於物③，物尊而不辭；至公者非欲其名，名立而不讓。迫於固然之理④，不得已而許之。卿等誠至感通，義深欣戴。再煩陳謝，益用愧懷。（3297）

【校】

殘宋本此篇在《答元素謝上表》後。

①雍熙　《管見抄》作「邕熙」。

②再三　馬本作「二三」。
③以爲　紹興本等作「以」，據《管見抄》改。
④理　馬本作「禮」。

【注】

〔一〕謝許上尊號：參本卷《答元義等請上尊號表》(3286)注。
朱《箋》：作於元和二年(八〇七)，長安。

## 答元素謝上表〔一〕

卿用兼文武①，識合變通。輟綱領於中朝，授麾幢於外閫②。吏能足以惠物，將略足以董戎。人望所歸，予心是賴。知卿已到本鎮，當慰疲人。深藉撫綏之方，以安凋弊之俗③。日期報政，歲望成功。勉勤所圖，用副朕意。(3298)

【校】

①卿　《文苑英華》其上有「省表具知」四字。

②外閫　《文苑英華》作「重鎮」，校：「集作外閫。」

③凋弊　《文苑英華》作「凋瘵」，校：「集作弊。」

【注】

朱《箋》：作於元和二年（八〇七），長安。

〔一〕元素：李元素。字大朴，新舊《唐書》有傳。《舊唐書·憲宗紀》：「（元和二年十月己酉）以御史大夫李元素爲潤州刺史，鎮海軍、浙西節度使。」己酉當作己未。

## 答韓臯請上尊號表〔一〕

銷沴致和，幸逢昌運；加名建號，豈稱眇身？而文武具寮，黎獻庶老，引古今之明訓，陳億兆之懇誠。謂德有所歸，謳歌不可以苟讓；謂功有所獻，徽號不可以固辭。遂抑中懷，俯從衆望。庶增修乎茂實，冀克副於鴻名。卿發誠自中，歸美于上。勉依所請，

彌愧于心。(3299)

【注】

朱《箋》：作於元和二年(八〇七)，長安。

〔一〕韓臯：見本卷《與韓臯詔》(3293)。

## 答馮伉謝許上尊號表〔一〕

朕以眇身，嗣于丕業。心雖勞於惕厲，化未及於雍熙。永惟强名，實懼虚美。上自一二元老，下及億兆黎人。大洽詢謀，明徵典訓。增予以巍巍之號，感予以顒顒之誠。既迫所懷，俯從其請①。卿義深奉上，志切戴君。再省謝陳②，彌增愧惕。(3300)

【校】

①其請　郭本作「所請」。

②謝陳　郭本作「所陳」。

【注】

朱《箋》：作於元和三年（八〇八），長安。

〔一〕馮伉：見本卷《答馮伉請上尊號表》(3296)。朱《箋》謂此答約在元和三年初憲宗上尊號之後。

## 與顔証詔〔一〕

勅：顔証，戴岌至，省所賀及謝王國清充五嶺監軍，具悉。卿職在撫綏，任兼備禦。公勤夙著，問望日彰①。言念于懷，豈忘寤寐？乾象昭感，壽星垂文〔二〕。與時相膺②，有道則見。顧慚菲德，何以當之？卿戎旅事殷，宜有監領。蓋爲常例，煩至謝陳。想宜知悉。（3301）

【校】

①問望　那波本、馬本作「聞望」。

②相膺　郭本作「相應」。

【注】

朱《箋》：作於元和二年（八〇七），長安。

〔一〕顔証：杲卿孫。《舊唐書·德宗紀》：「（貞元二十年十二月）庚午，以桂管防禦使顔証爲桂州刺史、桂管觀察使。」顔真卿《攝常山郡太守衛尉卿兼御史中丞贈太子太保謚忠節京兆顔公神道碑銘》：「公諱杲卿，字昕。……肅宗乃追贈太子太保。……（授）孫証左内倉曹，訊兵曹。」《元和姓纂》卷四顔：「杲卿，常山太守，贈太保、司徒、忠節公。孫証，右庶子。」

〔二〕壽星垂文：《唐會要》卷二二《祀風師雨師雷師及壽星等》：「開元二十四年七月十二日，有上封事者，言《月令》云：『八月，日會于壽星，祠于大社壇享之。』敕曰：『宜令所司特置壽星壇，常以千秋節日修其祀典。』二十六日，敕壽星壇宜祭老人星，及角亢七宿，著之常式。」《册府元龜》卷二五《帝王部·符瑞》：「（元和二年）八月戊辰，老人星見。」朱《箋》謂指此。本卷《季冬薦獻太清宮詞文》（3306）：「司天臺奏：六月十三日夜老人星見。」按，二年八月丙辰朔，戊辰即十三日。「六月」當爲八月之誤。

## 與從史詔〔一〕

勅：從史，省所陳謝，追贈亡母并舉薦韋悦，具悉。卿推誠奉國，積慶承家①。既彰盡節之忠，宜洽流根之澤。雖祿難逮養，已閟靈於九原；而孝在顯親，宜旌賢於三徙。俾崇封贈，以極哀榮。韋悦既有才能，又所諳委。卿即發遣，令赴闕庭。卿之忠誠，朕所識察。豈待陳露，然後知之？載覽來章，益嘉懇切。想宜知悉。（3302）

【校】

①承家　馬本作「成家」，誤。

【注】

朱《箋》：作於元和二年（八〇七），長安。

〔一〕從史：盧從史。見本卷《與從史詔》（3292）。

## 與季安詔〔一〕

勅：季安，省所陳請，具悉。朕纂承鴻業①，司牧蒼生。僅致小康，未臻大化。實慚薄德②，未稱崇名。而華夷兆人，内外羣后，屢有勤請，難於固違。卿遠獻表章，明徵典訓。納忠於上，歸美於君。勉從懇誠，良用愧惕③。儲貳者上繼宗祖，下貞邦家④。心豈暫忘？事或未暇。尚阻來請，當體所懷⑤。（3303）

【校】

①朕　紹興本等其上有「卿」字，據《管見抄》删。

②薄德　《管見抄》作「寡德」。

③愧惕　馬本作「愧悵」。

④下貞　郭本作「下奠」。

⑤所懷　《管見抄》其下有「宜知悉冬寒」五字。

【注】

朱《箋》：作於元和二年（八〇七）至元和六年（八一一），長安。按，此詔亦當作於元和三年（八〇八）上尊號後。

〔一〕季安：田季安。見卷十九《與季安詔》（3247）。

# 與高固詔〔一〕

勅：高固，卿奉國戴君，必竭忠節。統戎護塞，克著勳勞。自領藩垣，委之心膂。忠愨之志，久而益彰。欽歎在懷，何嘗暫忘？以卿一從軍旅，多在邊陲。歲月積深，勤勞滋久。所宜出入中外，周旋寵光。今授卿檢校尚書右僕射、御史大夫、兼右羽林軍統軍。以端揆之崇，兼環衛之帥。遂卿望闕之戀，表朕念功之心。仍賜卿官告，卿宜即赴闕庭，想宜知悉。（3304）

【注】

朱《箋》：作於元和二年（八〇七），長安。

〔一〕高固：新舊《唐書》有傳。《舊唐書·德宗紀》：「（貞元十七年六月）己酉，以邠寧兵馬使高固爲邠州刺史、兼御史大夫、邠寧慶節度使。」《高固傳》：「順宗即位，就加檢校禮部尚書。憲宗朝，進檢校右僕射。數年受代，入爲統軍。轉檢校左僕射，兼右羽林統軍。元和四年七月卒。」又《憲宗紀》：「（元和二年十二月）丙寅，以劍南西川節度使高崇文檢校司空、同平章事，兼邠州刺史、邠寧慶節度使，充京西諸軍都統。」朱《箋》以爲崇文即代固者，固之召入當在此時。

## 祭故贈婕妤孟氏文

維元和二年歲次丁亥，十二月甲寅朔，十九日壬申，皇帝遣某官某以庶羞之奠致祭于故婕妤之靈：自惟爾和順積中①，柔明奉上。動静合肅邕之體，進退得婉孌之儀。選自良家，備兹内職。修令顔以顧德，蘭幽有香；守明節而保身，玉潔無玷。方資懿範②，以茂嘉猷。彼美有聞，于何不淑？遽兹淪逝，深用惻傷。既卜日辰③，爰申奠酹。以爾有班氏之明智，故贈以婕妤。以爾有宓妃之淑容④，故葬於洛浦。魂兮不昧，歆此誠懷。尚饗！洛浦原在長安界〔一〕。（3305）

【校】

①自　馬本、郭本作「曰」。

②方資　郭本作「芳資」。

③日辰　馬本作「日晨」，誤。

④淑容　馬本作「姿容」。

【注】

朱《箋》：作於元和二年（八〇七），長安。

〔一〕洛浦原：《唐代墓誌彙編》貞觀〇五二《大唐故特進尚書右僕射上柱國虞恭公溫公墓誌》：「粵以其年十月廿二日陪葬于昭陵側之東所。……轘轅□忽，太華迢遰，□背洛浦，□臨渭汭。」此長安界之洛浦原。

## 季冬薦獻太清宫詞文①〔一〕

維元和二年歲次丁亥，十二月甲寅朔，二十六日己卯，嗣皇帝臣稽首大聖祖高上大道金闕玄元天皇大帝②〔二〕：伏以今年司天臺奏：正月三日祀上帝于南郊，佳氣充塞，四方溫潤，祥風微起。廬州申連理李樹一株③，彰義軍節度使進白烏一④，鄭滑觀察使奏瑞麥五科。司天臺奏：六月五日夜鎮星見。河陽節度使進白雀一⑤，荆南節度使申連理樹一本，山南西道觀察使申嘉瓜一枚。司天臺奏：六月十三日夜老人星見〔三〕。河南府中芝草兩莖。司天臺奏：冬至日佳氣充塞，瑞雪祁寒者。臣嗣承丕圖，肅恭寅畏。祖宗垂慶，嘉瑞薦臻。虔奉禎祥，伏深祗惕。今時惟玄律，節及季冬。仰薦明誠，敬率恒典。謹遣攝太尉、司徒、平章事杜佑薦獻以聞。謹詞。（3306）

【校】

①題 「詞文」《文苑英華》作「青詞」。

②玄元天 馬本作「玄天元」，誤。

③李樹 馬本無「李」字。

④進 《文苑英華》作「奏」，校：「集作進。」「一」 郭本作「一喙」。

⑤進 《文苑英華》作「申」，校：「集作進。」「一」 郭本作「一隻」。

【注】

元和二年（八〇七）作。朱《箋》漏編年。

〔一〕太清宮：《舊唐書・玄宗紀》：「（天寶二年三月壬子）改西京玄元廟爲太清宮，東京爲太微宮。」《册府元龜》卷五四《帝王部・尚黄老》：「（寶曆元年）十二月，命中書侍郎平章事竇易直攝太尉，充季冬奏祥瑞于太清宫。」蓋爲慣例。此詞文所奏全同。

〔一〕大聖祖高上大道金闕玄元天皇大帝：《舊唐書·玄宗紀》：「（天寶十三載）二月癸酉，上親朝獻太清宫，上玄元皇帝尊號曰大聖祖高上大道金闕玄元天皇大帝。」

〔二〕六月十三日：「六月」當爲八月之誤。見本卷《與顏証詔》（3301）注。

## 與茂昭詔〔一〕

敕：茂昭，盧校至，省所奏請上尊號及建儲闈、賀誅李錡并進馬者，具悉。朕以寡德①，祗嗣丕圖。雖致小康，豈稱大號？迫於人望，遂抑予懷。永惟强名，實愧虚受。儲貳者上繼宗祖，下貞邦家。心非暫忘，事或未暇。尚阻來請，宜體所懷。李錡苞藏亂心，奮發兇德。不勞征討，自就誅夷。想卿忠誠，倍以爲慰。所進馬馴良可尚，服御且閑。取其戀主之心，足表爲臣之節。再三省覽，嘉歎久之。想當知悉②。（3307）

【校】

①朕　紹興本等其上有「卿」字，衍。

②想當　馬本作「想宜」。

【注】

朱《箋》：作於元和二年（八〇七），長安。按，此詔當作於元和三年（八〇八）上尊號後。

〔一〕茂昭：張茂昭。見卷十九《與茂昭詔》（3237）。

## 答百寮謝許追遊集宴表〔一〕

在昔哲王，居于人上。推其憂樂，與衆共之。頃屬三兇薦興，二載連獲。凡百有位，咸一其心。誠念嘉謀，共致昭泰。今四表無事，三農有年。思與羣情①，同其具慶。是宜削苛察之前弊，煦寬裕之新恩②。仁及下而啓迪歡心，澤先春而導迎和氣。昨逢多故，主憂且使臣勞；今致小康，上安則宜下樂。庶欲解人之慍，粗伸推己之恩。豈曰殊私，煩於陳謝？（3308）

【校】

①思與　《全唐文》作「想與」。

②新恩　郭本作「心恩」。

【注】

朱《箋》：作於元和二年（八〇七），長安。

〔一〕許追遊集宴：《舊唐書·憲宗紀》：「（元和二年十二月）丙子，令宰臣宣敕：百僚遊宴過從餞别，此後所由不得奏報，務從歡泰。」《唐會要》卷二九《追賞》：「（貞元）十四年正月敕：『比來朝官，或有諸處過從，金吾衛奏。自今以後，更不須聞奏。』元和二年十二月，宰臣奉宣：『如聞百官士庶等，親友追遊，公私宴會，乃晝日出城餞送，每慮奏報，人意未舒。自今以後，各暢所懷，務從歡泰。』」

## 答李扞謝許遊宴表〔一〕

朕自御萬方，僅經三載。運逢休泰，俗漸和平。當朝野無虞之時，見君臣相遇之樂。是故去滋彰之化，弘優貸之恩。近自宗親，下及士庶。賜其宴衎，遂以優遊。蓋以己之所安，思與人之共樂①。雖夕惕而若厲，每戒志於無荒。賜春遊以發生②，宜助時而有慶③。卿等榮崇宗寺，恩重本枝。省所謝陳，彌嘉誠懇。（3309）

【校】

①人之　《管見抄》作「人而」。

②賜　《管見抄》作「而」。

③而　《管見抄》作「之」。

【注】

朱《箋》：作於元和二年（八〇七），長安。

〔一〕李扞：見本卷《答李扞等謝上尊號表》（3295）。

## 答劉濟詔①〔一〕

勅：劉濟，省所奏茂昭送卿管内百姓殷進能等七人并奏前後事由②，具悉。卿爲國大臣，與君同體。寬而得衆③，忠以忘身。每徇公而滅私④，能虛懷以容物。與茂昭疆場之事，小有違言⑤。曲直是非，朕已明辯。卿外崇藩翰，内贊謨猷。念屈己以爲心，或難容忍；思戴君而是力，宜務叶和。勉卿寬裕之懷，助朕含弘之化。想宜知悉。
（3310）

**【校】**

①題　《管見抄》作「與劉濟詔」。

②並奏　紹興本等無「並」字，據《管見抄》補。

③寬　馬本作「寡」。

④徇公　馬本作「循公」。

⑤小有　《管見抄》作「少有」。

**【注】**

朱《箋》：作於元和二年（八〇七），長安。

〔一〕劉濟：見卷十九《與劉濟詔》（3245）。

# 與柳晟詔〔一〕

勅：柳晟，卜英琦至，省所奏慶雲並進圖者，具悉。昌運將開，祥符先見。發自和氣，聚爲卿雲①。捧日而五色相宣，垂天而萬物咸覩。斯爲嘉瑞，宜契升平。朕方致小康，未臻大化。受兹玄貺②，祗惕良深。卿以誠事君，推美奉上。獻輪囷於圖畫，陳懇款於表章。披閱再三，彌增嘉歎。（3311）

【校】

①卿雲　郭本作「慶雲」。

②玄貺　馬本誤「方貺」。

【注】

朱《箋》：作於元和二年（八〇七），長安。

〔一〕柳晟：新舊《唐書》有傳。《舊唐書·憲宗紀》：「（元和元年九月戊戌）以將作監柳晟檢校工部尚書、兼興元尹、充山南西道節度使。」

## 答薛苹謝授浙東觀察使表①〔一〕

卿久踐吏途②，累聞能政。及居藩鎮，尤見忠勤。訓導而羣黎向方，廉察而列郡承式。實嘉乃績，每簡予心。宜遷雄劇之藩，以廣循良之化。勉於爲理，副朕所懷。所謝知。（3312）

【校】

①題　「薛苹」紹興本等作「薛萃」，校改。

②卿　《文苑英華》其上有「省表具知」四字。

【注】

朱《箋》：作於元和三年（八〇八），長安。

〔一〕薛苹：見本卷《答薛苹賀生擒李錡表》（3287）。《舊唐書·憲宗紀》：「（元和五年八月乙亥）以浙東觀察使薛苹爲潤州刺史、浙西觀察使。」據《唐方鎮年表》卷五引韓集《石君墓誌》注，薛苹除浙東觀察使在元和三年正月。

## 上元日歎道文①〔一〕

道本無象，功成强名。生一氣之先，爲萬物之母。吹煦寒暑，陰陽節而歲功成；輔相乾坤，上下交而生物遂。故能阜蕃動植，啓迪雍熙②。邦家保安，夷夏咸若。今以時殷獻歲③，節及上元。女道士某等④，奉爲皇帝焚香行道，敬修功德。伏願聲聞紫極⑤，丕降玄休。大庇羣生，永康四海。流光垂慶，億萬斯年。（3313）

【校】

①上元 《管見抄》作「中元」。

②雍熙 《管見抄》作「邕熙」。

③時殷 《文苑英華》作「時因」，校：「集作殷。」

④某 《管見抄》作「某乙」。

⑤聲聞　《管見抄》作「升聞」。

【注】

朱《箋》：作於元和二年（八〇七）至元和六年（八一一），長安。

〔一〕上元日：《唐六典》卷四祠部郎中：「而道士修行有三號……而齋有七名……其四曰三元齋：正月十五日天官，爲上元；七月十五日地官，爲中元；十月十五日水官，爲下元，皆法身自懺愆罪焉。」歎道文：蓋始于中唐。《全唐文》所收有封敖《慶陽節玉晨觀歎道文》、《憲宗忌日玉晨觀歎道文》、《立春日玉晨觀歎道文》，獨孤霖《七月十一日玉晨觀别修功德歎道文》、《九月一日玉晨觀别修功德歎道文》、《玉晨觀祈雨歎道文》，均在白居易之後。

## 畫大羅天尊讚文①〔一〕

道用無窮，統之者大聖；神化不測，感之者至誠。非圖像無以示儀形，非供養無以展嚴敬。故一念一禮而福隨之。畫大羅天尊者，奉爲順宗至德大聖大安孝皇帝忌辰之所造也②。皇帝祖玄元之風，嗣清淨之理。志在善繼，心惟孝思。申命工人，彰施繪事。粹容儼若③，真相炳焉。憑志誠而上通，垂景福而下濟。詞臣奉詔，恭爲讚云：

真通之象，孝感之心。率土瞻仰，在天照臨。蓄爲精誠，發爲圖畫。如從大羅，應念而下。（3314）

【校】

①天尊　《管見抄》其下有「楨」字。

②大聖　《管見抄》無二字。

③粹容　《管見抄》作「睟容」。

【注】

朱《箋》：作於元和三年（八〇八），長安。

〔一〕大羅天尊：見卷十九《畫大羅天尊贊》（3285）注。岑仲勉《白氏長慶集僞文》參以此卷前後諸篇，推定爲元和三年作。

## 答朱仕明賀册尊號及恩赦表〔一〕

朕以寡德①，嗣承睿圖。俯從衆誠②，勉受鴻稱。慶之大者，豈在予一人？推而廣之，宜及爾萬姓。爰因受册之禮，遂施作解之恩。俾與羣生，同斯大慶。卿盡忠訓旅，推美奉君③。省兹賀陳④，深見誠至。（3315）

【校】

①朕　《文苑英華》其上有「省表具知」四字。

②衆誠　《文苑英華》作「衆情」，校：「集作誠。」

③推美奉君　郭本作「推誠戴君」。

④省兹　郭本作「省所」。

【注】

朱《箋》：作於元和三年（八〇八），長安。

〔一〕朱仕明：又作士明，後賜名忠亮。新舊《唐書》有傳。《舊唐書·憲宗紀》：「（元和三年三月）庚子，以定平鎮兵馬使朱士明爲四鎮、北庭、涇原等州節度使。……（四月癸丑）賜朱士明名曰忠亮。」

## 祭咸安公主文〔一〕

維元和三年歲次戊子，三月癸未某日，皇帝遣某官某以庶羞之奠致祭于故咸安大長公主覩濬毗伽可敦之靈曰：惟姑柔明立性①，溫惠保身。靜修德容②，動中規度。組紃之訓，既習於公宫；湯沐之封，遂開於國邑。及禮從出降，義重和親。承渥澤於三朝，播芳猷於九姓③。遠修好信，既申協比之姻；殊俗保和，實賴肅雍之德。方憑福履，以茂輝榮。宜降永年，遽歸長夜。悲深訃告，寵極哀榮。爰命使臣，往申奠禮。故鄉不返，烏孫之曲空傳；歸路雖遥，青塚之魂可復。遠陳薄酹，庶鑒悲懷。嗚呼！尚饗！（3316）

【校】

①立性　郭本作「治性」。

②德容　郭本作「言容」。

③九姓　郭本作「公姓」。

【注】

朱《箋》：作於元和三年（八〇八），長安。

〔一〕咸安公主：《舊唐書·憲宗紀》：「（元和三年二月）戊寅，咸安大長公主卒于回紇。」《唐會要》卷六《公主》：「德宗十一女……咸安，降回紇武義成功可汗，贈燕國，謚襄穆。」同卷雜錄：「元和三年正月，咸安公主薨，廢朝三日。初，王師平史朝義，北虜微有功，恃此不修臣禮。至貞元四年，回紇武義成功可汗，始遣使獻方物，仍求結親。德宗與群臣議，許之，遂以公主降焉。命使册可汗爲勇猛分相智惠長壽天親可汗，册公主爲孝順端正智惠長壽可敦，御製詩送之。事具《德宗實録》。天親可汗卒，子忠貞可汗立。忠貞可汗卒，子奉誠可汗立。奉誠可汗卒，國人立其相，是爲懷相可汗，皆從故法尚公主。在蕃二十一年卒，册贈燕國大長公主，謚曰襄穆。」

## 與仕明詔〔一〕

卿久鎮邊防，初膺閫寄。式旌勤効，俾洽恩榮。褒德念功，故進封以示寵；忠誠亮

節，宜因實而錫名。既表新恩，亦惟舊典①。今改封卿丹陽郡王，仍改名忠亮。勉勤乃事，以副所懷。想宜知悉。（3317）

【校】

①亦惟　郭本作「亦推」。

【注】

〔一〕仕明：朱仕明。見本卷《答朱仕明賀册尊號及恩赦表》（3315）。

## 與崇文詔〔一〕

朱《箋》：作於元和三年（八〇八），長安。

勑：崇文，段良玭至，省所謝亡妻邑號，具悉。卿有濟時之勳，寵居衮職。士政承積善之慶，列在王官〔二〕。俾洽恩光，故加褒贈。念梧桐之早落，不及夫榮；追苯苡之遺芳，宜從子貴。式崇寵命，以賁幽靈。省兹謝章，良用嘉歎①。（3318）

【校】

①嘉歎　《管見抄》作「嘉止」。

【注】

朱《箋》：作於元和四年（八〇九），長安。按，當作於元和三年（八〇八）。崇文妻董氏元和三年追封郇國。

〔一〕崇文：高崇文。見卷十《與崇文詔》（2918）。《舊唐書·憲宗紀》：「（元和四年九月）丁卯，邠寧節度使、檢校司空、同平章事高崇文卒。」

〔二〕士政：崇文子。韋貫之《南平郡王高崇文神道碑》：「夫人董姓，汝州長史同珍之女，正位中闈，佐佑仁賢，翟茀未榮，鵲巢空在。春秋三十有一，以大曆十有四年五月一日終。元和三年追封郇國。洎茲啓殯淮右，從公於居。嗣子金紫光祿大夫行思王傅上柱國上谷郡開國公食邑二千户士政。」

## 祭張敬則文〔一〕

維元和三年歲次戊子，七月辛巳朔，二十七日丁未，皇帝遣某官某以清酌之奠致祭于故鳳翔節度使贈某官張敬則之靈：惟爾挺武毅之質，負將帥之才。名以忠聞，位由勤致。自膺閫職，益茂勳猷。惠葺疲氓，威吞黠虜。一方膏雨，千里長城。繼博望之功勞，能恢代業；傳子房之籌略，不墜家聲。方誓山河，遽捐館舍。逝川無捨，遠日有時①。徽績空存，書旗常而播美②；音容不見，聽鼙鼓而增思。永念忠勤，彌深軫悼。往陳遺奠，庶鑒悲懷。嗚呼！尚饗！（3319）

【校】

①遠日　郭本作「去日」。

②旗常　郭本作「旂常」。盧校同。

【注】

朱《箋》：作於元和三年（八〇八），長安。

〔一〕張敬則：本名昌。《舊唐書》有傳。《舊唐書·德宗紀》：「（貞元十四年三月丙申）以右神策將軍張昌爲鳳翔尹、右神策行營節度、鳳翔隴右節度使，仍改名敬則。」《憲宗紀》：「（元和二年六月）戊午，鳳翔節度使張敬則卒。」

## 與希朝詔〔一〕

勅：希朝，劉忠謹至，省所奏沙陀突厥共一千八百七十人并駝馬器械歸投事宜，具悉。卿以將帥之才，鎮華夷之要。憂勞爲國，忠勇忘家。聲動寇戎，塵清封略。突厥等嚮風輸款，率屬來賓。雖慕我懷柔，遠無不至；亦因卿威惠，導之使來。念其歸投，宜有優賜。今賜衣服及匹段等，自首領已下，卿宜等第給付。其部落家口等遠經跋涉，宜稍安存。以勸歸心，用副注意。（3320）

【注】

朱《箋》：作於元和三年（八〇八），長安。

〔一〕希朝：范希朝。見卷十七《授范希朝京西都統制》（3165）。《舊唐書·憲宗紀》：「（元和三年六月）丁丑，沙陀、突厥七百人攜其親屬歸振武軍節度使范希朝，乃授其大首領曷勒河漢陰山府都督。」「振武軍」當作朔方軍。《范希朝傳》：「憲宗即位，復以檢校僕射爲右金吾，出拜檢校司空，充朔方靈鹽節度使。突厥别部有沙陀者，北方推其勇勁，希朝誘致之，自甘州舉族來歸，衆且萬人。其後以之討賊，所至有功。遷河東節度使。」

## 與元衡詔〔一〕

敕：元衡，省所奏當管南界外生蠻東凌六部落大鬼主苴春等，以所管子弟百姓等二千餘户請内屬黎州，并奏南路蕃界消息者，具悉〔二〕。卿以文武之才，兼將相之任。仁和下布，黎庶獲安；威惠旁流①，蠻夷率附。勳勤斯著，倚賴彌深。欽矚之懷，豈忘寤寐？生蠻部落苴春等，久阻聲教，遠此歸投②。願屬黎州，請通縣道。勉於撫慰，以勸將來。所奏蕃界事宜，具已知委③。戎虜雖聞喪敗，封疆不可無虞。亦宜提防，用副憂矚。

（3321）

**【校】**

①旁流　郭本作「旁通」。

②遠此　馬本作「遂此」。

③知委　馬本、郭本作「知悉」。

【注】

朱《箋》：作於元和三年（八〇八），長安。

〔一〕元衡：武元衡。見本卷《與元衡詔》（3294）。

〔二〕東凌：《新唐書·南蠻傳下》：「黎、邛二州之東，又有凌蠻。」

## 與陸庶詔〔一〕

敕：陸庶，省所奏當管新開福建陸路四百餘里者，具悉。卿望重周行，寄分越徼。嘉聞素著，茂政累彰。況勤可使人，智能創物。廢驚波之路，開砥石之途。捨舊謀新，以夷易險。財力不費，商旅斯通。惠既及人，動非擾下。績用可尚，欽歎良深。（3322）

【注】

朱《箋》：作於元和四年（八〇九），長安。

〔一〕陸庶：《新唐書·宰相世系表三下》陸：溥子，「庶，福建觀察使。」據《唐方鎮年表》卷六，陸庶爲福建觀察使約在元和二年四月至四年四月。

# 答盧虔謝賜男從史德政碑文并移貫屬京兆表〔一〕

卿男從史，爲國重臣。自領大藩，厥有成績。公忠茂著，政理殊尤。勒石所以表勳，賜文所以褒德。惟功是念，有善必旌。是國舊章，非予私渥。昨又請移鄉貫，願隸京邑。家聲益振，臣節逾彰。雖清望標門，崇冠山東之族；而丹心戀闕，恥爲關外之人。載省懇誠，彌深嘉歎①。所謝知。（3323）

【校】

①嘉歎　《管見抄》作「欽歎」。

【注】

朱《箋》：作於元和三年（八〇八），長安。

〔一〕盧虔：見卷十九《祭盧虔文》（3233）。

## 與宗儒詔〔二〕

勑：宗儒，卿邦家楨幹①，班列羽儀。嘗作股肱，弼諧無怠。及司管籥，鎮靜有方。欽重之懷，寢興不捨②。春官之長，非賢不居。既簡朕心，亦符人望。今授卿禮部尚書，并賜官告往③。除餘慶東都留守，卿宜便與交割，即赴上都。想宜知悉④。（3324）

【校】

①楨幹　馬本作「積幹」。

②不捨　《管見抄》作「無捨」。

③官告　馬本作「官誥」。

④想宜　《管見抄》作「想當」。

【注】

朱《箋》：作於元和三年（八〇八），長安。

〔二〕宗儒：趙宗儒。新舊《唐書》有傳。《舊唐書·憲宗紀》：「（元和元年十一月）庚戌，以吏部侍郎趙宗儒爲東都留守、東畿汝防禦使。」「（三年六月）甲戌，以河南尹鄭餘慶爲東都留守。」《趙宗儒傳》：「元和初，檢校禮部尚書省事、兼御史大夫，充東都留守、畿汝都防禦使。入爲禮部、户部二尚書。」

## 與希朝詔〔一〕

勅：希朝，省所奏党項歸投事，具悉。卿邊隅寄重，閫外事繁。威行而軍聲外揚，信及而戎心内附。動皆展効，進必盡忠。勞績彌彰，倚望尤切。党項拓拔忠敬等，頃雖爲盜，今已經恩。懼而歸投，情可容恕。許其後効，以補前非。卿宜安存，無使疑懼。其磨梅部落等尚能繼至①，亦許自新。宜加招諭，令知朕意。（3325）

**【校】**

①尚能　「尚」盧校：「疑倘。」

【注】

朱《箋》：作於元和四年（八〇九），長安。

〔一〕希朝：范希朝。見本卷《與希朝詔》(3320)。

## 與韓弘詔〔一〕

勅：韓弘，任光輔至，省所陳請，具悉。卿文武全略，邦家重臣。自居大藩，厥有成績。輯寧百姓，嚴整三軍。使予無憂，惟爾之力。省兹章奏，懇願朝宗。誠嘉深衷，難遂勤請。朕以梁宋之地，水陸要衝。運路咽喉，王室藩屏。人疲易散，非卿之惠不能安；師衆難和，非卿之威不能戢。今衆方悦附，人又知歸。鎮撫之間，事難暫輟。雖戀深雙闕，積十年而頗勞；然倚爲長城，捨一日而不可。勉卿忠力，布朕腹心。宜體所懷，即斷來表。(3326)

【注】

朱《箋》：作於元和三年（八〇八），長安。

〔二〕韓弘：見卷十七《授韓弘許國公實封制》(3168)。《舊唐書・德宗紀》：「(貞元十五年十月)辛酉，以大理評事宣武軍都知兵馬使韓弘檢校工部尚書、兼汴州刺史、御史大夫、宣武軍節度使。」至元和三年爲十年。

## 答杜佑謝男師損除工部郎中表〔一〕

卿道贊謨猷，功成輔弼。師損克承訓義，雅有令名。豈惟賞延，兼以能選。班行久次，頗積公勤①。郎署稍遷，未爲渥澤。省茲章奏，深見懇誠。所謝知。(3327)

**【校】**

①公勤　郭本作「功勤」。

**【注】**

朱《箋》：作於元和三年(八〇八)，長安。

〔一〕師損：《舊唐書・杜佑傳》：「三子，師損嗣，位終司農少卿。」《新唐書・宰相世系表二上》襄陽杜氏：「師損工部郎中、司農少卿。」

## 與嚴礪詔〔一〕

勅：嚴礪，省所奏進蒼角鷹六聯，具悉〔二〕。卿任重列藩，寄兼外閫。事皆奉上，動必竭誠。時屬勁秋，致兹鷙鳥。調習成性，進獻及時。取其効用之能，足表盡忠之節。（3328）

【注】

朱《箋》：作於元和三年（八〇八），長安。

〔一〕嚴礪：見本卷《與嚴礪詔》（3289）。

〔二〕蒼角鷹：杜甫《姜楚公畫角鷹歌》：「楚公畫鷹鷹戴角，殺氣森森到幽朔。」《酉陽雜俎》卷二十《肉攫部》：「雕角鷹等，三月一日停放，四月上旬置籠。」六聯：即六隻。《酉陽雜俎》卷二十《肉攫部》：「齊王高洋天保三年，獲白兔鷹一聯。」

## 與韓弘詔〔一〕

勑：韓弘，卿苦心奉國，極慮撫人。惠彼一方，于兹十載。歷展勤王之効，累陳戀闕之誠。才以任彰，節因事著。不加殊寵，何表成功？夫外擁旌旄，爪牙之重任①；内參台衮，股肱之寄深。以爾一心，授兹二柄。永言倚賴，當副誠懷。今除卿同中書門下平章事，依前宣武軍節度等使，餘並如故，並賜官告往。想宜知悉。（3329）

【校】

殘宋本此篇在《答王鍔陳讓淮南節度使表》後。

①重任　馬本、郭本作「任重」。

【注】

朱《箋》：作於元和三年（八〇八），長安。

〔一〕韓弘：見本卷《與韓弘詔》（3326）。《舊唐書・憲宗紀》：「（元和三年九月庚寅）加宣武韓弘同平章事。」

## 答王鍔陳讓淮南節度使表〔一〕

卿自領大藩，累彰殊効。惠安百姓，表正一方。雖戀闕誠深，然殿邦寄切。既執圭而肆覲，宜返斾而勞旋。况淮海要衝，旌旄重任。永言共理，已有成功。方注意於撫綏，何瀝誠而陳讓？難允來請，宜體所懷。（3330）

【注】

朱《箋》：作於元和三年（八〇八），長安。

〔一〕王鍔：新舊《唐書》有傳。《舊唐書·憲宗紀》：「（元和三年）九月己丑，淮南節度使王鍔來朝。……戊戌，以中書侍郎、平章事李吉甫檢校兵部尚書、兼中書侍郎、平章事、揚州大都督府長史、淮南節度使。以淮南節度使王鍔檢校司徒、河中尹、河中晉絳慈隰節度使。」據此詔，鍔蓋來朝陳讓。岑仲勉《白氏長慶集僞文》謂詔下後鍔必再有陳讓，故調河中。

## 答韓弘讓同平章事表〔一〕

致理之道，審官爲先。以卿有文武之才，故授卿以將相之任。所冀外爲藩翰，張爪牙之威；内贊謨猷，宣股肱之力。僉諧允屬，衆望攸歸。方注意於安危，何執謙而陳讓？所進官告，今却賜卿。無或再辭，即斷來表。（3331）

【注】

〔一〕韓弘：見本卷《與韓弘詔》（3329）。朱《箋》：作於元和三年（八〇八），長安。

## 畫大羅天尊讚文〔一〕

唐元和己丑歲四月十四日①，畫大羅天尊一軀成，奉爲睿聖文武皇帝降誕之辰所造〔二〕。惟歲之春，惟月之望。誕千年一聖之始，降百祥萬壽之初。電繞樞而夜明，雷出震而時泰。皇帝孝敬寅畏，憂勤勞謙。以謂無疆之休，雖肇自於元聖；莫大之慶，思廣被於羣生。爰命國工，俾陳繪事。真相儼若，玄風穆如。疑從大羅，感聖而降。至誠上通於一德，景福旁濟於萬靈。休命耿光，自兹無極。詞臣承詔，恭爲讚曰：

大羅天兮高不測，浩無倪兮杳無極。中有聖兮無上尊，惟玄德兮可外聞。圖相好兮仰高真，誠上感兮福下臻。俾百祥兮與萬壽，配聖日兮而長新。（3332）

【校】

①四月　朱《箋》引《唐會要》謂：「當爲二月之訛。」

【注】

朱《箋》：作於元和四年（八〇九），長安。

〔一〕大羅天尊：見卷十九《畫大羅天尊贊》（3285）注。

〔二〕四月十四日：《唐會要》卷一《帝號》：「憲宗昭文章武大聖至神孝皇帝諱純。大曆十三年戊午歲二月十四日，生於長安之東内。」

## 答韓弘再讓平章事表

將相兼委，實難其人。非其德不可謬承，當其才不在懇讓。朕非虚授，卿勿固辭。宜斷來章，即奉成命。已具前詔，當體朕懷。(3333)

【注】

朱《箋》：作於元和三年(八〇八)，長安。

## 畫元始天尊讚〔一〕 并序

元者諸天之先，始者萬靈之母。混而成一，强以爲名。至哉無上尊，得以是爲號。正月二十有三日，德宗神武孝文皇帝上九仙之月①，遏八音之日也〔二〕。皇帝教弘玄訓，業奉真宗。承文祖之貽謀，申孝孫之誠敬。以謂元始天尊者，真儀不遠，隨相而生。神用無方，應念而至。故命設繪素，殿儀形。五彩彰施，七寶嚴飾。所以表當宁之瞻仰，感在天之聖神。通玄應於希夷，集靈祐於肸蠁。詞臣承命，跪唱讚云：

玄聖何在天上天，欲往從之窅無緣。命工設色五彩宣，忽如真相現於前②。聖應聖兮玄又玄，薦百福兮垂萬年。（3334）

【校】

①上九仙　馬本作「在九仙」。

②現於　馬本作「見於」。

【注】

朱《箋》：作於元和二年（八〇七）至元和六年（八一一），長安。

〔一〕元始天尊：《道教義樞》序：「夫道者，至虛至寂，甚真甚妙，而虛無不通，寂無不應。於是有元始天尊，應氣成象，自寂而動，從真起應，出乎混沌之際，窈冥之中，含養元和，化貸陰陽也。」《雲笈七籤》卷二混洞引《太真科》：「混洞之前，道氣未顯，於恍莽之中，有無象天尊，謂無象可察也。後經一劫，乃有無名天尊，謂有質可睹，不可名也。又經一劫，乃生元始天尊，謂有名有質，爲萬物之初始也。極道之宗元，挺生乎自然。壽無億之數，不始不終，永存綿綿。」

〔二〕正月二十有三日：《舊唐書·德宗紀》載，德宗崩于貞元二十一年正月癸巳。上九仙：謂上天。《雲笈七籤》卷三《道教三洞宗元》：「太清境有九仙，上清境有九真，玉清境有九聖，三九二十七位也。」遏八音：《書·舜典》：「二十有八載，帝乃殂落，百姓如喪考妣，三載，四海遏密八音。」傳：「四夷絶音三年，則華夏可知。」

## 北齊驃騎大將軍高敖曹讚〔一〕　并序　奉勑撰。

高昂字敖曹，渤海蓨人也。姿體甚異，膽力過人。累經戰伐，皆著功績。官至驃騎大將軍、儀同三司、冀州刺史。其勇敢忠壯，冠于一時，時稱爲名將。後竟以攻戰死於王事，年四十八，贈太尉，謚曰忠武。贊曰：

敖曹之容，好配子羽〔二〕。生揚勳烈，死謚忠武。武不顧身，忠不忘主。誠哉選士，無以貌取。（3335）

【注】

朱《箋》：作於元和二年（八〇七）至元和六年（八一一），長安。

〔一〕高敖曹：《北史·高昂傳》：「昂字敖曹……幼時便有壯氣。及長，俶儻，膽力過人，龍犀豹頸，姿體雄異。其父爲求嚴師，令加捶撻。昂不遵師訓，專事馳騁，每言男兒當橫行天下，自取富貴，誰能端坐讀書作老博士也。其父曰：『此兒不滅我族，當大吾門。』以其昂藏敖曹，故以名字之。……昂以建義初，兄弟共舉兵，既而奉魏莊帝旨散衆，仍除通直散騎侍郎，封武城縣伯。與兄乾俱爲爾朱榮所黜，免歸鄉里。陰養壯士，又行抄掠。榮聞惡之，密令刺史元仲宗誘執昂，即送晉陽。及入洛，將昂自隨，禁於駝牛署。既而榮死，莊帝既引見，勞勉之。時爾朱世隆還逼宮闕，帝親臨大夏門指麾處分。昂既免縲紲，被甲橫戈，與其從子長命推鋒徑進，所向披靡。帝及觀者莫不壯之。……（元象）元年，進封京兆郡公，與侯景等同攻獨孤信於金墉，與周文帝戰，敗於芒陰，死之。……昂心輕敵，建旗蓋以陵陣，西人盡鋭攻之，一軍盡没。昂輕騎走河陽城，太守高永洛先與昂隙，閉門不受。昂仰呼求繩，又不得，拔刀穿闔，未徹，而追兵至。伏於橋下，追者見其從奴持金帶，問昂所在，奴示之。昂奮頭曰：『來，與爾開國公。』追者斬之以去。……時年四十八。……贈太師、大司馬、太尉公、録尚書事、冀州刺史，謚曰忠武。」

〔二〕子羽：《韓非子·顯學》：「澹臺子羽，君子之容也，仲尼幾而取之，與處久而行不稱其貌。宰予之辭，雅而文也，仲尼幾而取之，與處而知不充其辯。故孔子曰：『以容取人乎，失之子羽；以言取人乎，失之宰予。』」《史記·仲尼弟子列傳》：「澹臺滅明，武城人，字子羽，少孔子三十九歲，狀貌甚惡。欲事孔子，孔子以爲材薄。既已受業，退而修行，行不由徑，非公事不見卿大夫。

南游至江，從弟子三百人，設取予去就，名施乎諸侯。孔子聞之，曰：『吾以言取人，失之宰予；以貌取人，失之子羽。』」二説不同。

## 與驃國王雍羌書(二)

勅：驃國王雍羌，卿性弘毅勇①，代濟貞良②。訓撫師徒，鎮寧邦部。欽承王化，思奉朝章。得睦鄰之善謀，秉事大之明義。又令愛子，遠赴闕庭③。萬里納忠，一心稟命。誠信彌著，嘉想益深④。今授卿檢校太常卿，并卿男舒難陀那及元佐摩訶思那等二人亦各授官告往⑤，至宜領之。此所以表卿勳勤，申朕恩禮。敬受新命⑥，永爲外臣⑦。勉弘令圖，以副遐矚。今有少信物⑧，具如别録，想宜知悉也。冬寒，卿比平安⑨。官吏百姓等並存問之，遣書指不多及。（3336）

【校】

①性弘　《文苑英華》作「性懷」，校：「集作弘。」

②貞亮　《文苑英華》作「忠貞」，校：「集作忠良。」

③遠赴　紹興本、那波本作「遠副」，據殘宋本、馬本、《文苑英華》改。

④嘉想　《文苑英華》作「忠嘉」，校：「集作嘉想。」

⑤二人　《文苑英華》作「三人」，校：「集作二。」

⑥新命　《文苑英華》作「官爵」，校：「集作新命。」

⑦外臣　郭本作「舜臣」。

⑧今有　紹興本、殘宋本作「令有」，據他本改。

⑨平安　《文苑英華》作「平和」，校：「集作安。」

**【注】**

朱《箋》：作於元和二年（八〇七）至元和六年（八一一），長安。

〔一〕驃國王雍羌：《新唐書·南蠻傳下》：「驃，古朱波也，自號突羅朱，闍婆國人曰徒里拙。在永昌南二千里，去京師萬四千里。東陸真臘，西接東天竺，西南墮和羅，南屬海，北南詔。地長三千里，廣五千里，東北袤長，屬羊苴咩城。……驃王姓困没長，名摩羅惹，其相名曰摩訶思那。……貞元中，王雍羌聞南詔歸唐，有内附心，異牟尋遣使楊加明詣劍南西川節度使韋皋請獻夷中歌曲，且令驃國進樂人。於是皐作《南詔奉聖樂》……雍羌亦遣弟悉利移城主舒難陀獻其國樂，至成都，韋皋復次其聲。……德宗授舒難陀太僕卿，遣還。」《舊唐書·德宗紀下》：「（貞元十八年正月）乙丑，驃國王遣使悉利移來朝貢，並獻其國樂十二曲與樂工三十五人。」《舊唐書·南蠻傳·驃國》：「乃遣其弟悉利移因南詔重譯來朝。……尋以悉利移爲試太僕卿。」《唐會要》卷一百《驃國》：「貞元十八年春正月，南詔使來朝。驃國王始遣其弟悉利移來朝。今聞南詔異牟尋歸附，心慕之，乃因南詔重譯，遣子朝貢。」《册府元龜》卷九七二《外臣部·朝貢》：「貞元十八年正月，驃國王使遣其弟悉利移來朝，獻其國樂凡十曲。」《資治通鑑》貞元十八年：「驃國王摩羅思那遣其子悉利移入貢，仍獻其樂。」白居易《新樂府·驃國樂》（《白氏文集》卷三0141）：「驃國樂，驃國樂，出自大海西南角。雍羌之子舒難陁，來獻南音奉正朔。」按，諸書所記多有齟齬，然以《新唐書·南蠻傳》記驃國事最詳。蓋貞元十八年奉使入唐者爲雍羌之弟悉利移城主舒難陀，授太僕卿。悉利移爲驃國鎮城九之一，見《新唐書·南蠻傳》，故諸書或稱其名爲悉利移。唯《資治通鑑》稱悉利移爲王子，又移其相摩訶思那名爲國王，顯誤。而居易此書稱雍羌遣子入朝，又授雍羌檢校太常卿，史籍均無載。《唐會要》有「遣子朝貢」一語，然記事亦不明。且居易此書必作於元和初官翰林學士期間，非貞元十八年舒難陀入朝時。其時驃國是否再遣使入貢，于史無徵。頗疑居易此書爲擬作，乃據此前驃國入朝事虛擬，故未可據此書遽疑《新唐書》等記事有誤。

## 與季安詔〔一〕

敕：季安，劉清潭至，省所奏貝州宗城縣百姓劉弘爲母病割股充祭事宜，具悉。卿任重弼諧，寄深鎮守。勤撫綏之政，贊燮理之功。至使部人，忘身展孝。雖因心有感，誠化我之時風；而率下可知，足表卿之理行。省兹陳奏，欽歎良深。（3337）

【注】

〔一〕季安：田季安。見本卷《與季安詔》（3303）。

朱《箋》：作於元和二年（八〇七）至元和六年（八一一），長安。

## 答杜兼謝上河南少尹知府事表〔一〕

三川封畿①，實重其任；貳職綱紀，亦難其人。卿素懷器能，累著聲績。亞理以明慎選，專領以展長才。知已下車，當親綏撫。佇聞報政，用副憂勤。所謝知。（3338）

【校】

①三川　《文苑英華》其上有「省表具知」四字。「川」《文苑英華》校：「一作帥，非。」

【注】

〔一〕杜兼：見卷十九《答杜兼謝授河南尹表》(3236)。

朱《箋》：作於元和三年(八〇八)，長安。

## 代忠亮答吐蕃東道節度使論結都離等書〔一〕　奉勅撰。

大唐四鎮北庭行軍、涇原等州節度使、檢校工部尚書、兼御史大夫、丹陽郡王朱忠亮，致書大蕃東道節度使論公、都監軍使論公麾下①：專使辱問，悚慰良深。國家與吐蕃代爲舅甥，日修鄰好。雖曰兩國，有同一家。至於封疆，尤貴和叶。忽枉來問，稍乖素誠。雖有過言，敢以衷告。來書云頻見燒草，何使如然者。至如時警邊防，歲焚宿草，蓋是每年常事，何忽今日形言？况牛馬因風②，猶出疆以相及；草木延火，縱近境而何傷？遽懷異端，未敢聞命。又云去年忽生異見，近界築城者。且國雖通好，軍不徹警。

近邊修緝，彼此尋常。況城是漢城，地非蕃地，豈乖通理，何致深疑？靜言思之，誰生異見？頃曾報牒③，彼已息詞④。今又再言，寧無慚德？又云皇天無親⑤，有德即輔者。皇帝君臨萬方，迨及四載。道光日月，德動乾坤。南北東西，化無不及。若非皇天輔德，明神福仁，北虜何爲歸明⑥？南蠻何爲慕化？風雨何因大順？歲時何因屢豐？此則神助天親⑦，可明驗矣。彼若無故生疑，無端結怨，但思小利，不務遠圖，則咎孽之生⑧，恐不在此⑨。永言取笑，却請三思。又云漢之臣下頻有叛逆者。近以吴蜀小寇，暫肆猖狂。未及討除，尋以殄滅。皇威不露，妖沴自清。豈假彼蕃，遠思傍助？忠亮謬蒙恩渥，叨在藩垣。恭守邊隅，幸鄰封壤。縱未能爲漢名將，亦不可謂秦無人。輒獻直言⑩，以祛深惑。願推誠信，同保始終。各勉令圖，以求多福。歲暮嚴寒，惟所履安勝。遠垂惠貺，愧佩殊深。今因押衙迴，亦有少答信。具如别紙，幸恕輕尠也⑪。不具。忠亮敬白。（3339）

【校】

①大蕃　紹興本等作「大藩」，據《管見抄》改。

②牛馬　《管見抄》作「馬牛」。

③頃曾　馬本作「頃當」，郭本作「煩勞」。

④息詞　馬本作「息訟」。

⑤無親　郭本作「無私」。

⑥歸明　《管見抄》作「歸心」。

⑦此則　紹興本等無「此」字，據《管見抄》補。

⑧咎孽　郭本作「咎禍」。

⑨恐不在此　郭本作「恐在于此」。

⑩輒獻　郭本作「輒吐」。

⑪幸恕　紹興本等無「幸」字，據《管見抄》補。「輕尠」《管見抄》作「輕鮮」。

**【注】**

朱《箋》：作於元和三年（八〇八），長安。

〔一〕忠亮：朱忠亮。見本卷《答朱仕明賀册尊號及恩赦表》（3315）。論結都離：《册府元龜》卷九八〇《外臣部·通好》：「（元和七年）二月，吐蕃東道節度論誥都、宰相尚綺心兒以書遺鳳翔節度使李惟蘭，惟蘭奏獻之。」蓋即其人。結、誥形近而訛。

## 與南詔清平官書〔一〕

敕：南詔清平官段諾突、李附覽、爨何棟、尹輔首、段谷普、李异傍、鄭蠻利等，段史倚至①，知異牟尋喪逝〔二〕。朕以義重君臣，情深軫悼。卿等哀慕所切，當何可任？又知閤勸繼業撫人，輸誠奉教。蒸黎咸乂，封部獲安。皆是卿等同竭忠謀，佐成休績。永言及此，嘉慰良深②。勉終令圖③，以副遐矚④。今遣諫議大夫、兼御史中丞段平仲持節册命閤勸，想當悉之⑤。卿等各有少信物，具如别録，至宜領也。春寒，卿等各得平安好。遣書指不多及。（3340）

【校】

①段史倚　「倚」《文苑英華》校：「一作傍。」

②嘉慰　《文苑英華》作「喜慰」，校：「集作嘉。」

③勉終　《文苑英華》作「勉於」，校：「集作終。」

④以副　馬本作「以嗣」。

⑤悉之　郭本作「悉知」。

朱《箋》：作於元和四年（八〇九），長安。按，此書當作於元和三年末，至四年正月，已改任武少儀。

【注】

〔一〕與南詔清平官書：《新唐書·南蠻傳中》：「元和三年，異牟尋死，詔太常卿武少儀持節弔祭。子尋閤勸立，或謂夢湊，自稱驃信，夷語言也。改賜元和印章。」《唐會要》卷九九《南詔蠻》：「（元和）三年十一月（據《舊唐書·憲宗紀》，當作十二月），以南詔異牟尋卒，廢朝三日。辛未，以諫議大夫段平仲兼御史中丞，持節充册立南詔及弔祭使，仍命鑄元和册南詔印，司封員外郎李逢吉副之。至四年正月，以太常卿武少儀兼御史中丞，充册立及弔祭使。先是諫議大夫段平仲充使，朝廷以爲諫官不合離闕，因罷平仲使，少儀遂有是行，册異牟尋之子驃信苴蒙閤勸爲南詔王。」又《新唐書·南蠻傳上》：「官曰坦綽，曰布燮，曰久贊，謂之清平官，所以決國事輕重，猶唐宰相也。」樊綽《蠻書》卷九：「清平官六人，每日與南詔參議境内大事。其中推量一人爲内算官，凡有文書，便代南詔判押處置，有副兩員同勾當。」

〔二〕尹輔首：《舊唐書·南蠻傳》：「（貞元）十一年三月，遣清平官尹輔酋隨袁滋來朝。」疑爲同一人。鄭蠻利：即鄭回。《新唐書·南蠻傳上》：「故西瀘令鄭回者，唐官也。往嶲州破，爲所虜。閤羅鳳重其惇儒，號蠻利，俾教子弟，得棰榜，故國中無不憚。後以爲清平官，説異牟尋。」

## 答王鍔賀賑恤江淮德音表〔二〕

水旱流行①，江淮艱食。朕明申詔旨，親遣使臣。蠲其逋租，賑以公廩。爰興利物之利②，用表憂人之憂。庶俾疲氓，均霑惠澤。卿克勤乃職③，共理爲心。省茲賀陳，深見誠意。（3341）

【校】

①水旱　《文苑英華》其上有「省表具知」四字。

②爰興　馬本誤「爰與」。

③乃　《文苑英華》作「所」，校：「集作乃。」

朱《箋》：作於元和四年（八〇九），長安。

【注】

〔一〕王鍔：見本卷《答王鍔陳讓淮南節度使表》（3330）。《舊唐書·憲宗紀》：「（元和三年）是歲，淮南、江南、江西、湖南、山南東道旱。」《册府元龜》卷一〇六《帝王部·惠民》：「（元和）四年正月壬子制曰：……近者江淮之間，水旱作沴，綿亙郡邑，自夏徂秋。雖誠禱群神，無愛圭璧，而災流下土，虧我生成。……臨遣使臣，分命巡行，將加存恤，往救災患。冀安流庸，俾免其田租。賑以公廩，隨便拯給，惠此困窮。其元和三年諸道應遭水旱所損州府，應合放兩税米等，損四分已下宜准式處分，四分已上者，並准元和元年六月十八日敕文放免。仍令中書門下即於朝班中擇人，分道存撫。……（四年）十一月詔：淮南揚、楚、滁三州，浙西潤、蘇、常三州，今年歉旱尤甚，米價殊高。言念困窮，豈忘存恤。宜以江西、湖南、鄂岳、荆南等使折糴米三十萬石賑貸淮南道三州，三十萬貸浙西道三州。恐此米來遲，不救所切，宜委淮南、浙西觀察使且各以當道軍糧，據數給旱損人户，節級作條件賑貸。淮南李吉甫、浙西韓臯躬親部署，令刺史、縣令切加勾當。」是元和三、四年，淮南均受災。岑仲勉《白氏長慶集僞文》據《全唐文》引憲宗二詔，以爲同爲元和四年正月事，不確。按，王鍔元和三年九月改河中尹，其賀表則非在淮南所上。此疑未能明。

## 與茂昭詔〔一〕

敕：茂昭，盧校至，省所陳奏，具悉。卿翼戴君親，出入將相。久專戎閫，累覲王庭。忠勞必竭其智謀，誠懇每形於章表。近者志在憂國，慮及安邊。請率精兵，親防黠虜。朕以卿當管軍鎮，寄重事殷。實藉撫綏，用安封部。雖未允所請，而深嘉乃誠。今又密奏恒州具申事體，曲盡忠勤之節，備知丹赤之心〔二〕。言念再三，發於嗟歎。眷重之至，併在予懷。想宜知悉。（3342）

【注】

朱《箋》：作於元和二年（八〇七）至元和六年（八一一），長安。按，當作於元和四年（八〇九）十月下詔討王承宗前。

〔一〕茂昭：張茂昭。見卷十九《與茂昭詔》（3237）。

〔二〕恒州：指成德軍節度使王承宗。

## 與潘孟陽詔〔一〕

敕：孟陽，卿夙懷才略①，早振聲猷。歷踐班行，累彰績効。自守關輔，克舉藩條。惠及蒸黎，威行軍鎮。永言所任②，未展其能。朕以東川蜀門重鎮，弊承軍後，雄壓險中。思得忠勤之臣，撫此凋殘之俗。量才注意，無以易卿。今授卿劍南東川節度觀察等使③，并賜官告往。想宜知悉。（3343）

【校】

①夙懷　郭本作「素懷」。

②所任　郭本作「斯任」。

③等使　馬本脱「使」字。

【注】

〔一〕朱《箋》：作於元和四年（八〇九），長安。

〔一〕潘孟陽：新舊《唐書》有傳。《舊唐書·潘孟陽傳》：「（元和）三年，出爲華州刺史，遷梓州刺史、劍南東川節度使。」《元稹傳》：「會潘孟陽代礪爲節度使，貪過礪。」嚴礪卒於元和四年三月，孟陽此後代任。

## 答宰相杜佑等賀德音表①〔一〕

古先聖王託于人上②，與百姓同其欲，與天下共其憂。唯推是心③，可底于道。朕臨御萬國，迨兹五年。惕厲之懷，雖勤於夙夜；愆伏之候④，猶害於歲時。思革弊以救災，在濟人而損己⑤。是用欽刑緩死，已責卹貧〔二〕。罷郡國之貢珍，省宫厩之煩費〔三〕。延春令而布仁行惠，先南風而解愠阜財。庶憑歡心，以召和氣。卿等或匪躬獻替，或悉力弼諧。啓沃之間，已申霖雨之用⑥；燮理之際⑦，佇見陰陽之和⑧。各宜勉之，以輔予理。所賀知。（3344）

**【校】**

①題　「宰相」《管見抄》作「宰臣」。

②古先 《文苑英華》其上有「省表具知」四字。「託于」《文苑英華》無「于」字，校：「集作託于。」
③推是 《文苑英華》作「是推」，校：「集作推是。」
④愆伏 《文苑英華》作「伏臘」，校：「集作愆伏。」
⑤損己 郭本作「抑己」。
⑥之用 郭本作「之望」。
⑦之際 郭本作「之妙」。
⑧佇見 郭本作「重見」。

朱《箋》：作於元和四年（八〇九），長安。

【注】

〔一〕賀德音表：《新唐書·憲宗紀》：「（元和四年閏三月）己酉，以旱降京師死罪非殺人者，禁刺史境内榷率、諸道旨條外進獻、嶺南黔中福建掠良民爲奴婢者，省飛龍厩馬。己未，雨。」《資治通鑑》元和四年三月：「上以旱久，欲降德音。翰林學士李絳、白居易上言，以爲欲令實惠及人，無如減其租税；又言宫人驅使之餘，其數猶廣，事宜省費，物貴徇情；又請禁諸道横斂，以充進奉；又言嶺南、黔中、福建風俗，多掠良人賣爲奴婢，乞嚴禁止。閏月己酉，制降天下繫囚，蠲租稅，出宮人，絶進奉，禁掠賣，皆如二臣之請。己未，雨。」

〔一〕已責：《左傳》成公二年：「乃大户，已責。」杜預注：「棄逋責。」謂寬免拖欠之債務。白居易《賀雨》（《白氏文集》卷一 0001）：「皇帝嗣寶曆，元和三年冬。自冬及春暮，不雨旱爞爞。上心念下民，懼歲成災凶。遂下罪己詔，殷勤告萬邦。……宥死降五刑，已責寬三農。」

〔二〕省宮廄之煩費：白居易《賀雨》：「宮女出宣徽，廄馬減飛龍。庶政靡不舉，皆出自宸衷。」

## 答宗正卿李詞等賀德音表〔一〕

朕統承鴻緒①，子育蒼生。累歲有秋，今春不雨。在陰陽之數，雖有盈虛；爲父子之心②，敢忘惻隱？俾除人弊③，以盪歲災。卿等任重宗卿，恩連屬籍④。省茲陳賀，深見忠誠。（3345）

【校】

①朕　《文苑英華》其上有「省表具知」四字。

②父子　《文苑英華》、《管見抄》作「父母」。

③人弊　郭本作「人眚」。

④恩連　郭本作「恩編」。

【注】

朱《箋》：作於元和四年（八〇九），長安。

〔一〕李詞：見卷十九《答李詞等賀處分王士則等德音表》（3241）。

## 答將軍方元蕩等賀德音表〔一〕

朕以時陽舛候①，春澤愆期。思備旱之方，無如貶省；務動天之德，莫若精誠。是以修己卹人，去煩節用。冀答天戒，以致時和。卿志竭邦家，職修軍衛。省茲章表，深用嘉之。所賀知。（3346）

【校】

①朕　《文苑英華》其上有「省表具知」四字。「時陽」《文苑英華》作「時暘」。

【注】

朱《箋》：作於元和四年（八〇九），長安。

〔一〕方元蕩：未詳。蓋當時諸衛之將軍。

## 與迴鶻可汗書〔一〕

皇帝敬問迴鶻可汗：夏熱，想比佳適。可汗有雄武之姿，英果之略。統制諸部，君長一方。纂承前修，繼守舊好①。故得邑落蕃盛，士馬精强。連挫西戎，永藩中夏②。況嚮風之義，每勤於朝聘；事大之敬，常見於表章③。動皆由衷，言必合禮。朕所以深嘉忠款，遐想風規。至於寢興，不忘歎矚。勉弘令德，用副誠懷。達覽將軍等至，省表，其馬數共六千五百匹。據所到印納馬都二萬匹，都計馬價絹五十萬匹④〔二〕。緣近歲已來，或有水旱。軍國之用，不免闕供。今數内且方圓支二十五萬匹，分付達覽將軍，便令歸國。仍遣中使送至界首。雖都數未得盡足⑤，然來使且免稽留。貴副所須，當悉此意。馬頃者所約馬數，蓋欲事可久長。何者？付絹少則彼意不充，納馬多則此力致歉⑥。馬數漸廣，則欠價漸多。以斯商量，宜有定約。彼此爲便，理甚昭然。況與可汗禮在往來，義存終始。親鄰既通於累代，恩好益厚於往時。所以萬里推誠，期於一言見信。遠思明智，固體朕心。其東都、太原置寺，此令人勾當⑦，事緣功德，理合精嚴〔三〕。又有彼國師僧，不必更勞人檢校。其見撚拓勿施、鄔達干等⑧，今並放歸。所令帝德將軍安慶雲供養師僧請住外宅，又令骨都祿將軍檢校功德使，其安立請隨般次放歸本國者⑨，並依來奏，想宜知悉。今賜少物，具如別錄。内外宰相及判官、摩尼師等，並各有賜物，至宜准數分付。内外宰相官吏師僧等，並存問之。遣書指不多及。(3347)

**【校】**

①繼守舊好　郭本作「繼于篤好」。

②中夏　郭本作「中國」。

③表章　郭本作「典章」。

④都計　郭本作「共計」。

⑤都數　郭本作「原數」。

⑥致歎　《文苑英華》作「致困」，校：「集作歎。」

⑦此令人　《文苑英華》作「已令人」。

⑧鄔達干　「鄔」《文苑英華》作「鄔」，校：「集作鄔。」
⑨安立　《文苑英華》作「安悉立」。

朱《箋》：作於元和三年（八〇八），長安。

**【注】**

〔一〕迴鶻可汗：《舊唐書·憲宗紀》：「（元和三年五月）丙午，正衙册九姓迴紇可汗爲登囉里汨密施合毗伽保義可汗。」《新唐書·回鶻傳》：「憲宗使宗正少卿李孝誠册拜愛登里羅汨蜜施合毗伽保義可汗。」《册府元龜》卷九六五《外臣部·封册》：「（元和）三年五月，以回鶻騰里野合俱禄毗伽可汗卒，命使册九姓回鶻可汗爲愛登里囉汨没密施合毗伽保義可汗。」是保義可汗元和三年五月即位，至長慶元年在位。存世《九姓回鶻愛登里羅汨蜜施合毗伽可汗聖文神武碑》即爲其紀功碑。然此書不言可汗名號，或作於新可汗正式册立之前歟？參卷十四《祭迴鶻可汗文》（3055）。

〔二〕達覽將軍：《唐會要》卷九八《回紇》：「（元和）三年二月，回鶻使來告咸安大長公主之喪，廢朝三日。……三月，御麟德殿對回鶻使多覽將軍等，賜白絲錦衣服銀器有差。」《舊唐書·迴紇傳》：「貞元三年八月，迴紇可汗遣首領墨啜達干、多覽將軍合闕達干等來貢方物，且請和親。」

是達覽將軍即多覽將軍，或爲世襲繼任，由不同人充任。馬價絹：《舊唐書·迴紇傳》：「迴紇恃功，自乾元之後，屢遣使以馬和市繒帛，仍歲來市，以馬一匹易絹四十匹，動至數萬馬。其使候遣，繼留於鴻臚寺者非一。蕃得帛無厭，我得馬無用。朝廷甚苦之。是時特詔厚賜遣之，示以廣恩。……（貞元八年）仍給市馬絹七萬匹。」元稹《新題樂府·陰山道》題注：「李傳云：元和二年有詔，悉以金銀酬回鶻馬價。」白居易《陰山道》（《白氏文集》卷四 0156）：「陰山道，陰山道，紇邏敦肥水泉好。每至戎人送馬時，道傍千里無纖草。草盡泉枯馬病羸，飛龍但印骨與皮。五十疋縑易一匹，縑去馬來無了日。……元和二年下新勅，内出金帛酬馬直。仍詔江淮馬價縑，從此不令疏短織。合闕將軍呼萬歲，捧授金銀與縑綵。誰知黠虜啓貪心，明年馬多來一倍。」岑仲勉《白氏長慶集僞文》謂此書之「二萬匹」即所謂「馬多來一倍」，二年之「明年」即元和三年。

〔三〕東都太原置寺：《舊唐書·憲宗紀》：「（元和二年正月）庚子，迴紇請於河南府、太原府置摩尼寺，許之。」《新唐書·回鶻傳》：「元和初，再朝獻，始以摩尼至。其法日晏食，飲水茹葷，屏湩酪，可與共國者也。摩尼至京師，歲往來西市，商賈頗與囊橐爲姦。」

## 與韋丹詔〔一〕

勅：韋丹，實從直至，省所陳賀，並奏江饒等四州旱損，其所欠供軍留州錢米等並已放免。又奏權減俸及修造陂堰，并勸課種蒔粟麥等事宜，具悉。朕頃緣時旱，慮害農功。雖推咎己之心，敢望動天之德？而未逾浹日，膏澤霈然〔二〕。仰荷玄休，俯增祇惕。卿喜深稱慶，忠切分憂。既覽賀陳，兼詳奏請。至如蠲逋以卹人隱，減俸以濟軍須。抑末業而移風，務兹菽麥；防旱年而歉雨，修利陂塘。皆合其宜，並依所奏。非卿公勤奉上，仁惻發中，則共理之心，不能至此。再三興歎，一二難申。勉於始終，以副朕意。想宜知悉。（3348）

【注】

朱《箋》：作於元和四年（八〇九），長安。

〔一〕韋丹：見卷四《唐故撫州景雲寺律大德上弘和尚石塔碑銘》（2859）注。韓愈《江西觀察使韋公墓誌銘》：「劉闢反，圍攻梓州，詔以公爲東川節度使、御史大夫。……一歲，拜洪州刺史、江南西道觀察使。……明年，築堤捍江，長十二里，疏爲斗門，以走潦水。……灌陂塘五百九十八，得田萬二千頃。凡爲民去害興利若嗜欲。居三年，於江西八州無遺便。……春秋五十八，薨於元和五年八月六日。」

〔二〕朕頃緣時旱六句：謂元和四年因旱降德音事，參本卷《答宰相杜佑等賀德音表》（3344）注。岑仲勉《白氏長慶集僞文》據此繫此詔于本年閏三月或四月。

## 與從史詔〔一〕

勑：從史，史澣至，省所陳謝，具悉。卿亡父早踐班榮，久著聲績。永言褒贈，自叶典常。況卿孝友承家，勤勞事國。念兹忠節，皆稟義方。將慰匪莪之心，宜流自葉之澤。豈爲殊渥，頻至謝章①？（3349）

**【校】**

①謝章　馬本作「謝草」。

**【注】**

朱《箋》：作於元和四年（八〇九），長安。

〔一〕從史：盧從史。見本卷《與從史詔》（3302）。此詔作於從史父盧虔卒後，參卷十九《祭盧虔文》（3233）。

## 答宗正卿李詞等賀德音表①〔一〕

朕以春候發生②，歲功資始。順陽和而布政，賑貧乏而勸農。載念罷人③，因除弊事。隨其所利，施以爲恩。富庶之端，實漸於此。卿等義敦宗戚，誠竭君親。省兹賀陳，用增嘉歎。（3350）

【校】

①題　紹興本等此文均作「答宰相杜佑等賀德音表」，《文苑英華》同，題下有「二首」字。據日本貞永寫本，「答宰相杜佑等賀德音表」與「答李詞等賀德音表」二文相接，刊本脱去前文正文及後文題目，故誤置「答宰相杜佑等賀德音表」題于此文上。參花房英樹《白氏文集の批判的研究》考證。《管見抄》此篇題亦作「答李詞等賀德音表」。

②朕　《文苑英華》其上有「省表具知」四字。

③罷人　紹興本等作「罪人」，據《文苑英華》改。《文苑英華》校：「集作罪，非。」

朱《箋》：作於元和六年（八一一），長安。

【注】

〔一〕李詞：見本卷《答宗正卿李詞等賀德音表》（3345）。賀德音表：岑仲勉《白氏長慶集僞文》謂指元和六年二月貸京畿粟事。《舊唐書·憲宗紀》：「（元和六年二月癸巳）以京畿民貧，貸常平義倉粟二十四萬石。」《册府元龜》卷一〇六《帝王部·惠民》：「（元和）六年二月癸巳制曰：王者本憂人之心，有順時之令，故及發生之候，必弘利澤之規。以此惠人，期於阜俗。今三陽布和，萬物遂性，惟人之窮乏者，或不能自存。朕所以憫然省憂，議所賑救。如聞京畿之内，緣舊穀已盡，粟麥未登，尚不足於食陳，豈有餘於播種。勸其耕食，固在及時。念彼徵求，尤資寬貸。京兆府宜以常平義倉粟二十四萬石，貸借百姓。其諸道州府有乏少糧種處，亦委所在官長用常平義倉糧借貸。淮南、浙西、宣歙等道元和四年賑貸，並且停徵。容至豐年，然後填納。」

## 與孫璹詔〔一〕

勑：孫璹，劉德惠至，省所進隴右地圖，兼進戰車陣圖車樣，及奏陳收復河、湟事宜者，具悉〔二〕。卿尹兹右輔，固乃西疆。創制戎車，繕修軍實。思收故地，誓立殊勳。載覽

陣圖，兼詳所奏。誠得開邊之略，益加報國之心①。斯謂盡忠，彌增注意。眷言所至，無忘於懷。（3351）

【校】

①益加　郭本作「益嘉」。

【注】

朱《箋》：作於元和二年（八〇七）至元和六年（八一一），長安。按，當作於元和四年（八〇九）至元和六年。

〔一〕孫璹：《舊唐書·孔戣傳》：「（元和）六年十月，内官劉希光受將軍孫璹賂二十萬貫，以求方鎮。事敗，賜希光死。」此希光賜死之事。孫璹求方鎮，蓋即出爲鳳翔節度使事。又《宦官傳·吐突承璀》：「時弓箭使劉希先取羽林大將軍孫璹錢二十萬貫，以求方鎮。」《資治通鑑》元和四年三月乙酉：「以鳳翔節度使李鄘爲河東節度使。」是孫璹爲鄘之後任。參見本書卷二二《論孫璹張奉國狀》（3367）。

〔二〕收復河湟：《舊唐書·元載傳》：「載嘗爲西州刺史，知河西、隴右之要害，指畫於上前曰：『今國家西境極于潘源，吐蕃防戍在摧沙堡，而原州界其間。……請移京西軍戍原州，乘間築之，貯粟一年。戎人夏牧多在青海，羽書覆至，已逾月矣。今運築並作，不二旬可畢。移子儀大軍居涇，以爲根本。分兵守石門、木峽、隴山之關，北抵於河，皆連山峻嶺，寇不可越。稍置鳴沙縣、豐安軍爲之羽翼，北帶靈武五城爲之形勢。然後舉隴右之地以至安西，是謂斷西戎之脛，朝廷可高枕矣。』兼圖其地形以獻。載密使人逾隴山，入原州，量井泉，計徒庸，車乘畚鍤之器皆具。檢校左僕射田神功沮之曰：『夫興師料敵，老將所難。陛下信一書生言，舉國從之，聽誤矣。』上遲疑不決，會載得罪，乃止。」《韓滉傳》：「時兩河罷兵，中土寧乂，滉上言：『吐蕃盜有河湟，爲日已久。大曆已前，中國多難，所以肆其侵軼。臣聞其近歲已來，兵衆浸弱，西迫大食之强，北病回紇之衆，東有南詔之防，計其分鎮之外，戰兵在河隴五六萬而已。國家第令三數良將，長驅十萬衆，於涼、鄯、洮、渭並修堅城，各置二萬人，足當守禦之要。臣請以當道所貯蓄財賦爲饋運之資，以充三年之費。然後營田積粟。且耕且戰，收復河隴二十餘州，可翹足而待也。』上甚納其言。滉之入朝也，路由汴州，厚結劉玄佐，將薦其可任邊事，玄佐納其賂，因許之。及來覲，上訪問焉，初頗稟命，及滉以疾歸第，玄佐意怠，遂辭邊任，盛陳犬戎未衰，不可輕進。滉貞元三年二月，以疾薨，遂寢其事。」《劉怦傳附澭》：「特授秦州刺史……其軍蕃戎畏之，不敢爲寇，常有復河湟之志，議者壯之。元和二年十二月卒。」《張敬則傳》：「官至鳳翔節度使，常有復河湟之志，遣大將野詩良輔發鋭卒至隴西，番戎大駭。元和二年六月卒。」此代、德、憲宗數朝，唐廷圖復河湟之舉。

## 與李良僅詔〔一〕

敕：李良僅，卿久在軍門，習知邊事。居常恭恪，動必忠勤。眷乃才良，可分憂寄。今授卿延州刺史、兼安塞軍使，并賜官告往。延州既兼軍鎮，且雜蕃戎。防遏撫綏，兩須得所。宜勉所任，用副朕懷。（3352）

【注】

朱《箋》：作於元和二年（八〇七）至元和六年（八一一），長安。

〔一〕李良僅：未詳。

## 答京兆府二十四縣耆壽謝賑貸表①〔一〕

朕勤求人隱，慎卹農功。念播殖之時，必資首種；慮懸罄之日，多乏見糧。將便公私，宜從斂散。卿等名登庶老，業守先疇。各勉農人，以副朕意。所謝知。（3353）

【校】

①題　「貸」下郭本有「米」字。

【注】

朱《箋》：作於元和六年（八一一），長安。

〔一〕京兆府二十四縣：《元和郡縣圖志》卷一京兆府管縣十二，又十一；《舊唐書・地理志一》京兆府天寶時領縣二十三；《新唐書・地理志一》京兆府領縣二十，因奉先、櫟陽、盩厔三縣，唐末改屬他州。以上三書均無二十四縣之數，唯《新唐書・地理志一》鳳翔府郿縣：「大曆五年，權隸京兆。」故二十四縣或兼郿言之耶？ 因《舊唐書・憲宗紀》言「（元和六年二月癸巳）以京畿民貧，貸常平義倉粟二十四石」，則每縣萬石，其數均，故不得疑「二十四」字訛。參岑仲勉《唐集質疑・京兆府二十四縣》。韓愈《上李尚書書》：「百坊、百二十司、六軍、二十四縣之人，皆若閣下親臨其家。」柳宗元《爲京兆府昭應等九縣訴夏苗旱損狀》：「今長安二十四縣，並准常年例全徵。」孫樵《寓汴觀察判官書》：「今京兆二十四縣，半爲東西軍所奪。」是當時慣稱。謝賑貸表：見本卷《答宗正卿李詞等賀德音表》（3350）注。

# 白居易文集校注卷第二十一①

## 奏狀一　凡十首②

### 初授拾遺獻書〔一〕　元和三年進③。

五月八日，翰林學士、將仕郎、守左拾遺臣白居易頓首頓首，謹昧死奉書于旒扆之下④。臣伏奉前月二十八日恩制，除授臣左拾遺⑤，依前充翰林學士者⑥，臣已與崔羣同狀陳謝⑦，但言忝冒，未吐衷誠〔二〕。今者再黷宸嚴，伏惟重賜詳覽。臣謹按《六典》⑧：「左右拾遺，掌供奉諷諫。凡發令舉事，有不便於時，不合於道者，小則上封，大則庭諍。」〔三〕其選甚重，其秩甚卑。所以然者，抑有由也。大凡人之情⑨，位高則惜其位，身貴則愛其身。惜位則偷合而不言，愛身則苟容而不諫。此必然之理也。故拾遺之置，所以卑其秩者，使位未足惜，身未足愛也。所以重其選者，使上不忍負恩，下不忍負心也⑩。

夫位未足惜⑪，恩不忍負，然後能有闕必規，有違必諫。朝廷得失無不察，天下利病無不言。此國朝置拾遺之本意也。由是而言，豈小臣愚劣闇懦所宜居之哉？況臣本鄉里豎儒⑫，府縣走吏。委心泥滓，絶望煙霄。豈意聖慈，擢居近職。每宴飫無不先及⑬，每慶賜無不先霑。中厩之馬代其勞，内厨之膳給其食〔四〕。朝慚夕惕，已逾半年。塵曠漸深，憂愧彌劇。未伸微効，又擢清班。臣所以授官已來，僅將十日⑭，食不知味，寢不遑安。唯思粉身，以答殊寵，但未獲粉身之所耳。今陛下肇建皇極，初受鴻名。夙夜憂勤，以求致理。每施一政，舉一事，無不合於道，便於時。故天下之心顒顒然日有望於太平也。然今後萬一事有不便於時者⑮，陛下豈不欲聞之乎？萬一政有不合於道者，陛下豈不欲革之乎⑯？候陛下言動之際⑰，詔令之間，小有遺闕⑱，稍關損益，臣必密陳所見，潛獻所聞，但在聖心裁斷而已。臣又職在中禁，不同外司。欲竭愚衷⑲，合先陳露。伏希天鑒，深察赤誠。無任感恩欲報，懇款屏營之至。謹言⑳。（3354）

【校】

①卷第二十一　即《白氏文集》紹興本、馬本卷五十八，那波本、金澤本卷四十一。金澤本署「太原白居易」。

②十首　金澤本作「一十首」。朱《箋》改「十三首」，謂與實數合。按，本卷《論太原事狀》三件計一，《奏請加德音中

節目狀》二件計一，故卷目僅標十首。

③題下注　《文苑英華》作「憲宗元和三年」。

④奉書于　金澤本、《管見抄》作「奉書獻于」，《文苑英華》作「獻書于」。「旒」　馬本誤「施」。

⑤除授　金澤本、《管見抄》無「授」字。

⑥依前　紹興本等無「依」字，據金澤本、《管見抄》、《文苑英華》補。

⑦已與　紹興本等無「已」字，據金澤本、《管見抄》、《文苑英華》補。

⑧謹按　紹興本等無「謹」字，據金澤本、《管見抄》、《文苑英華》補。

⑨大凡　「大」金澤本、《管見抄》作「夫」。

⑩上不忍負恩下不忍負心　金澤本、《管見抄》作「下不忍負心上不忍負恩」。

⑪未足　《舊唐書·白居易傳》、《全唐文》作「不足」。

⑫鄉里　金澤本、《管見抄》作「鄉校」，《文苑英華》校：「一作校。」

⑬飫　《文苑英華》校：「集作飲。」《舊唐書·白居易傳》作「飲」。

⑭僅將　金澤本、《管見抄》、《文苑英華》作「僅經」，《文苑英華》校：「集作將。」

⑮然今後　金澤本、《管見抄》、《文苑英華》作「然而今而後」。

⑯革之　金澤本、《管見抄》作「知之」。

⑰候　金澤本、《管見抄》、《文苑英華》作「倘」，《文苑英華》校：「集作候。」
⑱遺闕　金澤本、《管見抄》作「闕遺」。
⑲愚衷　《舊唐書·白居易傳》作「愚誠」。
⑳謹言　金澤本、《管見抄》、天海本此下有「元和三年五月八日進」九字。

陳《譜》、朱《箋》：作於元和三年（八〇八），長安。

【注】

〔一〕初授拾遺：《重修承旨學士壁記》：「白居易元和二年十一月六日自盩厔縣尉充。三年四月二十八日，遷左拾遺。」《舊唐書·白居易傳》作：「三年五月，拜左拾遺。」微異。

〔二〕崔羣：見卷八《答户部崔侍郎書》（2884）。《重修承旨學士壁記》：「崔羣元和二年十一月六日自左補闕充。三年四月二十八日，加庫部員外郎。（五年）五月五日，加庫部郎中知制誥。」羣與居易同日入爲翰林學士，又同以三年四月二十八日改官。見本書卷二一《謝官狀》（3377）。

〔三〕謹按六典：《唐六典》卷八門下省：「左拾遺二人，從八品上。皇朝所置，言國家有遺事，拾而論之，故以名官焉。……右拾遺亦同也。左補闕、拾遺掌供奉諷諫，扈從乘輿。凡發令舉事有不便於時、不合於道，大則廷議，小則上封。若賢良之遺滯於下，忠孝之不聞於上，則條其事狀而薦言之。」

〔四〕中厩之馬代其勞：李肇《翰林志》：「序立拜恩訖，候就宴。又賜衣一副、絹三十匹，飛龍司借馬一匹。」白居易《渭村退居寄禮部崔侍郎翰林錢舍人詩一百韻》（《白氏文集》卷十五 0803）：「同日升金馬，分宵直未央。共詞加寵命，合表謝恩光。厩馬驕初跨，天厨味始嘗。朝晡頒餅餌，寒暑賜衣裳。」

## 論制科人狀〔一〕

## 近日内外官除改及制科人等事宜

右臣伏見内外官近日除改，人心甚驚①。遠近之情，不無憂懼②。喧喧道路，異口同音。皆云制舉人牛僧孺等三人以直言時事，恩獎登科，被落第人怨謗加誣，惑亂中外，謂爲誑妄③，斥而逐之，故並出爲關外官。楊於陵以考策敢收直言者，故出爲廣府節度。韋貫之同所坐，故出爲果州刺史。裴垍以覆策又不退直言者，故免内職，除户部侍郎。王涯同所坐，出爲虢州司馬。盧坦以數舉職論事爲人所惡④，因其彈奏小誤，得以爲名，故黜爲左庶子〔二〕。王播同之，亦停知雜事⑤〔三〕。臣伏以裴垍、王涯、盧坦、韋貫之等，皆公忠正直，内外咸知。所宜授以要權，致之近地。故比來衆情私相謂曰⑥：「此數人者皆人之望也。若數人進，則必君子之道長；若數人退，則必小人之道行。故卜時事之否臧⑦，在數人之進退也。」則數人者自陛下嗣位已來⑧，並蒙獎用。或任之耳目，或委以腹心。天下人情，日望致理。今忽一旦悉疏棄之，或降於散班，或斥於遠郡。設令有過，猶可優容⑨；況且無瑕，豈宜黜退？所以前月已來，上自朝廷，下至衢路，衆心洶洶，驚懼不安。直道者疚心，直言者杜口。不審陛下得知之否？凡此除改，傳者紛然。皆云：「裴垍等不能委曲順時，或以正直忤物，爲人之所媒蘖，本非聖意罪之。」不審陛下得聞之否？臣未知此説虚實，但獻所聞。若所聞皆虚⑩，陛下得不明辯之乎？若所聞皆實，陛下得不深慮之乎？虚之與實，皆恐陛下要知。臣若不言，誰當言者？臣今言出身戮，亦所甘心。何者？臣之命至輕，朝廷之事至大故也。臣又聞：君聖則臣忠，上明則下直。故堯之聖也，天下已太平矣，尚求誹謗以廣聰明。漢文之明也，海内已理也，賈誼猶比之倒懸⑪，可爲痛哭⑫。二君皆容納之⑬，所以得稱聖明也。今陛下明下詔令，徵求直言。既得直言⑭，反以爲罪。此臣所以未諭也。陛下視今日之理，何如堯與漢文之時乎？若以爲及之，則誹謗痛哭者尚合容而納之⑮，況徵之直言，索之極諫乎？若以爲未及，則僧孺等之言固宜然也。陛下縱未能推而行之⑯，又何忍罪而斥之乎？此臣所以爲陛下流涕而痛惜也。德宗皇帝初即位年，亦徵天下直言極諫之士，親自臨試，問以天旱。穆質對云：「兩漢故事，三公當免。卜式著議，弘羊可烹。」此皆指言當時在權位而有恩寵者。德宗深嘉之⑰，自第四等拔爲第三等，自畿尉擢爲左補闕。書之國史，以示子孫〔四〕。今僧孺等對策之中，切直指陳之言亦未過於穆質，而遽斥之。臣恐非嗣祖宗承耿光之道也。書諸史策⑱，後嗣何觀焉？陛下得不再三思之乎⑲？再三省之乎？臣昨在院與裴垍、王涯等覆策之時⑳，日奉宣㉑，令臣等精意考覈。臣上不敢負恩，下不忍負心，唯秉至公以爲取捨。雖有讎怨，不敢棄之；雖有親故，不敢避之。唯求直言，以副聖意。故皇甫湜雖是王涯外甥，以其言直合收，涯亦不敢以私嫌自避。當時有狀，具以陳奏。不意羣小㉒，構成禍端。聖心以此察之，則或可悟矣。儻陛下察臣肝膽，知臣精誠，以臣此言可以聽採㉓，則乞俯迴聖覽㉔，特示寬恩。僧孺等准往例與官，裴垍等依舊職獎用。使内外人意，歡然再安。若以臣此言理非允當，以臣覆策事涉乖宜，則臣等見在四人，亦宜各加黜責。豈可六人同事，唯罪兩人？雖聖造優容，且過朝夕。在臣懼惕㉕，豈可苟安㉖？敢不自陳，以待罪戾？臣今職爲學士，官是拾遺，日草詔書，月請諫紙〔五〕。臣若默默，惜身不言，豈惟上辜聖恩，實亦下負神道。所以密緘手疏，潛吐血誠。

苟合天心㉗，雖死無恨。無任憂懼激切之至㉘。（3355）

【校】

①甚驚　馬本作「甚警」，誤。

②不無　金澤本所校本、《管見抄》作「無不」。

③誑妄　金澤本、《管見抄》作「狂妄」。

④舉職論事　紹興本等作「舉事」，據金澤本、《管見抄》改。

⑤知雜事　紹興本等作「知雜」，據金澤本、《管見抄》改。

⑥謂曰　《管見抄》作「語曰」。

⑦故卜　馬本誤「欲卜」。

⑧則　金澤本、《管見抄》作「即」。

⑨猶可　金澤本、《管見抄》、天海本作「猶合」。

⑩若所聞　紹興本等無「若」字，據金澤本、《管見抄》補。下「若所聞」句同。

⑪比之　金澤本、《管見抄》作「比諸」。

⑫可爲　紹興本等作「可謂」，據金澤本、《管見抄》、郭本改。

⑬容納　金澤本、《管見抄》作「容而納」。
⑭既得直言　紹興本等無四字，據金澤本、《管見抄》補。
⑮痛哭者　紹興本等無「者」字，據金澤本、《管見抄》補。
⑯推而　金澤本、《管見抄》、天海本作「信而」。
⑰嘉之　金澤本、《管見抄》作「嘉歎之」。
⑱史策　金澤本、《管見抄》作「史册」。
⑲再三思之乎　紹興本等無五字，據金澤本、天海本補。
⑳臣昨　金澤本、《管見抄》其下有「者」字。
㉑日　金澤本作「日月」。
㉒考覈　紹興本等作「考覆」，據金澤本改。
㉓羣小　紹興本等作「羣心」，據金澤本、《管見抄》改。馬本此下有「嗷嗷」二字，衍。
㉓可以　金澤本、《管見抄》作「有可」。
㉔聖覽　金澤本、《管見抄》作「聖鑒」。
㉕懼惕　金澤本、《管見抄》作「惕懼」。
㉖豈可　金澤本、《管見抄》作「豈合」。

㉗苟合　金澤本、《管見抄》作「苟悟」。

㉘憂懼　金澤本、《管見抄》、天海本作「憂憤」。「之至」　此下金澤本、《管見抄》有「謹奉狀陳露以聞謹奏臣居易奏五月十八日進」十九字。

【注】

陳《譜》、朱《箋》：作於元和三年（八〇八），長安。

（一）論制科人狀：《舊唐書·憲宗紀》：「（元和三年四月）乙丑，貶翰林學士王涯虢州司馬，時涯甥皇甫湜與牛僧孺、李宗閔並登賢良方正科第三等，策語太切，權幸惡之，故涯坐親累貶之。」《資治通鑑》元和四年：「夏，四月，上策試賢良方正直言極諫舉人，伊闕尉牛僧孺、陸渾尉皇甫湜、前進士李宗閔皆指陳時政之失，無所避。户部侍郎楊於陵、吏部員外郎韋貫之爲考策官，貫之署爲上第。上亦嘉之。乙丑，詔中書優與處分。李吉甫惡其言直，泣訴於上，且言：『翰林學士裴垍、王涯覆策，湜，涯之甥也。涯不先言，垍無所異同。』上不得已，罷垍、涯學士，垍爲户部侍郎，涯爲都官員外郎，貫之爲果州刺史。後數日，貫之再貶巴州刺史，涯貶虢州司馬。乙亥，以楊於陵爲嶺南節度使，亦坐考策無異同也。僧孺等久之不調，各從辟於藩府。……五月，翰林學士、左拾遺白居易上疏。」《册府元龜》卷四八一《臺省部·譴責》：「王涯爲翰林學士，拜右拾遺。元和三年四月，詔賢良方正能直言極諫舉人第三等牛僧孺、皇甫湜、李宗閔等，委中書門下，優與處分。時牛僧孺、皇甫湜、李宗閔條對甚直，無所畏避。權倖惡其抵己。有不中第者注解其策，同爲唱誹，言王涯與外甥皇甫湜登科，不先上言。遂左授涯爲都官員外郎，考官吏部員外郎韋貫之爲果州刺史，數月再黜爲巴州刺史，涯爲虢州刺史。」

〔二〕盧坦：《舊唐書·盧坦傳》：「及武元衡爲宰相，以坦爲中丞……裴均爲僕射，在班逾位，坦請退之，均不受。坦曰：『姚南仲爲僕射，例如此。』均曰：『南仲何人？』坦曰：『南仲是守正而不交權倖者也。』尋罷爲右庶子，時人歸咎於均。旬月，出爲宣歙觀察使。三年，入爲刑部侍郎、鹽鐵轉運使。」據《憲宗紀》，坦爲刑部侍郎在元和五年十二月，本傳誤。據《資治通鑑》，坦出爲宣歙觀察使在元和三年七月。

〔三〕王播：李宗閔《故丞相尚書左僕射贈太尉太原王公神道碑銘》：「知御史雜事，京師饑，穀起價，京西諸侯相率閉粟。公移之簡書，徵秦晉泛舟之説，西鎮惴惴收去條令，粟流於秦。元和四年爲御史中丞。」蓋盧坦罷御史中丞，王播同坐停侍御史知雜，然不久即擢爲御史中丞。

〔四〕穆質：《舊唐書·穆寧傳附子質》：「質强直，應制策，入第三等。其所條對，至今傳之。」《新唐書·鮑防傳》：「貞元元年，策賢良方正……時比歲旱，策問陰陽祲沴，（穆）質對曰：『漢故事，免三公，卜式請烹弘羊。』指當時輔政者。右司郎中獨孤愐欲下質，防不許，曰：『使上聞所未聞，不亦善乎？』卒置質高第，帝見策嘉揖。」

〔五〕月請諫紙：見卷八《與元九書》(2883)注。

# 論于頔裴均狀[一]

## 于頔裴均欲入朝事宜

右，臣聞諸道路，皆云：于頔、裴均累有進奉，並請入朝。伏聞聖恩，已似允許。臣側聽時議，内酌事情，爲陛下謀，恐非穩便。晝夜思慮，不敢不言。伏見貞元已來[①]，天下節將，握兵守土[②]，少肯入朝。自陛下刑服三兇，威加四海。是以諸道節度使三二年來[③]，朝廷追則追，替則替，奔走道路，懼承命之不暇。斯則聖德皇威[④]，大被于四方矣。夫謀宜可久，事貴得中。當難制之時，則貴欲令其朝覲。及可制之日，則不必使之盡來。何則[⑤]？安衆心，收衆望，在調馭之得其宜也。臣伏見近日節度使[⑥]，或替或追，稍似煩數。今又許于頔等入奏，或慮便留在朝。臣細思之，有三不可。何者？臣竊見外使入奏[⑦]，不問賢愚，皆欲仰希聖恩，傍結權貴。上須進奉，下須人事。莫不減削軍府，割剝疲人。每一入朝，甚於兩税。又聞于頔、裴均等數有進奉[⑧]，若又許來，則荆襄之人[⑨]，必重困於剝削矣。奪軍府疲人之不足，奉君上權貴之有餘，伏料聖心知之，深所不忍[二]。

此不可一也。臣又竊聞時議云：近日諸道節使⑩，或以進奉希旨，或以貨賄藩身。謂恩澤可圖，謂權位可取。以入覲爲請，以戀闕爲名。須來即來，須住即住。要重位則得重位⑪，要大權即得大權。進退周施，無求不獲⑫。天下節使，盡萌此心。不審聖聰，聞此議否？今于頔等以入覲爲請，若又許之，豈非須來即來乎？既來，必以戀闕爲名。若又許之⑬，豈非須住即住乎？則重位自然合加，況必求之乎？大權不得不與，況必圖之乎？重位大權，人誰不愛？于頔既得，則茂昭求之。臣聞茂昭又欲入朝，已謀行計。茂昭亦宰相也，亦國親也〔三〕。若引于頔爲例，獨不與可乎⑭？若盡與之，則陛下重位大權是以人情假人也，授之可乎？若獨與彼不與此，則忿爭怨望之端自此而作。今倖門已開矣，宜速杜之⑮。又令于頔等開之⑯，臣必恐聖心有時而悔矣。其不可二也。臣又竊見自古及今，君臣之際，權太重則下不得所，勢太逼則上不甚安。今于頔任兼將相，來則總朝廷之權⑰；家通國親，入則連戚里之勢。勢親則疏者不敢諫⑱，權重則羣下不敢言。臣慮于頔未來之間，内外迎附之者，其勢已赫赫炎炎矣。況其已來乎？臣恐于頔未到之間，内外合言者已不敢言矣。況其已到乎？脱或至此，陛下有術以制馭之邪？若用術制之，猶不如不制之安也⑲。若又無術，將如之何？且于頔身是大臣，子爲駙馬，性靈事迹，陛下素諳。一朝到來，權兼内外。若繩以規制⑳，則必失君臣之心；若縱其作爲，則必敗朝廷之度。進退思慮，恐貽聖憂。其不可三也。凡此三不可，事實不細。伏乞聖覽再三思之㉑。今臣所言，皆君臣之密機，安危之大計。伏望秘藏此狀，不令左右得知。況臣以疏議親，以賤論貴，語無方便，動有悔尤。言出身危，非不知耳。但以職居近密，身被恩榮，苟有聞知，即合陳露。儻言而得罪，亦臣所甘心。若默而負恩，則臣所不忍。伏希聖鑒，俯察愚誠。謹具奏聞。謹奏㉒。（3356）

【校】

①伏見　金澤本作「伏以」。

②守土　金澤本作「保土」。

③是以　紹興本等作「是得」，據金澤本改。「節度使」　金澤本無「節度」二字。平岡校謂當同下文作「節使」。

④聖德　郭本作「聖明」。

⑤何則　郭本作「何足」，誤。

⑥節度使　金澤本無「度」字。

⑦臣竊見　紹興本等無「臣」字，據金澤本補。

⑧又聞　金澤本作「臣已聞」。

⑨則荆襄　紹興本等無「則」字，據金澤本補。

⑩節使　馬本作「節度使」。下文「天下節使」同。

⑪則得　金澤本、馬本作「即得」。

⑫不獲　馬本作「不得」。

⑬若又　紹興本「又」誤「久」，據他本改。

⑭不與　紹興本等無「與」字，據金澤本補。

⑮宜　紹興本等無此字，據金澤本補。

⑯又令　紹興本、那波本作「又今」，據金澤本、馬本改。

⑰來則　金澤本作「來即」。

⑱敢諫　金澤本作「敢間」。

⑲猶不如　紹興本等無「猶」字，據金澤本補。

⑳規制　金澤本作「法制」。

㉑聖覽　金澤本作「聖鑒」。

㉒謹奏　金澤本此下有「臣居易奏」四字。

朱《箋》：作於元和三年（八〇八），長安。按，當作於元和三年四月裴均入朝前。

【注】

〔一〕于頔、裴均：《舊唐書·憲宗紀》：「（元和三年四月）丁丑，以荆南節度使裴均爲左僕射、判度支。……（九月）庚寅，以山南東道節度使于頔守司空、同平章事；以右僕射裴均檢校左僕射、同平章事、襄州長史，充山南東道節度使。」《于頔傳》：「貞元十四年，爲襄州刺史，充山南東道節度觀察。地與蔡州鄰。吴少誠之叛，頔率兵赴唐州，收吴房、朗山縣，又破賊於濯神溝。於是廣軍籍，募戰士，器甲犀利，僩然專有漢南之地。小失意者，皆以軍法從事。因請升襄州爲大都督府，府比鄆、魏。時德宗方姑息方鎮，聞頔事狀，亦無可奈何，但允順而已。頔奏請無不從。於是公然聚斂，恣意虐殺，專以凌上威下爲務。……及憲宗即位，威肅四方，頔稍戒懼。以第四子季友求尚主。憲宗以長女永昌公主降焉。其第二子方，屢諷其父歸朝入覲，册拜司空、平章事。」裴均字君齊，《新唐書·裴行儉傳附均》：「初，均與崔太素俱事中人竇文場，太素嘗晨省文場，入卧内，自謂待己至厚，徐觀後榻有頻伸者，乃均也。德宗以均任方鎮，欲遂相之，諫官李約上疏斥均爲文場養子，不可汙臺輔，乃止。」《册府元龜》卷六九七《牧守部·驕逸》：「裴均自江陵節度使入爲僕射，未幾出鎮襄陽。居兩府凡十年，荒縱無法度，士流以爲穢恥。」

〔二〕進奉：《舊唐書·食貨志上》：「先是興元克復京師，府藏盡虚，諸道有進奉，以資經費，復時有宣索。其後諸賊既平，朝廷無事，常賦之外，進奉不息。韋皐劍南有日進，李兼江西有月進，杜亞揚州、劉贊宣州、王緯李錡浙西，皆競爲進奉，以固恩澤。貢入之奏，皆白臣於正税外方圓，亦曰羡餘。節度使或托言密旨，乘此盜貿官物。諸道有謫罰官吏入其財者，刻禄稟，通津達道税之，蒔蔬藝果者税之，死亡者税之。節度觀察交代，或先期税入以爲進奉。然十獻其二三耳，其餘没入，不可勝紀。此節度使進奉也。」《崔羣傳》：「時憲宗急於蕩寇，頗奬聚斂之臣。故藩府由是希旨，往往捃拾，目爲進奉。處州刺史苗稷進羨餘錢七千貫，羣議以爲違詔，受之則失信於天下，請賜本州，代貧下租税，時論美之。」《新唐書·食貨志二》：「山南東道節度使于頔、河東節度使王鍔進獻甚厚，翰林學士李絳嘗諫曰：『方鎮進獻，因緣爲奸，以侵百姓，非聖政所宜。』帝喟然曰：『誠知非至德事，然兩河中夏貢賦之地，朝覲久廢，河湟陷没，烽候列於郊甸，方刷祖宗之恥，不忍重斂於人也。』然獨不知進獻之取於人者重矣。」

〔三〕茂昭：張茂昭。見卷十九《與茂昭詔》(3237)。

## 論和糴狀〔一〕

### 今年和糴折糴利害事宜

右，臣伏見有司以今年豐熟，請令畿内及諸處和糴①，令收賤穀②，以利農人。以臣所觀，有害無利。何者？凡曰和糴，則官出錢[3]，人出穀，兩和商量，然後交易也。比來和糴[4]，事則不然。但令府縣散配人户[5]，促立程限，嚴加徵催。苟有稽遲[6]，則被追捉[7]。迫蹙鞭撻，甚於税賦[8]。號爲和糴，其實害人。儻依前而行，臣故曰有害無利也。今若有司出錢，開場自糴，比於時價，稍有優饒[9]。利之誘人，人必情願。且本請和糴，只圖利人。人若有利，自然爭至。人若無利[10]，自然不來[11]。利害之間，可以此辯。今若除前之弊，行此之便，是真得和糴利人之道也。二端取捨，伏惟聖旨裁之。必不得已，則不如折糴[12]。折糴者，折青苗税錢，使納斛斗。免令賤糴[13]，别納見錢〔二〕。在於農人，亦甚爲利。況度支比來所支和糴價錢，多是雜色匹段。百姓又須轉賣，然後將納税錢。至於給付不免侵偷[14]，貨易不免折損，所失過本[15]，其弊可知。今若量折税錢，使納斛斗，既無賤糴麥粟之費[16]，又無轉賣匹段之勞。利歸於人，美歸於上。則折糴之便，豈不昭然？由是而論，則配户不如開場，和糴不如折糴，亦甚明矣。臣久處村閭，曾爲和糴之户。親被迫蹙[17]，實不堪命。臣近爲畿尉，曾領和糴之司。親自鞭撻，所不忍覩。臣頃者常欲疏此人病，聞于天聰[18]。疏遠賤微，無由上達[19]。今幸擢居禁職，列在諫官。苟有他聞，猶合陳獻。況備諳此事，深知此弊。臣若緘默，隱而不言，不唯上辜聖恩，實亦内負夙願。猶慮愚誠不至，聖鑒未迴，即望試令左右可親信者一人，潛問鄉村百姓，和糴之與折糴，孰利而孰害乎？則知臣言不敢苟耳。或慮陛下以勅命已下，難於移改⑳。以臣所見，事又不然。夫聖人之舉事也，唯務便人，唯求利物。若損益相半㉑，則不必遷移。若利害相懸，則事須追改。不獨於此，其他亦然。伏望宸衷，審賜詳察。謹具奏聞。謹奏㉒。（3357）

【校】

①諸處　金澤本作「諸州」。

②令收　金澤本作「以收」。

③則　金澤本作「謂」，《全唐文》作「者」。

④比來　紹興本、金澤本誤「此來」，據他本改。

⑤人户　紹興本等作「户人」，據金澤本改。

⑥稽遲　金澤本、天海本作「稽違」。

⑦則被　金澤本作「即被」。

⑧税賦　金澤本作「賦税」。

⑨稍有　金澤本作「稍校」。

⑩自然爭至人若無利　紹興本等無八字，據金澤本補。

⑪不來　紹興本等作「願來」，據金澤本改。
⑫則不如　金澤本作「即不如」。
⑬賤糴　郭本、金澤本所校本作「賤糴」。下文同。
⑭侵偷　金澤本、天海本作「侵侔」，郭本作「侵漁」。
⑮過本　金澤本、天海本作「過半」。
⑯麥粟　金澤本作「粟麥」。
⑰迫蹙　金澤本作「蹙迫」。
⑱天聰　金澤本作「天聽」。
⑲無由　金澤本作「無因」。
⑳移改　郭本、《全唐文》作「改移」。
㉑相半　馬本作「將半」，誤。
㉒謹奏　金澤本此下有「臣居易奏七月三日進」九字。

**【注】**

朱《箋》：作於元和三年（八〇八），長安。

〔二〕和糴：即常平之法。《通典》卷十二《食貨·輕重》：「後魏孝文時，秘書丞李彪上表曰：『昔之哲王，莫不殷勤稼穡，故堯湯水旱，人無菜色，蓋由備之也。漢家乃設常平，魏氏以兵糧置屯田，軍國取濟。光武一畝不實，罪及牧守。皆明君恤人若此。今山東饑，京師儉，臣以爲宜析州郡常調九分之二，京都度支歲用之餘，各立官司，年豐糴積於倉，時儉則減私之十二糴之。如此，人必力田以買官絹，又務貯錢以取官粟，年豐則常積，歲凶則直給。』明帝神龜、正光之際，自徐揚内附之後，收内兵資，與人和糴，積爲邊備也。北齊河清中，令諸州郡皆别置富人倉。初立之日，准所領中下户口數，得支一年之糧，逐當州穀賤時，斟量割當年義租充入。穀貴，下價糶之，賤則還用所糴之物，依價糴貯。……開元二十五年定式：王公以下，每年户别據所種田，畝别税粟二升，以爲義倉。其商賈户若無田及不足者，上上户税五石，上中以下遞減各有差。諸出給雜種准粟者，稻穀一斗五升當粟一斗；其折納糙米者，稻三石折納糙米一石四斗。天寶八年，凡天下諸色米都九千六百六萬二千二百二十石，和糴一百一十三萬九千五百三十石。」又卷二六《職官·太府卿》：「漢宣帝時，耿壽昌請於邊郡皆築倉，穀賤時增價而糴，貴時減價而糶，名曰常平倉。……後魏太和中，雖不名曰常平，亦各令官司糴貯，儉則出糶。隋曰常平倉。大唐武德中，置常平監官，以均天下之貨。市肆騰踴則減價而出，田嗇豐羨則增糴而收，觸類長之。後省監，置常平署令一人，掌倉糧管鑰，出納糴糶。凡天下倉廩，和糴者爲常平倉，正租爲正倉，地子爲義倉。」《唐會要》卷二七《行幸》：「貞元三年十二月，上獵於新店，幸野人趙光奇家，問曰：『百姓樂乎？』

對曰：『不樂。』上曰：『仍歲頗稔，何不樂乎？』對曰：『蓋由陛下詔令不信於人，所以然也。前詔云於兩税之外悉無他徭，今非兩税而誅求者殆過之。後詔云和糴於百姓，曾不識一錢而强取之。始云所糴粟麥納於道次，今則遣致於京西。破産奉役，不能支也。百姓愁苦如此，何有于樂乎？雖頻降優恤之詔，而有司多不奉之，亦恐陛下深在九重未之知也。』上感異之，因詔復除其家。」又卷九十《和糴》：「（貞元）四年八月，詔京兆府於時價外，加估和糴。差清强官，先給價直，然後貯納。續令所司自般運，載至太倉。並差御史分路訪察，有違敕文，令長以下，當重科貶。先是，京畿和糴，多被抑配，或物估逾於時價，或先斂而後給直，追集停擁，百姓苦之。及聞是詔，莫不歡忻樂輸焉。」可見和糴在實行中多被抑配，甚或先斂後給直乃至强取。

〔二〕折糴：以麥粟折納税錢。《唐會要》卷九十《和糴》：「貞元二年九月，度支奏：『京兆、河南、河中、同、華、陝、虢、晉、絳、鄜、坊、丹、延等州府，夏秋兩税、青苗等錢物，悉折糴粟麥，所在儲積，以備軍食。京兆府兼給錢收糴，每斗於時估外更加錢，納於太倉。』詔可之。」《册府元龜》卷四九一《邦計部・蠲復》：「（元和六年）十月制曰：……比者每令折糴，本以便人爲意。今田穀所收，其數既少，必恐徵納之後，種食不充。其京兆府宜放今年所配折糴粟二十五萬石。如百姓有粟，情願折納，即於時價外特加優饒與納。仍令當處收貯，委度支逐便支用。」《册府元龜》記元和、長慶間折糴之數甚詳，蓋當時常行，然亦每有抑配。又《册府元龜》卷五〇二《邦計部・平糴》具引此狀，稱和糴之法累朝承弊，唯白居易上疏論和糴事，其理最當。

## 論太原事狀三件

### 嚴綬　輔光(一)

右，嚴綬、輔光太原事迹，其間不可，遠近具知。臣前日對時，已子細面奏。今奉宣，輔光已替，嚴綬續追。此皆聖鑒至明，左右不能惑聽。合於公議，斷自宸衷。内外人心，甚爲愜當。其嚴綬早須與替，不可更遲。綬與輔光久相交結①，軍中補署職掌，比來盡由輔光。今見别除監軍，小人乍失依託。或恐嚴綬相黨，曲爲妄陳軍情。事宜之間，須過防慮。伏望聖恩速令貞亮赴本道，便許嚴綬入朝。(3358)

【校】

①綬與　紹興本等作「緣與」，據金澤本改。

朱《箋》：作於元和四年（八〇九），長安。按，此三件非作於一時，前二件作於三月間，後件作於六月。

【注】

〔一〕嚴綬：見卷十九《批百僚嚴綬等賀御撰屏風表》（3235）。《舊唐書·裴垍傳》：「嚴綬在太原，其政事一出監軍李輔光，綬但拱手而已。垍具奏其事，請以李鄘代之。」《資治通鑑》元和四年：「三月，乙酉，以綬爲左僕射，以鳳翔節度使李鄘爲河東節度使。」輔光：李輔光。令狐楚《爲鄭儋尚書謝河東節度使表》：「監使李輔光，器能周敏，智識通明，與臣同心，祗奉王事。」又《代李僕射謝賜男絹等物並贈亡妻晉國夫人表》：「三月二十五日，本道監軍李輔光宣進止，賜臣男公敏絹五十匹。」即其人。李僕射即李説，與鄭儋俱爲嚴綬前任。

## 貞亮〔二〕

右，貞亮元是舊人，曾任重職。陛下以太原事弊，使替輔光。然臣伏聞貞亮先充汴州監軍日，自置親兵數千。又任三川都監日，專殺李康。兩度事迹①，深爲不可。爲性自用②，所在專權。若貞亮處事依前，即太原却受其弊。雖將追改③，難以成功。其貞

亮發赴本道之時，恐須以承前事切加約束，令其戒懼。此事至要，伏惟聖心不忘。(3359)

【校】

①兩度　紹興本等作「兩節度使」，據金澤本改。

②爲性　郭本作「惟性」。《全唐文》作「違性」，誤。

③雖將追改　金澤本作「雖得將帥」。

【注】

〔一〕貞亮：劉貞亮。即俱文珍。《新唐書·宦官傳》：「劉貞亮，本俱氏，名文珍，冒所養宦父，故改焉。性忠强，識義理。平涼之盟，在渾瑊軍中，會虜變，被執且西，俄而得歸。出監宣武軍，自置親兵千人。貞元末，宦人領兵附順者益衆。會順宗立……因與中人劉光琦、薛文珍、尚衍、解玉、吕如全等同勸帝立廣陵王爲太子監國，帝納其奏。貞亮召學士衛次公、鄭絪、李程、王涯等至金鑾殿草定制詔。太子已立，盡逐叔文黨，委政大臣，議者美其忠。高崇文討劉闢，復爲監軍。初東川節度使李康爲闢所破，囚之。崇文至，闢歸康求雪，貞亮劾以不拒賊，斬之，故以專悍見訾。」《舊唐書·高崇文傳》：「先是，劉闢攻陷東川，擒節度使李康；及崇文克梓州，乃歸康求雪己罪，崇文以康敗軍失守，遂斬之。」《唐語林》卷一：「崇文下劍門……師次綿州，斬磽（梓）州節度使李康，疏康擅離征鎮，不爲拒敵。當時議者云：康任懷州刺史，收殺武陟尉，即崇文判官宋君平之父，崇文乘此事爲之報讎。」

## 范希朝（二）

右，希朝前在振武，威令大行①。至今蕃戎，望風畏伏。況又勤儉信實，所在士卒歸心。今若太原要人，無出希朝之右。伏恐聖意慮其有年，臣又訪聞，希朝筋力猶堪驅使。但且令鎮撫，必愜軍情。待其一二年間，威制成立，然後别擇能者②，即必易守成規③。則雖老年，事須且用。其靈武比太原雖小，亦是要鎮。如納臣愚見，伏恐便須擇人，與希朝相代。謹具奏聞。謹奏④。（3360）

【校】

①威令大行　郭本作「威於太行」。

②別擇　紹興本等無「別」字，據金澤本補。
③即必　馬本作「則必」。
④謹奏　馬本無二字。金澤本此下有「臣居易奏」四字。

【注】

〔一〕范希朝：見卷十七《除范希朝京西都統制》(3165)、卷二十《與希朝詔》(3320)。《舊唐書·憲宗紀》：「(元和四年六月丁丑)以河東節度使李鄘爲刑部尚書、充諸道鹽鐵轉運使。以靈鹽節度使范希朝爲太原尹、北都留守、河東節度使。」

## 奏請加德音中節目狀二件〔一〕

### 緣今時旱請更減放江淮旱損州縣百姓今年租税①〔二〕

右，伏以聖心憂軫②，重降德音，欲令實惠及人，無如減放租税。昨正月中所降德音，量放去年錢米。伏聞所放數内，已有納者。縱未納者，多是逃亡。假令不放，亦徵不得。況旱損州縣至多，所放錢米至少。百姓未經豐熟，又納今年税租③。疲乏之中④，重此徵迫。人力困苦，莫甚於斯⑤，却是今年⑥。伏望聖恩更與宰臣及有司商量，江淮先旱損州作分數⑦，更量放今年租税。當疲困之際，降惻隱之恩。感動人情，無出於此。敢竭愚見，以副聖心。（3361）

【校】

①今時旱　金澤本作「時旱」。「州縣」　金澤本無「縣」字。

②憂軫　金澤本、天海本作「憂旱」。

③今年税租　金澤本作「今歲差科」。

④疲乏　金澤本、那波本作「疲羸」。

⑤莫甚於斯　金澤本無四字。

⑥却是　金澤本作「却在」。

⑦江淮　金澤本其上有「其」字。

【注】

朱《箋》：作於元和四年（八〇九），長安。

〔一〕奏請加德音中節目：德音謂元和四年閏三月所降。見卷二十《答宰相杜佑等賀德音表》（3344）注。

〔二〕江淮旱損：見卷二十《答王鍔賀賑恤江淮德音表》（3341）注。

## 請揀放後宮内人

右，伏見大曆已來四十餘載①，宮中人數，積久漸多②。伏慮驅使之餘③，其數猶廣。上則虚給衣食，有供億縻費之煩；下則離隔親族，有幽閉怨曠之苦。事宜省費，物貴遂情。頃者已蒙聖恩④，量有揀放。聞諸道路，所出不多。臣伏見自太宗、玄宗已來，每遇災旱，多有揀放。書在國史，天下稱之〔一〕。伏望聖慈，再加處分。則盛明之德，可動天心；感悦之情，必致和氣。光垂史册，美繼祖宗。貞觀、開元之風，復見於今日矣。非小臣愚懇，不能發此言。非陛下英明，不能行此事。如蒙允許，便請於德音中次第處分。謹具奏聞，伏待進旨⑤。謹奏⑥。（3362）

【校】

①伏見　二字金澤本作「自」。「載」　馬本作「歲」。

②積久　紹興本等作「稍久」，據金澤本、《全唐文》改。

③伏慮　金澤本作「伏料」。

④頃者　金澤本作「昨者」。

⑤進旨　金澤本作「進止」，馬本作「聖旨」。

⑥謹奏　此下金澤本、天海本有「四年閏三月一日進」八字。

【注】

〔一〕自太宗玄宗已來多有揀放：《唐會要》卷三《出宮人》：「武德九年八月十八日詔：……自是中宮前後所出，計三千餘人。貞觀二年春三月，中書舍人李百藥上封事曰：『……然陰氣鬱積，亦恐是旱之咎徵。往年雖出宮人，未爲盡善。竊聞大安宮及掖庭内，無用宮人，動有數萬，衣食之費，固自倍多，幽閉之冤，足感和氣，亢陽爲害，亦或由兹。』……於是命尚書左丞戴胄、給事中杜正倫等，於掖庭宮西門簡出之。開元二年八月十日詔：『……往緣太平公主取人入宮，朕以事雖順從，未能拒抑。……妃嬪已下，朕當揀擇，使還其家。宜令所司將車牛，今月十二日，赴崇明門待進止。』大曆十四年五月，出宫人百餘人。貞元二十一年三月，出後宫人三百人。其月，又出後宫及教坊女妓六百人，聽其親戚迎於九仙門。百姓莫不叫呼大喜。元和八年六月，出宫人二百車，任其嫁配。十年十二月，出宫人七十二人。長慶四年二月，敕先在掖庭宫人，及逆人家口，並配内園者，並放出外，任其所適。其月敕文：『宫中老年及殘疾不任使役，並有父母者，並委所司，選擇放出。』寶曆二年（據《册府元龜》卷四二等當作三年）十二月敕：『在内宫女，宜放三千人，願嫁及歸近親，並從所便，不須尋問。開成三年二月，文宗以旱出宫人劉好奴等五百餘人，送兩街寺觀，任歸親戚。」又據《册府元龜》卷四二《帝王部·仁慈》，高宗顯慶元年、睿宗唐隆元年、肅宗至德三年，並曾放宫人或赦免掖庭籍没婦人。蓋新皇即位，多揀放宫人。在任因水旱災害揀放，則僅貞觀二年及憲宗朝數次。

# 論于頔進歌舞人狀①〔一〕

## 于頔所進歌舞人等事宜②

右，臣三五日來聞於時議，云前件所進者，並是于頔愛妾，被普寧公主闔欲選進，今于頔所進事非獲已者〔二〕。臣未知此説虚之與實③，再三思之④，皆爲不可。何則？于頔自入朝來，陛下待之深得其所。存其大體，故厚加寵位。知其性惡⑤，故不與威權。中外人情，以爲至當。在於于頔，亦自甘心。今因普寧奪其愛妾，衆人既有流議⑥，于頔得以爲詞。臣恐此事不益聖德。在臣愚見，豈敢不言？伏見陛下數月已來，分别邪正，所有制斷，所有處置，無不合於公論⑦，無不愜於人情⑧。唯此一事，實乖時體，關於損益，臣實惜之。今道路云云，皆有此説。縱是于頔自進⑨，亦恐外人不知。去就之間，恐須却賜于頔。内足以辯明聖意，外足以止息浮詞⑩，又令于頔有所感戴。臣所聞所見如此，伏恐陛下要知，輒敢密陳，庶裨萬一。謹具奏聞。謹奏⑪。（3363）

【校】

①題　紹興本等作「論于頔所進歌舞人事宜狀」，併副題爲一。據金澤本改。

②于頔所進歌舞人等事宜　紹興本等無此行。據金澤本補。

③虚之與實　金澤本作「虚實」。

④再三　金澤本其上有「竊已」二字。「思之」　金澤本此下有「虚之與實」四字。

⑤性惡　金澤本、天海本作「前惡」。

⑥既有　金澤本作「即有」。

⑦合於　金澤本無「於」字。「公論」　金澤本作「公議」。
⑧愜於　金澤本無「於」字。
⑨縱是　紹興本等無「縱」字，據金澤本補。
⑩浮詞　金澤本作「浮言」。
⑪謹奏　金澤本此下有「四月二日進」五字。

【注】

朱《箋》：作於元和四年（八〇九），長安。

〔一〕于頔進歌舞人：于頔見本卷《論于頔裴均狀》（3356）。此事又見《新唐書·白居易傳》，蓋據白集此狀。

〔二〕普寧公主：即永昌公主。《唐會要》卷六《公主》：「憲宗十九女：普寧，降于季友，改封永昌，贈梁國，謚惠康。」

## 論魏徵舊宅狀〔一〕

### 李師道奏請出私財收贖魏徵舊宅事宜〔二〕

右，今日守謙宣令撰與師道詔，所請收贖魏徵宅還與其子孫①，甚合朕心，允依來奏者〔三〕。臣伏以魏徵是太宗朝宰相②，盡忠輔佐，以致太平。在於子孫，合加優卹。今緣子孫窮賤，舊宅典賣與人。師道請出私財收贖，却還其後嗣③，事關激勸，合出朝廷④。師道何人，輒掠此美？依宣便許，臣恐非宜⑤。況魏徵宅内舊堂，本是宮中小殿。太宗特賜，以表殊恩。既又與諸家舊宅不同⑥，尤不宜使師道與贖。計其典賣，其價非多。伏望明勅有司，特以官錢收贖，便還後嗣⑦，以勸忠臣。則事出皇恩，美歸聖德。臣苟有所見，不敢不陳。其與師道詔未敢依宣便撰，伏待聖旨。謹具奏聞。謹奏⑧。（3364）

【校】

①還與　金澤本、《管見抄》無「與」字。「子孫」　紹興本、馬本、郭本無「孫」字，據那波本、金澤本補。

②太宗朝　金澤本、《管見抄》無「朝」字。
③後嗣　金澤本、《管見抄》無「嗣」字。
④合出　金澤本、《管見抄》作「令出」。
⑤臣恐　《全唐文》作「臣知」。
⑥舊宅　紹興本等無二字，據金澤本、《管見抄》補。
⑦便還　金澤本、《管見抄》、馬本作「使還」。
⑧謹奏　金澤本、《管見抄》、天海本此下有「四月七日進」五字。

陳《譜》、朱《箋》：作於元和四年（八〇九），長安。

【注】

〔一〕論魏徵舊宅狀：《舊唐書・白居易傳》載此事，謂：「憲宗深然之。」《册府元龜》卷五三三《諫諍部・規諫》、卷五五二《詞臣部・獻替》、《資治通鑑》元和四年同，蓋據白集此狀。《舊唐書・魏徵傳》：「徵宅先無正寢，太宗欲爲小殿，輟其材爲徵營構，五日而成，遣中使齎素褥布被而賜之，遂其所尚也。」《封氏聞見記》卷五：「太子太師魏徵，當朝重臣也，所居室宇卑陋。太宗欲爲營第，輒謙讓不受。洎徵寢疾，太宗將營小殿，遂輟其材，爲造正堂，五日而就。開元中此堂猶在，家人不謹，遺火燒之，子孫哭臨三日，朝士皆赴弔。」《唐會要》卷四五《功臣》：「（元和）四年三月，上覽貞觀故事，嘉魏徵諫諍匪躬，詔令京兆尹訪其子孫及故居，則質賣更數姓，析爲九家矣。上愍之，出内庫錢二百萬贖之，以賜其孫稠及善馮等，禁其質賣。」程大昌《雍録》卷十論此事：「魏徵宅在丹鳳門直出南面永興坊内……若如居易所言，則是太宗殿材所造之寢至元和猶在，開元中不嘗遭火也，特子孫不能保而遂貨鬻之耳。予詳思其理，開元間所火當是殿材之爲正寢者耳，而屋不嘗皆火也。直以清貧之故，子孫盡舉其有而鬻之。居易深探太宗重徵之意，欲其還贖，使事出朝廷，而不出臣下也。至《會要》所載又異於是……當是《會要》又欲歸美憲宗，不欲出自臣下建請耳。」

〔二〕李師道：見卷十九《與師道詔》（3238）。

〔三〕守謙：梁守謙。見卷十《奉勅試邊鎮節度使加僕射制》（2916）注。

## 論王鍔欲除官事宜狀①〔一〕

右，臣竊有所聞，云王鍔見欲除同平章事③，未知何故，有此商量？臣伏以宰相者，人臣極位，天下具瞻。非有清望大功，不合輕授。王鍔既非清望，又無大功，若加此官，深爲不可。昨日裴均除平章事，内外之議，早已紛然。今王鍔若除④，則如王鍔之輩皆生冀望之心矣⑤。若盡與，則典章大壞，又未必感恩⑥。若不與，則厚薄有殊，或生怨望。倖門一啓，無可奈何。臣又聞王鍔在鎮日，不卹凋殘，唯務差税。淮南百姓，日夜無憀。五年誅求，百計侵削。錢物既足，部領入朝。號爲羨餘，親自進奉〔二〕。凡有耳者，無不知之。今若授同平章事，臣恐四方聞之，皆謂陛下得王鍔進奉而與之宰相也⑦。臣又恐諸道節度使，今日已後，皆割剝生人，營求宰相。私相謂曰：「誰不如王鍔邪？」故臣以爲深不可也。其王鍔歸鎮與在朝，伏望並不除宰相。臣尚未知所聞信否，貴欲先事而言。或恐萬一已行，即言之無及。伏惟聖鑒，俯察愚衷。謹具奏聞。謹奏⑧。（3365）

【校】

①題　紹興本等作「論王鍔欲除官事宜狀」，併副題爲一。據金澤本改。

②王鍔欲除官事宜　紹興本等無此行。據金澤本補。

③同平章　紹興本等無「同」字，據金澤本補。

④若除　金澤本作「又除」。

⑤之輩　金澤本作「之比者」。
⑥未必　紹興本等無「必」字，據金澤本補。
⑦與之　紹興本等無「之」字，據金澤本補。
⑧謹奏　金澤本、天海本此下有「四月九日進」五字。

【注】

陳《譜》、朱《箋》：作於元和三年（八〇八），長安。《資治通鑑》繫此事於元和三年九月。按，裴均元和三年九月同平章事。此狀據金澤本四月進，當作於元和四年四月。

〔一〕王鍔：見卷二十《答王鍔陳讓淮南節度使表》（3330）。《舊唐書·白居易傳》載此事，謂因居易之諫事乃止。又《舊唐書·李藩傳》：「時河東節度使王鍔用錢數千萬賂遺權幸，求兼宰相。藩與權德輿在中書，有密旨曰：『王鍔可兼宰相，宜即擬來。』藩遂以筆塗『兼相』字，却奏上云：『不可。』德輿失色曰：『縱不可，宜別作奏，豈可以筆塗詔耶！』曰：『事迫矣！出今日，便不可止。日又暮，何暇別作奏！』事果寢。」《權德輿傳》：「河中節度王鍔來朝，貴幸多譽鍔者，上將加平章事，李藩堅執以爲不可。德輿繼奏曰：『夫平章事，非序進而得，國朝方鎮帶宰相者，蓋有大忠大勳。大曆已來，又有跋扈難制者，不得已而與之。今王鍔無大忠勳，又非姑息之時，欲假此名，實恐不可。』上從之。」《資治通鑑》繫其事於元和五年。按，居易上此狀在元和四年四月，王鍔已移鎮河中。頗疑此狀及李藩等所論，乃一時之事。鍔爲能臣，爲李吉甫等所譽，得憲宗眷寵，恐非居易一人所能勸阻者。鍔元和九年十月乃加同平章事。《册府元龜》卷一七七《帝王部·姑息》：「(元和)十年正月乙酉，進授宣武軍節度使、檢校司空韓弘守司徒、依前同中書門下平章事。貞元初，德宗方以公相寵勳臣，宰相虚列官代於制敕者多至八九。及數年，老者不世繼，守者無功，遂不加其名。元和初，平章事在藩鎮不過一二而已。至三年，始加弘檢校司空、同平章事。後王鍔以檢校司徒凡歷三大鎮，及在太原有功，李吉甫請授鍔同平章事。弘自領汴州，以敢殺致安，勢重於中，而位在鍔下，每咎吉甫。及吉甫卒，乃致書於宰相元衡，以露其忿。」

〔三〕五年誅求：據《舊唐書·德宗紀》，王鍔貞元十九年三月除淮南節度使。至元和三年調河中，爲五年。《王鍔傳》：「遷廣州刺史、御史大夫、嶺南節度使。廣人與夷人雜處，地征薄而叢求於川市。鍔能計居人之業而榷其利，所得與兩税相埒。鍔以兩税錢上供時進及供奉外，餘皆自入。西南大海中諸國舶至，則盡没其利，由是鍔家財富於公藏。日發十餘艇，重以犀象珠貝，稱商貨而出諸境。周以歲時，循環不絶，凡八年，京師權門多富鍔之財。拜刑部尚書。時淮南節度使杜佑屢請代，乃以鍔檢校兵部尚書，充淮南副節度使。」又敍其在淮南善持下，吏以爲神明，長於部領，程作有法。《新唐書·食貨志》則謂其爲河東節度進獻甚厚，均不詳在淮南誅求事。

## 論裴均進奉狀①〔一〕

### 裴均進奉銀器等②

右，臣伏聞向外傳説，云裴均前月二十六日於左銀臺進奉前件銀器③。雖未審知虛實，然而物議喧然。臣既有所聞④，不敢不奏。伏以陛下昨因時旱，念及疲人，特降德音，停罷進奉〔二〕。天意如感，雨澤應期。巷舞途歌，咸呼萬歲。伏自德音降後⑤，天下顒望遵行。未經旬月之間，裴均便先進奉⑥。若誠有此事，深損聖德。臣或慮有人云：「裴均所進銀器，發在德音之前。」遂勸聖恩，不妨受納。以臣所見，事固不然。臣聞衆議，皆云裴均性本貪殘，動多邪巧。每假進奉，廣有誅求。料其深心，不顧停罷。必恐即日修表，倍程進來，欲試朝廷，嘗其可否。何者？前月三日降德音，准諸道進奏院報事例⑦，不過四五日，即裴均合知。至二十六日，進物方到。以此詳察，足見姦情。則今若便容，果落邪計。況一處如此，則遠近皆知。臣恐諸道依前，從此不守法度。則是陛下明降制旨，又自棄之。何以制馭四方？何以取信天下？臣反覆思慮，深爲陛下惜之。伏准德音節文，除四節及旨條外，有違越進奉者，其物送納左藏庫，仍委御史臺具名聞奏。若此事果實，則御史臺必准制彈奏，諫官必諫，宰相必論。天下知之，何裨聖政？以臣所見，伏望明宣云：裴均所進銀器雖在德音之前，恐四方不知，宜送左藏庫收納。如此則海内悦服⑧，天下歡心⑨。事出宸衷，美歸聖德。又免至御史、諫官奏論之，然後有處置⑩。在於事體，深以爲宜。伏願聖心速賜裁斷。謹具奏聞。謹奏⑪。（3366）

【校】

①題　紹興本等「進奉」下有「銀器」二字，併副題爲一。據金澤本改。

②裴均進奉銀器等　紹興本等無此行。據金澤本補。

③左銀臺　紹興本等無「左」字，據金澤本補。「進奉」　金澤本無「奉」字。

④臣既　紹興本等無「臣」字，據金澤本補。「所聞」　金澤本無「所」字。

⑤伏自　金澤本、天海本作「伏見」。

⑥進奉　《全唐文》作「進銀器」。

⑦例　金澤本、天海本作「常例」。
⑧如此　金澤本作「如是」。
⑨歡心　金澤本、天海本作「歡喜」。
⑩然後　金澤本作「後然」，分屬上下句。
⑪謹奏　金澤本、天海本此下有「四月二日進」五字。

**【注】**

朱《箋》：作於元和四年（八〇九），長安。

〔一〕裴均：見本卷《論于頔裴均狀》（3356）。《李相國論事集》卷一《論裴均進銀器狀》：「元和二年（按，當作四年）春德音：『天下方鎮因緣進獻，裒刻百姓，賦斂煩重，外以進奉爲名，内貨財爲事。』遂有痛哀之詔，斷方鎮非時進奉。其夏季，襄陽節度使裴均，素交結内官，恃其援助，遂進銀盆之類萬餘兩，憲宗因事繁，誤納於内，學士李絳等論奏云：……上覽疏驚曰：『我事繁，都不記得，許令受納，是我誤也。所進是赦書未到前發來，裴均特赦其過。依卿所奏，便送納度支收管。』其日，遂令中使押領銀器於中書。宣示宰臣云：……宰臣驚悦，進狀稱賀，中外皆喜上之從諫求理焉。」《資治通鑑》元和四年：「四月，山南東道節度使裴均恃有中人之助，於德音後首進銀器千五百餘兩。翰林學士李絳、白居易等上言：『均欲以此嘗陛下，願却之。』上遽命出銀器付度支。既而有旨諭進奏院：『自今諸道進奉，無得申御史臺。有訪問者，輒以名聞。』白居易復以爲言，上不聽。」

〔二〕特降德音：謂元和四年閏三月所降。見卷二十《答宰相杜佑等賀德音表》（3344）注。

# 白居易文集校注卷第二十二[①]

奏狀二　凡二十四首

## 論孫璹張奉國狀

### 孫璹[一]

右，伏以鳳翔右輔之地，控壓隴、蜀，又近國門，最爲重鎮。承前已來，多擇有功勳德望者爲之節使[②]。昨者，孫璹忽除此官。臣緣素未諳知，不敢輕議可否。及制下之後，甚不愜人心。孫璹雖久從軍，不聞有大功効。自居禁衛，亦無可稱。至於姓名，衆未知有。縱有才略，堪任將帥，猶宜且試於小鎮，不合便授此重藩。豈唯公議之間以爲過當，亦恐同類之内皆生倖心。況今聖政日明，朝綱日舉，每命一官一職，人皆側耳聽之。則

除授之間，深宜重慎。今孫璹已受成命，未可遽又改移。待到鳳翔，觀其可否，已後不可不審。伏恐聖聽要知。（3367）

【校】

①卷第二十二　即《白氏文集》紹興本、馬本卷五十九，那波本卷四十二。

②節使　馬本作「節度使」。

【注】

朱《箋》：作於元和四年（八〇九），長安。

〔一〕孫璹：見卷二十《與孫璹詔》（3351）。

## 張奉國〔一〕

右，奉國當徐州用兵之時，已有殊效；及李錡作亂之日，又立大功。忠節赤誠，海內推服。近來將校，少有比倫。已蒙聖恩，授金吾大將軍，以示獎勸。以臣所見，更宜與一方鎮，以感動天下忠臣之志，以摧懾天下姦臣之心①。何者？奉國之事，無人不知。方鎮之榮，無人不愛。若奉國更得節度使，天下聞知，人皆爲貪寵榮，誰不爭効忠順？萬一若一方有事，一帥負恩，則麾下偏裨，競爲奉國，亂臣賊子，不敢不息。一則明勸忠貞，二則闇銷禍亂。聖人機柄，正在於斯。今奉國聞已有年，亦宜速用。事不可失，臣深惜之。然以奉國未曾爲理人官，恐未可便授大鎮。若近邊次節度有要替處，與奉國最爲得宜。謹具奏聞。謹奏。（3368）

【校】

①摧懾　馬本作「摧攝」。

【注】

〔一〕張奉國：《舊唐書·裴度傳》：「憲宗以淮西賊平，因功臣李光顏等來朝，欲開内宴，詔六軍使修麟德殿之東廊。軍使張奉國以公費不足，出私財以助用，訴於執政。……上怒奉國洩漏，乃令致仕。」《穆宗紀》：「（長慶二年三月）壬寅，左驍衛上將軍張奉國卒。」元稹《唐故開府儀同三司檢校兵部尚書兼左驍衛上將軍充大内皇城留守御史大夫上柱國南陽郡王贈某官碑文銘》：「南陽王姓張氏，諱奉國，本名子良。……大曆末，始以戎服事郭汾陽於邠。建中中，以騎五百討希烈於蔡。遭太夫人喪，號叫請罷，遂克終制。僕射張建封以壽帥移於徐，始以渦口三城授於我。僕射殁而徐師亂，子乘亂以自立，王不忍討，以師二萬歸於潤。德宗異之，詔召至京，授侍御史。復職於浙西，就加御史中丞，又加國子祭酒，是元和之元年也。二年，李錡叛，王擒之以獻，加檢校工部尚書、兼右金吾衛將軍、御史大夫、上柱國，進封南陽郡王，食實封一百五十户，遂錫嘉名。尋遷檢校刑部尚書，充振武、麟、勝等州節度營田觀察處置等使，復以刑部尚書兼左金吾衛將軍、御史大夫，歷左龍武統軍、鴻臚卿，就加檢校兵部尚書，轉左驍衛上將軍，充大内皇城留守。以疾薨，壽八十三。特詔贈某官。」《册府元龜》卷三七四《將帥部・忠》：「張奉國，本名子良，貞元末，爲徐州兵馬使。張愔之難，子良以其衆千餘奔於浙西，團練使王緯表加兼御史中丞，仍厚撫其軍士。牙門百職，子良必兼歷焉。元和二年秋，節度使李錡叛命，遣子良以兵三千收宣州，子良乃與錡甥裴行立及大將田少卿、李奉仙等密約圖錡反戈，圍城大呼。錡計窮縋下，生致闕庭。子良殺其餘黨，遂平浙右。憲宗追赴京師，親自褒慰，擢爲右金吾將軍、兼御史大夫，改名奉國，賜第室良田。」

## 奏所聞狀

### 向外所聞事宜

右，伏見六七日來向外傳説，皆云有進旨〔一〕，令宣與諸道進奏院，自今已後，應有進奉，並不用申報御史臺。如有人勘問，便仰録名奏來者。内外相傳，不無驚怪。臣伏料此事，多是虚傳。且有此聞，不敢不奏。伏惟德音，除四節外，非時進奉一切並停。如有違越，仰御史臺察訪聞奏。今若不許報臺，不許勘問，即是許進奉而廢德音也。伏以陛下憂人思理，發自深誠。德音中停罷進奉，最是大節。昨者裴均所進銀器，發在德音之前，猶慮四方不知，將謂容其違越①，特令送出外庫，宣報所司〔二〕。遠近傳呼，聞於道路②。此則不獨人心欣躍，感動四方，實亦國史光明，垂示百代。今未踰數月，忽有此消息。賀德音之使，未絶於道途；許進奉之聲，已聞於内外。此衆情所以驚愕而不測也。臣昨訪聞③，又無明勅。伏料聖意，必無此處分。但恐宣傳之際，或致疑誤。遂令内外，有此流傳。實恐旬月之間，散報諸道，虧損聖政，無甚於斯。若此果虚④，即望宣示内

外，令知聖旨，使息虛聲。伏願宸衷，速有處分⑤。謹具奏聞⑥。謹奏。（3369）

【校】

①容其　馬本作「容有」。

②道路　郭本作「道途」。

③昨訪　馬本作「訪昨」，誤。

④若此果虛　郭本作「此悉虛節」。

⑤速有　郭本作「庶有」。

⑥奏聞　紹興本、那波本脱「聞」字，據他本補。

【注】

朱《箋》：作於元和四年（八〇九），長安。

〔一〕進旨：朱《箋》謂應作「進止」。引《資治通鑑》貞元元年七月胡三省注：「自唐以來，率以奉聖旨爲奉進止，蓋言聖旨使之進則進，使之止則止也。程大昌曰：今奏劄言取進止，猶言此劄之或留或却，合稟承可否也。唐中葉遂以處分爲進止。而不曉文義者，習而不察，概謂有旨爲進止。」葉夢得《石林燕語》卷四：「臣僚上殿札子，末概言取進止，猶進退也。蓋唐日輪清望官兩員於禁中，以待召對，故有進止之辭。崔祐甫奏：『待制官候奏事官盡然後趨出，於內廊賜食，待進止，至酉時放』，是也。今乃以爲可否取決之辭，自三省大臣論事皆同一體，著爲定式。若爾，自當爲取聖旨，蓋沿習唐制不悟也。」按，進退乃進止之本義，裁決、處分爲引申義。制誥稱「待進止」、「奏聽進止」，即詔告臣下聽候處置。表疏稱「奉宣進止」、「面奉進止」，即奉聖旨之意。今《舊唐書》、《唐會要》等文獻通作「進止」，然《文苑英華》及唐人文集、雜著亦有作「進旨」者，皆臣下言奉聖旨。白集則多作「進旨」。而宋人無有用「進旨」者，故知其混用蓋出自唐人。

〔二〕伏惟德音：謂元和四年閏三月所降德音。裴均所進銀器：見卷二一《論裴均進奉狀》(3366)注。《資治通鑑》謂：「上遽命出銀器付度支。既而有旨諭進奏院：『自今諸道進奉，無得申御史臺。有訪問者，輒以名聞。』白居易復以爲言，上不聽。」蓋據白集此狀。

## 奏閿鄉縣禁囚狀

### 虢州閿鄉湖城等縣禁囚事宜〔一〕

右，伏聞前件縣獄中有囚十數人①，並積年禁繫。其妻兒皆乞於道路，以供獄糧。

其中有身禁多年，妻已改嫁者。有身死獄中②，取其男收禁者。云是度支轉運下，囚禁在縣獄，欠負官物，無可填陪〔二〕。一禁其身，雖死不放。前後兩遇恩赦，今春又降德音，皆云節文不該，至今依舊囚禁。臣伏以罪坐之刑，無重於死。故殺人者罪止於死，坐贓者身死不徵。今前件囚等，欠負官錢，誠合填納③。然以貧窮孤獨，唯各一身。債無納期，禁無休日。至使夫見在而妻嫁④，父已死而子囚。自古罪人，未聞此苦。行路見者，皆爲痛傷。況今陛下愛人之心，過於父母，豈容在下有此窮人？古者一婦懷冤，三年大旱。一夫結憤，五月降霜。以類言之，臣恐此囚等憂怨之氣，必能傷陛下陰陽之和也。其囚等人數及所欠官物，並赦文不該事由，臣即未知委細。伏望與宰相商量，兼令本司具事由分析聞奏。如或貧窮是實⑤，禁繫不虚，伏乞特降聖慈，發使一時放免〔三〕。一則使縲囚獲宥，生死皆知感恩。一則明天聽及卑，遠近自無冤滯。事關聖政，不敢不言。臣兼恐度支鹽鐵使下於諸州縣禁囚更有如此者⑥，伏望便令續條疏具事奏上⑦。（3370）

**【校】**

①獄中　《管見抄》無「中」字。「十數」　馬本作「數十」。

②有　紹興本等無，據《管見抄》補。

③填納　郭本作「慎納」。

④見在　《管見抄》作「見存」。

⑤貧窮　紹興本等無二字，據《管見抄》補。

⑥於諸州　紹興本等無「於」字，據《管見抄》補。

⑦具事奏上　《管見抄》作「具奏」，其下有「謹具奏聞謹奏七月十日進」十一字。

## 【注】

朱《箋》：作於元和四年（八〇九），長安。

〔一〕閿鄉湖城：《元和郡縣圖志》卷六河南道虢州：「管縣六：……閿鄉縣，望，東南至州一百里，本漢湖縣地，屬京兆尹。……湖城縣，望，東南至州五十二里，本漢湖縣，屬京兆尹。」

〔二〕度支轉運下囚禁在縣獄：《册府元龜》卷四六七《臺省部·舉職》：「殷侑開成初爲刑部尚書，上言度支鹽鐵轉運户部等使下職事及監察場栅官，悉得以公私罪人，於州縣獄寄禁，或自致房收繫。州縣官吏不得聞知，動經歲時，數盈千百。自今請令州縣糾舉，據所禁人事狀申本道觀察使，具單名及所犯聞奏。許之。」此可見財政使職權力擴張，自行囚禁，爲普遍情況。

〔三〕伏乞特降聖慈：《册府元龜》卷九一《帝王部·赦宥》：「（大和八年）十二月己卯詔曰：……當

霜雪之候，滯囹圄之中，饋餉爲勞，逮捕斯擾。沍寒所迫，愁難必多。惻然疚心，思有矜降。宜布在寬之令，使無留獄之嗟。應京百司及畿内諸縣見禁囚徒，應犯死罪特降徒流，徒流已下者遞減一等。如欠官錢，情非巨蠹，責保填納，不要禁繫。唯故殺人者及官典犯贓，不在此限。」此文宗朝所行赦令，或有鑒於前代。

## 論承璀職名狀[一]

### 承璀充諸軍行營招討處置使

右，緣承璀職名，自昨日來臣與李絳等已頻論奏，又奉宣令依前定者，臣實深知不可，豈敢順旨便休？伏望聖慈，更賜詳察。臣伏以國家故事，每有征伐，專委將帥，以責成功。近年已來，漸失舊制。始加中使，命爲都監。頃者韓全義討淮西之時，以賈良國爲都監[二]。近日高崇文討劉闢之時①，以劉貞亮爲都監[三]。此皆權宜，且爲近例。然則興王者之師，徵天下之兵，自古及今，未有令中使專統領者。今神策軍既不置行營節度使，即承璀便是制將。又充諸軍招討處置使，即承璀便是都統。豈有制將、都統而使中使兼之〔四〕？臣恐四方聞之，必輕朝庭。四夷聞之，必笑中國。王承宗聞之，必增其氣②。國史記之，後嗣何觀③？陛下忍令後代相傳，云以中官爲制將、都統，自陛下始？伏乞聖慮，以此思之。臣又兼恐劉濟、茂昭及希朝、從史乃至諸道將校，皆恥受承璀指麾〔五〕。心既不齊，功何由立？此是資承宗之計而挫諸將之勢也。伏乞聖慮又以此思之。臣伏以陛下自春宫以來，則曾驅使承璀。歲月既久，恩澤遂深。望陛下念其勤勞④，貴之可也。陛下憐其忠赤，富之可也。至於軍國權柄，動關於治亂⑤。朝廷制度，出自於祖宗。陛下寧忍徇下之情而自隳法制，從人之欲而自損聖明？何不思於一時之間⑥，而取笑於萬代之後？今臣忘身命⑦，瀝肝膽，爲陛下痛言者，非不知逆耳，非不知危身。但以螻蟻之命至輕，社稷之計至重。伏乞聖慮又以此思之。陛下必不得已，事須用之，即望改爲都監。且徇舊例⑧，雖威權尚重⑨，而制度稍存。天下聞之，不甚驚聽。如蒙允許，伏望速宣與中書，改爲諸軍都監。臣不勝憂迫懇切彷徨之至⑩。（3371）

【校】

①近日　《管見抄》作「近者」。

②其氣　《管見抄》其下有「矣」字。

③記之　《管見抄》作「必記」。「何觀」　馬本作「觀之」。
④望陛下　《管見抄》無「望」字。
⑤治亂　《管見抄》作「理亂」。
⑥不思於　《管見抄》作「不忍」。
⑦忘身　郭本作「委身」。
⑧舊例　《管見抄》作「近例」。
⑨尚重　郭本作「尚在」。
⑩之至　《管見抄》此下有「謹具奏聞伏待聖旨九月七日進」十三字。按，詔討王承宗在十月，《管見抄》作「九月七日」誤。

【注】

陳《譜》、朱《箋》：作於元和四年（八〇九），長安。

〔一〕論承璀職名：《舊唐書·憲宗紀》：元和四年十月癸未，詔討成德軍節度使王承宗，「以神策左軍中尉吐突承璀爲鎮州行營招討處置等使，以龍武將軍趙萬敵爲神策先鋒將，内官宋惟澄、曹進玉、馬朝江等爲行營館驛糧料等使。京兆尹許孟容與諫官面論，征伐大事，不可以内官爲將帥，補闕獨孤郁其言激切。詔旨祇改處置爲宣慰，猶存招討之名。」《呂元膺傳》：「及鎮州王承宗之叛，憲宗將以吐突承璀爲招討處置使，元膺與給事中穆質、孟簡、兵部侍郎許孟容等八人抗論不可，且曰：『承璀雖貴寵，然内臣也。若爲帥總兵，恐不爲諸將所伏。』指諭明切，憲宗納之，爲改使號，然猶專戎柄，無功而還。」《穆質傳》、《孟簡傳》、《獨孤郁傳》等略同。《吐突承璀傳》謂諫官、御史上疏相屬，「補闕獨孤郁、段平仲尤激切。」事又詳見《册府元龜》卷五四六《諫諍部·直諫》。然所列上疏八人，不含李絳、白居易。《舊唐書·白居易傳》：「王承宗拒命，上令神策中尉吐突承璀爲招討使，諫官上章者十七八。居易面論，辭情切至。既而又請罷河北用兵，凡數千百言，皆人之難言者，上多聽納。唯諫承璀事切，上頗不悦，謂李絳曰：『白居易小子，是朕拔擢致名位，而無禮於朕，朕實難奈。』絳對曰：『居易所以不避死亡之誅，事無巨細必言者，蓋酬陛下特力拔擢耳，非輕言也。陛下欲開諫諍之路，不宜阻居易言。』上曰：『卿言是也。』由是多見聽納。」

〔二〕韓全義討淮西：《舊唐書·韓全義傳》：「明年，吳少誠拒命，詔征十七鎮之師討之。時軍無統帥，兵無多少皆以内官監之，師之進退不由主將。（貞元）十五年冬，王師爲賊所敗於小溵河。德宗以（竇）文場素待全義，乃用爲蔡州四面行營招討使，仍以陳許節度使上官涚副之。諸鎮之師，皆取全義節度。全義將略非所長，能以巧佞財賄結中貴人，以被薦用。及師臨賊境，又制在監軍，每議兵出，一帳之中，中人十數，紛然爭論莫決。蔡賊聞之，屢求決戰。十六年五月，遇賊於溵水南廣利城，旗鼓未交，諸軍大潰，爲賊所乘。全義退保五樓，賊對壘相望，潰兵未集，乃與監軍賈英秀、賈國良等保溵水縣。」賈國良當即賈良國。

〔三〕高崇文討劉闢：見卷十《與崇文詔》（2918）注。劉貞亮：見卷二一《論太原事狀三件》之《貞亮》（3359）。

〔四〕制將：謂節制衆將，指元帥。《唐國史補》卷上：「李令嘗爲制將，將軍至西川，與張延賞有隙。」李令即李晟。都統：《舊唐書·職官志三》：「都統。乾元中置，或總三道，或總五道，至上元末省。」《新唐書·百官志四》：「都統總諸道兵馬，不賜旌節。」另參《唐會要》卷七八《都統》。

〔五〕劉濟：見卷十九《與劉濟詔》（3245）。茂昭：張茂昭。見卷十九《與茂昭詔》（3237）。希朝：范希朝。見卷十九《與希朝詔》（3243）。從史：盧從史。見卷十九《與從史詔》（3249）。

## 論元稹第三狀

### 監察御史元稹貶江陵府士曹參軍〔一〕

右，伏緣元稹左降事宜，昨李絳、崔羣等再已奏聞，至今未蒙宣報。伏恐愚誠未懇，聖慮未迴。臣更細思，事有不可。所以塵黷，至於再三。臣内察事情，外聽衆議。元稹左降，不可者三。何者？元稹守官正直，人所共知。自授御史已來，舉奏不避權勢。只如奏李公佐等之事①，多是朝廷親情〔二〕。人誰無私？因以挾恨。或假公議，將報私嫌，遂使誣謗之聲上聞天聽。臣恐元稹左降已後，凡在位者每欲舉事②，先以元稹爲戒。無人肯爲陛下當官執法，無人肯爲陛下嫉惡繩愆③。内外權貴，親黨縱横④，有大過大罪者，必相容隱而已。陛下從此無由得知，其不可者一也。昨者元稹所追勘房式之事⑤，心雖奉公⑥，事稍過當。既從重罰，足以懲違〔三〕。況經謝恩，旋又左降。雖引前事，以爲責詞⑦，然外議諠諠，皆以爲元稹與中使劉士元爭廳，自此得罪⑧。至於爭廳事理，已具前狀奏陳。況聞劉士元踏破驛門，奪將鞍馬，仍索弓箭，嚇辱朝官。承前已來，未有此事〔四〕。今中官有罪，未見處置，御史無過，却先貶官。遠近聞知，實損聖德。臣恐從今已後，中官出使，縱暴益甚。朝官受辱，必不敢言。縱有被凌辱毆打者，亦以元稹爲戒，但吞聲而已。陛下從此無由得聞，其不可者二也。臣又訪聞，元稹自去年已來，舉奏嚴礪在東川日枉法收没平人資産八十餘家⑨〔五〕，又奏王紹違法給券⑩，令監軍神柩及家口入驛〔六〕，又奏裴玢違勅旨徵百姓草〔七〕，又奏韓皋使軍將封杖打殺縣令〔八〕。如此之事，前後甚多。屬朝廷法行，悉有懲罰。計天下方鎮，皆怒元稹守官。今貶爲江陵判司，即是送與方鎮。從此方便報怨⑪，朝廷何由得知？臣聞德宗時有崔善貞密告李錡必反⑫，德宗不信⑬，送與李錡⑭。李錡大怒，遂掘坑縱火⑮，燒殺崔善貞。未數年李錡果反⑯，至今天下爲之痛心〔九〕。臣恐元稹左降後⑰，方鎮有過，無人敢言，皆欲惜身，永以元稹爲戒。如此則天下有不軌不法之事，陛下無由得知，此其不可者三也。若無此三不可，假如朝廷誤左降一御史，蓋是小事，臣何敢煩黷聖聽至于再三乎？誠以所損者微⑱，所關者大。以此思慮，敢不極言？陛下若以臣此言爲忠，又未能別有處置，必不得已，則伏望且令追制，改與一京司閑官⑲，免令元稹却事方鎮。此乃上裨聖政，下愜人情。伏望細察事情，斷在聖意。謹具奏聞。謹奏。（3372）

【校】

①李公佐　《舊唐書·白居易傳》作「李佐公」。

②舉事　《舊唐書·白居易傳》作「舉職」。

③繩愆　郭本作「繩奸」。

④縱横　《舊唐書·白居易傳》無「横」字。

⑤昨者　《舊唐書·白居易傳》無「者」字。

⑥奉公　《舊唐書·白居易傳》作「徇公」。
⑦責詞　郭本作「責罰」。
⑧自此　《舊唐書·白居易傳》作「因此」。
⑨舉奏　郭本作「狀奏」。「收没」　《舊唐書·白居易傳》作「没入」。
⑩王紹　《舊唐書·白居易傳》作「王沼」。
⑪方便　馬本作「方鎮」。
⑫崔善貞　《舊唐書·白居易傳》其下有「者」字。
⑬不信　郭本作「不懌」。
⑭送與　郭本作「遂與」。
⑮掘坑　郭本作「掘地」。
⑯未　《舊唐書·白居易傳》作「曾未」。郭本作「不」。
⑰左降　《舊唐書·白居易傳》作「貶官」。
⑱微　《舊唐書·白居易傳》作「深」。
⑲京司　馬本作「京師」。

陳《譜》、朱《箋》：作於元和五年（八一〇），長安。

## 【注】

〔一〕元稹貶江陵府士曹參軍：《舊唐書·憲宗紀》：「（元和五年二月戊子）東臺監察御史元稹攝河南尹房式於臺，擅令停務，貶江陵士曹參軍。」《元稹傳》：「河南尹房式爲不法事，稹欲追攝，擅令停務。既飛表聞奏，罰式一月俸，仍召稹還京。宿敷水驛，内官劉士元後至，爭廳。士元怒，排其户，稹襪而走廳後。士元追之，後以棰擊稹傷面。執政以稹少年後輩，務作威福，貶爲江陵府士曹參軍。」

〔二〕李公佐：《新唐書·宗室世系表上》太祖大鄭王房：河東節度使説子，「千牛備身公佐。」未知是其人否。李説，新舊《唐書》有傳，爲河東節度使在貞元間。

〔三〕房式：見卷十九《與房式詔》（3278）。元稹《敍奏》：「會河南尹房式詐諼事發，奏攝之。」諼，詐也。《漢書·王崇傳》：「反懷詐諼之辭，欲以攀救舊姻之家。」

〔四〕劉士元：《新唐書·元稹傳》記爭廳者爲中人仇士良，趙翼《廿二史劄記》卷十八謂：「蓋士元隨士良至而擊稹耳。」

〔五〕嚴礪：見卷二十《與嚴礪詔》（3289）。《舊唐書·元稹傳》：「（元和）四年，奉使東蜀，劾奏故劍南東川節度使嚴礪違制擅賦，又籍没塗山甫等吏民八十八户田宅一百一十一、奴婢二十七人、草千五百束、錢七千貫。時礪已死，七州刺史皆責罰。稹雖舉職，而執政有與礪厚者惡之。使還，令分務東臺。」事詳元稹《彈奏劍南東川節度使狀》。

〔六〕王紹：新舊《唐書》有傳。《舊唐書·憲宗紀》：「（元和元年十一月甲申）以東都留守王紹檢校右僕射、兼徐州刺史、武寧軍節度使、徐泗濠等州觀察等使。」《册府元龜》卷五二〇《憲官部·彈劾》：「徐州監軍使孟昇卒，節度使王沼傳送昇喪柩還京，給券乘驛，仍於郵舍安喪柩，稹並劾奏以法。」元稹《敍奏》：「監徐使死於軍，徐帥郵傳其柩。柩至洛，其下毆詬主郵吏，予命吏徙柩於外，不得復乘傳。」又詳元稹《論轉牒事》。

〔七〕裴玢：新舊《唐書》有傳。《舊唐書·憲宗紀》：「（元和三年二月）癸丑，以鄜坊節度使裴玢爲興元尹、山南西道節度使。」元稹《彈奏山南西道兩稅外草狀》：「訪聞前件州府每年兩稅外加配驛草，遂於路次州縣檢勘文案，據諭後使牒，並稱准舊例於兩稅外科配。又牒山南西道觀察處置等使裴玢，勘得報稱：……伏以前件草並是兩稅外徵率，准制合勒本道明（闕四字）州府長吏，仍令節級科處。」

〔八〕韓皐：見卷十八《除韓皐東都留守制》(3108)。《舊唐書·憲宗紀》：「（元和五年正月）己巳，浙西觀察使韓皐以杖決安吉令孫澥致死，有乖典法，罰一月俸料。」事詳元稹《論浙西觀察使封杖決殺縣令事》。

〔九〕崔善貞：《舊唐書·德宗紀》：「（貞元十七年六月戊戌）浙西人崔善真詣闕上書，論浙西觀察使李錡罪狀。上覽奏不悦，令械善真送於李錡，爲鑿坑待善真，既至，和械推而埋之。由是錡恣横叛。」《憲宗紀》：「（元和三年二月）辛未，贈故布衣崔善真睦州司馬，忠諫而死於李錡也。」《李錡傳》作「善貞」。

## 請罷兵第二狀　五月十日進。

### 請罷恒州兵事宜〔一〕

右，緣討伐恒州事宜，前者已具奏聞。此事至大至切，臣不合一奏便休。伏願聖聰，再賜詳省。臣伏以河北事體，本不合用兵。既已用兵，亦希萬一。所以人意，或望成功。今看事勢①，保必無望。何者？陛下本用兵之初，第一倚望承璀，第二准擬希朝、茂昭〔二〕。今承璀自去已來②，未敢苦戰，已喪大將，先挫軍威，至今與從史兩軍，入賊界下營未得。從史雖經接戰，與賊勝負略均〔三〕。況奏報之間，又事恐非實，遷延進退，貴引日時③。不唯意在逗留，兼是力難支敵。希朝、茂昭數月已來④，方入賊界。據所奏，到賊新市城一鎮，便過不得。又奏深澤縣今却被賊打破。則其進討之勢，想亦可知。劉濟親領全軍，分圍樂壽。又奏賊城堅守，卒不易攻。師道、季安元不可保，今看情狀，似相計會，各收一縣，便不進軍〔四〕。如此事由，陛下具見。據其去就，豈有成功？未審聖心何如，更有所望？以臣愚見，速須罷兵。若又遲疑，其害有四。可爲陛下痛惜者二，可爲陛下深憂者二。何則？若保有成功⑤，即不論用度多少。既的知不可，即不合虛費貲糧。悟而後行，事亦非晚。今遲校一日，有一日之費。更延旬月，所費滋多。終須罷兵，何如早罷？臣伏見陛下比來愛人省用，發自深心。至於聖躬，每事節儉。今以府庫錢帛，百姓脂膏，資助河北諸侯，轉令富貴强大。臣每念此，不勝憤歎。此所謂陛下痛惜者一也⑥。臣伏恐河北諸將，見吳少陽已受制命，必引事例輕重，同詞請雪承宗〔五〕。若章表繼來，即議無不許。請而後捨，模樣可知。轉令承宗膠固同類。如此則與奪皆由鄰道，恩信不出朝廷，實恐威權盡歸河北。臣每念此，實所疚心。其爲陛下痛惜者二也。今天時已熱，兵氣相蒸。至於飢渴疲勞，疫疾暴露，衣甲暑濕，弓箭瘡痍。上有赤日，前有白刃。驅以就戰，人何以堪？縱不惜身，亦難忍苦。況神策官健又最烏雜，以城市之人，例皆不慣如此。忽思生路，或有奔逃〔六〕。一人若逃，百人相扇。一軍若散，諸軍必搖。事忽至此，悔將何及？此甚爲陛下深憂者一也。臣伏聞迴鶻、吐蕃皆有細作⑦，中國之事，小大盡知。今聚天下之兵，唯討承宗一賊，自冬及夏，都未立功。則兵力之强弱，資費之多少，豈宜使西戎、北虜一一知之？忽見利生心，承虛入寇，以今日之勢力，可能救其首尾哉？兵連禍生，何事不有？萬一及此，實關安危。臣每思之，憂入骨髓。此其爲陛下深憂者二也。伏惟詳臣此狀，察臣此心。審賜裁量，速有處分。如此則是陛下社稷之福，不獨天下幸甚。謹具奏聞⑧。（3373）

【校】

①今看　郭本作「今春」。

②自去　郭本作「自去歲」。

③貴引　郭本作「實引」。

④數月　郭本作「數日」。

⑤保有　馬本、郭本作「果有」。

⑥所謂　馬本作「其爲」。

⑦皆有　郭本作「嘗有」。

⑧奏聞　郭本此下有「謹奏」二字。

陳《譜》、朱《箋》：作於元和五年（八一〇），長安。

【注】

〔一〕請罷恒州兵事宜：《舊唐書·憲宗紀》：「（元和五年四月）甲申，鎮州行營招討使吐突承璀執昭義節度使盧從史，載從史送京師。」「（七月）丁未，詔昭洗王承宗，復其官爵，待之如初。諸道行營將士共賜物二十八萬四百三十端匹。時招討非其人，諸軍解體，而藩鄰觀望養寇，空爲逗撓，以弊國賦。而李師道、劉濟亟請昭雪，乃歸罪盧從史而宥承宗，不得已而行之也。」此狀言從史接戰，當作於盧從史被執前。《資治通鑑》繫居易上言於五年三月。此狀題注「五月十日進」，朱《箋》謂「五」當爲「三」之訛。按，狀云「天時已熱」，或當爲四月所上。

〔二〕希朝：范希朝。見卷十九《與希朝詔》（3243）。茂昭：張茂昭。見卷十九《與茂昭詔》（3237）。

〔三〕未敢苦戰已喪大將：《舊唐書·王武俊傳附承宗》：「神策兵馬使趙萬敵者，王武俊之騎將也，驍悍聞於燕趙，具言進討必捷。承璀因得兵柄，與萬敵偕行。承璀至行營，威令不振，禁軍屢挫衄。都將酈定進前擒劉闢有功，號爲驍將，又陷於敵。唯范陽節度使劉濟、易定節度使張茂昭至效忠赤，戰賊屢捷。而昭義節度使盧從史反復難制，陰附於賊。憲宗密詔承璀擒之，送於京師。」從史：盧從史。見卷十九《與從史詔》（3249）。

〔四〕劉濟：見卷十九《與劉濟詔》（3245）。師道：李師道。見卷十九《與師道詔》（3244）。季安：田季安。見卷十九《與季安詔》（3247）。

〔五〕吴少陽：見卷十七《授吴少陽淮西節度留後制》（3161）。《舊唐書・憲宗紀》：「（元和五年三月）己未，制以遂王宥爲彰義軍節度使，以申州刺史吴少陽爲申光蔡節度留後。」

〔六〕神策官健又最烏雜：見卷十二《康日華贈坊州刺史制》（2956）注。

## 請罷兵第三狀　六月十五日進。

### 請罷恒州兵馬事宜①

右，臣所請罷兵，前後已頻陳奏。今日事勢，又更不同。比來日月漸深，憂惶轉甚。若不極慮，若不切言，是臣懼罪惜身，上負陛下。伏希聖鑒，憐察血誠②，知臣心如此，更詳此狀。臣伏以行營近日事體，陛下一一具知。師道令收棣州，至今竟未奉詔。至於表章詞意，近者亦甚乖宜。季安等心元不可測，與賊計會，各收一空縣而已，相顧拱手便休。聞昨者澤潞潰散健兒，其間有入魏博却投邢州者，季安追捉，並按軍令〔一〕。昨所與詔，都不稟承。據此情狀，略無形跡。但恐今日已後，此輩無不辦爲。又比來所望有功，只有南北兩道。今北道希朝等屯軍向欲半年，過新市一鎮未得。茂昭又稱兵少，特地方請加兵。則南道勢力③，今亦可見。北道承璀④，竟未立功，元陽新到邢州，又奏兵數至少，請諸軍兵馬，議不可抽〔二〕。假使承璀等竭力盡忠，終恐不副聖意。據此事勢，萬無成功。陛下猶未罷兵，不知更有何所待？臣伏恐劉濟近日情似盡忠，今忽罷兵⑤，慮傷其意。以臣所見，理固不然。劉濟大姦過於羣輩，外雖似順，中不可知。有功無功，進退獲利。初聞罷討，或可有詞。見雪恒州，必私懷喜。何則？與承宗本末之勢同也⑥。假令劉濟實忠實蓋⑦，陛下難阻其心，猶須計量重輕，捨小圖大。豈緣劉濟一人惆悵，而不顧天下遠圖？況今事情又不至此，伏望聖意斷之不疑。臣昨者以軍久無功⑧，時又漸熱，人不堪命，慮有奔逃。前狀之中，已具陳奏。今果聞神策所管徐泗、鄭滑兩道兵馬，各有言語，似少不安。臣自聞之，不勝憂切。一軍若不寧帖，必扇諸軍之心。自此動搖，何慮不有？事忽至於此者，則陛下求不罷討得乎？一種罷兵，何如早罷？必待事不得已然後罷之，只使陛下威權轉銷，天下模樣更惡。如此事勢，皆在目前。只合逆防，不合追悔。今盧從史已歸罪左降，王承宗又乞雪表來，元陽方再整本軍，劉濟且引兵欲進〔三〕。因此事勢，正可罷兵。赦既有名，罷猶有勢⑨。若又此時不罷，臣實不測聖心。臣伏料陛下去年初鋭意用兵之時，必謂討承宗如討劉闢、李錡，兵合之後，坐見誅擒⑩，豈料遷延經年如此？然則始謀必剋，猶不可知。後事轉難，更何所望？至於竭府庫以富河北諸將，虚中國以使戎狄生心，可爲深憂，可爲痛惜，已具前奏，不敢再陳。況今日已前，所惜者威權財用；今日已後，所憂者治亂安危。國家有天下二百年，陛下承宗社十一葉，豈得以小忿而忘國家大計？豈得以小恥而忘宗社遠圖？伏願聖心以此爲慮⑪，臣前後已獻三狀，不啻千言。詞既繁多，語亦懇切。陛下若以臣所見非是，所言非忠，況又塵黷不休，臣即合便得罪。若以臣所見爲是，所言爲忠，則陛下何忍知是不從，知忠不納？不然則臣合得罪，不然則陛下罷兵。伏望讀臣此狀一二十遍，斷其可否，速賜處分⑫。臣不勝負憂待罪，懇迫兢惶之至。謹奏。（3374）

【校】

①兵馬　郭本作「軍馬」。

②血誠　郭本作「其誠」。

③南道　郭本作「兩道」。

④北道　馬本作「師道」。

⑤今忽　郭本作「今思」。

⑥與　馬本作「於」。

⑦實忠實盡　郭本作「實盡忠赤」。
⑧昨者　馬本作「昨日」。
⑨猶　郭本作「尤」。
⑩坐見　郭本作「立見」。
⑪爲慮　郭本作「爲務」。
⑫速賜　宋本、那波本作「速則」，郭本作「即賜」。此從馬本。

**【注】**

朱《箋》：作於元和五年（八一〇），長安。

〔一〕澤潞潰散健兒：昭義軍節度使盧從史軍。元和五年四月，吐突承璀與潞將烏重胤謀，執從史。見卷十九《與昭義軍將士詔》(3251)注。《舊唐書・憲宗紀》：「(元和五年五月)乙巳，昭義軍三千人夜潰奔魏州。」狀所言或即指此。

〔二〕元陽：孟元陽。見卷十九《與昭義軍將士詔》(3251)注。孟元陽授昭義軍節度在五年四月，至邢州當在四、五月間。

〔三〕王承宗又乞雪表來：《舊唐書・憲宗紀》：「(元和五年七月)庚子，王承宗遣判官崔遂上表自首，請輸常賦，朝廷除授官吏。丁未，詔昭洗王承宗，復其官爵，待之如初。」《王武俊傳附承宗》：「五年七月，承宗遣巡官崔遂上表三封，乞自陳首，且歸過於盧從史。……時朝廷以承璀宿師無功，國威日沮，頗憂。會承宗使至，宰臣商量，請行赦宥，乃全以六郡付之。」按，狀題注「六月十五日上」，承宗六月間當已有乞雪表上，《舊唐書》言七月上表，乃據結局言。

# 論嚴綬狀

## 奉宣令依中書狀撰制除嚴綬江陵節度使〔一〕

右，臣伏以趙宗儒衆稱清介有恒，嚴綬衆稱怯懦無恥，二人臧否優劣相懸。宗儒自到江陵，雖無殊政，亦聞清淨，境内頗安〔二〕。縱要改移，即合便擇勝宗儒者。且嚴綬在太原之事，聖聰備聞。天下之人，以爲談柄。陛下罷其節制①，追赴朝廷，至今人情以爲至當。今忽再用，又替宗儒。臣恐制書下後，無不驚歎。兼邪人得計，正人憂疑，大乖羣情，深損朝政。臣前後所奉宣撰制②，若非甚不可者，亦不敢切論。今此除授，實甚不可。伏望聖意，更賜裁量。其制未敢便撰，伏待聖旨。謹奏。（3375）

【校】

①節制　郭本作「節度」。

②奉宣　馬本作「奏宣」，誤。

【注】

朱《箋》：作於元和六年（八一一），長安。

〔一〕嚴綬：見卷二一《論太原事狀三件》之《嚴綬輔光》(3358)。《舊唐書·憲宗紀》：「(元和六年三月)丁未，以檢校右僕射嚴綬爲江陵尹、荆南節度使。」《嚴綬傳》：「(元和)四年，入拜尚書右僕射。綬雖名家子，爲吏有方略，然鋭於勢利，不存名節，人士以此薄之。嘗預百僚廊下食，上令中使江朝賜櫻桃，綬居兩班之首，在方鎮時識江朝，敍語次，不覺屈膝而拜。御史大夫高郢亦從而拜。是日，爲御史所劾，綬待罪於朝，命釋之。翌日，責江朝，降官一等。尋出鎮荆南，進封鄭國公。」嚴耕望《唐史研究叢稿·論唐代尚書省之職權與地位》：「安史亂後，八座用以酬勳，故職事益失，而位任轉輕矣……代、德以後，惟吏部尚書尚稍有職事。……至於僕射人選則已輕。李絳《論僕射中丞相見儀制疏》：『左右僕射師長庶僚……近年緣有才不當位，恩加特拜者。』又《舊書》一五八《鄭餘慶傳》：『(元和)十三年拜尚書左僕射。自兵興以來，處左右端揆之位者，多非其人；及餘慶以名臣居之，人情美洽。』觀此二事，可見一斑。又白居易《論嚴綬狀》云：……按，綬由太原入爲右僕，出爲荆南；觀此狀，可知時人視僕射遠不如方鎮。其他以僕射爲方鎮迴翔之例甚多，詳《僕尚丞郎表》。」

〔三〕趙宗儒：新舊《唐書》有傳。《舊唐書·憲宗紀》：「（元和六年四月己卯）以前荆南節度使趙宗儒爲刑部尚書。」《趙宗儒傳》：「元和初，檢校禮部尚書，判東都尚書省事、兼御史大夫，充東都留守、畿汝都防禦使。入爲禮部、户部二尚書，尋檢校吏部尚書，守江陵尹、兼御史大夫、荆南節度營田觀察等使，散冗食之戍二千人。六年，又入爲刑部尚書。」

## 論孟元陽狀

### 奉宣令依中書狀撰制除孟元陽右羽林軍統軍仍封趙國公食邑三千户〔一〕

右，臣伏以孟元陽澱水有功①，河陽有政。自到澤潞，戎事頗修。但以老年，事須與替。比諸流輩，事迹不同。今所除官，合加優奬。昨者范希朝在太原日，昏耄不理，人情共知。及除統軍，衆猶謂屈〔三〕。今元陽事迹不同希朝，又除統軍，恐似更屈。雖加封爵，悉是虛名。況元陽功效忠勤②，天下有數。今以無能者一例除改，無所旌別，臣恐今日已後，無以勸人。以臣所見，若改除金吾大將軍，輕重之間，實爲得所。只如柳惟晨、李簡之輩，有何功業，合比元陽？猶居此官，動逾年歲。伏望聖慈，以此裁量。其制未敢依中書狀便撰，謹具奏聞，伏待聖旨。謹奏。（3376）

【校】

①澱水　馬本、郭本作「激水」，誤。

②功効忠勤　郭本作「忠効功勤」。

【注】

朱《箋》：作於元和六年（八一一），長安。

〔一〕孟元陽：見卷十九《與元陽詔》（3253）。《舊唐書·憲宗紀》：「（元和六年）三月乙未朔，以河南尹郗士美檢校工部尚書，兼潞府長史、昭義軍節度使。」則士美乃代元陽者。

〔二〕范希朝在太原日：見卷二十《論太原事狀三件》之《范希朝》（3360）。

## 謝官狀①〔一〕

新授將仕郎守左拾遺翰林學士臣白居易
新授朝議郎守尚書庫部員外郎翰林學士雲騎尉臣崔羣

右，臣等伏奉恩制除前件官，今日守謙奉宣進旨②，特加慰諭，并賜告身者〔二〕。聖慈曲被，寵命猥加。俯以拜恩，跪而受賜③。蹈舞離次④，驚惶失圖。伏以郎吏諫官，古今所重。位當星象⑤，職在箴規⑥。皆須問望清方⑦，行實端慤。然可以佐彌綸於草昧⑧，能正其詞；盡獻納於芻言，必直其節。苟輕所選⑨，實忝厥官⑩。臣等學識庸虚，才質愚懦。自居近職，忝冒已深。況超擢榮班，慚惶交至。初授殊常之寵，聞實若驚⑪；再思難報之恩，感而欲泣。唯當奮勵駑鈍，補拾闕遺。中誓赤誠，上酬玄造。俯伏憂愧⑫，若無所容。無任感恩兢惕之至，謹奉狀陳謝以聞。謹奏。（3377）

【校】

①題　《文苑英華》作「謝官告狀」。

②進旨　《文苑英華》作「進止」，校：「集作旨。」
③受賜　郭本作「受薦」。
④蹈舞　郭本作「舞蹈」。
⑤星象　《文苑英華》作「辰象」，校：「集作星。」郭本作「善奏」。
⑥箴規　郭本作「宏規」。
⑦問望　《文苑英華》作「聞望」，校：「集作問。」
⑧草昧　《文苑英華》作「草奏」，校：「集作昧。」
⑨輕所選　郭本作「勝其任」。
⑩實忝　郭本作「毋忝」。
⑪聞實若驚　郭本作「情實憂驚」。
⑫憂愧　《文苑英華》作「愧畏」，校：「集作憂愧。」

**【注】**

〔一〕謝官狀：見卷二十《初授拾遺獻書》(3354)注。
朱《箋》：作於元和三年（八〇八），長安。

〔二〕守謙：梁守謙。見卷十《奉勅試邊鎮節度使加僕射制》(2916)注。

## 奏陳情狀①〔一〕　元和五年四月二十六日進。

翰林學士將仕郎守左拾遺臣白居易

右，今日守謙奉宣聖旨，以臣本官合滿，欲議改轉。知臣欲有陳露②，令臣將狀來者③〔二〕。臣有情事，不敢不言。伏希聖慈，俯察愚懇。臣母多病④，臣家素貧。甘旨或虧⑤，無以爲養。藥餌或闕，空致其憂。情迫於中，言形於口⑥。伏以自拾遺授京兆府判司，往年院中曾有此例。資序相類，俸祿稍多⑦。儻授此官，臣實幸甚。則及親之祿，稍得優豐；荷恩之心，不勝感激⑧。輒敢塵黷，無任兢惶。謹具奏陳，伏待聖旨⑨。(3378)

【校】

①題　《管見抄》無「奏」字，題下注移至文末。

②知臣　郭本作「令臣」。

③今臣　郭本作「今臣」。
④多病　《管見抄》作「多疾」。
⑤或虧　《管見抄》作「每虧」。
⑥言形於口　《管見抄》作「言不敢隱」。
⑦稍多　《管見抄》作「較多」。
⑧感激　《管見抄》作「感戴」。
⑨伏待　紹興本作「伏在」，據那波本、馬本改。《管見抄》、郭本作「伏候」。「聖旨」《管見抄》此下有「謹奏」二字。

**【注】**

朱《箋》：作於元和五年（八一〇），長安。

〔一〕奏陳情狀：《舊唐書·白居易傳》：「（元和）五年，當改官，上謂崔羣曰：『居易官卑俸薄，拘於資地，不能超等，其官可聽自便奏來。』居易奏曰：『臣聞姜公輔爲内職，求爲京府判司，爲奉親也。臣有老母，家貧養薄，乞如公輔例。』於是除京兆府司户參軍。」《舊唐書·姜公輔傳》：「授左拾遺，召入翰林爲學士。歲滿當改官，公輔上書自陳，以母老家貧，以府州俸給稍優，乃求兼京兆尹户曹參軍。」

〔二〕守謙：梁守謙。見前篇注。

## 謝官狀〔一〕

元和五年五月六日進[1]。

新授京兆府户曹參軍翰林學士臣白居易[2]

右，伏奉恩制除臣前件官，今日守謙奉宣聖旨，特加慰諭，兼賜告身者。俯傴拜恩[3]，怵惕受命。戰越跼迹[4]，驚惶失容。蹈舞屏營，不知所據。臣叨居近職，已涉四年。自顧庸昧，無裨明聖。塵忝歲久，憂慚日深[5]。況於官禄之間，豈敢有所選擇？但以位卑俸薄[6]，家貧親老，養闕甘馨之費，病乏藥石之資。人子之心，有所不足。昨蒙聖念，雖許陳情；敢望天恩[7]，遽從所欲[8]。況前件官位望雖小[9]，俸料稍優[10]。臣今得之，勝登貴位。此皆皇明俯察[11]，玄造曲成[12]。念臣爲子之誠[13]，賜臣及親之禄。臣所以撫心知愧，因事吐誠。烏鳥私情，得盡歡於展養；犬馬微力，誓効死以酬恩。榮幸不止於一身，感戴實深於萬品。無任荷恩抃躍之至[14]。（3379）

【校】

①題　《管見抄》移題下注於文末。

②臣　紹興本等無此字，據《文苑英華》、《管見抄》補。

③俯傴　《文苑英華》作「俯僂」，校：「集作傴。」

④跼跡　《文苑英華》、《管見抄》作「跼蹐」，郭本作「躅地」。

⑤憂慚　《管見抄》作「憂悲」。

⑥但以　郭本作「第以」。

⑦天恩　《文苑英華》、《管見抄》作「天慈」，《文苑英華》校：「集作恩。」

⑧遽從　郭本作「遂從」。

⑨雖小　《管見抄》作「雖下」。

⑩稍優　《文苑英華》、《管見抄》作「則優」，《文苑英華》校：「集作稍。」

⑪皇明　《文苑英華》校：「集作聖明。」

⑫玄造　郭本作「聖造」。

⑬誠　《文苑英華》、《管見抄》作「心」，《文苑英華》校：「集作誠。」

⑭之至　《管見抄》此下有「謹奉狀陳謝以聞謹奏」九字。

【注】

陳《譜》、朱《箋》：作於元和五年（八一〇），長安。

〔一〕謝官狀：見前篇注。《重修承旨學士壁記》：「白居易……（元和）五年五月五日，改京兆府户曹參軍，依前充。」

## 謝蒙恩賜設狀①〔一〕

右，今日守謙奉宣聖旨，以臣初入院，特賜設者。臣生長窮賤，才質孱微。草野鄙夫，風塵走吏。豈期聖造，選在禁闈？煦以天慈，賜以御食②。臣所以凌兢受命，俯伏荷恩。心魂不寧，手足無措。況樽開九醖，饌列八珍③。惠過加籩，榮優置醴。金罍引滿，將王澤而共深④；玉饌屬厭，與聖德而俱飽。終食且歎，捫心自驚。戰汗慚惶，隕越於下。謹奉狀陳謝以聞。謹奏。（3380）

【校】

①題　《文苑英華》作「謝賜設狀」。

②賜以御食　《文苑英華》作「賜之豐食」，校：「集作賜以御食。」

③饌　《文苑英華》作「筵」，校：「集作饌。」

④王澤　《文苑英華》作「皇澤」。

【注】

朱《箋》：作於元和二年（八〇七），長安。

〔一〕賜設：設，宴設。《翰苑群書》之洪遵《翰苑遺事》：「唐制，翰林學士初入院，賜設並衣服。中和節賜紅牙銀寸尺，上巳重陽並賜宴曲江，清明賜新火，夏賜冰，臘日賜口脂及紅雪澡豆，歲前賜曆日。有所修撰，則賜茶果酒脯。策試程文，則賜設並匹帛。社日賜酒、蒸餅、環餅等。事見唐人文集。」按，以上各項多見於白集及元稹集，上巳、重陽乃賜宴百僚，非專賜翰林學士。

## 謝恩賜衣服狀

右，今日守謙奉宣聖旨，以臣初入院，特賜衣服者。臣自入禁司，纔經旬月。未陳薄效①，累受殊私。况前件衣服等，獻自遠方，降從御府。既鮮華而駭目，亦輕煖而便身。臣實何人，堪此榮賜？臣必擬秘藏篋笥，傳示子孫。何則？顧陋質而懷慚，貌非稱服；撫微軀而荷寵，力不勝衣。因物感恩，無任愧懼。謹奉狀。(3381)

【校】

①陳　《文苑英華》作「申」，校：「集作陳。」

【注】

朱《箋》：作於元和二年(八〇七)，長安。

## 三月三日謝恩賜曲江宴會狀①〔一〕

右，今日伏奉聖恩賜臣等於曲江宴樂，并賜茶果者。伏以暮春良月，上巳嘉辰②。獲侍宴於内庭③，又賜歡於曲水。蹈舞蹋地，歡呼動天。况妓樂選於内坊，茶果出於中庫④。榮降天上，寵驚人間。臣等謬列近司，猥承殊澤⑤。捧觴知感，終宴懷慚。肉食無

謀，未展涓埃之効⑥；素飡有愧，難勝醉飽之恩。以此兢惶，未知所報⑦。謹奉狀陳謝以聞。謹奏。（3382）

【校】

①題　「宴會」《文苑英華》作「宴樂」。

②上巳　《文苑英華》作「元巳」。「嘉辰」　郭本作「嘉晨」。

③獲　《文苑英華》作「已」，校：「集作獲。」

④茶果出於　郭本作「珍味頒由」。

⑤殊澤　《文苑英華》作「殊渥」，校：「集作澤。」郭本作「恩澤」。

⑥涓埃　郭本作「涓滴」。

⑦未知　郭本作「不知」。

【注】

朱《箋》：作於元和二年（八〇七）至元和六年（八一一），長安。按，當作於元和三年（八〇八）以後。白居易元和二年十一月入爲翰林學士。

〔二〕賜曲江宴會：康駢《劇談録》卷下曲江：「曲江池，本秦隑洲。開元中疏鑿，遂爲勝境。其南有紫雲樓、芙蓉苑，其西有杏園、慈恩寺。花卉環周，煙水明媚，都人遊玩，盛於中和、上巳之節。綵幄翠幬，匝於堤岸，鮮車健馬，比肩擊轂。上巳即賜宴臣僚，京兆府大陳筵席。長安、萬年兩縣以雄盛相較，錦繡珍玩無所不施。百辟會於山亭，恩賜太常及教坊聲樂，池中備綵舟數隻，唯宰相、三使、北省官與翰林學士登焉。每歲傾動皇州，以爲盛觀。」

## 九月九日謝恩賜宴曲江會狀①〔一〕

右，臣今日伏奉進旨②，賜臣等於曲江宴會，特加宣慰，并賜酒脯等者。伏以重陽令節，大有豐年③。賜宴於無事之朝，追歡於最勝之地。況天厨酒脯，御府管絃。寵賜忽降於寰中，慶幸實生於望外。仍加慰諭，曲被輝華。臣等各以凡才，同參密職。幸偶休明之日④，多承飫賜之恩。樂感形骸，歡容動而成舞⑤；澤均草木⑥，秋色變以爲春。徒激丹心，豈報玄澤？謹奉狀⑦。（3383）

【校】

①題　「宴曲江會」《文苑英華》作「曲江宴會」。

②臣今日　《文苑英華》無「臣」字。「進旨」　《文苑英華》作「進止」，校：「集作旨。」
③大有　郭本作「知有」。
④幸偶　郭本作「幸遇」。
⑤歡容　郭本作「哀容」。
⑥澤　《文苑英華》作「榮」，校：「集作澤。」
⑦奏狀　此下《文苑英華》有「陳謝以聞謹奏」六字。

【注】

朱《箋》：作於元和二年（八〇七）至元和六年（八一一），長安。按，當作於元和三年（八〇八）以後。

〔一〕九月九日謝恩賜宴曲江會：《唐會要》卷二九《節日》：「元和二年正月，詔停中和、重陽二節賜宴，其上巳日仍舊。」《册府元龜》卷一一一《帝王部·宴享》記元和八年九月戊午重陽節賜宰臣以下宴於曲江，則此前已恢復。

# 臘日謝恩賜口蠟狀①〔一〕

右，今日蒙恩賜臣等前件口蠟及紅雪、澡豆等〔二〕，仍以時寒，特加慰問者。伏以時逢臘節，候屬祁寒②。豈意聖慈，不忘微賤。念嚴凝而加之煦嫗，慮皸瘃而潤以脂膏。喜氣動中③，歡容發外。挾纊之恩所勉④，和則體舒；不龜之澤既霑，感而手舞。臣等省躬懷愧，因物諭情。豈止飲德瑩心⑤，唯驚寵賜⑥；必擬澡身勵節，以答鴻私⑦。感躍之誠⑧，倍萬恒品⑨。謹具奏聞。謹奏。（3384）

【校】

①題　《文苑英華》無「恩」字，「口蠟」作「口脂」，校：「集作蠟。」

②祁寒　郭本作「初寒」。

③喜氣　《文苑英華》作「嘉氣」，校：「集作喜。」

④所勉　《文苑英華》作「甫及」，校：「集作所勉。」

⑤豈止飲德　郭本作「豈惟好德」。「瑩心」　馬本「縈心」。

⑥唯　《文苑英華》作「空」，校：「集作唯。」
⑦鴻私　郭本作「鴻休」。
⑧感躍　郭本作「欣躍」。
⑨恒品　郭本作「常品」。

【注】

朱《箋》：作於元和二年（八〇七）至元和六年（八一一），長安。按，居易六年四月丁憂，狀作於此前。

〔一〕口蠟：即口脂。杜甫《臘日》：「口脂面藥隨恩澤，翠管銀罌下九霄。」張文成《遊仙窟》：「黷色浮妝粉，含香亂口脂。」李嶠《謝臘日賜臘脂口脂表》：「因三冬之吉慶，造六官之脂澤。糅之以辛夷甲煎，燃之以桂火蘭蘇。氣溢象奩，香衝翟幄。以光金屋之仙御，以賜瑤房之帝嬪。」女性以飾容，又冬季防皸裂。

〔二〕紅雪：亦爲護膚品，其狀如雪。王建《宮詞》：「黄金合裹盛紅雪，重結香羅四出花。」李舟《謝敕書賜曆日口脂等表》：「伏奉敕書手詔，賜臣新曆日一本，口脂、面脂、紅雪、紫雪、金花各一枝，並賜臣春衣一副，牙尺一枚，大將衣兩副。」呂頌《謝賜口脂表》：「伏奉宣賜臣紅雪、口脂各一合……彩雪蠲邪，無虞於美疢；芳膏盡飾，有愧於陋容。」澡豆：洗浴用。《世説新語·紕漏》：「王敦初尚主，如厠，見漆箱盛乾棗，本以塞鼻，王謂厠上亦下果，食遂至盡。既還，婢擎金澡盤盛水，琉璃碗盛澡豆，因倒著水中而飲之，謂是乾飯。群婢莫不掩口而笑之。」劉禹錫《爲李中丞謝賜紫雪面脂等表》：「奉宣聖旨，賜臣紫雪、紅雪、面脂、口脂各一合，澡豆一袋。」

## 中和日謝恩賜尺狀①〔一〕

右，今日奉宣賜臣等紅牙銀寸尺各一者②。伏以中和屆節③，慶賜申恩。當晝夜平分之時，頒度量合同之令。況以紅牙爲尺，白銀爲寸④，美而有度，焕以相宣。逮下明忖度之心，爲上表裁成之德。慶澤所及，歡心畢同。臣等塵忝日深，寵錫歲至⑤。雖恩光下濟，咫尺之顔不違；而尸素内慚，分寸之功未効。捧受愧畏，倍萬恒情。謹具奏聞。謹奏。（3385）

**【校】**

①題　《文苑英華》「日」作「節」，無「恩」字。

②紅牙　《文苑英華》其上有「前件」二字。

③屆節　《文苑英華》作「戒節」，校：「集作屆。」

④白銀　《文苑英華》作「白金」，校：「集作銀。」

⑤寵錫　郭本作「寵賜」。

【注】

朱《箋》：作於元和二年（八〇七）至元和六年（八一一），長安。

〔一〕中和日：見卷九《中和節頌》(2900)注。賜尺：張九齡《謝賜尺詩狀》：「今日高力士宣敕，賜臣等御制詩並寶尺。伏以尺者紀度之數，宣麗天文；詩者律呂之和，是生節物。」貞元八年宏詞科試《中和節詔賜公卿尺》詩，李觀、陸復禮、裴度有作。呂渭《皇帝移晦日爲中和節》：「湔裙移舊俗，賜尺下新科。」

## 謝清明日賜新火狀①〔一〕

右，今日高品官唐國珍就宅宣旨賜臣新火者。伏以節過藏煙②，時當改火。助和氣以發滯③，表皇明以燭幽。臣顧以賤微，荷兹榮耀。就賜而照臨第宅④，聚觀而光動里閭⑤。降實自天，非因榆柳之燧；仰之如日，空傾葵藿之心。徒奉恩輝，豈勝欣戴？（3386）

【校】

①題　《文苑英華》作「清明謝賜火狀」。

②節過　《文苑英華》作「節遇」。

③發滯　郭本作「發運」。

④照臨　郭本作「煦臨」。

⑤里閭　郭本作「閭閻」。

【注】

朱《箋》：作於元和二年（八〇七）至元和六年（八一一），長安。

㈠清明日賜新火：謝觀《清明日恩賜百官新火賦》：「國有禁火，應當清明。萬室而寒火寂滅，三辰而纖靄不生。木鐸罷循，乃灼燎於榆柳；桐花始發，賜新火於公卿。」宋敏求《春明退朝錄》卷中：「《周禮》：四時變國火。謂春取榆柳之火，夏取棗杏之火，季夏取桑柘之火，秋取柞楢之火，冬取槐檀之火。而唐時，惟清明取榆柳火以賜近臣戚里。本朝因之，惟賜近臣戚里、帥臣、節察、三司使、知開封府、樞密直學士、中使，皆得厚贈，非常賜例也。」

## 謝恩賜冰狀①

右，今日奉宣旨賜臣等冰者。伏以頒冰之儀，朝廷盛典〔一〕。以其非常之物，用表特異之恩。況春羔之薦時，始因風出〔二〕；當夏蟲之疑日②，忽自天來。煩暑迎消，涼飈隨至③。受此殊賜，臣何以堪？欣駭慚惶，若無所措。但飲之慄慄，常傾受命之心；捧之兢兢，永懷履薄之戒。以斯惕厲，用答皇慈④。謹奉狀陳謝以聞。（3387）

【校】

①題　《文苑英華》無「恩」字。

②夏蟲　郭本作「夏蟲」。

③涼飈　《文苑英華》作「清飈」，校：「集作涼。」

④皇慈　《文苑英華》作「皇恩」，校：「集作慈。」

【注】

朱《箋》：作於元和二年（八〇七）至元和六年（八一一），長安。

〔一〕頒冰：《周禮·天官·凌人》：「夏頒冰，掌事。」注：「暑氣盛，王以冰頒賜，則主之。」《舊唐書·職官志三》司農卿：「季冬藏冰，仲春頒冰，皆祭司寒。」韋應物《夏冰歌》：「九天含露未銷鑠，閶闔初開賜貴人。」楊巨源《和人與人分惠賜冰》：「天水藏來玉墮空，先頒密署幾人同。」

〔二〕始因風出：《左傳》昭公四年：「古者，日在北陸而藏冰；西陸，朝覿而出之……夫冰以風壯，而以風出。」杜預注：「順春風而散用。」

## 謝賜新曆日狀〔一〕

右，今日蒙恩賜臣等前件新曆日者。臣等拜手蹈舞，鞠躬捧持。開卷授時，見履端之有始；披文閱處，知御曆之無窮。慶賀既深，感戴無極。謹奉狀陳謝①。（3388）

【校】

①陳謝　郭本此下有「以聞」二字。

【注】

朱《箋》：作於元和二年（八〇七）至元和六年（八一一），長安。

〔一〕賜新曆日：《唐六典》卷十秘書省太史局司曆：「司曆掌國之曆法，造曆以頒于四方。」《唐會要》卷四二《曆》：「元和二年二月，司天徐昂造新曆成，獻之，詔名《元和觀象曆》。」《册府元龜》卷一六〇《帝王部·革弊》：「（大和）九年十二月丁丑，東川節度使馮宿奏：准敕禁斷印曆日版。劍南兩川及淮南道，皆以版印曆日鬻於市。每歲司天臺未奏頒下新曆，其印曆已滿天下，有乖敬授之道。故命禁之。」可知當時民間已有版印曆日。

## 謝恩賜茶果等狀①

右，今日高品杜文清宣進旨②，以臣等在院，修撰制問，賜茶果梨脯等③。曲蒙聖念，特降殊私。慰諭未終，錫賚旋及。臣等慚深曠職，寵倍驚心。述清問以修詞，言非盡

意；仰皇慈而受賜，力豈勝恩④？徒激丹誠，詎酬玄造⑤？（3389）

【校】

①題　《文苑英華》無「恩」字。

②進旨　《文苑英華》作「進止」，校：「集作旨。」

③茶果梨脯等　《文苑英華》作「茶脯梨果者」，校文同紹興本等。

④勝恩　郭本作「堪恩」。

⑤詎　《文苑英華》作「庶」，校：「集作詎。」「玄造」　此下《文苑英華》有「無任欣戴抃躍之至」八字。

【注】

朱《箋》：作於元和二年（八〇七）至元和六年（八一一），長安。

## 謝賜設及匹帛狀

右，今日高品劉全節奉宣進旨①，以臣等在院覆策畢，特加慰問，并賜設及匹帛者。

臣等職在掌文，詔令考策，雖竭鄙昧，猶懼闕遺。豈意皇鑒下臨，聖慈曲至。惠加賜食，榮及承筐。寵厚縑緗，仰難勝於玄貺；恩深醉飽，退有愧於素餐。徒積慚惶，何酬慶賜②？（3390）

【校】

①進旨 《文苑英華》作「進止」，校：「集作旨。」

②慶賜 此下《文苑英華》有「無任感戴屏營之至」八字。

【注】

朱《箋》：作於元和二年（八〇七）至元和六年（八一一），長安。按，狀言「在院覆策」，當指元和三年（八〇八）制科考試。參卷二一《論制科人狀》（3355）。

## 社日謝賜酒餅狀〔一〕

右，今日蒙恩賜臣等酒及蒸餅、䭔餅等〔二〕。伏以時唯秋社，慶屬年豐。頒上尊之酒

漿，賜太官之餅餌①。既非舊例，特表新恩。空荷皇慈，豈伸丹慊？謹奉狀②。（3391）

【校】

①太官　郭本作「太原」。

②奉狀　此下馬本有「陳謝」二字。

【注】

朱《箋》：作於元和二年（八〇七）至元和六年（八一一），長安。

〔一〕社日謝賜酒餅：常袞《謝社日賜羊酒等表》：「宣奉聖旨，以社日賜臣羊酒、脯臘、海味、油面、粳米等，仍特賜藥引者。」

〔二〕蒸餅：《酉陽雜俎》卷七《酒食》：「蒸餅法：用大例面一升，煉豬膏三合。」

# 白居易文集校注卷第二十三①

## 奏狀三　凡七首

### 論重考科目人狀〔一〕

#### 今年吏部應送科目及平判人所試文書等②〔二〕

右，臣等奉中書門下牒，稱奉進旨，令臣等重考定聞奏者。臣等竊有所見，不敢不奏。伏以今年吏部科第，不置考官，唯遣尚書侍郎二人考試〔三〕。吏部事至繁劇，考送固難精詳③，所送文書未免瑕病。臣等若苦考覆④，退者必多。韓臯累朝舊臣，伏料陛下不能以小事致責〔四〕。臣等又以朝廷所設科目，雖限文字，其間收採，兼取人材。今吏部只送十人，數且非廣，其中更重黜落，亦恐事體不弘。以臣所見，兼請不考。已得者不妨儆倖⑤，不得者所勝無多。貴收人材，務存大體。伏乞以臣等此狀宣付宰臣，重賜裁量。伏聽進旨。

元和十五年十二月十三日重考定科目官、將仕郎、守尚書司門員外郎臣白居易等狀奏。

重考定科目官、將仕郎、守尚書祠部員外郎、上護軍臣李虞仲〔五〕。（3392）

【校】

①卷第二十三　即《白氏文集》紹興本、馬本卷六十，那波本卷四十三。

②應送　郭本作「應選」。

③考送　郭本作「考選」。

④考覆　郭本作「考覈」。

⑤儌倖　郭本作「留待」。

朱《箋》：作於元和十五年（八二〇），長安。

【注】

〔一〕論重考科目人：《舊唐書·韓皐傳》：「入爲吏部尚書，兼太子少傅，判太常卿事……（元和十五年)十二月,以銓司考科目人失實,與刑部侍郎知選事李建罰一月俸料。」所論當即此事。科目人,科目選人,參加吏部科目考試者。《册府元龜》卷六三九《貢舉部·總序》:「又有吏部科目,曰宏詞、拔萃、平判。」卷六三一《銓選部·條制》:「(大和元年)十月,中書門下奏:應禮部諸色貢舉人及吏部諸色科目選人等,凡未有出身未有官,如有文學,只合於禮部應舉。有出身有官,合於吏部赴科目選。近年以來,格文差斥,多有白身及用散試官並稱鄉貢者,並赴科目選。及注擬之時,即妄論資次,曾無格例,有司不知所守。」

〔二〕平判:吏部科目。《唐語林》卷八補遺:「及大足元年,置拔萃,始於崔翹。開元十九年,置宏詞,始於鄭昕。開元二十四年,置平判入等,始於顔真卿。」元稹《酬哥舒大少府寄同年科第》注:「同年科第,宏詞吕二炅、王十一起,拔萃白二十二居易,平判李十一復禮、吕四穎、哥舒大煩、崔十八玄亮逮不肖。」可知書判拔萃外别有平判一科。

〔三〕今年吏部科第不置考官:吏部科目考試通常别差考官。《舊唐書·楊於陵傳》:「初吏部試判,别差考判官三人校能否,元和初罷之。七年,吏部尚書鄭餘慶以疾請告,乃復置考判官,以兵部員外郎韋顗、屯田員外張仲素、太學博士陸亘等爲之。於陵自東都來,言曰:『本司考判,自當公心。非次置官,不知曹内公事。考官只論判之能否,不計闕員;本司只計員闕幾何,定其留放。置官不便。』宰執以已置顗等,祇令考科目選人,其餘常調,委本司自專。」《裴垍傳》:「轉殿中侍御史、尚書禮部考功二員外郎。時吏部侍郎鄭珣瑜請垍考詞、判,垍守正不受請託,考覈皆務才實。」遣尚書侍郎二人考試：此年冬李建以刑部侍郎知選事，見《舊唐書·韓臯傳》。另一人未詳。

〔四〕韓臯：見卷十八《除韓臯東都留守制》(3190)。

〔五〕李虞仲：見卷十一《韋審規可西川節度副使御史中丞李虞仲崔戎姚向溫會等並西川判官皆賜緋紫各檢校省官兼御史制》(2925)、《李虞仲可兵部員外郎崔戎可户部員外郎制》(2928)。虞仲爲祠部員外郎，本傳不載。

## 舉人自代狀

### 中書省朝議郎權知尚書兵部郎中騎都尉楊嗣復〔一〕

右，臣伏准建中元年正月五日勅，文武常參官上後三日舉一人自代者〔二〕。伏以前件官有辯政之學，有體要之文。文可以掌王言，學可以待顧問。名實相副，輩流所推。選備侍臣，參知制命。酌其宜稱，誠合在先①。臣既諳詳，輒舉自代。謹具聞薦，伏聽勅旨②。

長慶元年正月四日，新授朝議郎、守尚書主客郎中、知制誥臣白居易狀奏③。

(3393)

【校】

①誠合在先　《管見抄》作「合在臣先」。

②勑旨　《管見抄》作「勑宣」。

③新授　《管見抄》無二字。

【注】

朱《箋》：作於長慶元年（八二一），長安。

〔一〕楊嗣復：見卷十二《楊嗣復可庫部郎中知制誥制》(2954)。

〔二〕建中元年正月五日勑：《舊唐書·德宗紀》：「（建中元年正月辛未）常參官、諸道節度觀察防禦等使、都知兵馬使、刺史、少尹、畿赤令、大理司直評事等，授訖三日内，于四方館上表讓一人以自代。其外官委長吏附送其表，會中書門下。每官闕，以舉多者授之。」《唐會要》卷二六《舉人自代》：「元和六年十月，中書門下奏：『准建中元年敕，常參官舉人後，便具所奏舉人兼狀上中書門下。如官缺，於此選擇進擬。』從之。」

## 論重考試進士事宜狀〔一〕

右，臣等伏料自欲重試進士已來，論奏者甚衆。伏計煩黷聖聽之外，必以爲或親或故，同爲黨庇。臣今非不知此①，但以避嫌事小，隱情責深，所以冒犯天威，不敢不奏。伏希聖鑒，試詳臣言。伏以陛下慮今年及第進士之中，子弟得者僥倖，平人落者受屈，故令重試重考〔二〕。此乃至公至平②。凡是平人，孰不慶幸？況臣等才識淺劣③，謬蒙選充考官，自受命已來，夙夜惶懼，實憂愚昧，不副天心。敢不盡力竭誠，苦考得失？其間瑕病，纖毫不容，猶期再三，知臣懇盡。然臣等別有愚見，上裨聖聰，反覆思量，輒敢密奏。伏准禮部試進士，例許用書策，兼得通宵〔三〕。得通宵則思慮必周，用書策則文字不錯。昨重試之日，書策不容一字，木燭只許兩條。迫促驚忙④，幸皆成就。若比禮部所試，事校不同。雖詩賦之間，皆有瑕病；在與奪之際，或可矜量。儻陛下垂仁察之心，降特達之命，明示瑕病，以表無私，特全身名，以存大體。如此則進士等知非而愧恥，其父兄等感激而戴恩。至於有司，敢不懲革？臣等皆蒙寵擢，又忝職司，實願裨補聖明，敢不罄竭肝膽？謹具奏聞，伏待聖裁⑤。謹奏。

長慶元年四月十日重考試進士官、朝議郎、守尚書主客郎中、知制誥臣白居易等奏。

重考試進士官、朝散大夫、守中書舍人、上輕車都尉臣王起〔四〕。（3394）

【校】

①知此　馬本無「此」字。

②此乃　馬本無「此」字。

③才識　郭本作「材識」。

④迫促　郭本作「逼促」。

⑤伏待　郭本作「伏候」。

【注】

陳《譜》、朱《箋》：作於長慶元年（八二一），長安。

〔一〕論重考試進士事宜：《舊唐書・穆宗紀》：「（長慶元年三月己未）敕今年錢徽下進士及第鄭朗等一十四人，宜令中書舍人王起、主客郎中知制誥白居易等重試以聞……（四月）丁丑，詔：

『國家設文學之科，本求才實，苟容僥倖，則異至公。訪聞近日浮薄之徒，扇爲朋黨，謂之關節，干擾主司，每歲策名，無不先定。永言敗俗，深用興懷。鄭朗等昨令重試，意在精覈藝能，不於異常之中，固求深僻題目，貴令所試成就，以觀學藝淺深。孤竹管是祭天之樂，出於《周禮》正經，閱其呈試之文，都不知其本事。辭律鄙淺，蕪累何多。亦令宣示錢徽，庶其深自懷愧。……』貶禮部侍郎錢徽爲江州刺史，中書舍人李宗閔爲劍州刺史，右補闕楊汝士爲開州開江令。」《錢徽傳》：「長慶元年，爲禮部侍郎。時宰相段文昌出鎮蜀川。文昌好學，尤喜圖書古畫。故刑部侍郎楊憑兄弟，以文學知名，家多書畫，鍾、王、張、鄭之跡在《書斷》、《畫品》者，兼而有之。憑子渾之求進，盡以家藏書畫獻文昌，求致進士第。文昌將發，面託錢徽，繼以私書保薦。翰林學士李紳亦託舉子周漢賓於徽。及榜出，渾之、漢賓皆不中選。李宗閔與元稹互相厚善，初稹以直道譴逐久之，及得還朝，大改前志。由逕以徼進達，宗閔亦急於進取，二人遂有嫌隙。楊汝士與徽有舊。是歲，宗閔子婿蘇巢及汝士季弟殷士俱及第，故文昌、李紳大怒。文昌赴鎮，辭日，内殿面奏，言徽所放進士鄭朗等十四人，皆子弟藝薄，不當在選中。穆宗以其事訪於學士元稹、李紳，二人對與文昌同。遂命中書舍人王起、主客郎中知制誥白居易，於子亭重試，内出題目《孤竹管賦》、《鳥散餘花落》詩，而十人不中選……尋貶徽爲江州刺史，中書舍人李宗閔劍州刺史、右補闕楊汝士開江令。初議貶徽，宗閔、汝士令徽以文昌、李紳私書進呈，上必開悟。徽曰：『不然。苟無愧心，得喪一致，修身慎行，安可以私書相證耶？』令子弟焚之。人士稱徽長者。既而穆宗知其朋比之端，乃下詔曰：……元稹之辭也。制出，朋比之徒，如撻於市，咸睚眥於紳、稹。」《李宗閔傳》：「長慶元年，子壻蘇巢於錢徽下進士及第。其年，巢覆落。宗閔涉請託，貶劍州刺史。時李吉甫子德裕爲翰林學士，錢徽榜出，德裕與同職李紳、元稹連衡言於上前，云徽受請託，所試不公，故致重覆。比相嫌惡，因是列爲朋黨，皆挾邪取權，兩相傾軋。自是紛紜排陷，垂四十年。」岑仲勉《隋唐史》第四十四節辨白居易非牛僧孺黨，謂：「長慶元年，白爲進士重試官，將宗閔婿蘇巢落下，與主張用兵之裴度親善，顯不能列于牛黨。」按，陳《譜》謂居易此狀之意「大抵欲從寬也」，其言甚是，故黜落蘇巢等恐亦非居易所主張。

〔二〕子弟：謂公卿子弟。平人：平民。子弟科第優先，每招致物議，故或有意抑之。然抑此取彼，竟成朋黨紛爭之起因，故主政者亦每欲調停之。《舊唐書·王起傳》：「掌貢二年，得士尤精。先是，貢舉猥濫，勢門子弟，交相酬酢；寒門俊造，十棄六七。及元稹、李紳在翰林，深怒其事，故有覆試之科。及起考貢士，奏當司所選進士，據所考雜文，先送中書，令宰臣閱視可否，然後下當司放榜。從之。議者以爲起雖避是非，失貢職也，故出爲河南尹。」《武宗紀》：「（會昌四年十二月）時左僕射王起頻年知貢舉，每貢院考試訖，上榜後，更呈宰相取可否。後人數不多，宰相延英論言：『主司試藝，合取宰相與奪。比來貢舉艱難，放人絶少，恐非弘訪之道。』帝曰：『貢院不會我意。不放子弟，即太過；無論子弟、寒門，但取實藝耳。』李德裕對曰：『鄭肅、封敖有好子弟，不敢應舉。』帝曰：『我比聞楊虞卿兄弟朋比貴勢，妨平人道路。昨楊知至、鄭朴之徒，並令落下，抑其太甚耳。』德裕曰：『……然朝廷顯官，須是公卿子弟。何者？自小便習舉業，自熟朝廷間事。臺閣儀範，班行准則，不教而自成。寒士縱有出人之才，登第之後，始得一班一級，固不能熟習也。則子弟成名，不可輕矣。』」《楊嚴傳》：「會昌四年進士擢第。是歲僕射王起典貢部，選士三十人，嚴與楊知至、竇緘、源重、鄭朴五人試文合格，物議以子弟非之。起覆奏，武宗敕曰：『楊嚴一人可及第，餘四人落下。』」《唐摭言》卷七「好放孤寒」載：元和十一年李諒公（逢吉）下三十三人皆取寒素；李太尉德裕頗爲寒俊開路；昭宗爲寒俊開路，崔合州（凝）榜放，但是子弟，無問文章厚薄，鄰之金瓦，其間屈人不少。

〔三〕禮部試進士例許用書策：《唐國史補》卷下：「進士爲時所尚久矣。……挾藏入試，謂之書策。」《舊唐書·李揆傳》：「乾元初，兼禮部侍郎。揆嘗以主司取士，多不考實，徒峻其堤防，索其書策，殊未知藝不至者，文史之囿亦不能擒詞，深昧求賢之意也。其試進士文章，請於庭中設五《經》、諸史及《切韻》本於床，而引貢士謂之曰：『大國選士，但務得者，經籍在此，請恣尋檢。』由是數月之間，美聲上聞。」《唐會要》卷七六《貢舉》、《册府元龜》卷四六五《臺省部·識量》錄此，蓋成定例。《太平廣記》卷二六一《梅權衡》（出《乾𦠆子》）：「唐梅權衡，吳人也。入試不持書策，人皆謂奇才。」此制後廢。《册府元龜》卷六四二《貢舉部·條制》：「（後唐明宗長興四年二月）是月禮部貢院奏新立條件……一、懷挾書策，舊例禁止。請自今年後入省門搜得文書者，不計多少，准例扶出，殿將來一舉。上鋪後搜得文書者，准例扶出，殿將來兩舉。」兼得通宵：《舊五代史·選舉志》：「（開運元年）十一月，工部尚書、權知貢舉竇貞固奏：『進士考試雜文及與諸科舉人入策，歷代已來，皆以三條燭盡爲限。長興二年，改令晝試……今欲考試之時，准舊例以三條燭爲限。其進士並諸色舉貢人等，有懷藏書册入院者，舊例扶出，不令就試。近年以來，雖見懷藏，多是縱容。今欲振舉弛紊，明辨臧否，冀在必行，庶爲定式。』」《唐摭言》卷十五雜記：「韋承貽，咸光中策試，夜潛紀長句於都堂西南隅曰：『褒衣博帶滿塵埃，獨上都堂納試回。蓬巷幾時聞吉語，棘籬何日免重來。三條燭盡鐘初動，九轉丸成鼎未開。殘月漸低人擾擾，不知誰是謫仙才。』『白蓮千朵照廊明，一片升平雅韻聲。纔唱第三條燭盡，南宫風景畫難成。』」洪邁《容齋三筆》卷十《唐夜試進士》：「唐進士入舉場得用燭，故或者以爲自平旦至通宵。劉虚白有『二十年前此夜中，一般燈燭一般風』之句，及『三條燭盡』之説。按《舊五代史·選舉志》云：『長興二年，禮部貢院奏當司奉堂帖夜試進士有何條格者，敕旨：秋來赴舉，備有常程。夜後爲文，曾無舊制。王道以明規是設，公事須白晝顯行耳。進士並令排門齊入就試，至閉門時試畢，内有先了者，上歷晝時旋令先出，其入策亦須晝試。應諸科對策，並依此例。』則晝試進士非前例也……白樂天集中奏狀云：『進士許用書册，兼得通宵。』但不明言入試朝暮也。」

〔四〕王起：見卷十二《王起賜勳制》（2960）。

## 讓絹狀　長慶元年八月十三日進。

### 恩賜田布與臣人事絹五百匹〔一〕

右，田布以臣宣諭進旨①，敬命荷恩，遂與臣前件絹。臣不敢受，尋以奏陳。昨日中使第五文岑就宅奉宣，令臣受取者。臣已當時進狀陳謝訖。感戴聖恩，昨日不敢不謝。酌量事理，今日不敢不言。臣家素貧，非不要物。但以昨者陛下遣臣宣諭田布，不同常例。田布今日之事，不同諸家。何者？未報父讎，未雪國恥，凡人有物，猶合助之。況取其財②，有所不忍。又昨除田布魏博節度制中誡云：「一飯之飽，必均於士卒；一毫之費，必用於戈矛。」〔二〕今以五百匹絹與臣，臣若便受，則是有違制命，不副天心。臣又以凡節將之臣，發軍討叛，大費雖資於公給，小用亦藉其家財③〔三〕。今陛下方欲使田布誓心報讎，捐軀殺賊。伏料宣諭慰問，使者道路相望。若奉使之人悉須得物，臣恐鎮州賊徒未殄，田布財産已空。欲救將來，乞從臣始④。居陛下清官⑤，每月俸錢，尚慚尸素。無名之貨，豈合苟求？伏願天鑒照臨，知臣不是飾讓。臣又非不知如此小事，不合塵黷尊嚴，心實不安，不敢不奏。其前件絹臣尋已却還田布，伏乞聖慈許臣不取，仍望宣示田布，令知聖恩。謹錄奏聞，伏待進旨。（3395）

【校】

①宣諭　馬本作「宣慰」。

②其財　馬本誤「其才」。

③藉其　郭本作「稱其」。

④乞從　郭本作「乞自」。

⑤陛下　馬本其下有「之」字。

【注】

朱《箋》：作於長慶元年（八二一），長安。

〔一〕田布：見卷十二《田布贈右僕射制》（2949）。《新唐書・白居易傳》：「俄轉中書舍人。田布拜魏博節度使，命持節宣諭，布遺五百縑，詔使受之。辭曰：布父讎國恥未雪，人當以物助之，乃取其財，誼不忍；方諭問旁午，若悉有所贈，則賊未殄，布貲竭矣。詔聽辭餉。」朱《箋》考宣諭田布時居易尚未遷中書舍人，《新唐書》誤。人事：酬賞、賄賂。《舊唐書·包融傳》：「上問融曰：『韓益所犯，與盧元中、姚康孰甚？』對曰：『元中與康枉破官錢三萬餘貫，益所取受人事，比之殊輕。』」

〔二〕除田布魏博節度制：此制見元稹集，題《起復田布魏博節度等使制》。

〔三〕藉其家財：方鎮視軍士爲私屬，故亦以家財行賞。《舊唐書·薛平傳》：「城中兵士不敵，平悉府庫並家財募二千精卒，逆擊之。」《李晟傳》：「仍傾家財以賞降者，以懷來之。」《馬燧傳》：「先戰，燧誓軍中，戰勝以家財行賞，既勝，盡出其私財以頒將士。德宗嘉之，詔度支出錢五萬貫行賞，還燧家財。」《王武俊傳附承元》：「承元乃盡出家財，籍其人以散之，酌其勤者擢之。」

## 論左降獨孤朗等狀〔一〕　長慶元年十二月十一日奏。

**都官員外郎史館修撰獨孤朗可富州刺史起居舍人溫造可朗州刺史司勳員外郎李肇可澧州刺史刑部員外郎王鎰可郢州刺史**①〔二〕

右，今日宰相送詞頭，左降前件官如前，令臣撰詞者。臣伏以李景儉因飲酒醉詆忤宰相，既從遠貶，已是深文〔三〕。其同飲四人，又一例左降②。臣有所見，不敢不陳。伏以兩省史館，皆是近署，聚飲致醉，理亦非宜。然皆貶官，即恐太重。況獨孤朗與李景儉等皆是僚友，旦夕往來，一飯一飲，蓋是常事。景儉飲散之後，忽然醉發，自猶不覺，何況他人？以此矜量，情亦可恕。臣又見貞元之末，時政嚴急，人家不敢歡宴，朝士不敢過從〔四〕。衆心無憀，以爲不可。自陛下臨御，及此二年，聖慈寬和，天下欣戴。臣恐此詔或下，衆情不免驚憂。兼恐朝廷官寮，從此不敢聚會。四方諸遠，不知事由，奔走流傳，事體非便。伏惟宸鑒，更賜裁量。免至貶官，各令罰俸。感恩知失，亦足戒懲。臣不揆惷愚，輒敢塵黷。豈不懼罪？豈不惜身？但緣進不因人，出於聖念。自忠州刺史累遷中書舍人，已涉二年，一無裨補。夙夜慚惕，實不自安。前後制勑之間，若非甚不可者，恐煩聖聽，多不備論。今者所見若又不奏，是圖省事，有負皇恩。伏希天慈，以此詳察，知臣所奏不是偶然。其獨孤朗等四人出官詞頭，臣已封訖，未敢撰進，伏待聖旨〔五〕。

（3396）

【校】

①澧州　紹興本、馬本作「灃州」，據那波本改。

②又　郭本作「若」。

朱《箋》：作於長慶元年（八二一），長安。

【注】

〔一〕左降獨孤朗：《舊唐書·穆宗紀》：「（長慶元年十二月戊寅）貶員外郎獨孤朗韶州刺史，起居舍人溫造朗州刺史，司勳員外郎李肇澧州刺史，刑部員外郎王鎰郢州刺史，坐與李景儉於史館同飲，景儉乘醉見宰相謾罵故也。」參卷十三《澧州刺史李肇可中散大夫郢州刺史王鎰朗州刺史溫造並可朝散大夫三人同制》（3005）注。《舊唐書·獨孤郁傳附朗》：「郁弟朗……（元和）十五年，兼充史館修撰，遷都官員外郎。長慶初，諫議大夫李景儉於史館飲酒，憑醉謁宰相，語辭侵侮。朗坐同飲，出爲漳州刺史。」《穆宗紀》稱貶韶州，本傳作漳州，此狀作富州，朱《箋》疑本傳誤，當是先貶富州，詞頭封還後又改韶州。按，貶漳州者乃李景儉。

〔二〕溫造、李肇、王鎰：見卷十三《澧州刺史李肇可中散大夫郢州刺史王鎰朗州刺史溫造並可朝散大夫三人同制》（3005）。

〔三〕李景儉：《舊唐書·李景儉傳》：「李景儉，字寬中，漢中王瑀孫。……貞元末，韋執誼、王叔文東宮用事，尤重之，待以管、葛之才。叔文竊政，屬景儉居母喪，故不及從坐。……元和末入朝，執政惡之，出爲澧州刺史。與元稹、李紳相善。時紳、稹在翰林，屢言於上，及延英辭日，景儉自陳已屈，穆宗憐之，追詔拜倉部員外郎。月餘驟遷諫議大夫。性既矜誕，寵擢之後，凌蔑公卿大臣，使酒尤甚。」

〔四〕貞元之末不敢歡宴：《唐會要》卷二九《追賞》：「（貞元）十四年正月敕：『比來朝官，或有諸處過從，金吾衛奏。自今以後，更不須聞奏。』元和二年十二月，宰臣奉宣：『如聞百官士庶等，親友追遊，公私宴會，乃晝日出城餞送，每慮奏報，人意未舒。自今以後，各暢所懷，務從歡泰。』」

〔五〕詞頭：下達草制之詞命。白居易《草詞畢遇芍藥初開因詠小謝紅藥當堦翻詩以爲一句未盡其狀偶成十六韻》（《白氏文集》卷十九 1267）：「詞頭封送後，花口拆開時。」《舊唐書·袁高傳》：「令高草詔書，高執詞頭以謁宰相盧翰、劉從一……翰、從一不悦，改命舍人草之。」《唐國史補》卷上：「韓皐自中書舍人除御史中丞。西省故事，閣老改官，則詞頭送以次人。是時吕渭草敕，皐憂恐問曰：『改何官？』渭不敢告。」洪遵《翰苑遺事》記宋制：「少頃，御藥入院以客禮見，探懷出御封，屏吏啓緘，即詞頭也。御藥取燭視扃鎖鑰，退就西閣宿，學士歸直舍草制。」

## 論行營狀　應緣鎮州行營利害事宜，謹具如後〔一〕。

### 一請專委李光顔東面討逐委裴度四面臨境招諭事〔二〕

右，臣等伏見自幽、鎮有事已來，詔太原、魏博、澤潞、易定、滄州等五道節度，各領全軍。又徵諸道兵馬計七八十萬①，四面圍繞，已逾半年。王師無功，賊勢猶盛，弓高已失，深州甚危者。豈不以兵數太多，反難爲用；節將太衆，則心不齊；莫肯率先，遞相顧望？又以朝廷賞罰近日不行，未立功者或先封官，已敗衂者不聞得罪。既無懲勸，以至遷延。若不改張，必無所望。今李光顔既除陳許節度，盡領本軍。伏請抽諸道勁兵，通前約與三四萬人，從東速進，開弓高糧路，合下博諸軍，解深、邢重圍，與元翼合勢〔三〕。令裴度領太原全軍，兼招討舊職，四面壓境，觀釁而動。若乘虛得便，即令同力剪除。若戰勝賊窮，亦許受降納款。如此則鎮州夾功以分其力，招諭以動其心，未及誅夷，自生變改。況光顔久諳戰陣，素有威名。裴度爲人，忠勇果決。加以明懸賞罰，使其憂責在身，事勢驅之，自須死戰。若比向前模様，用命百倍相懸。破賊責功，無出於此。況太原與王之地，天下勁兵。今既得人，足當一面。以此計度，無如二人②。

【校】

①兵馬　郭本作「軍馬」。「七八十萬」《資治通鑑》載此事作「十七八萬」，《考異》：「白集作七八十萬，計無此數。恐是十七八萬誤耳。」

②無如　郭本作「無過」。

【注】

朱《箋》：作於長慶二年（八二二），長安。

〔一〕鎮州行營：招討成德軍王廷湊行營。《舊唐書・穆宗紀》：「（長慶元年八月）己巳，鎮州監軍宋惟澄奏：七月二十八日夜軍亂，節度使田弘正並家屬將佐三百餘口並遇害。軍人推衙將王廷湊爲留後。……（乙丑），以河東節度裴度充幽鎮兩道招撫使。……（十月丙寅），以河東節度使裴度充鎮州四面行營都招討使。」參卷十四《王庭湊曾祖五哥之可贈越州都督祖未怛活可贈左散騎常侍父昇朝可贈禮部尚書制》（3012）注。《資治通鑑》長慶二年：「春正月，丁酉，幽州兵陷弓高。先是，弓高守備甚嚴，中使夜至，守備不內。旦，乃得入，中使大詬怒。賊諜知之，他日，僞遣人爲中使，投夜至城下，守將遽内之。賊衆隨之，遂陷弓高。又圍下博。中書舍人白居易上言……疏奏，不省。」

〔二〕李光顔：《舊唐書·穆宗紀》：「（長慶元年十二月）戊寅，以鳳翔節度使李光顔爲忠武軍節度使，代李遜，仍兼深、冀行營節度……辛巳，李光顔赴鎮，百僚餞於章敬寺。上御通化門臨送，賜玉帶名馬。」

〔三〕元翼：牛元翼。時被王廷湊圍於深州。參卷十一《張洪相里友略並山南東道判官同制》（2941）注。

## 一請抽揀魏博澤潞易定滄州四道兵馬分付光顔事〔一〕

右，伏請詔光顔於前件四道揀選馬步精鋭者，每軍各取三四千人，並令光顔專統。一則藉其兵力，討襲鎮州。二乃每軍抽人，不爲不用，其餘放去，理亦無妨。況令守疆，亦足展効。或聞澤潞、魏博兵馬同討淮西之時①，素諳光顔勤恤將士，必樂爲用，可望成功〔二〕。今光顔得到下博後，即陳許先有八千人②，昨又發三千人，光顔又領鳳翔馬軍一千三百人③。加以徐泗、鄭滑、河陽等軍，悉皆勁鋭堪用④〔三〕。況兼魏博等四道所抽兵馬，約有三四萬人，盡付光顔，足以成事。其襄陽、陝府、東都、汝州等道兵馬，仍委光顔揀擇可否。若不堪用，不如放還。豈唯虛費資糧，兼恐撓敗軍陣。今既只留東西二帥，請各置都監一人，諸道兵馬監軍伏請一時停罷〔四〕。如此則衆齊令一，必有成功。

【校】

①或聞　郭本作「或因」。

②先有　郭本作「其存」。

③馬軍　郭本作「軍馬」。

④悉皆　郭本作「亦皆」。

【注】

〔一〕魏博：魏博節度使治魏州。時魏博節度使爲田布。參卷十二《田布贈右僕射制》(2949)。澤潞：昭義軍節度使治潞州，領潞、澤、邢、洺、磁五州。時昭義軍節度使爲劉悟。參卷十三《鄭絪烏重胤馬總劉悟李祐田布薛平等亡母追封國郡太夫人制》(2998)。易定：義武軍節度使治定州，領易、祁二州。時義武軍節度使爲陳楚。參卷十六《陳楚男王府諮議參軍君賞可定州長史兼御史軍中驅使制》(3137)。滄州：横海軍節度使治滄州。時杜叔良代烏重胤爲横海軍節度使。《舊唐書·穆宗紀》：「(長慶元年十月)丙戌，以深冀行營節度使杜叔良爲滄州刺史、横海軍節度使，以代烏重胤。授重胤檢校司徒、興元尹，充山南西道節度使。時上急於誅賊，杜叔良出征日面辭，奏云：『臣必旦夕破賊。』重胤善將知兵，以賊勢未可卒平，用兵稍緩，故有是拜。……(長慶二年正月)庚戌，以德州刺史王日簡爲滄州刺史，充横海軍節度、滄德棣觀察等使，以代叔良。壬子，貶叔良爲歸州刺史，以獻計誅幽鎮無功，而兵敗喪所持旌節也。」

〔二〕討淮西：元和十年討吴元濟之役。《舊唐書·憲宗紀》：「(元和十年二月甲辰)田弘正子布、韓弘子公武各率師隸李光顔討賊。」《田弘正傳》：「元和十年，朝廷用兵討吴元濟，弘正遣子布率兵三千進討，屢戰有功。李師道以弘正效忠，又襲其後，不敢顯助元濟，故絶其犄角之援，王師得致討焉。」

〔三〕徐泗：武寧軍節度使治徐州，管徐、泗、濠、宿四州。時崔羣爲武寧軍節度使，王智興爲節度副使。參卷十四《崔羣可秘書監分司東都制》(3013)。鄭滑：義成軍節度使治滑州，管滑、鄭、濮三州。時義成軍節度使爲王承元。參卷十二《李彤授檢校工部郎中充鄭滑節度副使王源中授檢校刑部員外郎充觀察判官各兼侍御史賜緋紫制》(2964)。河陽：河陽三城節度使治孟州。時郭釗爲河陽、懷節度使。

〔四〕諸道兵馬監軍請停罷：《舊唐書·王廷湊傳》：「時廷湊合幽薊之兵圍深州，梯衝雲合，牛元翼嬰城拒守。十一月，杜叔良爲賊所敗，衆皆陷没，僅以身免，乃以德州王日簡代之。裴度率衆屯承天軍，諸將挫敗，深州危急。乃以鳳翔節度使李光顔爲忠武節度使，兼深冀節度，救深州，仍以中官楊永和監光顔軍。國家自憲宗誅除群盜，帑藏虛竭。穆宗即位，賞賜過當。及幽、鎮共起，徵發百端，財力殫竭。時諸鎮兵十五萬餘，才出其境，便仰給度支，置南北供軍院。既深入賊境，輦運艱阻，芻薪不繼，諸軍多分番樵採。俄而度支轉運車六百乘，盡爲廷湊邀而虜之，兵食益困。賊圍深州數重，雖光顔之善將，亦無以施其方略。其供軍院布帛衣賜，往往不得至院，在途爲諸軍强奪，而懸軍深鬥者，率無支給。復又每軍遣内官一人監軍，悉選驍健者自衛，羸懦者即戰，以是屢多奔北。而廷湊、克融之衆，不過萬餘，而抗官軍十五萬者，良以統制不一，玩寇邀利故也。」

## 一 請勒魏博等四道兵馬却守本界事

右，伏以朝廷本用田布之意，以弘正遇害，令報父讎。望其感激衆心，先立功効。今領全師出界，供給度支，數月已來，都不進討。非田布固欲如此，抑有其由。或聞魏博一軍累經優賞，兵驕將富，莫肯爲用。況其軍一月之費，計實錢貳拾柒捌萬貫。今天下百計求取，不足充其數月衣糧。若且依前，將何供給？則不如使退守本境，自供給衣糧〔一〕。省費之間，利害明矣。其澤潞、易定等，雖經接戰，勝負略均。且昭義全軍收臨城一縣不得，則其兵力亦可知矣。滄州新經敗挫，叔良又乏將謀，勢不支任，必無可望〔二〕。今請魏博等四道各歸本界，嚴守封疆。如此則不獨減無用之兵，亦可以省有限之費。就中魏博尤要退軍，虚費貲糧，最可痛惜①。

【校】

①痛惜　馬本此下有「者也」二字。

【注】

〔一〕田布：田布以長慶二年正月戊申（十六日）伏劍卒。在此狀上後十餘日。參卷十二《田布贈右僕射制》（2949）注。《舊唐書·田布傳》：「河朔三鎮，素相連衡，（史）憲誠陰有異志。而魏軍驕侈，怯於格戰，又屬雪寒，糧餉不給，以此愈無鬥志，憲誠從而間之。」此狀言其情狀甚真切。

〔二〕滄州新經敗挫：《資治通鑑》長慶元年：「横海節度使杜叔良將諸道兵與鎮人戰，遇敵輒北。鎮人知其無勇，常先犯之。十二月，庚午，監軍謝良通奏叔良大敗於博野，失亡七千餘人。叔良脱身還營，喪其旌節。」然據此狀語氣，似在叔良博野大敗前。

## 一請省行營糧料事

右，伏以行營最切者，豈不以國用將竭，軍費不充，更至春夏已來，實恐計無所出。今若兩道共留六萬①，其餘退食本道衣糧，即每月所費僅減其半，一月之用可給兩月。唯供六萬，所費無多。既易支援，自然豐足。責其死戰，敢不盡心？臣以爲當今至切，無過於此。

【校】

①共留　郭本作「共出」。

## 一請因朱克融授節後速討王庭湊事〔二〕

右，克融、庭湊同惡相濟，物情事理，斷在不疑。今朝廷特赦克融，新授節鉞，縱終助援，必恐遲疑。當逗留克融之時，是經營庭湊之日。遲則心固，久則計成。三數月間，須有次第。延引入夏，轉難用兵。今正是時，時不可失。以臣等所見，謹具如前。伏以行營今日事宜，真可謂急危極矣。其間變故，遠不可知。但恐如今，救已遲晚。若猶可及①，無出於斯。何者？苟兵數不抽，軍費不減，食既不足，衆何以安？不安之中，何事不有？伏料陛下覽臣此狀，必有二疑。一者以臣等悉是儒生，不諳兵事，縱知誠懇，的未信行。臣亦以此自疑，久未敢奏。今既事切，不敢不言。若攻戰機宜，非臣所習，而軍國利害，雖愚亦知。況察羣情，兼聽衆議，與臣此奏，所見多同。伏望不以臣等儒生輕而不用也。二者伏恐行營事勢奏報不真，皆云賊徒計日合破。又陛下以制置既久，難於改移。前件事若得其宜，即合旋有成績。至今既無次第，安得不務改圖？古人云：收之桑榆，事猶未晚。若因循且過，即救療轉難。臣又切有過憂，敢不盡吐肝肺？實恐軍用不濟，更須百計誅求，日引月加，以至困極。今天下諸色錢内，每貫已抽減三百〔二〕。茶鹽估價，有司並已增加〔三〕。水陸關津，四方多請率税。不許即用度交闕②，盡許則人心無憀。自古安危，皆繫於此。伏乞聖慮察而念之，不以重難改移忽於大計也。臣等又憂深州久圍，救兵不至，弓高新陷，糧道未通。下博諸軍，致於窮地。光顔兵少，欲入無由。外即救援不來，内即餱糧罄竭。各求生路，難向死門③。無可奈何，忽然奔散。即聖心雖悔，其可及乎？其鑒不遥，在貞元中，韓全義五樓之敗是也〔四〕。伏望陛下詳臣此狀，思臣此言，若以爲然，速賜裁斷。臣等受恩日久，憂國情深。志在懇切，言無方便。伏望聖鑒，俯察愚衷。無任感激悃款之至。謹同詣延英門進狀以聞，伏聽勅旨。謹奏。

長慶二年正月五日，朝散大夫、守中書舍人、上柱國臣白居易狀奏。（3397）

【校】

①可及　郭本作「可拯」。

②交闕　郭本作「交闗」。

③難向　郭本作「誰向」。

【注】

〔一〕朱克融：《舊唐書·穆宗紀》：「（長慶元年七月）甲寅，幽州監軍使奏：『今月十日軍亂，因節度使張弘靖别館，害判官韋雍、張宗元、崔仲卿、鄭塤。軍人取朱滔子洄爲留後。』……朱洄自以年老，令軍人立其子克融爲留後。初，劉總歸朝，籍其軍中素難制者送歸闕庭，克融在籍中。宰相崔植、杜元穎素不知兵，心無遠慮，謂兩河無虞，不復禍亂矣，遂奏劉總所籍大將並勒還幽州，故克融爲亂，復失河北矣。」「（十二月）乙酉，以幽州都知兵馬使朱克融檢校左散騎常侍，充幽州盧龍軍節度使，其拘囚張弘靖、殺害府僚之罪，一切釋放。時朝議以克融能保全弘靖，王廷湊殺害弘正，可赦燕而誅趙，故有是詔。」

〔二〕諸色錢每貫抽減三百：在除陌錢外又行抽貫。除陌法率一貫舊算二十文。《舊唐書·食貨志上》：「長慶元年九月，敕：『……從今以後，宜每貫一例除墊八十，以九百二十文成貫，不得更有加除及陌内欠少。』」而穆宗即位後以國用不足，曾行抽貫之制。《舊唐書·穆宗紀》：「（元和十五年五月）癸卯，詔：『以國用不足，應天下兩税、鹽利、榷酒、税茶及户部闕官、除陌等錢，兼諸道雜榷税等，應合送上都及留州、留使、諸道支用、諸司使職掌人課料等錢，並每貫除舊墊陌外，量抽五十文。仍委本道、本司、本使據數逐季收計。』……（六月）壬辰，詔：『……其今年五月敕，應給用錢每貫抽五十文，都計一百五十萬貫，宜並停抽。』仍出内庫錢三十七萬五千貫，付度支給用。初，憲宗用兵，擢皇甫鎛爲相，苛斂剝下，人皆咎之，以至譴逐。至是宰臣創抽貫之利，制下，人情不悦，故罷之。」此制停後即於九月加除陌錢至八十文。然至年底，爲助軍用再行抽貫。《穆宗紀》：「（長慶元年十二月）乙亥，敕諸道除上供外，留州留使錢内每貫割二百文以助軍用，賊平後仍舊。」此狀云「抽減三百」，當是兩者相加之數，然亦小有出入，則實行中仍有加算。

〔三〕茶鹽估價：《舊唐書·穆宗紀》：「（長慶元年五月）壬子，加茶榷，舊額百文，更加五十文，從王播奏。拾遺李珏上參論其不可，疏奏不報。」《唐會要》卷八八《鹽鐵》：「（長慶元年三月）其月，鹽鐵使王播……又奏：『請諸鹽院糶鹽付商人，請每斗加五十文，通舊三百文價。諸道處煎鹽場停，置小鋪糶鹽，每斗加二十文，通舊一百九十文價。』」此長慶初茶鹽增税加價之事。

〔四〕韓全義五樓之敗：參卷二二《論承璀職名狀》（3371）注。

## 論姚文秀打殺妻狀

長慶二年五月十一日奏①。

據刑部及大理寺所斷，准律：非因鬬爭無事而殺者，名爲故殺。今姚文秀有事而殺，則非故殺者②〔一〕。據大理司直崔元式所執〔二〕，准律：相爭爲鬬，相擊爲毆，交鬬致死③，始名鬬殺〔三〕。今阿王被打狼籍④，以致於死，姚文秀撿驗身上，一無損傷，則不得名爲相擊。阿王當夜已死，又何以名爲相爭⑤？既非鬬爭，又蓄怨怒，即是故殺者。

右按《律疏》云⑥：不因爭鬬，無事而殺，名爲故殺。此言事者，謂爭鬬之事，非該他事⑦。今大理、刑部所執，以姚文秀怒妻有過，即不是無事。既是有事，因而毆死，則非故殺者。此則唯用無事兩字，不引爭鬬上文。如此是使天下之人皆得因事殺人，殺人了，即曰我有事而殺，非故殺也。如此可乎？且天下之人豈有無事而殺人者？足明事謂爭鬭之事⑧，非他事也。又凡言鬭毆死者，謂素非憎嫌⑨，偶相爭鬭，一毆一擊，不意而死。如此則非故殺⑩，以其本原無殺心。今姚文秀怒妻頗深，挾恨既久，毆打狼籍，當夜便死。察其情狀，不是偶然。此非故殺，孰爲故殺？若以先因爭駡，不是故殺，即如有謀殺人者先引相駡，便是交爭。一爭之後，以物毆殺了⑪，則曰我因事而殺⑫，非故殺也。又如此可乎？設使因事⑬，理猶不可。況阿王已死，無以辨明。姚文秀自云相爭，有何憑據？又大理寺所引劉士信及駱全儒等毆殺人事，承前寺斷不爲故殺，恐與姚文秀事其間情狀不同。假如略同，何妨誤斷？便將作例，未足爲憑。伏以獄貴察情，法須可久。若崔元式所議不用，大理寺所執得行，實恐被毆死者自此長冤，故殺人者從今得計⑭。謹同參酌⑮，件録如前。奉勑：姚文秀殺妻，罪在十惡(四)。若從宥免，是長兇愚。其律縱有互文，在理終須果斷。宜依白居易狀，委所在決重杖一頓處死。（3398）

【校】

①題　《管見抄》移題下注於文末，「十一日」作「十日」。

②而殺　紹興本等作「而殺者」。「故殺者」　紹興本等作「故殺」。據《管見抄》改。

③交鬭致死　《管見抄》作「鬭致於死」。

④阿王　馬本作「鬥王」。

⑤名爲　《管見抄》作「明其」。

⑥右按　紹興本等不另起，據《管見抄》改。《管見抄》以上並退三格。

⑦非該　《管見抄》作「不該」。

⑧足明　馬本作「是明」。

⑨謂　紹興本等作「謂事」，據《管見抄》改。

⑩如此　郭本作「於此」。

⑪毆殺　《管見抄》「殺」字重。

⑫則曰　《管見抄》、馬本、郭本作「即曰」。

⑬因事　紹興本等作「因爭」，據《管見抄》改。

⑭殺人者　馬本無「人」字。

⑮謹同　《管見抄》作「謹固」。

**【注】**

朱《箋》：作於長慶二年（八二二），長安。

〔一〕故殺：《唐律疏議》卷二《名例》：「除名：諸犯十惡、故殺人、反逆緣坐，獄成者，雖會赦，猶除名。」《疏》：「議曰……故殺人，謂不因鬬競而故殺者。」

〔二〕崔元式：《舊唐書·崔元略傳附弟元式》：「元式，會昌三年檢校左散騎常侍、河中尹、河中晉絳觀察使。四年，檢校禮部尚書、太原尹、北都留守、河東節度使。六年，入爲刑部尚書。宣宗朝領度支，以本官同平章事。」或爲同一人。

〔三〕鬬殺：《唐律疏議》卷二一《鬬訟》：「鬬毆傷人：諸鬬毆人者，笞四十；謂以手足擊人者。傷及以他物毆人者，杖六十。」《疏》：「議曰：相爭爲鬬，相擊爲毆。」

〔四〕殺妻罪在十惡：此爲泛言，因故殺與十惡罪同，故連及之。殺妻之罪，見《唐律疏議》卷二二《鬬訟》：「毆傷妻妾：諸毆傷妻者，減凡人二等；死者，以凡人論。」《疏》：「議曰……死者以凡人論，合絞。以刃及故殺者，斬。」

# 白居易文集校注卷第二十四①

## 奏狀四

表附　凡十七首

### 爲宰相賀赦表㈠　長慶元年正月，就南郊撰進②。

臣某等言：伏奉今日制書大赦天下者，臣與百執事奉揚宣布，與億兆衆蹈舞歡呼。自天降和，率土同慶。臣等誠歡誠抃③，頓首頓首。伏惟皇帝陛下，出震御極，建元發號。大明升而六合曉，一氣熏而萬物春。肆眚措刑④，滌瑕蕩穢。凡在圓首⑤，納於歡心。矧又祇祀天地，孝享宗廟。蠲減租責⑥，策徵賢良。褒德及先，賞功延嗣。敬賓養老，念舊睦親。生人之積弊盡除，有國之頹綱必舉。況陛下承二百祀鴻業之重，纂十一聖耿光之初。始奉嚴禋⑦，新開寶曆。天下之目專專然觀陛下之動，天下之耳顒顒然聽陛下之言。斯則陛下出一言不終日必達於朝野，舉一事不浹辰必聞於華夷。當疲人求安思理之秋，是陛下敬始慎微之日。苟行一善，則可以動人聽而式歌舞；況具衆美⑧，信足以感人心而致和平。康哉可期，天下幸甚。臣等謬居重位⑨，幸屬鴻休。慚竊股肱，喜深骨髓。歡欣悚躍，倍萬常情，無任鼓舞慶幸之至⑧。（3399）

【校】

①卷第二十四　即《白氏文集》紹興本、馬本卷六十一，那波本卷四十四。
②長慶元年正月　《管見抄》無六字，另文末有注。
③臣等　《管見抄》作「臣某等」。
④肆眚措刑　郭本作「普赦舊刑」。
⑤圜首　郭本作「元首」。
⑥租責　馬本作「租賦」。
⑦始奉　郭本作「始舉」。
⑧況具　郭本作「況其」。
⑨謬居　郭本作「忝居」。「重位」《管見抄》作「重任」。
⑩無任　紹興本誤「無住」，據他本改。「之至」《管見抄》此下有「長慶元年正月日具銜臣某乙等上表」十五字。

朱《箋》：作於長慶元年（八二一），長安。

## 【注】

〔一〕賀赦：《舊唐書·穆宗紀》：「長慶元年正月己亥朔，上親薦獻太清宮、太廟。是日，法駕赴南郊。日抱珥，宰臣賀於前。辛丑，祀昊天上帝於圓丘，即日還宮，御丹鳳樓，大赦天下。改元長慶。」《册府元龜》卷九十《帝王部·赦宥》有穆宗長慶元年大赦改元制。

# 爲宰相請上尊號第二表①〔一〕

臣某等言：今月二十四日，臣等已陳表章②，請上尊號。愚誠雖懇③，聖鑒未迴。蹐地跼天，不勝大願。臣等誠惶誠恐，頓首頓首。臣聞大道者無求於物，物尊而不辭；至公者非欲其名，名生而不讓④。不讓故與天合德，不辭故率土歸心。斯所謂應乎天而順乎人者也⑤。伏惟皇帝陛下，嗣興一德，統牧萬方。致時俗之和平⑥，納生靈於富壽⑦。金革已偃，銷七十載之厲階⑧；玉燭方調，啓一千年之聖運。天人合應，書軌混同。而鴻名未加，盛典猶缺。華夷失望，史策無光。此誠君上之謙，然亦臣下之罪也。今臣所以上稽天意⑨，下酌人情，再黷皇明，重陳丹懇⑩。臣謹按，《書》曰：「思作睿，睿作聖⑪。」〔二〕又曰：「乃聖乃神，乃武乃文⑫。」〔三〕《經》曰⑬：「明王以孝治天下。」〔四〕凡此五者⑭，歷觀列辟，雖甚盛德⑮，莫能兼之。伏以陛下自即大位⑯，及此二年，無巾車汗馬之勞，而坐平鎮、冀〔五〕；無亡弓遺鏃之費，而立定幽、燕〔六〕。仁和一薰，獷驁盡化。可不謂睿文乎？削平天下，震耀八荒，北虜求婚以稟命，西戎乞盟而納款〔七〕。威靈四及⑰，奔走來賓。可不謂神武乎？陛下以萬乘之尊，四海之富，供養長樂，道光化成。推而置之⑱，可塞天地。可不謂孝德乎？故臣等敢冒死稽首上尊號曰睿文神武孝德皇帝⑲。伏惟陛下略撝謙之小節，弘祖宗之大猷。惟十一聖在天⑳，豈忘繼其志〔八〕；以億兆人爲子，寧忍阻其心？特迴宸衷，俯受徽號。在玄功不爲主宰，於盛德有所形容。煥乎大哉，垂裕無極。此實天下之幸甚㉑，非獨臣之幸也。臣等無任誠願懇禱之至。（3400）

【校】

①題　「爲」《文苑英華》作「代」。

②臣等　《管見抄》作「臣某等」。下文「臣等」同。

③雖懇　《文苑英華》作「懇切」。

④不讓　郭本作「不諱」。下句同。

⑤而順乎　《文苑英華》無「而」字，校：「集有而字。」
⑥之　《文苑英華》、《管見抄》作「於」，《文苑英華》校：「集作之。」
⑦富壽　《文苑英華》作「福壽」，校：「集作富。」
⑧厲階　此下《文苑英華》校：「一作鋪七百載之鴻基。」
⑨上稽　《文苑英華》作「上啓」，校：「集作稽。」
⑩丹慊　《管見抄》作「丹悃」。
⑪思作睿睿作聖　《文苑英華》作「惟睿作聖」，校文同紹興本等。
⑫乃武乃文　馬本作「乃文乃武」。
⑬經曰　《文苑英華》其上有「又」字。
⑭五者　郭本作「三者」。
⑮雖甚　郭本作「雖其」。
⑯即大位　《文苑英華》作「臨大位」。
⑰四及　《文苑英華》作「所及」，校：「集作四。」
⑱置之　《文苑英華》作「致之」，校：「集作置。」
⑲皇帝　紹興本等無二字，據《文苑英華》、《管見抄》補。

⑳十一聖　《文苑英華》作「十二聖」，校：「集作一。」

㉑幸甚　《文苑英華》、《管見抄》無「甚」字，《文苑英華》校：「集有甚字。」

朱《箋》：作於長慶元年（八二一），長安。

**【注】**

〔一〕請上尊號：《舊唐書·穆宗紀》：「（長慶元年七月）壬子，群臣上尊號曰文武孝德皇帝。是日，上受册於宣政殿，禮畢，御丹鳳樓，大赦天下。」洪邁《容齋五筆》卷八「長慶表章」：「唐自大曆以河北三鎮爲悍藩所據，至元和中田弘正以魏歸國，長慶初王承元、劉總去鎮、幽，於是河北略定。而穆宗以昏君，崔植、杜元穎、王播以庸相，不能建久長之策，輕徙田弘正，以啓王庭湊之亂；繆用張弘靖，以啓朱克融之亂。朝廷以諸道十五萬衆，裴度元臣宿望，烏重胤、李光顔當時名將，屯守逾年，竟無成功，財竭力盡，遂以節鉞授二賊，再失河朔，訖於唐亡。觀一時事勢，何止可爲痛哭！而《宰相請上尊號表》云：『陛下自即大位，及此二年，無巾車汗馬之勞，而坐平鎮、冀；無亡弓遺鏃之費，而立定幽、燕。以謂威靈四及，請謂神武。』君臣上下，其亦云無恥矣。此表乃白居易所作……其文過飾非如此。居易二表，誠爲有玷盛德。」按，此表誠爲諛辭，然亦循慣例。而王廷湊、朱克融復亂，則在上尊號之後，非居易所能逆料。洪氏責之過甚。

〔二〕書曰：《書·洪範》：「五事：一曰貌，二曰言，三曰視，四曰聽，五曰思。貌曰恭，言曰從，視曰明，聽曰聰，思曰睿。恭作肅，從作乂，明作哲，聰作謀，睿作聖。」

〔三〕又曰：《書·大禹謨》：「益曰：『都，帝德廣運，乃聖乃神，乃武乃文。皇天眷命，奄有四海爲天下君。』」

〔四〕經曰：《孝經》孝治章：「子曰：昔者明王以孝治天下也，不敢遺小國之臣，而況于公侯伯子男乎？」

〔五〕坐平鎮冀：謂成德軍王承元歸朝。參卷十二《李彤授檢校工部郎中充鄭滑節度副使王源中授檢校刑部員外郎充觀察判官各兼侍御史賜緋紫制》（2964）注。

〔六〕立定幽燕：謂幽州節度使劉總歸朝。參卷十三《劉總弟約等五人並除刺史賜紫男及姪六人除贊善洗馬衛佐賜緋同制》（2989）注。

〔七〕北虜求婚：北虜謂回鶻。見卷十三《册迴鶻可汗加號文》（2979）注。西戎乞盟：西戎謂吐蕃。見卷十二《太子少詹事劉元鼎可大理卿兼御史大夫充西蕃盟會使右司郎中劉師老可守本官兼御史中丞充盟會副使通事舍人太僕丞李武可守本官兼監察御史充盟會判官三人同制》（2951）注。按，《舊唐書》等記任命西蕃會盟使在長慶元年九月，太和公主出降在長慶二年，然回鶻請婚、吐蕃請盟事皆在此之前。

〔八〕十一聖：作十一聖者不含武后。前篇《爲宰相賀赦表》亦作「十一聖」。元稹《論教本書》：「傳陛下十一聖矣」，此對憲宗言，亦不計武后。本書卷九《中和節頌》（2900）：「神唐御宇之九葉。」

此稱德宗，亦不計武后。

## 爲宰相讓官表①〔一〕

臣某言：伏奉今日制書，授臣某官同中書門下平章事者。寵擢非次，憂惶失圖。踏地跼天，不知所措。臣某誠兢誠惕②，頓首頓首。臣聞上理陰陽，下平法度，外撫夷狄，內親黎元，使百官各修其職，一物不失其所，此宰相之任也。臣有何功德，有何才能，越次超倫，忽承此命？下乖人望，上紊朝經。致寇速尤，無甚於此。臣謬因文學，忝列班行。先朝乏人，擢居內職。星霜屢改，爵秩驟加。未逾十年，忽登相位。名浮於實，任過其才。豈唯覆餗是憂，實累知人之鑒〔二〕。況陛下肇開曆數，將致升平。輔弼之臣，尤宜慎擇。臣粗知古今，敢言本末。若樞衡要地③，初不得人，則理化勞心，終無成日。此臣所以重陳手疏④，再瀝血誠。乞迴此官，別授能者。臣若得請，便不負恩。情見於辭，非敢飾讓。皇天白日，實鑒臣心。無任懇款屏營之至，謹奉表陳讓以聞。（3401）

**【校】**

①題　《文苑英華》作「代人讓宰相表」。

②誠惕　郭本作「誠懼」。

③若　紹興本等無此字，據《文苑英華》、《管見抄》補。

④此臣　紹興本等無「臣」字，據《管見抄》補。

**【注】**

朱《箋》：作於長慶元年（八二一），長安。

〔一〕爲宰相讓官表：朱《箋》疑宰相即杜元穎，是。長慶初自翰林學士拜相者有杜元穎、元稹，元稹長慶元年二月方入翰林，不得稱「先朝乏人，擢居内職」。據《重修承旨學士壁記》，杜元穎元和十二年二月自太常博士充翰林學士，長慶元年二月以本官拜平章事。參卷十四《李益王起杜元穎等賜爵制》（3049）。

〔二〕覆餗：《易·鼎·卦》：「九四，鼎折足，覆公餗，其形渥，凶。」王弼注：「既已覆公餗，體爲渥沾，知小謀大，不堪其任，受其至辱，災及其身，故曰其形渥凶也。」

# 爲宰相賀雨表

臣某言：臣聞聖明在上，刑政叶中，則天地氣和，風雨時若。常聞其語①，今見其時。臣某等誠歡誠躍②，頓首頓首。臣伏以陰陽氣數，盈縮相隨。去秋多霖，今春少雨。宿麥猶茂，農功未妨。陛下念物憂人，先時戒事。靡神不舉③，有感必通。故雲出于山，月離于畢。初灑塵以霢霂，漸破塊而滂霈。圃囿田疇④，無不霑足。雨之所致，臣知其由。自上而來，雖因天降；從中而得，實與心期。發於若厲之誠，散作如膏之澤。凡在率土，孰不歡心？臣等位忝鈞衡，職乖燮理。仰陰陽而增懼，顧霖雨而懷慚。無任兢惕歡欣之至⑤。（3402）

【校】

①常聞　《管見抄》作「嘗聞」。

②誠歡　《管見抄》作「誠欣」。

③不舉　《管見抄》作「未舉」。

④圃囿　《管見抄》作「園圃」。

⑤歡欣　紹興本等無二字，據《管見抄》補。「之至」　此下《管見抄》有「謹奉表陳賀以聞」七字。

**【注】**

朱《箋》：作於長慶元年（八二一）至長慶二年（八二二），長安。

## 爲宰相賀殺賊表

臣某等言：伏承某道逆賊某乙①，某月某日已被某殺戮訖②〔一〕。皇靈震耀，兇孽梟夷。率土普天，歡呼鼓舞。臣等誠喜誠抃③，頓首頓首。臣聞亂臣賊子阻兵干紀者，明則有天討，幽則有鬼誅。遲速之間，罔不殲殄。伏惟文武孝德皇帝陛下，君臨八表，子育羣生。合天覆地載之德，順春生秋殺之令。宿寇遺孽，闇然銷亡。四海九州，廓然清晏。逆賊某乙，一介賤隸，兩河叛人。苞藏禍心，竊弄凶器。戕害主帥，虔劉善良④。幕燕鼎魚，偷活頃刻⑤。顛木之餘枿⑥，痤疽之遺種。斧斨欲加而先折⑦，鍼石未攻而自潰。不有弔伐，孰知德威？不有妖氛，孰知神算？則天下之心有以知順存逆亡⑧，其猶影響者也。臣伏以某乙既已斬首⑨，某甲將何保身⑩？若不乞降，即應生變⑪。輔之或在，車則相依⑫；皮既不存，毛將安附⑬？況我乘破竹，彼繼覆車。止戈之期，翹足可待。無任喜慶忭躍之至。（3403）

【校】

①某乙　馬本作「某一」。
②殺戮　《管見抄》無「戮」字。
③臣等　《管見抄》作「臣某等」。
④虔劉　《文苑英華》校：「一作剽掠。」
⑤頃剋　《文苑英華》、《管見抄》、馬本作「頃刻」。
⑥顛木　《文苑英華》、《管見抄》其上有「所謂」二字。「梼」　《管見抄》作「材」。
⑦斧斯　《文苑英華》作「重斧」，郭本作「斧斤」。
⑧天下　《文苑英華》、《管見抄》此下有「之耳將來」四字，《文苑英華》校：「集無此四字。」
⑨既已　紹興本等作「既以」，據《管見抄》、郭本改。
⑩某甲　紹興本等作「某乙」，據《管見抄》改。

⑪生變　《文苑英華》作「生縛」。

⑫車則　《文苑英華》作「車即」。

⑬安附　郭本作「不附」。

**【注】**

朱《箋》：作於長慶元年（八二一）至長慶二年（八二二），長安。按，表稱穆宗尊號「文武孝德皇帝」，又稱「順春生秋殺之令」，當作於長慶元年秋。至二年秋，居易已出爲杭州刺史。

〔一〕逆賊某乙：表稱此人「一介賤隸，兩河叛人」、「戕害主帥」，情事類王廷湊。然廷湊無有被殺戮事。此或因軍情不明，一時誤傳。《舊唐書·王武俊傳附廷湊》：「（長慶元年七月）是月，鎮州大將王位等謀殺廷湊事泄，坐死者二千餘人。」事或與此有關。此表諱其名，亦不爲無因。

## 賀雲生不見日蝕表〔一〕　爲宰相作①。

臣某等言：臣聞堯、湯之逢水旱，陰陽定數也；宋景之感熒惑，天人相應也。蓋天地大統，不能無災；皇王至誠②，可以銷慝。嘗聞此說，今偶其時。臣等誠欣誠幸，頓首頓首。伏見司天臺奏：今月一日太陽虧者。陛下舉舊章，下明詔，避正殿，降常服。禮行於己，心禱于天。天且不違，物寧無應？況正陽月朔，亭午時中，和氣周流，密雲布護[二]。蒙然暫蔽，赫矣復明。屏翳朝隮，但驚若煙之涌；曜靈晝掩，不見如月之初。所謂誠至於中而感通於上者也③。臣等敢不再陳事理，重考徵祥？三光忌盈，必有時蝕；萬物莫覩，與無災同。慶生交感之間，喜浹照臨之内。雖卿雲五色④，瑞景再中⑤，除沴致祥，曾何足比？百辟伏賀，萬人仰觀。事彰天鑒孔明，道配日新其德⑥。臣等幸遭昌運，謬荷殊私。皆乏濟時之才，同居待罪之地。日月薄蝕，自慚受理無功；山川出雲，實賴聖明有感。感賀忻戴，倍萬常情⑦。無任抃躍竦踊之至。

（3404）

【校】

①題　《管見抄》作「爲宰相賀雲生不見日蝕表」。

②皇王　郭本作「聖主」。

③誠至　《管見抄》作「致誠」。

④卿雲　郭本作「慶雲」。

⑤再中　郭本作「在中」。
⑥道配　郭本作「道紀」。
⑦常情　《管見抄》作「衆情」。

【注】

朱《箋》：作於長慶二年（八二二），長安。

〔一〕雲生不見日蝕：《舊唐書·穆宗紀》：「（長慶二年）夏四月辛酉朔，日有蝕之。」朱《箋》謂即此表所指。《舊唐書·天文志下》：「長慶二年四月辛酉朔，三年九月壬子朔，大和八年二月壬午朔，開成二年十二月庚寅朔，當蝕，陰雲不見。」

〔二〕正陽月朔：正陽月，四月。《春秋》經義，以正陽月日食爲陰侵陽之象。《左傳》莊公二十五年：「夏六月，辛未朔，日有食之，鼓用牲于社，非常也。唯正月之朔，慝未作，日有食之，於是乎用幣于社，伐鼓于朝。」杜預注：「正月，夏之四月，周之六月，謂正陽之月。」「日食，曆之常也。然食於正陽之月，則諸侯用幣于社，請救於上公；伐鼓于朝，退而自責。以明陰不宜侵陽，臣不宜掩君，以示大義。」

## 爲崔相陳情表①〔一〕

臣植言：臣有情事，久未敢言。今輒陳露，伏增戰灼。臣亡父某官，亡妣某氏，是臣本生。亡伯某官某贈某官，臣今承後。建中初，德宗皇帝念臣亡伯位高無後，以猶子之義，命臣繼紹②，仍賜臣名。嗣襲雖移，孝思則在。上荷君命，永承繼絶之宗③；中奪私恩，遂阻劬勞之報。歲月曠久，情禮莫申。自去年已來，累有慶澤。凡在朝列，再蒙追榮。或有陳乞，皆許迴授。況臣猥當寵擢，謬陟台階④。爵禄之榮，實有踰於同輩；顯揚之命，獨未及於先人。飲泣茹悲，哀慚兩極。臣今請以在身官秩，并前後合敍勳封，特乞聖慈，迴充追贈。儻允所請，無幸於斯。則臣烏鳥之心⑤，猶再生而展養⑥；犬馬之力，誓萬死以酬恩。蹐地仰天，不勝感咽。披陳誠懇，煩黷宸嚴。無任惶懼激切之至，謹奉表陳露以聞。（3405）

【校】

①題 「崔相」郭本作「宰相」。

②繼紹　郭本作「嗣絶」。

③永承　《文苑英華》作「俾承」，校：「集作永。」

④謬陟　郭本作「繆踐」。

⑤心　《文苑英華》校：「集作微。」

⑥再生　郭本作「藉生」。

**【注】**

朱《箋》：作於長慶元年（八二一），長安。

〔一〕崔相：崔植。見卷十二《崔植一子官迴授姪某制》（2959）。崔祐甫猶子。《舊唐書・崔祐甫傳附植》：「植字公修，祐甫弟廬江令嬰甫子。植既爲相，上言：出繼伯父胤，推恩不及於父，詔贈嬰甫吏部侍郎。」《新唐書・崔祐甫傳附植》：「祐甫病，謂妻曰：『吾歿，當以廬江令次子主吾祀。』及卒，護喪者以聞，帝惻然，召植，使即喪次終服。」《唐代墓誌彙編》建中〇〇四邵説《有唐相國贈太傅崔公墓誌銘》：「公諱祐甫，字貽孫……册贈太傅，以其從子爲後，錫名曰植。」

# 忠州刺史謝上表①〔一〕

臣某言：臣以去年十二月二十日伏奉勅旨②，授臣忠州刺史。以今月二十八日到本州，當日上訖。殊恩特奬③，非次昇遷④。感戴驚惶，隕越無地。臣誠喜誠懼，頓首頓首。臣性本疏愚，識惟褊狹。早蒙採錄⑤，擢在翰林。僅歷五年，每知塵忝⑥；竟無一事，上荅聖明。及移秩宫寮，卑冗疏賤。不能周慎，自取悔尤。猶蒙聖慈，曲賜容貸。尚加祿食，出佐潯陽〔二〕。一志憂惶，四年循省。晝夜寢食⑦，未嘗敢安。負霜枯葵，雖思向日；委風黄葉，敢望需春⑧？豈意天慈，忽加詔命。特從佐郡⑨，寵授專城⑩。喜極魂驚，感深泣下。方今淮蔡厎定，兩河乂寧⑪〔三〕。臣得爲昇平之人，遭遇已極；況居符竹之寄，榮幸實多。誓當負刺慎身，履冰厲節。下安凋瘵，上副憂勤。未死之間，期展微効。跼身地遠，仰首天高。蟻螻之誠，伏希憐察。無任感激懇款彷徨之至。謹遣某官某乙奉表陳謝以聞。臣某誠惶誠恐，頓首頓首。謹言。元和十四年三月二十八日。

（3406）

【校】

①題　馬本移文末「元和十四年三月二十八日」注於題下。

②二十日　《文苑英華》作「十二日」。

③特奬　「特」《文苑英華》作「收」，校：「一作時。」

④昇遷　《文苑英華》作「遷榮」，校：「集作昇遷。」

⑤採錄　郭本作「存錄」。

⑥每知　郭本作「每加」。

⑦寢食　紹興本等作「飮食」，據《文苑英華》改。

⑧霈春　郭本作「回春」。

⑨佐郡　郭本作「左郡」。

⑩寵授　郭本作「寬授」。

⑪乂寧　郭本作「近寧」。

【注】

朱《箋》：作於元和十四年（八一九），忠州。

〔一〕忠州刺史謝上表：《舊唐書·白居易傳》：「（元和）十三年冬，量移忠州刺史。自潯陽浮江上峽。十四年三月，元稹會居易於峽口，停舟夷陵三日。」《唐會要》卷二六《箋表例》：「天寶十載十一月五日敕：『比來牧守初上，准式附表申謝，或因便使，或有差官，事頗勞煩，亦資取置。自今已後，諸郡太守等謝上表，宜並附驛遞進，務從省便。』」然唐人諸集所載謝上表，仍有專差某官語，則其制未行。《唐語林》卷二政事：「宣宗視遠郡《謝上表》，左右曰：『不足煩聖慮。』上曰：『遠郡吏無非時章奏，只有此《謝上表》，安知其不有情懇乎？吾不敢忽。』」此以下數表，皆在忠州所上。

〔二〕出佐潯陽：見卷六《江州司馬廳記》（2868）注。

〔三〕淮蔡厎定：指平淮西吳元濟。《舊唐書·憲宗紀》：「（元和十二年十月）己卯，隨唐節度使李愬率師入蔡州，執吳元濟以獻，淮西平。」

# 賀平淄青表①〔一〕

臣某言：伏見二月二十二日制書，逆賊李師道已就梟戮者。皇靈有截，睿算無遺。妖氛廓清，遐邇慶幸。臣某誠歡誠喜，頓首頓首。臣聞亂常干紀，天殛神誅。李師道苞藏禍心，暴露逆節。罪盈惡稔，衆叛親離。未勞師徒，自取擒戮。伏惟睿聖文武皇帝陛下②，文經天地，武定華夷。凡是猖狂，無不誅剪③。兩河清晏，四海會同。昇平之風，實自此始④。臣名參共理，職忝分憂。抃舞歡呼，倍萬常品⑤。守官有限⑥，不獲稱慶闕庭。無任慶快踴躍之至。謹具奏聞。謹奏⑦。元和十四年四月九日。（3407）

【校】

①題　馬本移文末「元和十四年四月九日」注於題下。

②睿聖文武　《文苑英華》無四字。

③誅剪　馬本誤「殊剪」。

④自此　《文苑英華》作「自茲」。

⑤常品　《文苑英華》、郭本作「恒品」。

⑥守官　《文苑英華》作「官守」。

⑦謹具奏聞謹奏　《文苑英華》無六字。

【注】

朱《箋》：作於元和十四年（八一九），忠州。

〔二〕平淄青：《舊唐書・憲宗紀》：「(元和十四年二月)壬戌，田弘正奏，今月九日，淄青都知兵馬使劉悟斬李師道並男二人首請降，師道所管十二州平。甲子，上御宣政殿受賀。己巳，上御興安門受田弘正所獻賊俘，群臣賀於樓下。」

## 賀上尊號後大赦天下表〔一〕

臣某言：伏奉七月十三日制書，大赦天下。跪捧宣布①，蹈舞歡呼。自天降休，率土同慶。中謝〔二〕。臣聞玄功盛德②，非鴻名不能形容；物厲人疵，非皇澤不能滌蕩。自非上聖，莫能兼之。伏惟元和聖文神武法天應道皇帝陛下，纂承大業，子育羣生。信及豚魚，威殲梟鏡③。削平寰海，混一車書。億兆一心，願崇大號。從人欲而俯膺盛禮，賜時和而廣洽皇恩。蠲減賦租，收拔淹滯。命黜陟而別能否，開諫議而策賢良。宿弊必除，舊章咸舉。帝王能事④，盡集於今。凡在生靈，孰不幸甚？臣謬當委擢，職在頒條。抃躍之誠，倍萬常品。限以守官，不獲稱慶闕庭。無任慶抃之至。

【校】

①跪捧　郭本作「跪奉」。

②玄功盛德　郭本作「玄德盛功」。

③梟鏡　馬本作「梟獍」。

④帝王　郭本作「聖王」。

朱《箋》：作於元和十四年（八一九），忠州。

【注】

〔一〕賀上尊號後大赦天下：《舊唐書·憲宗紀》：「（元和十四年七月）辛巳，群臣上尊號曰元和聖文神武法天應道皇帝，是日御宣政殿受册，禮畢，御丹鳳樓，大赦天下。」《册府元龜》卷八九《帝王部·赦宥》有元和十四年七月大赦天下制。

〔二〕中謝：周密《齊東野語》卷十三「中謝中賀」：「今臣僚上表，所稱惟誠惶誠恐，及誠歡誠喜、頓首稽首者，謂之中謝中賀。自唐以來，其體如此。蓋臣某以下，亦略敍數語，便入此句，然後敷陳其詳。如柳子厚《平淮西賀表》：『臣負罪積釁，違尚書箋表，十有四年』云云，『懷印曳紱，有社有人』，語意未竟也。其下既云『誠惶誠恐』，蓋以此一句，結上數語云爾。今人不察，或於首聯之後，湊用兩短句，言震惕之義，而復接以中謝之語，則遂成重複矣。」是知「中謝」，即代指「誠惶誠恐」等語。

## 杭州刺史謝上表①〔一〕

臣某言：去七月十四日蒙恩除授杭州刺史②〔二〕。屬汴路未通，取襄、漢路赴任〔三〕。水陸七千餘里③，晝夜奔馳。今月一日到本州④，當日上任訖⑤。上分憂寄⑥，内省庸虛。仰天戴恩，跼地失次。臣某中謝⑦。臣謬因文學，忝厠班行。自先朝黜官已來，六年放棄；逢陛下嗣位之後，數月徵還。生歸帝京⑧，寵在郎署。不踰年擢知制誥，未周歲正授舍人。出泥登霄，從骨生肉。唯有一死，擬將報恩⑨。旋屬方隅不寧⑩，朝廷多事。當陛下旰食宵衣之日，是微臣輸肝寫膽之時。雖進獻愚衷，或期有補⑪；而退思事理，多不合宜。臣猶自知，況在天鑒。忝非土木，如履冰泉⑫。合當鼎鑊之誅，尚忝藩宣之寄⑬。才小官重，恩深責輕。欲答生成，未知死所。唯當夙興夕惕，焦思苦心。恭守詔條，勤卹人庶⑭。下蘇凋瘵，上副憂勤。萬分之恩，莫酬一二⑮。仰天舉首，望闕馳心。葵藿之志徒傾，螻蟻之誠難達。無任感恩激切之至⑯，謹奉表稱謝以聞。長慶二年。

（3409）

【校】

①題　馬本移文末「長慶二年」注於題下。

②去　《文苑英華》、馬本作「去年」。

③七千　郭本作「三千」。

④今月　《文苑英華》其上有「以」字。

⑤上任　《文苑英華》無「任」字，校：「集有任字。」

⑥上分憂寄　《文苑英華》作「外憂重寄」，校文同紹興本等。

⑦中謝　《文苑英華》作「誠感誠懼頓首頓首」。

⑧帝京　《文苑英華》作「帝鄉」，校：「集作京。」

⑨擬將　郭本作「擬當」。

⑩方隅　《文苑英華》作「邊隅」，校：「集作方。」

⑪或期　《文苑英華》作「敢期」，校：「集作或。」

⑫如履　《文苑英華》作「若履」，校：「集作如。」

⑬藩宣　《文苑英華》作「藩條」，校：「集作宣。」

⑭人庶　《文苑英華》作「人隱」，校：「集作庶。」

⑮莫酬　《文苑英華》作「冀酬」，校：「一作莫。」

⑯激切　《文苑英華》作「懇切」，校：「一作激。」

【注】

陳《譜》、朱《箋》：作於長慶二年（八二二），杭州。

〔一〕杭州刺史謝上表：《舊唐書・穆宗紀》：「（長慶二年七月）壬寅，出中書舍人白居易爲杭州刺史。」《白居易傳》：「時天子荒縱不法，執政非其人，制御乖方，河朔復亂，居易累上疏論其事，天子不能用，乃求外任。七月，除杭州刺史。」

〔二〕去：唐公文用語，表此前、最近。後世刊本每有誤會，妄改「去年」者。此表云「今月一日到本州」，居易即以長慶二年十月一日到杭州。「去七月十四日」，即指本年七月十四日。

〔三〕汴路未通：《舊唐書・穆宗紀》：「（長慶二年七月）戊戌，汴州軍亂，逐節度使李愿，立牙將李㝏爲留後……乙巳，詔南北省五品已上官議討李㝏」；「（八月）丙子，汴州監軍姚文壽與兵馬使李質同謀斬李㝏及其黨薛志忠、秦鄰等。」恰在居易赴杭州之間。白居易《長慶二年七月自中書舍人出守杭州路次藍溪作》（《白氏文集》卷八 0332）：「青山峯巒接，白日煙塵起。東道既不通，改轅遂南指。」「青山峯巒接」句，日本金澤本作「汴州李岕反」。

## 爲宰相謝恩賜酒脯餅果等狀

右，中使某奉宣聖旨，賜臣等前件物等①。俯僂受賜，竦躍荷恩。天酒來以分甘，御羞降而示惠②。臣等省躬知感，因物言情。寵過加籩，懼多尸素之責；榮同置醴，慚無麴蘖之功。徒瀝丹誠，豈酬玄造？（3410）

【校】

①物 《文苑英華》作「酒脯」，校：「二字集作物。」

②御羞 《文苑英華》作「御饈」，校：「集作羞。」

【注】

朱《箋》：作於長慶元年（八二一）至長慶二年（八二二），長安。

## 爲宰相謝恩賜吐蕃信物銀器錦綵等狀

右，臣等材愧庸虚，職叨輔弼。遇天下削平之日，當西戎即敍之時。遂使殊方，致兹遠物。此皆率由玄化，感慕皇風。人臣既絶外交，問遺敢言已有①？今蒙重賜，益荷聖慈。況來自外夷，知德廣之所及；降從中旨，仰恩深而不勝。感戴慚惶②，倍萬常品③。

（3411）

【校】

①言　《文苑英華》作「爲」，校：「集作爲。」

②慚惶　《文苑英華》作「悚惶」。

③常品　《文苑英華》作「恒品」。

【注】

朱《箋》：作於長慶元年（八二一）至長慶二年（八二二），長安。

# 爲段相謝恩賜設及酒脯等狀〔一〕

伏蒙聖慈，特加寵錫。珍羞出於内府，旨酒降於上尊。捧戴歡榮，不知所措。臣久叨台鼎，新忝節旄。勤勞無展於股肱，醉飽有慚於口腹。（3412）

【注】

朱《箋》：作於長慶元年（八二一），長安。

〔一〕段相：段文昌。見卷十一《韋審規可西川節度副使御史中丞李虞仲崔戎姚向溫會等並西川判官皆賜緋紫各檢校省官兼御史制》（2925）注。

# 爲段相謝借飛龍馬狀〔一〕

伏以出從内廐，行及中塗。假飛龍之駿駒，代跛鼈之蹇步。執鞭拜命，借馬喻身。取其戀主之心，以表爲臣之節。恩深易感，情懇難陳①。（3413）

【校】

①難陳　此下《文苑英華》有「竦踴之誠倍百羣品」八字。

【注】

朱《箋》：作於長慶元年（八二一），長安。

〔一〕段相：段文昌。飛龍：飛龍廄。程大昌《雍録》卷八：「飛龍廄，後苑有驥德院，禁馬所在。韋后入飛龍廄爲衛士斬首，蓋自玄武門出宫入廄也。」

## 爲段相謝手詔及金刀狀〔一〕

詔賜累加，慚惶交集。寵來天上，感動人間。且金藴其堅，奉之而永貞王度；刀宣其利，操之而遠耀天威。豈唯佩作身榮，實可藏爲家寶。況臣望闕漸遠，受恩轉多。比堅而報國有時，効死而殺身無地。（3414）

【注】

朱《箋》：作於長慶元年（八二一），長安。

〔一〕金刀：刀以金爲飾。《藝文類聚》卷六十引《字林》：「琫，佩刀下飾也，天子以玉，諸侯以金。」

## 爲宰相謝官表①〔一〕 爲微之作。

臣某言②：伏奉今月日制書，授臣守本官同中書門下平章事者。殊常之命，非望之恩。出自宸衷，加於凡陋。竦駭震越，不知所爲。中謝③。臣伏准近例，宰相上後合獻表陳謝。臣今所獻，與衆不同。伏惟聖慈，特賜留聽。臣伏聞玄宗即位之初，命姚元崇爲宰相。元崇欲救時弊，獻事十條，未得請間，不立相位。玄宗明聖，盡許行之。遂致太平，實由於此。陛下視今日天下何如開元天下？微臣自知才用亦遠不及元崇④，若又僶俛安懷⑤，因循保位，不惟恩德是負，實亦軍國可憂。臣欲候坐對時⑥，便陳當今切事，下救時弊，上酬君恩。臣之誓心，爲日久矣。陛下許行則進，不許則退。進退之分，斷之不疑。敢於事前，先此陳啓。況臣才本庸淺，遭遇盛明。天心自知，不因人進。擢居禁署，訪以密謀。恩奬太深，讒謗並至。雖内省行事，無所愧心⑦；然上黷宸聽⑧，合當死責。豈意憐察，曲賜安全。螻蟻之生，得自茲日⑨。今越流輩，授以台衡。拔於萬死之中，致在九霄之上⑩。捫心撫己⑪，審分量恩。陛下猶不以衆人之心待臣，臣豈敢以衆人之心事上？皇天白日，實鑒臣心。得獻前言，雖死無恨。無任感恩懇款之至⑫。

（3415）

**【校】**

①題　《文苑英華》作「代人謝平章事表」，題下注「微之」作「元稹」，又注：「長慶二年。」

②某　《文苑英華》作「稹」。

③中謝　《文苑英華》作「臣某誠惶誠恐頓首頓首」。

④不及　《文苑英華》作「不逮」，校：「集作及。」

⑤安懷　《文苑英華》作「懷安」。

⑥候坐　《文苑英華》其上有「侍」字，校：「集無侍字。」

⑦所愧　《文苑英華》作「愧於」，校：「集作所愧。」

⑧宸聽　《文苑英華》作「宸嚴」，校：「一作聽。」

⑨自茲　《文苑英華》作「到今」，校：「集作自茲。」

⑩致　《文苑英華》作「置」，校：「集作致。」「九霄」　《文苑英華》作「九天」，校：「集作霄。」

⑪撫己　《文苑英華》作「揣己」。

⑫懇款　《文苑英華》作「懇款屏營」，林羅山本作「瀝款懇迫屏營」。「之至」　此下《文苑英華》、林羅山本有「謹奉表陳謝以聞臣某誠惶誠恐頓首頓首謹言」十九字。

【注】

朱《箋》：作於長慶二年（八二二），長安。

〔一〕宰相：元稹。《舊唐書·穆宗紀》：「（長慶二年二月辛巳）以工部侍郎元稹守本官同平章事。」洪邁《容齋五筆》卷八「長慶表章」：「又翰林學士元稹求爲宰相，恐裴度復有功大用，妨己進取，多從中沮壞之。度上表極陳其狀，帝不得已解稹翰林，恩遇如故。稹怨度，欲解其兵柄，勸上罷兵。未幾拜相，居易代作謝表，其略云：『臣遭遇盛明，不因人進，擢居禁内，訪以密謀。恩獎太深，讒謗並至。雖内省行事，無所愧心，然上黷宸聰，合當死責。』其文過飾非如此。居易二表，誠爲有玷盛德。」按，元稹罷學士、授工部侍郎在長慶元年十月。《舊唐書·元稹傳》：「穆宗皇帝在東宮，有妃嬪左右嘗誦稹歌詩以爲樂曲者，知稹所爲，嘗稱其善，宮中呼爲元才子。荆南監軍崔潭峻甚禮接稹，不以掾吏遇之……居無何，召入翰林，爲中書舍人、承旨學士。中人以潭峻之故，爭與稹交，而知樞密魏弘簡尤與稹相善，穆宗愈深知重。河東節度使裴度三上疏，言稹與弘簡爲刎頸之交，謀亂朝政，言甚激訐。穆宗顧中外人情，乃罷稹内職，授工部侍郎。上恩顧未衰。長慶二年，拜平章事。詔下之日，朝野無不輕笑之。」《裴度傳》：「時翰林學士元稹，交結内官，求爲宰相，與知樞密魏弘簡爲刎頸之交。稹雖與度無憾，然頗忌前達加於己上。度方用兵山東，每處置軍事，有所論奏，多爲稹輩所持。天下皆言稹恃寵熒惑上聽，度在軍上疏論曰……繼上三章，辭情激切。穆宗雖不悦，然懼大臣正議，乃以魏弘簡爲弓箭使，罷元稹内職。然寵稹之意未衰，俄拜稹平章事，尋罷度兵權，守司徒、同平章事，充東都留守。……及元稹爲相。請上罷兵，洗雪廷湊、克融，解深州之圍，蓋欲罷度兵柄故也。」此稹、度交惡之始，其後乃有鞫于方、告稹結客刺度之事。時幽、鎮用兵，諸軍號令不一，糧餉不繼，田布伏劍，魏博軍潰於戰局影響尤劇，罷兵乃出於不得已。此觀《田布傳》、《王廷湊傳》等相關記事自明。元稹或有沮度之心，然罷兵非其一人之謀，謂稹怨度乃導致幽鎮罷兵之主因實屬一偏之辭。此表「不因人進」、「無所愧心」等語，或爲文飾，然上達帝聽，豈能言他？居易與稹深交，固深知其周圍人事糾紛及與度相互排訐之事。然此謝表，多門面語，無涉政事細節，故亦不妨代筆。後居易大和、開成間與裴度交往甚密，當亦未因此表而生嫌隙。

# 白居易文集校注卷第二十五①

## 策林一　凡二十二道

### 策林序②〔一〕

元和初，予罷校書郎，與元微之將應制舉，退居於上都華陽觀〔二〕。閉户累月，揣摩當代之事③，構成策目七十五門④。及微之首登科⑤，予次焉〔三〕。凡所應對者，百不用其一二。其餘自以精力所致，不能棄捐。次而集之，分爲四卷，命曰《策林》云耳⑥。

【校】

①卷第二十五　即《白氏文集》紹興本、馬本卷六十二，那波本卷四十五。

②策林序　馬本無此行。

③揣摩　紹興本作「揣磨」，據他本改。
④七十五門　《白氏策林》作「七十五問」。
⑤首登科　《管見抄》作「登首科」。
⑥命曰　《管見抄》其上有「因」字。紹興本以下分行列本卷篇目，餘下各卷篇目分列於各卷卷題後，今删。

【注】

朱《箋》：作於元和元年（八〇六），長安。

〔一〕策林：《新唐書·藝文志四》著録：「《五子策林》十卷，集許南容而下五人策問。《元和制策》三卷，元稹、獨孤郁、白居易。」《宋史·藝文志八》又著録：「周仁瞻《古今類聚策苑》十四卷。《禮部策》十卷。」集合各類策題，纂爲《策林》，當昉自元稹、白居易此作。白氏《策林》後亦單行。《金史·徒單鎰傳》：「（大定）五年，翰林侍講學士徒單子溫進所譯《貞觀政要》、《白氏策林》等書。」今有明刻《白氏策林》存世。

〔二〕元微之：元稹。華陽觀：在永崇坊。《唐兩京城坊考》卷三朱雀門街東第三街永崇坊：「宗道觀，本興信公主宅，賣與劍南節度使郭英乂。其後入官。大曆十二年爲華陽公主追福，立爲觀。按觀爲華陽公主立，故亦曰華陽觀。」

〔三〕微之首登科予次焉：《唐大詔令集》卷一〇六《放制舉人勑》（元和元年四月辛酉）：「詔曰：……才識兼茂明於體用科第三次等元稹、韋惇，第四等獨孤郁、白居易、曹景伯、韋慶復，第四次等……。其第三次等人委中書門下優與處分，第四等、第四次等、第五上等中書門下即與處分。」唐代制舉例無第一、第二等，故第三等即爲甲科。參卷十《制試才識兼茂明於體用科策一道》（2905）注。

## 一、策頭　二道①

臣伏見漢成帝以朱雲庭辱張禹，令持下殿，雲攀檻，檻折，成帝容之。後當理檻②，帝命勿易，以旌直臣〔一〕。臣每覽漢史至此，未嘗不三復而歎息也。豈不以臣不愛死，雖鄰於死而必諫乎③？君能納諫，雖折其檻而必容乎？不然，何雲之竭忠也如此？而帝之見容也又如此？伏惟陛下，以至誠化萬國，以至明臨兆人。故數年之間，仍降詔旨；四海之内，累徵賢良。思酌下言，樂聞上失。諭以旁求之意，詢以無隱之辭。是則陛下納諫之旨，遠出於漢朝；微臣獻言之罪，不虞於折檻矣。況清問之下，條對之中，苟言有可觀，策有可取，陛下必光揚其名氏，優崇其爵秩。與夫勿易折檻以旌直臣之意，又

相萬也〔二〕。賤臣得不有犯無隱以副陛下納諫之旨乎？殫思極慮以盡微臣獻言之道乎？唯以直辭，昧死上對。（3416）

臣生也幸，沐聖朝垂覆育之惠④，當陛下無忌諱之日。斯則朝聞夕死足矣，而況於充賦王庭者乎〔三〕？伏念庸虚，謬膺詔選。誠不足以明辨體用，對揚德音。欲率爾而言，適足重小臣狂簡之過⑤；若默然而退⑥，又何以副陛下虚求之心？是以窺玉旒，讀金策，慚惶僶俛，不知所裁者久矣⑦。然以愚慮之中，千或一得。而往古之成敗，耳或妄有所聞；當今之得失，目或妄有所見。進不敢希旨，退不敢隱情。唯以直言，昧死上對。（3417）

【校】

①二道　馬本作「一道」，誤。

②後當　紹興本等作「後嘗」，據《管見抄》、蓬左本改。

③鄰於　馬本作「鄰其」。

④之惠　郭本作「之恩」。

⑤小臣　《白氏策林》作「微臣」。

⑥默然　馬本作「默默」。

⑦所裁者　郭本作「所裁省」。

【注】

〔一〕漢成帝以朱雲庭辱張禹：《漢書·朱雲傳》：「至成帝時，丞相故安昌侯張禹以帝師位特進，甚尊重。雲上書求見，公卿在前，雲曰：『……臣願賜尚方斬馬劍，斷佞臣一人以厲其餘。』上問：『誰也？』對曰：『安昌侯張禹。』上大怒。……御史將雲下，雲攀殿檻，檻折。……及後當治檻，上曰：『勿易。因而輯之，以旌直臣。』」

〔二〕相萬：《漢書·馮奉世傳》：「利害相萬也。」注：「師古曰：相比則爲萬倍也。」

〔三〕充賦：謂應制上言。《漢書·晁錯傳》：「今臣窋等乃以臣錯充賦，甚不稱明詔求賢之意。」注：「如淳曰：猶言備數也。臣瓚曰：充賦，此錯之謙也。云如賦調也。」

## 二、策項　二道①

臣聞人無常心，習以成性；國無常俗，教則移風。故億兆之所趨，在一人之所執。

是以恭默清淨之政立②，則復樸保和〔二〕；貴德賤財之令行，則上讓下競〔四〕。恕己及物之誠著，則蒼生可致於至理〔三〕；養老敬長之教洽，則皇化可升於太寧③。由是言之，蓋人之在教，若泥金之在陶冶。器之良窳，由乎匠之巧拙④〔四〕；化之善否，繫乎君之作爲。伏惟陛下慎而思之，勤而行之，則太平之風，大同之俗，可從容而馴致矣〔五〕。

（3418）

臣聞教無常興，亦無常廢；人無常理，亦無常亂。蓋興廢理亂，在君上所教而已。故君之作爲爲教興廢之本⑤，君之舉措爲人理亂之源⑥。若一出善言，則天下之人獲其福；一違善道，則天下之人罹其殃。若一肆其心，而事有以階於亂；一念於德，而邦有以漸於興。交應之間，實猶影響〔六〕。今陛下以懋建皇極爲先，則大化不得不流矣〔七〕；以欽若前訓爲本，則大樸不得不復矣〔八〕；以緝熙庶績爲念，則五刑不得不措矣〔九〕；以祇奉宗廟爲心，則五教不得不敷矣。而尚有未流、未措、未復、未敷之問，自「懋建」已下，皆疊策問中事⑦。此用陛下勞謙之德太過，故不自見其益也〔十〕；求理之心太速，故不自見其功也。臣何足以知之？然臣聞有始有卒者，其惟聖人乎〔十一〕！此言王者行道非始之難，終之實難也。陛下又能終之⑧，則太平之風⑨、大同之俗，如指掌耳⑩。豈止化流、樸復、刑措、教敷而已哉？（3419）

【校】

①二道　郭本作「三道」。

②清淨　《管見抄》作「清靜」。

③太寧　郭本作「大寧」。

④巧拙　《管見抄》作「工拙」。

⑤爲教　郭本作「爲之」。

⑥爲人　郭本作「爲之」。

⑦自懋建已下　二句注文馬本無，《白氏策林》爲大字。

⑧能終之　《白氏策林》作「能而終之」。

⑨太平　《白氏策林》作「大平」。

⑩指掌　《白氏策林》作「運掌」。

【注】

㈠恭默清淨：《書·説命上》：「恭默思道。」

㈡上讓下競：《左傳》襄公九年：「君明臣忠，上讓下競。」杜預注：「尊官相讓，勞職力競。」

〔三〕恕己及物：《楚辭·離騷》：「羌内恕己以量人兮，各興心而疾妒。」王逸注：「以心揆心爲恕。」王符《潛夫論·邊議》：「夫仁者恕己以及人，智者講功而處事。」陸機《演連珠》：「存乎物者，不求備於人。」《文選》李善注：「言爲政之道，恕己及物也。」

〔四〕良窳：《史記·五帝本紀》：「陶河濱，河濱器皆不苦窳。」集解：「駰謂窳，病也。」

〔五〕大同之俗：《禮記·禮運》：「大道之行也，天下爲公。……謀閉而不興，盗竊亂賊而不作，故外户而不閉，是謂大同。」馴致：《易·坤·象》：「陰始凝也，馴致其道，至堅冰也。」疏：「馴猶狎順也。若鳥獸馴狎然。」

〔六〕實猶影響：《史記·淮南衡山列傳》：「下之應上，猶影響也。」

〔七〕懋建皇極：《書·盤庚下》：「懋建大命。」《書·洪範》：「次五曰建用皇極。」傳：「皇，大。極，中也。凡立事當用大中之道。」

〔八〕欽若前訓：《書·堯典》：「欽若昊天。」傳：「使敬順昊天。」大樸：嵇康《難張遼叔自然好學論》：「洪荒之世，大樸未虧。」

〔九〕緝熙庶績：《詩·大雅·文王》：「穆穆文王，於緝熙敬止。」傳：「緝熙，光明也。」《書·堯典》：「庶績咸熙。」傳：「績，功。」

〔十〕勞謙之德：《易·謙·卦》：「勞謙君子，有終，吉。」王弼注：「勞謙匪解，是以吉也。」

〔十二〕有始有卒者其惟聖人：《論語·子張》：「有始有卒者，其惟聖人乎！」

## 三、策尾　三道

臣鄙人也，生仁壽之代①，沐文明之化，始以進士舉及第，又以拔萃選授官。臣之名既獲貳成②，君之祿已受一命。雖天地不求仁於蒭狗，而畎澮思委潤於滄溟〔一〕。惓惓之誠，蓄之久矣。幸遇陛下發旁求之詔，垂下濟之恩，詳延謨猷，親覽條對。逢不諱之日，雖許極言；當無過之朝，不知所述。無裨清問，有負皇明。仰冒宸嚴，伏待罪戾。謹對。（3420）

臣幸逢昭代，得列明庭。慚無嘉言，以充清問。輒罄狂瞽，惟陛下擇之。謹對。（3421）

臣生聖代三十有五年③，蒙陛下子育之恩，覩陛下升平之化。謬膺詔選，充賦天庭④。安足親承德音，條對清問？逢旁求之日，雖許直言；當已理之朝，將何極諫？塵黷聖鑒⑤，俯伏待罪。謹對。（3422）

【校】

①仁壽　郭本作「仁人」。

②臣之名　《管見抄》其上有「則」字。「貳成」　《白氏策林》、郭本作「二成」。

③聖代　郭本作「盛代」。

④天庭　郭本作「王庭」。

⑤聖鑒　《白氏策林》作「聖覽」。

【注】

〔一〕天地不求仁二句：《老子》五章：「天地不仁，以萬物爲芻狗。聖人不仁，以百姓爲芻狗。」《書·益稷》：「濬畎澮距川。」傳：「距，至也。決九州名川，通之至海。一畎之間，廣尺、深尺曰畎。方百里之間，廣二尋、深二仞曰澮。澮畎深之至川，亦入海。」

## 四、美謙讓〔一〕　總策問中事①，連贊美之②。

臣聞王者之有天下也，自謂之理，非理也；自謂之亂，非亂也；自謂之安，非安也；

自謂之危，非危也。何者？蓋自謂理且安者，則自驕自滿，雖安必危；自謂亂且危者，則自戒自强，雖亂必理〔二〕。理之又理③，安之又安，則盛德大業，斯不遠矣。伏惟陛下嗣建皇極，司牧蒼生。夙興以憂人，夕惕而修己。以今日之理，陛下視朝廷未以爲理；以今日之安，陛下視海内未以爲安。而又思酌下言④，樂聞上失。弊無不革，利無不興。今則嚴禋郊廟，猶謂敬之不至；愛養黎庶，猶謂惠之不弘；省罷進獻，猶憂人之困窮；蠲免逋租，猶慮農之勤匱；搜揚俊乂，猶畏賢之遺逸；滌蕩罪戾，猶念獄之非辜。底定兵戈⑤，猶懼其未戢〔三〕；懷柔夷狄，猶恐其未賓。大化參乎陰陽，猶慚之以寡德；重光並乎日月，猶讓之以不明。斯乃陛下勞謙之心，合天運之不息也；勤卹之德，合地道之無疆也。如臣者何所知焉？何所述焉？伏以聖聰，貴聞庶議⑥，苟有愚見，敢不極諫⑦？

（3423）

**【校】**

①總　《白氏策林》作「務尋」，郭本作「咸」。

②連　《白氏策林》作「述」，郭本作「速」。

③理之　《管見抄》其上有「若」字。

④思酌　《白氏策林》作「思納」。

⑤厎定　「厎」各本作「底」，字誤。

⑥貴聞　郭本作「直聞」。

⑦極諫　《管見抄》、郭本作「極陳」。

【注】

〔一〕美謙讓：《貞觀政要》卷六《謙讓》：「貞觀二年，太宗謂侍臣曰：『人言作天子則得自尊崇，無所畏懼，朕則以爲正合自守謙恭，常懷畏懼。……凡爲天子，若惟自尊崇，不守謙恭者，在身儻有不是之事，誰肯犯顔諫奏？朕每思出一言，行一事，必上畏皇天，下懼羣臣。天高聽卑，何得不畏？羣公卿士，皆見瞻仰，何得不懼？以此思之，但知常謙常懼，猶恐不稱天心及百姓意也。』魏徵曰：『古人云：「靡不有初，鮮克有終。」願陛下守此常謙常懼之道，日慎一日，則宗社永固，無傾覆矣。唐、虞所以太平，實用此法。』」

〔二〕自謂理且安者：仲長統《昌言·理亂》：「彼後嗣之愚主，見天下莫敢與之違，自謂若天地之不可亡也，乃奔其私嗜，騁其邪欲，君臣宣淫，上下同惡。……政亂從此周復，天道常然之大數也。」《貞觀政要》卷八《刑法》：「昔隋氏之末亂也，自謂必無亂。隋氏之末亡，自謂必不亡。所以甲兵屢動，徭役不息，至於將受戮辱，竟未悟其滅亡之所由也，可不哀哉！」

〔三〕底定兵戈：《書·禹貢》：「三江既入，震澤底定。」傳：「言三江已入，致定爲震澤。」釋文：「底，之履反，致也。」

## 五、塞人望歸衆心 在慎言動之初〔一〕。

夫欲使人望塞、衆心歸者，無他焉，在陛下慎初之所致耳。臣聞天子動則左史書之，言則右史書之〔二〕。言動不書，非盛德也。書而不法，後嗣何觀焉①？若王者言中倫，動中度，則千里之外應之，百代之後歌之，況其邇者乎？若言非宜，動非禮，則千里之外違之，百代之後笑之，況其邇者乎？是以古之天子，口不敢戲言，身不敢妄動〔三〕。動必三省，言必再思。況陛下初嗣祖宗，新臨兆庶。臣伏見天下之目專專然以觀陛下之動也，天下之耳顒顒然以聽陛下之言也。則陛下出一言不終日而達於朝野，動一事不浹辰而聞於華夷〔四〕。蓋是非之聲，無翼而飛矣；損益之名，無脛而走矣。陛下得不慎之哉？伏惟觀於斯，察於斯，使一言一動無所苟而已矣。言動不苟，則天下之望塞焉，天下之心歸焉。（3424）

【校】

①何觀焉　《管見抄》作「何觀之焉」。

【注】

〔一〕慎言動之初：《易·繫辭下》：「言行，君子之所以動天地也，可不慎乎！」《禮記·緇衣》：「子曰：君子道人以言，而禁人以行。故言必慮其所終，而行必稽其所敝；則民謹於言而慎於行。」《貞觀政要》卷六《慎言語》：「貞觀二年，太宗謂侍臣曰：『朕每日坐朝，欲出一言，即思此一言於百姓有利益否，所以不敢多言。』給事中兼知起居事杜正倫進曰：『君舉必書，言存左史。臣職當兼修起居注，不敢不盡愚直。陛下若一言乖於道理，則千載累於聖德，非止當今損於百姓，願陛下慎之。』……貞觀八年，太宗謂侍臣曰：『言語者君子之樞機，談何容易？凡在衆庶，一言不善，則人記之，成其恥累。況是萬乘之主，不可出言有所乖失。其所虧損至大，豈同匹夫？我常以此爲戒。……』」

〔二〕天子動則左史書之：《禮記·玉藻》：「天子玉藻……卒食，玄端而居。動則左史書之，言則右史書之。」

〔三〕古之天子口不敢戲言：《呂氏春秋·審應覽》：「成王與唐叔虞燕居，援梧葉以爲珪，而授唐叔虞曰：『余以此封女。』叔虞喜，以告周公。周公以請曰：『天子其封虞邪？』成王曰：『余一人與虞戲也。』周公對曰：『臣聞之，天子無戲言。天子言，則史書之，工誦之，士稱之。』於是遂封叔虞于晉。」

〔四〕浹辰：《左傳》成公九年：「浹辰之間，而楚克其三都。」杜預注：「浹辰，十二日也。」疏：「浹爲周匝也。從甲至癸，爲十日；從子至亥，爲十二辰。《周禮》『縣治象浹日而斂之』，謂周甲癸十日。此言浹辰，謂周子亥十二辰，故爲十二日也。」

## 六、教必成化必至① 在敬其終〔一〕。

問：先王之教，布在方策②。事雖易舉，政則難成。豈文之空垂，將行之未至？思臻其極，佇質所疑。

夫欲使政必成③，化必至者，無他焉，在陛下敬始慎終之所致耳。臣聞先王之訓，不徒言也；先王之教④，不虛行也。淺行之則小理，深行之則大和。淺深小大之應⑤，其猶影響矣。然則天下至廣，王化至大⑥，增減損益，難見其形。是以政之損者，雖不見其日損，必有時而亂也；教之益者，雖不見其日益，必有時而理也。陛下但推其誠，勤其政，慎其始，敬其終，日用而不知，自臻其極。此先王終日所務者也，終日所行者也。不可月會其教化之深淺，歲計其風俗之厚薄焉。臣又聞《易》曰：「聖人久於其道而天下化成。」〔二〕《詩》曰：「靡不有初，鮮克有終。」〔三〕此言王者之教待久而成也⑦，王者之化待終而至也。陛下誠能久而終之⑧，則何慮政不成而化不至乎？（3425）

【校】

①題　「教」《文苑英華》作「政」。題下注《文苑英華》作「在慎始敬終」。

②方策　《文苑英華》作「方册」。

③夫欲　《文苑英華》其上有「對」字。

④之教　《管見抄》作「之政」。

⑤小大　郭本作「大小」。

⑥至廣　《白氏策林》作「之至廣」。「至大」《白氏策林》作「之至大」。

⑦王者之教　「教」《文苑英華》校：「一作政。」「待久」《白氏策林》作「持久」。

⑧誠能久而終之　《文苑英華》作「誠而久之敬而終之」，校：「八字集作誠能久而終之。」

【注】

〔一〕在敬其終：《貞觀政要》卷十《慎終》：「貞觀六年，太宗謂侍臣曰：『自古人君爲善者，多不能堅守其事……朕所以不敢恃天下之安，每思危亡以自戒懼，用保其終。』……貞觀十二年……魏徵對曰：『今四夷賓服，天下無事，誠曠古所未有。然自古帝王初即位者，皆欲勵精爲政，比迹於堯舜，及其安樂也，則驕奢放逸，莫能終其善。……若使君臣常無懈怠，各保其終，則天下無憂不理，自可超邁前古也。』」

〔二〕易曰：《易·恒·彖》：「聖人久于其道而天下化成。觀其所恒，而天地萬物之情可見矣。」

〔三〕詩曰：《詩·大雅·蕩》：「靡不有初，鮮克有終。」

## 七、不勞而理　在順人心立教。

問：方今勤卹憂勞，夙夜不怠，而政教猶缺，懲勸未行，何則？上古之君無爲而理，令不嚴而肅①，教不勞而成，何施何爲，得至於此？

臣請以三五之道言之②。臣聞三皇之爲君也無常心，以天下心爲心；五帝之爲君也無常欲，以百姓欲爲欲。順其心以出令，則不嚴而理；因其欲以設教，則不勞而成。

故風號無文而人從，刑賞不施而人服③。三五所以無爲而天下化者，由此道也〔一〕。後代反是，故不及者遠焉。臣請以三代已後之事言之。臣聞後代之天下，三五之天下也；後代之人，三五之人也；後代之位，三五之位也。居其位，得其人，有其天下，而不及三五者何哉？臣竊驚怪之，然亦粗知其由矣。豈不以己心爲心，抑天下以奉一人之心也〔二〕？以己欲爲欲，咈百姓以從一人之欲也④〔三〕？苟或心與道未合，政與欲並行⑤，得失交爭，利害相半，如此則雖宵衣旰食，勞體勵精，纔可以致小康，不足以弘大道。故出令而吏或犯，設教而人敢違。刑雖明而寡懲⑥，賞雖厚而鮮勸。此由捨人而從欲⑦，是以勤多而功少也。伏惟陛下去彼取此，執古御今，以三五之心爲心，則政教何憂乎不洽？以億兆之欲爲欲，則懲勸何畏乎不行？政教洽則不殷憂而四海寧，懲勸行則不勤勞而萬人化〔四〕。此由捨己而從衆，是以事半而功倍也〔五〕。臣又聞太宗文皇帝嘗曰：朕雖不及古⑧，然以百姓心爲心⑨〔六〕。臣以爲致貞觀之理者，由斯一言始矣⑩。伏願陛下從而鑑之，嗣而行之⑪，則天下幸甚，天下幸甚！（3426）

**【校】**

①不嚴　郭本作「不言」。

②臣請　《文苑英華》其上有「對」字。

③不施　《管見抄》作「不識」。

④以從　《白氏策林》作「以縱」。

⑤與欲　馬本作「與時」。

⑥雖明　郭本作「雖輕」。

⑦從欲　《文苑英華》作「從己」。

⑧及古　《白氏策林》作「及乎古」。

⑨然以　《白氏策林》作「然亦未嘗不以」。「百姓心」《白氏策林》作「百姓之心」。

⑩始矣　《文苑英華》作「始也」，校：「集作矣。」

⑪嗣而　《管見抄》作「副而」。

**【注】**

〔一〕無爲而天下化：《易·恒·彖》：「聖人久于其道而天下化成。」《莊子·天地》：「古之畜天下者，无欲而天下足，无爲而萬物化，淵靜而百姓定。」

〔二〕抑天下以奉一人之心：《左傳》襄公十四年：「天之愛民甚矣，豈其使一人肆於民上，以從其淫，而棄天地之性？必不然矣。」李康《運命論》：「故古之王者，蓋以一人治天下，不以天下奉一人也。」《貞觀政要》卷八《刑法》載張藴古《大寶箴》：「大明無偏照，至公無私親，故以一人治天下，不以天下奉一人。」

〔三〕咈百姓以從一人之欲：《書・大禹謨》：「罔違道以干百姓之譽，罔咈百姓以從己之欲。」傳：「咈，戾也。」

〔四〕殷憂：陸機《歎逝賦》：「在殷憂而弗違，夫何云乎識道。」《文選》李善注：「《韓詩》曰：耿耿不寐，如有殷憂……殷，深也。」按，《詩・邶風・柏舟》作：「耿耿不寐，如有隱憂。」

〔五〕捨己而從衆：《書・大禹謨》：「稽於衆，舍己從人，不虐無告。」

〔六〕太宗文皇帝嘗曰：《貞觀政要》卷一《政體》：「貞觀二年，太宗問黄門侍郎王珪曰：『近代君臣治國，多劣於前古，何也？』對曰：『古之帝王爲政，皆志尚清靜，以百姓之心爲心。近代則唯損百姓以適其欲……。』太宗深然其言。」《老子》四十九章：「聖人無心，以百姓心爲心。」

## 八、風行澆朴①〔一〕　由教不由時。

問：眊俗之理亂②，風化之盛衰，何乃得於往而失於來，薄於今而厚於古？或曰：

興替之道，執在君臣③。又云：澆朴之風，繫於時代。二説相反，其誰可從？

臣聞代之澆醨④，人之朴略，由上而不由下，在教而不在時。蓋政之臧否定於中，則俗之厚薄應於外也。何以驗覈⑤？伏請以周、秦以降之事言之。臣聞周德寖衰，君臣凌替，蠶食瓜割，分爲戰國。秦氏得之，以暴易亂。曾未旋踵，同歸覆亡。炎漢勃興，奄有四海。僅能除害⑥，未暇化人。迨于文帝、景帝，始思理道⑦。躬行慈儉，人用富安。禮讓自興，刑罰不試。升平之美，鄰於成、康〔二〕。載在《漢書》，陛下熟聞之矣。降及魏、晉，迄于梁、隋，喪亂弘多，殆不足數。我高祖始建區夏⑧，未遑緝熙。迨于太宗、玄宗，抱聖神文武之姿，用房、杜、姚、宋之佐。謀猷啓沃，無怠於心；德澤施行，不遺於物⑨。所以刑措而百姓欣戴，兵偃而萬方悦隨⑩。近無不安，遠無不伏⑪。雖成、康、文、景，無以尚之。載在國史，陛下熟知之矣。然則周、秦之亂極矣，及文、景繼出而昌運隨焉；梁、隋之弊甚矣，及二宗嗣興而王道融焉。若謂天地生成之德漸衰，家國君臣之道漸喪⑫，則當日甚一日，代甚一代，不應衰而復盛，澆而復和⑬。必不爾者⑭，何乃清平朴素之風，薄於周、秦之交，而厚於文、景之代耶⑮？順成和動之俗，喪於梁、隋之際，而獨興於貞觀、開元之年耶？由斯言之，不在時矣。故魏徵有云：「若言人漸澆訛，不反質樸，至今應爲鬼魅，寧可復得而教化耶？」〔三〕斯言至矣，故太宗嘉之。又按《禮記》曰：「教者人之寒暑也，事者人之風雨也。」〔四〕此言萬民之從王化，如百穀之委歲功也。若寒暑以時，則禾黍登而菽麥熟。若風雨不節，即稂莠植而秕稗生。故教化優深，則廉讓興而仁義作⑯〔五〕；刑政偷薄，則訛僞起而姦宄臻。雖百穀在地，成之者天也；雖萬人在下⑰，化之者上也。必欲以涼德弊政，嚴令繁刑，而求仁義行，姦宄息，亦猶飄風暴雨，愆陽伏陰，而望禾黍豐，稂莠死。其不可也亦甚明矣。故曰：堯、舜率天下以義⑱，比屋可封；桀、紂率天下以暴，比屋可戮〔六〕。斯則由上在教之明驗也⑲。伏惟聖心無疑焉⑳。（3427）

【校】

①題　「風行」《文苑英華》、《白氏策林》作「風化」。

②甿俗　郭本作「世俗」。

③在君臣　《文苑英華》作「於君臣」，校：「集作在。」

④澆醨　馬本作「澆漓」。

⑤驗覈　郭本作「念覈」。

⑥僅能　郭本作「僅得」。

⑦始思　《文苑英華》作「勤思」，校：「集作始。」
⑧始建　《文苑英華》、《管見抄》作「始造」，《文苑英華》校：「集作建。」
⑨於物　郭本作「於此」。
⑩悦隨　郭本作「悦從」。
⑪不伏　《管見抄》、馬本作「不服」。
⑫家國　郭本作「國家」。
⑬復和　《白氏策林》作「復樸」。
⑭必不　《管見抄》作「不必」。
⑮厚於　《文苑英華》、《管見抄》作「復厚於」。
⑯廉讓　馬本作「謙讓」。
⑰萬人　《白氏策林》作「萬民」。
⑱以義　那波本、馬本作「以仁」。
⑲在教　郭本作「政教」。
⑳無疑　郭本作「無棄」。

【注】

〔一〕澆朴：《淮南子·俶真訓》：「施及周室之衰，澆淳散樸，雜道以僞。」又《齊俗訓》：「澆天下之淳，析天下之樸。」

〔二〕鄰於成康：《史記·周本紀》：「故成、康之際，天下安寧，刑錯四十餘年不用。」

〔三〕魏徵有云：《貞觀政要》卷一《政體》：「太宗曰：『善人爲邦百年，然後勝殘去殺。大亂之後，將求致化，寧可造次而望乎？』徵曰：『此據常人，不在聖哲。若聖哲施化，上下同心，人應如響，不疾而速，期月而可，信不爲難，三年成功，猶謂其晚。』太宗以爲然。封德彝等對曰：『三代以後，人漸澆訛，故秦任法律，漢雜霸道，皆欲理而不能，豈能化而不欲？若信魏徵所説，恐敗亂國家。』徵曰：『五帝三王，不易人而化。行帝道則帝，行王道則王，在於當時所理，化之而已。……若言人漸澆訛，不及純樸，至今應悉爲鬼魅，寧可復得而教化耶？』德彝等無以難之，然咸以爲不可。」

〔四〕禮記曰：《禮記·樂記》：「教者，民之寒暑也，教不時則傷世。事者，民之風雨也，事不節則無功。」

〔五〕廉讓興而仁義作：《漢書·食貨志》：「衣食足而知榮辱，廉讓生而爭訟息。」

〔六〕故曰：陸賈《新語·無爲》：「故堯舜之民，可比屋而封；桀紂之民，可比屋而誅。何者？化使其然也。」

## 九、致和平復雍熙〔一〕　在念今而思古也①。

問：今欲感人心於和平，致王化於樸厚，何思何念，得至於斯〔二〕？

臣聞政不念今②，則人心不能交感；道不思古，則王化不能流行。將欲感人心於和平，則在乎念今而已。伏惟陛下，知人安之至難也，則念去煩擾之吏；愛人命之至重也，則念黜苛酷之官；恤人力之易罷也，則念省修葺之勞；憂人財之易匱也，則念減服御之費；懼人之有餒也，則念薄麥禾之税；畏人之有寒也，則念輕布帛之征；慮人之有愁苦也，則念節聲樂之娱；恐人之有怨曠也③，則念損嬪嬙之數。故念之又念之，則人心交感矣；感之又感之，則天下和平矣。將欲致王化於雍熙，則在乎思古而已。伏惟陛下，仰羲、軒之道也，則思興利而除害〔三〕；侔唐、虞之聖也，則思明目而達聰〔四〕；師夏禹之德也④，則思泣辜而恤人〔五〕；法殷湯之仁也⑤，則思祝網而愛物〔六〕；鑒漢之盛也，則思罷露臺而海内流化⑥〔七〕；觀周之興也，則思葬枯骨而天下歸心〔八〕；弘貞觀之理也，則思聞房、杜之讜議以致升平⑦〔九〕；嗣開元之政也，則思得姚、宋之嘉謀而臻富壽〔十〕。故思之又思

之，則王澤流行矣⑧；行之又行之，則天下雍熙矣。（3428）

【校】

①題　《管見抄》「致和平」下注：「在念今也。」「復雍熙」下注：「在思古也。」

②臣聞　《文苑英華》其上有「對」字。

③則念節聲樂之娛恐人之有怨曠也　十四字據《文苑英華》、《管見抄》補，「恐」《管見抄》作「怨」。

④夏禹　《管見抄》作「夏」。

⑤殷湯　《管見抄》作「殷」。

⑥露臺　郭本作「靈臺」。

⑦房杜　《文苑英華》、《管見抄》作「房魏」。

⑧王澤　《文苑英華》、《管見抄》作「王化」，《文苑英華》校：「一作澤。」

【注】

〔一〕復雍熙：張衡《東京賦》：「百姓同於饒衍，上下共其雍熙。」《文選》引薛綜注：「言富饒是同，上下咸悦，故能雍和而廣也。」李善注：「《尚書》曰：黎民於變時雍。又曰：庶績咸熙。」

〔二〕感人心於和平：《易·咸·彖》：「天地感而萬物化生，聖人感人心而天下和平。」

〔三〕興利而除害：《管子·正世》：「夫五帝三王所以成功立名，顯於後世者，以爲天下致利除害也。」

〔四〕明目而達聰：《書·堯典》：「昔在帝堯，聰明文思，光宅天下。」又《舜典》：「舜格于文祖，詢于四岳，辟四門，明四目，達四聰。」

〔五〕泣辜而恤人：《説苑·君道》：「禹出見罪人，下車問而泣之。」《尸子·綽子》：「堯養無告，禹愛辜人。」

〔六〕祝網而愛物：《吕氏春秋·孟冬紀》：「湯見祝網者，置四面，其祝曰：『從天墜者，從地出者，從四方來者，皆離吾網。』湯曰：『嘻！盡之矣。非桀其孰爲此也？』湯收其三面，置其一面，更教祝曰：『昔蛛蝥作網罟，今之人學紓。欲左者左，欲右者右，欲高者高，欲下者下。吾取其犯命者。』漢南之國聞之曰：『湯之德及禽獸矣。』四十國歸之。」

〔七〕罷露臺：《史記·孝文本紀》：「嘗欲作露臺，召匠計之，直百金。上曰：『百金，中産十家之産，吾奉先帝宫室，常恐羞之，何以臺爲？』」

〔八〕葬枯骨而天下歸心：《吕氏春秋·孟冬紀》：「周文王使人扣池，得死人之骸。吏以聞於文王，文王曰：『更葬之。』吏曰：『此無主矣。』文王曰：『有天下者，天下之主也；有一國者，一國之主也。今我非其主也？』遂令吏以衣棺更葬之。天下聞之曰：『文王賢矣！澤及髊骨，又況於人乎？』」

〔九〕房杜：《貞觀政要》卷二《任賢》：「房玄齡，齊州臨淄人也。……杜如晦，京兆萬年人也。……仍與房玄齡共掌朝政，至於臺閣規模，典章文物，皆二人所定，甚獲當時之譽，時稱房、杜。」

〔十〕姚宋：《舊唐書·姚崇宋璟傳》：「史臣曰：履艱危則易見良臣，處平定則難彰賢相。故房、杜創業之功，不可儔匹；而姚、宋經武、韋二后，政亂刑淫，頗涉履於中，克全聲跡，抑無愧焉。」

## 十、王澤流人心感　在恕己及物〔一〕。

夫欲使王澤旁流，人心大感，則在陛下恕己及物而已①。夫恕己及物者無他，以心度心，以身觀身，推其所爲以及天下者也②〔二〕。故己欲安則念人之重擾也，己欲壽則念人之嘉生也，己欲逸則念人之憚勞也，己欲富則念人之惡貧也，己欲溫飽則念人之凍餒也，己欲聲色則念人之怨曠也。陛下念其重擾③，則煩暴之吏退矣；念其嘉生，則苛虐之官黜矣④；念其憚勞，則土木之役輕矣；念其惡貧，則服御之費損矣⑤；念其凍餒，則布帛麥禾之税輕矣⑥；念其怨曠，則妓樂嬪嬙之數省矣。推而廣之，念一知十。蓋聖人之道也，始則恕己以及人，終則念人而及己⑦。故恕之又恕之，則王澤不得不流矣；念之又念之，則人心不得不感矣。澤流心感而天下不太平者，未之聞也。（3429）

【校】

①而已　《白氏策林》作「而已矣」。

②所爲　紹興本等作「此爲」，據《文苑英華》、《管見抄》、《白氏策林》、郭本改。

③陛下　《管見抄》其上有「今」字。

④苛虐之官　《文苑英華》作「苛酷之吏」，《管見抄》作「苛酷之官」，《文苑英華》校：「集作苛虐之官。」

⑤損矣　《文苑英華》作「省矣」。

⑥麥禾　《文苑英華》作「禾麥」。「輕矣」　《文苑英華》作「息矣」，《管見抄》作「薄矣」。

⑦及人　《管見抄》作「及乎人」。「及己」　《文苑英華》作「反己」，《管見抄》作「及諸人」。

【注】

〔一〕恕己及物：見本卷《二策項》(3417)注。

〔三〕以心度心：《孟子·梁惠王上》：「推恩足以保四海，不推恩無以保妻子。古之人所以大過人者，無他焉，善推其所爲而已矣。今恩足以及禽獸，而功不至於百姓者，獨何與？權，然後知輕重；度，然後知長短。物皆然，心爲甚，王請度之。」以身觀身：《老子》五十四章：「修之身，其德乃真。修之家，其德有餘。修之鄉，其德乃長。修之于國，其德乃豐。修之於天下，其德乃普。故以身觀身，以家觀家，以鄉觀鄉，以國觀國，以天下觀天下。」

## 十一、黄老術　在尚寬簡，務清淨，則人儉朴，俗和平〔一〕。

夫欲使人情儉朴，時俗清和，莫先於體黄、老之道也。其道在乎尚寬簡，務儉素，不眩聰察，不役智能而已。蓋善用之者，雖一邑一郡一國，至于天下，皆可以致清淨之理焉。昔宓賤得之①，故不下堂而單父之人化〔二〕。汲黯得之，故不出閤而東海之政成②〔三〕。曹參得之，故獄市勿擾而齊國大和③〔四〕。漢文得之，故刑罰不用而天下大理〔五〕。其故無他，清淨之所致耳。故《老子》曰：「我無爲而人自化，我好静而人自正，我無事而人自富，我無欲而人自樸。」〔六〕此四者皆黄、老之要道也。陛下誠能體而行之，則人儉朴而俗清和矣。（3430）

**【校】**

①宓賤 《白氏策林》作「宓子賤」。

②東海 《白氏策林》作「北海」。

③而齊國 紹興本、那波本無「而」字，據《管見抄》、馬本補。

**【注】**

〔一〕尚寬簡務清淨：《唐會要》卷三九《定格令》：「高祖初入關，除苛政，約法十二條。……武德元年六月一日，詔劉文靜與當朝通識之士，因隋開皇律令而損益之，遂制爲五十三條，務從寬簡，取便於時。」《貞觀政要》卷八《刑法》：「貞觀元年，太宗謂侍臣曰：『死者不可再生，用法務在寬簡。』」卷二《政體》：「貞觀九年，太宗謂侍臣曰：『往昔初平京師，宮中美女珍玩，無院不滿。煬帝意猶不足，徵求無已，兼東西征討，窮兵黷武，百姓不堪，遂致亡滅。此皆朕所目見。故夙夜孜孜，惟欲清淨，使天下無事。遂得徭役不興，年穀豐稔，百姓安樂。夫治國猶如栽樹，本根不搖，則枝葉茂榮。君能清淨，百姓何得不安樂乎？』」

〔二〕宓賤得之：《呂氏春秋·開春論》：「宓子賤治單父，彈鳴琴，身不下堂，而單父治。巫馬期以星出，以星入，日夜不居，以身親之，而單父亦治。巫馬期問其故於宓子，宓子曰：『我之謂任人，子之謂任力。任力者故勞，任人者故逸。』宓子則君子矣。逸四肢，全耳目，平心氣，而百官以治，義矣，任其數而已矣。巫馬期則不然，弊生事精，勞手足，煩教詔，雖治猶未至也。」

〔三〕汲黯得之：《史記·汲鄭列傳》：「黯學黄老之言，治國理民，好清静，擇丞史而任之。其治，責大指而已，不苛小。黯多病，卧閨閤内不出。歲餘，東海大治。稱之。」

〔四〕曹參得之：《史記·曹相國世家》：「聞膠西有蓋公，善治黄老言，使人厚幣請之。既見蓋公，蓋公爲言治道貴清静而民自定，推此類具言之。參於是避正堂，舍蓋公焉。其治要用黄老術，故相齊九年，齊國安集，大稱賢相。惠帝二年，蕭何卒。參聞之，告舍人趣治行，吾將入相。居無何，使者果召參。參去，屬其後相曰：『以齊獄市爲寄，慎勿擾也。』後相曰：『治無大於此者乎？』參曰：『不然。夫獄市者，所以並容也。今君擾之，奸人安所容也？吾是以先之。』」

〔五〕漢文得之：《漢書·文帝紀》：「孝文皇帝即位二十三年，宫室、苑囿、車騎、服御無所增益。有不便，輒弛以利民。……專務以德化民，是以海内殷富，興於禮義，斷獄數百，幾致刑措。嗚呼，仁哉！」文帝竇皇后好黄老言。《史記·外戚世家》：「竇太后好黄帝、老子言，帝及太子、諸竇不得不讀黄帝、老子，尊其術。」

〔六〕老子曰：《老子》五十七章：「故聖人云：我無爲，而民自化；我好静，而民自正；我無事，而民自富；我無欲，而民自樸。」

## 十二、政化速成　由不變禮，不易俗。

夫欲使政化速成，則在乎去煩擾，弘簡易而已。臣請以齊、魯之事明之。臣聞伯禽之理魯也，變其禮，革其俗，三年而政成。太公之理齊也，簡其禮，從其俗，五月而政成。故周公歎曰：「夫平易近人，人必歸之。魯後代其北面事齊矣。」〔一〕此則煩簡遲速之効明矣。伏惟陛下鑒之。（3431）

【注】

〔一〕請以齊魯之事明之：《史記・魯周公世家》：「魯公伯禽之初受封之魯，三年而後報政周公。周公曰：『何遲也？』伯禽曰：『變其俗，革其禮，喪三年然後除之，故遲。』太公亦封於齊，五月而報政周公。周公曰：『何疾也？』曰：『吾簡其君臣禮，從其俗爲也。』及後聞伯禽報政遲，乃曰：『嗚呼，魯後世其北面事齊矣！夫政不簡不易，民不有近；平易近民，民必歸之。』」

## 十三、號令　令一則行，推誠則化①〔一〕。

問：號令者，所以齊其俗，一其心，故聖人專之慎之。然則號令既出而俗猶未齊者②，其故安在？令既行而心猶未一者③，其失安歸？欲使下令如風行，出言如響應，導之而人知勸，防之而人不踰，將致於斯，豈無其要？

臣聞王者發施號令④，所以齊其俗，一其心。俗齊則和，心一則固⑤，人於是乎可任使也。《傳》曰：「人心不同，如其面焉。」〔二〕故一人一心，萬人萬心，若不以令一之，則人人之心各異矣。於是積異以生疑，積疑以生惑，積惑以生亂。將欲合異析疑、去惑除亂⑥，莫先乎令者也⑦，故聖王重之。然則令者出於一人，加於百辟，被於萬姓，漸於四夷，如風行，如雨施，有往而無返也。其在《周易》，渙汗之義⑧，言號令如汗，渙然一出而不可復也〔三〕。故聖王慎之。然則令既出而俗猶未齊者，由令不一也。不一者⑨，非獨朝出夕改，晨行暮止也。蓋謹於始⑩，慢於終，則不一也。張於近，弛於遠，則不一也。急於賤，寬於貴，則不一也。行於疏，廢於親，則不一也。且人之心猶不可以不一而理，況君之令，其可二三而行者乎？然則令既一而天下之心猶未悅隨者，由上之不能行於己、推於誠者也。凡下之從上也⑪,不從口之言,從上之所好也;不從力之制⑫,從上之所爲也。蓋行諸己也誠,則化諸人也速。求諸己也至,則感諸人也深⑬〔四〕。若不推之於誠,雖三令五申而令不明矣⑭;苟不行之於己,雖家至日見而人不信矣⑮。聖王知其如此,故以禮自修,以法自理。慎其所好⑯,重其所爲。有諸己者而後求諸人,責於下者必先禁於上。是以推之而往,引之而來,導之斯行⑰,禁之斯止。使天下之心顒顒然唯望其令、聽其言而已⑱。故言出則千里之外應如響,令下則四海之内行如風。故曰:禁勝於身,則令行於人者矣〔五〕。又曰:下令如流水發源⑲〔六〕。蓋是謂也⑳。如此則何慮乎海内之令不如身之使臂,臂之使指者哉〔七〕?(3432)

【校】

①推誠 《白氏策林》作「惟誠」。

②號令 《文苑英華》校:「集無號字。」

③既行 《文苑英華》、《管見抄》作「既下」,《文苑英華》校:「集作行。」

④臣聞 《文苑英華》其上有「對」字。「發施號令」 馬本作「發號施令」。

⑤則固 《白氏策林》作「則同」。

⑥積惑以生亂將欲合異析疑去惑　十三字據《管見抄》補。又「將欲」下《管見抄》衍「令」字，今删。
⑦令者　《白氏策林》作「令」。下句「令者」同。
⑧涣汗　郭本作「汗涣」。
⑨不一者　三字據《文苑英華》、《管見抄》補。
⑩謹於　郭本作「勤於」。
⑪下之　馬本無「之」字。
⑫力之　郭本作「上之」。
⑬速求諸己也至則感諸人也　十一字據《文苑英華》補。
⑭不明矣　《文苑英華》作「不明也」。
⑮日見　馬本作「户曉」。「矣」《文苑英華》作「也」，校：「集作矣。
⑯所好　郭本作「自好」。
⑰導之　馬本作「道之」。
⑱之心　《文苑英華》作「之人」，校：「集作心。」
⑲發源　《文苑英華》作「之源」，校：「集作發。」《管見抄》作「之發源」。
⑳是謂　《白氏策林》作「謂是」。

【注】

〔一〕推誠則化：《淮南子·主術訓》：「塊然保真，抱德推誠，天下從之，如響之應聲，景之像形，其所修者本也。」《舊唐書·憲宗紀》：「（元和元年二月）戊戌，謂宰臣曰：『前代帝王，或怠於聽政，或躬決繁務，其道如何？』杜黄裳對曰：『帝王之務，在於修己簡易，擇賢委任，宵旰以求民瘼，舍己從人以厚下，固不宜怠肆安逸。然事有綱領小大，當務知其遠者大者。至如簿書訟獄，百吏能否，本非人主所自任也。……但人主常勢，患在不能推誠。人臣之弊，患在不能自竭。由是上疑下詐，禮貌或虧。欲求致理，自然難致。苟無此弊，何患不至於理。』上稱善久之。」白氏《策林》約作於其先後，論説頗同，然未必有參照。

〔二〕傳曰：《左傳》襄公三十一年：「子産曰：『人心之不同，如其面焉。』」

〔三〕渙汗之義：《易·渙·卦》：「九王，渙汗其大號，渙，王居無咎。」王弼注：「處尊履正，居巽之中，散汗大號，以蕩險阨者也。」疏：「渙汗其大號者，人遇險阨，驚怖而勞，則汗從體出，故以汗喻險阨也。九五處尊履正，在號令之中，能行號令，以散險阨者也。故曰渙汗其大號也。」

〔四〕行諸己也誠：《禮記·祭統》：「是故君子之事君也，必身行之，所不安於上，則不以使下；所惡於下，則不以事上；非諸人，行諸己，非教之道也。」《大學》：「是故君子有諸己而後求諸人，無諸己而後非諸人。所藏乎身不恕，而能喻諸人者，未之有也。」

〔五〕故曰：《管子·法法》：「故曰：禁勝於身，則令行於民矣。」《淮南子·主術訓》：「孔子曰：其身正，不令而行；其身不正，雖令不從。故禁勝於身，則令行於民矣。」

〔六〕又曰：《管子·牧民》：「下令于流水之原者，令順民心也。」

〔七〕身之使臂：《管子·輕重乙》：「請與之立壤，列天下之旁。天子中立，地方千里，兼霸之壤三百有餘里，佌諸侯度百里，負海子男者度七十里，若此則如胸之使臂，臂之使指也。」賈誼《新書·五美》：「海内之勢，如身之使臂，臂之使指，莫不從制。」

## 十四、辨興亡之由〔一〕　由善惡之積。

問：萬姓親怨之由，百王興亡之漸，將獨繫於人乎？抑亦繫於君乎？

臣觀前代邦之興①，由得人也；邦之亡，由失人也。得其人，失其人，非一朝一夕之故，其所由來者漸矣。天地不能頓爲寒暑，必漸於春秋；人君不能頓爲興亡，必漸於善惡。善不積，不能勃焉而興②；惡不積，不能忽焉而亡。善與惡，始繫於君也；興與亡，終繫於人也。何則？君苟有善，人必知之。知之又知之，其心歸之。歸之又歸之，則載舟之水由是積焉③。君苟有惡④，人亦知之。知之又知之，其心去之。去之又去之，則覆舟之水由是作焉〔二〕。故曰：至高而危者君也，至愚而不可欺者人也〔三〕。聖王知其然⑤，故則天上不息之道以修己⑥，法地下不動之德以安人⑦。修己者慎於中也，慄然如履春冰⑧〔四〕；安人者敬其下也，懍乎若馭朽索，猶懼其未也〔五〕。加以樂人之樂，人亦樂其樂；憂人之憂，人亦憂其憂。憂樂同於人⑨，敬慎著於己。如是而不興者，反是而不亡者，自生人已來未之有也。臣愚以爲百王興亡之漸，在於此也。（3433）

**【校】**

①臣觀　《文苑英華》其上有「對」字。

②勃焉　《白氏策林》作「勃然」。

③之水由　郭本作「之由水」。下句「覆舟之水由」同。

④有惡　《文苑英華》作「有不善」，校：「二字集作惡。」

⑤聖王　《文苑英華》作「聖人」。

⑥則天上　《文苑英華》作「法天上」，校：「集作則。」《管見抄》作「則天」。《白氏策林》作「體上天」。

⑦地下　《管見抄》作「地」。《白氏策林》作「下地」。

⑧春冰　《文苑英華》作「薄冰」，校：「集作春。」

⑨憂樂　紹興本等無「憂」字，據《管見抄》補。《白氏策林》、郭本作「憂」。

【注】

〔一〕辨興亡之由：《貞觀政要》卷八第三十四爲「辨興亡」，凡五章。

〔二〕覆舟之水由是作焉：《荀子・王制》：「庶人安政，然後君子安位。傳曰：君者，舟也；庶人者，水也。水則載舟，水則覆舟。此之謂也。」《貞觀政要》卷一《政體》：「貞觀六年，太宗謂侍臣曰：『……天子者，有道則人推而爲主，無道則人棄而不用，誠可畏也。』魏徵對曰：『自古失國之主，皆爲居安忘危，處理忘亂，所以不能長久。今陛下富有四海，内外清晏，能留心治道，常臨深履薄，國家曆數，自然靈長。臣又聞古語云：君，舟也；人，水也。水能載舟，亦能覆舟。陛下以爲可畏，誠如聖旨。』」卷四《教戒太子諸王》等篇太宗亦引此語。

〔三〕故曰：賈誼《新書・大政》：「故夫民者，至賤而不可簡也，至愚而不可欺也。」杜恕《體論》：「夫君，尊嚴而威，高遠而危；民者，卑賤而恭，愚弱而神。惡之則國亡，愛之則國存。」

〔四〕慄然如履春冰：《書・君牙》：「心之憂危，若蹈虎尾，涉於春冰。」

〔五〕懍乎若馭朽索：《書・五子之歌》：「予臨兆民，懍乎若朽索之馭六馬，爲人上者，奈何不敬？」

## 十五、忠敬質文損益〔一〕

問：忠敬質文，百代循環之教也。五帝何爲而不用，三王何故而相承？將時有同異耶？道有優劣耶？又三代之際，損益不同，所祖三才，其義安在？豈除舊布新，務於相反相異乎？復扶衰救弊，其道不得不然乎？又國家祖述五帝，憲章三代，質文忠敬，大備于今。而尚人鮮朴而忠，俗多利而巧。欲救斯弊，其道如何？

臣聞步驟殊時①，質文異制。五帝以道化，三王以禮教。道者無爲，無爲故無失，無失故無革。是以唐、虞相承，無所改易也。禮者有作，有作則有弊，有弊則有救②。故殷、周相代，有所損益也。損益之教，本乎三才。夏之教尚忠，忠本於人，人道以善教人③，忠之至也。故曰：忠者人之教也。忠之弊，其民野④。救野莫若敬，故殷之教尚敬。敬本於地，地道謙卑，天之所生，地敬養之〔二〕。故曰：敬者地之教也。敬之弊，其人詭⑤。救詭莫若文，故周之教尚文。文本於天，天道垂文，而人則之〔三〕。故曰：文者天之教也。文之弊，其人僿〔四〕。救僿莫若忠。然則三王之所祖不同者，非欲自異而相反也。蓋扶衰救弊，各隨其運也。運苟有異，教亦不同。雖忠與敬各繫於時，而質與文俱致於理，標其教則殊制，臻其極則同歸，亦猶水火之相形⑥，同根於冥化，共濟於人用也。寒暑之相代，同本於元氣，共成於歲功也。三王之道亦如是焉。我國家欽若五帝，憲章三代。典謨不易之道，祖述而大用；忠敬迭救之教，具舉而兼行。可謂文質協和，禮樂明備之代也。然臣聞孔子曰：「殷因於夏禮，周因於殷禮，損益始終，若循環然。其繼周者⑦，百代可知也。」〔五〕臣觀周之弊也，爵賞黷，刑罰窮。而秦反用刑名，祚因中絶。及漢雜以霸道，德又下衰〔六〕。迨于魏晉以還，未有繼而救者。是以周之文弊⑧，今有遺風。故人鮮朴而忠，俗猶利而巧。伏願陛下以繼周爲己任，以行夏爲時宜。稍益質而損文，漸尚忠而救僿。斟酌於教，經緯其人。使瞻前而道繼三王⑨，顧後而光垂萬葉⑩。則盡善之道，大同之風，不專於上古矣⑪。（3434）

【校】

①臣聞　《文苑英華》其上有「對」字。

②有救　此下《管見抄》有「有救則有令」五字。

③人道　《白氏策林》其下有「至善」二字。

④其民　《文苑英華》、《管見抄》作「其人」。

⑤詭　《管見抄》作「鬼」，下句同。

⑥相形　《管見抄》作「相盭」

⑦其　《白氏策林》作「其或」。

⑧文弊　《白氏策林》作「弊文」。

⑨瞻前　《文苑英華》其上有「其」字，校：「集無其字。」

⑩顧後　《文苑英華》其上有「於」字，校：「集無於字。」

⑪專於　《文苑英華》、《管見抄》作「專美於」。

**【注】**

〔一〕忠敬質文損益：《史記·高祖本紀》：「太史公曰：夏之政忠，忠之弊，小人以野，故殷人承之以敬。敬之弊，小人以鬼，故周人承之以文。文之弊，小人承之以僿。故救僿莫若以忠。三王之道若循環，終而復始。周、秦之間，可謂文弊矣。秦政不改，反酷刑法，豈不謬乎？故漢興，承弊易變，使人不倦，得天統矣。」此爲漢代公羊家説。《古微書》卷六輯《春秋元命苞》：「三王有失，故立三教以相變。夏人之立教以忠，其失野，故救野莫若敬。殷人之立教以敬，其失鬼，故救鬼莫若文。周人之立教以文，其失蕩，故救蕩莫若忠。如此循環，周則復始，窮則相承也。」唐人承其説者，有賈至寶應二年上《議貢舉疏》：「夏之政尚忠，殷之政尚敬，周之政尚文，然則文與忠、敬皆統人之行。……其所由來者漸矣。漸者何？謂忠信之陵頹，恥尚之失所，末學之馳騁，儒道之不舉。」其後則爲啖助、趙匡之《春秋》學。陸淳《春秋集傳纂例》卷一引啖助之説：「《春秋》者，救時之弊，革禮之薄。何以明之？前《志》曰：夏政忠，忠之弊野。殷人承之以敬，敬之弊鬼。周人承之以文，文之弊僿。救僿莫若以忠，復當從夏政。夫文者，忠之末也。設教於本，其弊猶末；設教於末，弊將若何？武王、周公，承殷之弊，不得已而用。周公既没，莫知改作，故其頽弊甚於二代。以至東周，王綱廢絶，人倫大壞。……故曰救周之弊，革禮之薄也。」此後，權德輿《貞元二十一年禮部策問五道》、韓愈《進士策問十三首》均包含此論題。

〔二〕地道謙卑：《易·謙·象》：「天道下濟而光明，地道卑而上行。天道虧盈而益謙，地道變盈而流謙。」

〔三〕天道垂文而人則之：《易·賁·象》：「剛柔交錯，天文也。文明以止，人文也。觀乎天文，以察時變；觀乎人文，以化成天下。」《文心雕龍·原道》：「道沿聖以垂文，聖因文而明道。」

〔四〕文之弊其人僿：《史記·高祖本紀》：「小人承之以僿。」索隱：「鄒本作薄。……然此語本出子思子，見今《禮·表記》，作薄。故鄭玄注云：文尊卑之差也。薄，苟習文法，不悃誠也。……蓋僿猶薄之義也。」按，見《禮記·表記》鄭玄注。

〔五〕孔子曰：《論語·爲政》：「子曰：『殷因于夏禮，所損益，可知也；周因于殷禮，所損益，可知也。其所繼周者，雖百世，可知也。』」

〔六〕漢雜以霸道：《漢書·元帝紀》：「宣帝作色曰：『漢家自有制度，本以霸王道雜之，奈何純任德教，用周政乎？』」

# 十六、議祥瑞辨妖災

問：國家將興，必有禎祥；國家將亡，必有妖孽〔一〕。斯豈國之興滅繫於天地之災祥歟？將物之妖瑞生於時政之昏明歟？又天地有常道，災祥有常應，此必然之理也。何則桑穀之妖①，反爲福於太戊〔二〕；大鳥之慶，況成禍於帝辛②〔三〕？豈吉凶或僭在人③，將休咎不常其道④？儆戒之徵安在⑤？改悔之効何明？又祥必偶聖，妖必應昏。何則明時不能爲無災⑥，亂代或聞其有瑞⑦？報施之道，何謬濫哉⑧？

臣聞國家將興⑨，必有禎祥；國家將亡，必有妖孽者，非孽生而後邦喪，非祥出而後國興⑩。蓋瑞不虛呈⑪，必應聖哲；妖不自作，必候淫昏。則昏聖爲祥孽之根⑫，妖瑞爲興亡之兆矣。《文子》曰：「陰陽陶冶，萬物皆乘人氣而生⑬。」〔四〕然則道之休明，德動乾坤而感者謂之瑞；政之昏亂，腥聞上下而應者謂之妖⑭。瑞爲福先，妖爲禍始⑮。將興將廢，實先啓焉⑯。然有人君德未及於休明，政不至於昏亂，而天文有異，地物不常，則爲瑞爲妖未可知也。或者天示儆戒之意，以寤君心。俾乎君修改悔之誠⑰，以答天鑒。如此則轉亂爲治，變災爲祥。自古有之，可得而考也。臣聞高宗不聰，飛雉雊于鼎⑱〔五〕。

宋景有罰，熒惑守於心〔六〕。及乎懋懿德以修身，出善言而罪己，則昇耳之異自殄⑲，退舍之慶自臻。天人相感，可謂明矣，速矣。且高宗，三代之賢主也。有一德之違，亦謫見于物。宋景，列國之常主也。有一言之感，亦冥應乎天⑳。則知上之鑒下，雖賢王也㉑，苟有過而必知。下之感上，雖常主也，苟有誠而必應。故王者不懼妖之不滅㉒，而懼過之不悛。不懼瑞之不臻，而懼誠之不至。足明休徵在德㉓，吉凶由人矣㉔。失君道者，祥反成妖㉕；悟天鑒者㉖，災亦爲瑞，必然而已矣。抑臣又聞，王者之大瑞，在乎天地泰，陰陽和，風雨時，寒暑節，百穀熟，萬人安，賦役輕㉗，服用儉，兵革偃㉘，刑罰措，賢者出，不肖者退，聲教日被，謳歌日興㉙。此之謂休徵，此之謂嘉瑞也〔七〕。王者之大妖，在乎兩儀不泰，四氣不和，風雷不時㉚，水旱不節，五穀不稔，百膳不藏，徭役煩㉛，征賦重㉜，干戈動，刑獄作，君子隱，小人見，政令日缺，怨讟日興㉝。此之謂咎徵，此之謂妖孽也〔八〕。至若一星一辰之瑞，一雲一露之祥，一鳥一獸之妖，一草一木之怪，或偶生於氣象，或偶得於陶鈞，信非休咎之徵，興亡之兆也。何則？隱見出處，亦不干常㉞。明聖之朝，不能無小災小沴；衰亂之代，亦或有小瑞小祥。固未足質帝王之疑㉟，明天地之意耳。王者但外思其政，内省其身。自謂德之不修，誠之不著，雖有區區之瑞，不足嘉也。自謂政之能立㊱，道之能行㊲，雖有瑣瑣之妖，不足懼也。臣竊謂妖祥廢興之由㊳，實在於此。故雖

辭費，不敢不備而言之。（3435）

【校】

①桑穀　「穀」紹興本作「犯御嫌名」，據他本改。《白氏策林》作「祥桑」。

②成禍　《文苑英華》作「有禍」，校：「集作成。」

③或僭　《白氏策林》、郭本作「或潛」。

④不常　《文苑英華》、《管見抄》作「不恒」。

⑤之徵　郭本作「之意」。

⑥爲無災　《文苑英華》、《管見抄》無「爲」字，《文苑英華》校：「集有爲字。」

⑦其有瑞　《文苑英華》、《管見抄》無「其」字，《文苑英華》校：「集有其有二字。」

⑧繆濫　《文苑英華》、《管見抄》作「繆盭」，《文苑英華》校：「集作濫。」

⑨臣聞　《文苑英華》其上有「對」字。

⑩非祥　《白氏策林》作「非禎祥」。「國興」　《管見抄》作「運昌」。

⑪虛呈　郭本作「虛至」。

⑫祥孽　《文苑英華》、《管見抄》作「災祥」，《文苑英華》校：「集作祥孽。」

⑬人氣　《文苑英華》作「一氣」。

⑭應者　《文苑英華》作「應之者」。

⑮禍始　《文苑英華》校：「集作生非。」《管見抄》作「禍胎」。

⑯啓焉　此下《文苑英華》校：「一作瑞爲福始將興必先示焉妖爲禍始將廢實先啓焉。」

⑰君修　《文苑英華》作「德修」，校：「集作君。」

⑱雉雊　「雊」紹興本、《白氏策林》作「犯御嫌名」，據他本改。

⑲昇耳　《白氏策林》作「鼎耳」。「自殄」　郭本作「自去」。

⑳應乎　《文苑英華》作「應於」。

㉑賢王　《白氏策林》作「賢主」。

㉒王者　郭本作「亡者」。

㉓足明　《白氏策林》作「是明」。「休徵」　《文苑英華》、《管見抄》、《白氏策林》作「休咎」。「在德」　《白氏策林》作「皆在德」。

㉔由人　《白氏策林》作「皆在人」。

㉕成妖　《文苑英華》作「爲妖」。

㉖悟天　《白氏策林》作「懼天」。

㉗賦役　《文苑英華》作「賦斂」，校：「集作役。」

㉘兵革　《文苑英華》、《管見抄》作「兵甲」，《文苑英華》校：「集作革。」

㉙謳歌日興　《白氏策林》此下有「盜賊自息田野漸開」八字。

㉚風雷　《文苑英華》作「風雨」。

㉛徭役煩　《文苑英華》作「徭役繁」，校：「集作煩。」

㉜征賦　《文苑英華》作「徵稅」，校：「集作賦。」《管見抄》作「征稅」。

㉝怨讟　郭本作「怨言」。

㉞干常　《白氏策林》作「爲常」。

㉟足質　《白氏策林》作「足知」。

㊱政之　《文苑英華》校：「《唐文粹》有不字。」

㊲道之　《文苑英華》校：「《唐文粹》有不字。」

㊳妖祥　《文苑英華》作「妖瑞」，校：「集作祥。」

**【注】**

〔一〕國家將興必有禎祥：《禮記·中庸》：「至誠之道，可以前知。國家將興，必有禎祥；國家將亡，必有妖孽。見乎蓍龜，動乎四體。」

〔二〕桑穀之妖：《史記·殷本紀》：「帝太戊立伊陟爲相。亳有祥桑穀共生於朝，一暮大拱。帝太戊懼，問伊陟。伊陟曰：『臣聞妖不勝德，帝之政其有闕與？帝其修德。』太戊從之，而祥桑枯死而去。」

〔三〕大鳥之慶：《説苑·敬慎》：「昔者殷王帝辛之時，爵生烏於城之隅。工人占之曰：『凡小以生巨，國家必祉，王名必倍。』帝辛喜爵之德，不治國家，亢暴無極，外寇乃至，遂亡殷國。此逆天之時，詭福反爲禍也。」《孔子家語·致思》作「有雀生大鳥於城隅」。

〔四〕文子曰：《淮南子·本經訓》：「天地之合和，陰陽之陶化萬物，皆乘人氣者也。是故上下離心，氣乃上蒸，君臣不和，五穀不爲。」《文子·下德》：「老子曰：陰陽陶冶，萬物皆乘一氣而生。上下離心，氣乃上蒸。君臣不和，五穀不登，春肅秋榮，冬雷夏霜，皆賊氣之所生也。」

〔五〕飛雉雊於鼎：《書·高宗肜日》：「高宗祭成湯，有飛雉升鼎耳而雊，祖己訓諸王。」傳：「耳不聰之異。雊，鳴。」疏：「高宗祭其太祖成湯於肜祭之日，有飛雉來升祭之鼎耳而雊鳴，其臣祖己以爲王有失德而致此祥，遂以道義訓王，勸王改修德政。」

〔六〕熒惑守於心：《史記·宋微子世家》：「三十七年，楚惠王滅陳，熒惑守心。心，宋之分野也。景公憂之。司星子韋曰：『可移於相。』景公曰：『相，吾之股肱。』曰『可移於民。』景公曰：『君者待民。』曰：『可移於歲。』景公曰：『歲饑民困，吾誰爲君？』子韋曰：『天高聽卑。君有君人之言三，熒惑宜有動。』於是候之，果徙三度。」

〔七〕此之謂休徵：《書·洪範》：「八曰庶徵……曰休徵：曰肅，時寒若；曰乂，時暘若；曰晢，時燠若；曰謀，時寒若；曰聖，時風若。」傳：「敍美行之驗。」疏：「曰美行致以時之驗。」

〔八〕此之謂咎徵：《書·洪範》：「八曰庶徵……曰咎徵：曰狂，恒雨若；曰僭，恒暘若；曰豫，恒燠若；曰急，恒寒若；曰蒙，恒風若。」傳：「敍惡行之驗。」疏：「曰惡行致備極之驗。」

## 十七、興五福銷六極〔一〕

問：昔周著九疇之書，漢述五行之志，皆所以精究天人之際，窮探政化之源〔二〕。然則五福之祥，何從而作？六極之沴，何感而生？將欲辨行，可明本末。又今人財耗費，既貧且憂；時沴流行，或疾而夭。思欲銷六極，致五福①，毆一代於富壽，納萬人於康寧，何所施爲，可致於此②？

臣聞聖人興五福③，銷六極者，在乎立大中，致大和也〔三〕。至哉中和之爲德，不動而感，不勞而化。以之守則仁，以之用則神。卷之可以理一身，舒之可以濟萬物。然則和者生於中也，中者生於不偏也，不邪也，不過也④，不及也。若人君内非中勿思，外非中勿動，動静進退，皆得其中。故君得其中，則人得其所；人得其所，則和樂生焉。是以君人之心和，則天地之氣和；天地之氣和，則萬物之生和。於是乎三和之氣，訢合絪緼〔四〕。積爲壽，蓄爲富，舒爲康寧，敷爲攸好德，益爲考終命〔五〕。其羨者則融爲甘露，凝爲慶雲⑤，垂爲德星，散爲景風，流爲醴泉〔六〕。六氣叶乎時，七曜順乎軌〔七〕。迨于巢穴羽毛之物，皆煦嫗而自蕃。草木鱗介之祥，皆叢萃而繼出。夫然者，中和之氣所致也⑥〔八〕。若人君内非中是思，外非中是動，動静進退，不得其中。故君不得其中，則人不得其所；人不得其所，則怨歎興焉。是以君人之心不和，則天地之氣不和；天地之氣不和，則萬物之生不和。於是乎三不和之氣交錯堙鬱，伐爲凶短折⑦，攻爲疾，聚爲憂，損爲貧，結爲惡，耗爲弱〔九〕。其羨者潛爲伏陰，淫爲愆陽，守爲彗星，發爲暴風，降爲苦雨〔十〕。四序失其節⑧，三辰亂其行。迨于𧝂褓卵胎之生，皆夭閼而不遂。木石華蟲之怪⑨，皆糅雜而畢呈⑩。夫然者，不中不和之氣所致也。則天人交感之際，五福六極之來，豈不昭昭然哉？臣伏見比者兵賦未減，人鮮無憂；時沴所加⑪，衆或有疾。德宗皇帝病人之病，憂人之憂，於是救之以廣利之方，悦之以中和之樂〔十一〕。將使易憂爲樂，變病爲和。惠化之恩，莫斯甚也。然臣竊聞，善除害者察其本，善理疾者絶其源。伏惟陛下欲紓人之憂，先念憂之所自；欲救人之病，先思病之所由。知所自以絶之⑫，則人憂自弭也。知所由以去之，則人病自瘳也。然後申之以救療之術，則人易康寧；鼓之以安樂之音，則人易和悦。斯必應疾而化速，利倍而功兼。六極待此而銷，五福待此而作。如是可以陶三才繆濫之氣⑬，發爲休祥；毆一代鄙夭之人，臻乎仁壽。中和之化⑭，夫何遠哉？（3436）

【校】

①致五福　《文苑英華》作「興五福」，校：「集作致。」

②可致於此　《文苑英華》作「得致於此也」，校：「五字集作可致於此。」

③臣聞　《文苑英華》其上有「對」字。

④不過也　「也」盧校謂當作「與」。

⑤凝爲　紹興本作「疑爲」，據他本改。「慶雲」　《文苑英華》、《管見抄》作「卿雲」，《文苑英華》校：「集作慶。」

⑥氣所　二字紹興本等無，據《文苑英華》、馬本補。

⑦短折　《白氏策林》作「短爲折」。

⑧四序　郭本作「四時」。

⑨華蟲　《白氏策林》作「草蟲」。

⑩糅雜　《文苑英華》、《管見抄》作「雜糅」，《文苑英華》校：「集作糅雜。」「畢呈」　郭本作「畢至」。

⑪所加　《白氏策林》作「寖加」。

⑫所由知所自以　紹興本作「所自」二字，他本作「所由知所以」，此據《管見抄》改。又《管見抄》「所由」作「所得」。

⑬如是　《文苑英華》作「如此」，校：「集作是。」「繆濫」《文苑英華》、《管見抄》作「繆盭」，《文苑英華》校：「集作濫。」

⑭化　《文苑英華》校：「集作氣。」

【注】

〔一〕興五福銷六極：《書·洪範》：「次九曰嚮用五福，威用六極。……九，五富：一曰壽，二曰富，三曰康寧，四曰攸好德，五曰考終命。六極：一曰凶短折，二曰疾，三曰憂，四曰貧，五曰惡，六曰弱。」

〔二〕九疇之書：即《書·洪範》。《洪範》：「天乃錫禹洪範九疇，彝倫攸敘。」傳：「天與禹洛出書，神龜負文，而出列於背，有數至於九。禹遂因而第之，以成九類常道，所以次敘。」五行之志：《漢書·五行志》。精究天人之際：司馬遷《報任安書》：「亦欲以究天人之際，通古今之變，成一家之言。」

〔三〕立大中致大和：《書·洪範》：「五，皇極。皇建其有極。」傳：「大中之道，大立其有中，謂行九疇之義。」疏：「皇，大也。極，中也。施政教，治下民，當使大得其中，無有邪僻。故演之云：大中者，人君爲民之主，當大自立其有中之道，以施教於民。」《書・堯典》：「百姓昭明，協和萬邦，黎民於變時雍。」傳：「言天下衆民皆變化化上，是以風俗大和。」

〔四〕君人之心和六句：《易・咸・彖》：「天地感而萬物化生，聖人感人心而天下和平。觀其所感，而天地萬物之情可見矣。」此蓋據其意敷演。

〔五〕積爲壽：《書・洪範》「一曰壽」傳：「百二十年。」蓄爲富：《書・洪範》「二曰富」傳：「財豐備。」舒爲康寧：《書・洪範》「三曰康寧」傳：「無疾病。」敷爲攸好德：《書・洪範》「四曰攸好德」傳：「所好者德福之道。」益爲考終命：《書・洪範》「五曰考終命」傳：「各成其短長之命以自終，不横夭。」

〔六〕融爲甘露：《老子》第三十二章：「天地相合，以降甘露，人莫之令而自均。」凝爲慶雲：《漢書・天文志》：「若煙非煙，若雲非雲，鬱鬱紛紛，蕭索輪囷，是謂慶雲。慶雲見，喜氣也。」垂爲德星：《史記・孝武本紀》索隱：「德星，歲星也。歲星所在有福，故曰德星也。」散爲景風：《爾雅・釋天》：「四時和爲通正，謂之景風。」《史記・律書》：「景風居南方。景者，言陽氣道竟，故曰景風。」流爲醴泉：《爾雅・釋天》：「甘雨時降，萬物以嘉，謂之醴泉。祥。」

〔七〕六氣叶乎時：《左傳》昭公元年：「天有六氣，降生五味，發爲五色，徵爲五聲，淫生六疾。六氣曰陰、陽、風、雨、晦、明也。分爲四時，序爲五節，過則爲災。」

〔八〕中和之氣：《禮記・中庸》：「喜怒哀樂之未發，謂之中；發而皆中節，謂之和。中也者，天下之大本也；和也者，天下之達道也。致中和，天地位焉，萬物育焉。」

〔九〕伐爲凶短折：《書・洪範》「一曰凶短折」傳：「動不遇吉，短未六十，折未三十，言辛苦。」攻爲疾：《書・洪範》「二曰疾」傳：「常抱疾苦。」聚爲憂：《書・洪範》「三曰憂」傳：「多所憂。」損爲貧：《書・洪範》「四曰貧」傳：「困於財。」結爲惡：《書・洪範》「五曰惡」傳：「醜陋。」耗爲弱：《書・洪範》「六曰弱」傳：「尫劣。」

〔十〕潛爲伏陰五句：《左傳》昭公四年：「其藏之也周，其用之也遍，則冬無愆陽，夏無伏陰，春無淒風，秋無苦雨。」杜預注：「愆，過也。謂冬溫。」「伏陰，謂夏寒。」「霖雨爲人所患苦。」

〔十一〕廣利之方：《唐會要》卷八二《醫術》：「（貞元）十二年二月十三日，上親製《貞元廣利方》五卷，頒於州府。」中和之樂：見卷九《中和節頌》（2900）注。

## 十八、辨水旱之災明存救之術

問：「狂常雨若①，僭常暘若②。」〔一〕此言政教失道③，必感於天也。又堯之水九年，湯之旱七年，此言陰陽定數不由於人也〔二〕。若必繫於政，則盈虛之數徒言。如不由於人，則精誠之禱安用？二義相戾，其誰可從？又問：陰陽不測，水旱無常。將欲均歲功於豐凶④，救人命於凍餒，凶歉之歲，何方可以足其食？災危之日，何計可以固其心？將備不虞，必有其要。歷代之術，可明徵焉。

臣聞水旱之災⑤，有小有大。大者由運，小者由人。由人者，由君上之失道，其災可得而移也。由運者，由陰陽之定數，其災不可得而遷也。然則小大本末，臣粗知之〔三〕。其小者或兵戈不戢，軍旅有强暴者⑥；或誅罰不中，刑獄有冤濫者⑦；或小人入用⑧，讒佞有得志者⑨；或君子失位，忠良有放棄者⑩。或男女臣妾有怨曠者，或鰥寡孤獨有困死者。或賦斂之法無度焉，或土木之功不時焉。於是乎憂傷之氣，憤怨之誠⑪，積以傷和，變而爲沴〔四〕。古之君人者，逢一災，偶一異⑫，則收視反聽⑬，察其所由。且思乎軍鎮之中⑭，無乃有縱暴者耶？刑獄之中，無乃有冤濫者耶？權寵之中，無乃有不肖者耶？放棄之中，無乃有忠賢者耶⑮？内外臣妾，無乃有幽怨者耶？天下之窮人⑯，無乃有困死者耶？賦人之法⑰，無乃有過厚者耶？土木之功，無乃有屢興者耶？若有一於此，則是政令之失而天地之譴也。又《洪範》曰⑱：「狂常雨若，僭常暘若。」言不信不乂⑲，亦水旱應之。然則人君苟能改過塞違，率德修政，勵敬天之志，虔罪己之心，則雖踰月之霖，經時之旱，至誠所感，不能爲災。何則？古人或牧一州，或宰一縣，有暴身致雨者，有救火反風者，有飛蝗去境者〔五〕。郡邑之長，猶能感通，況王者爲萬乘之尊，居兆人之上。悔過可以動天地，遷善可以感神明。天地神明尚且不違，而況於水旱風雨蟲蝗者乎？此臣所謂由人可移之災也。其大者，則唐堯九載之水⑳，殷湯七年之旱是也。夫以堯之大聖，湯之至仁，于時德儉人和，刑清兵偃，上無狂僭之政，下無怨嗟之聲㉑，而卒有浩浩滔天之災，炎炎爛石之沴。非君上之失道㉒，蓋陰陽之定數矣㉓。此臣所謂由運不可遷之災也。然則聖人不能遷災，能禦災也；不能違時，能輔時也㉔〔六〕。將在乎廩積有常㉕，仁惠有素。備之以儲蓄，雖凶荒而人無菜色；固之以恩信，雖患難而人無離心㉖。儲蓄者聚於豐年，散於歉歲。恩信者行於安日，用於危時。夫如是，則雖陰陽之數不可遷，而水旱之災不能害。故曰：人强勝天，蓋是謂矣㉗〔七〕。斯亦圖之在早，備之在先。所謂思危於安，防勞於逸。若患至而方備，災成而後圖，則雖聖人不能救矣。抑臣又聞，古者聖王在上而下不凍餒者，何哉？非家至日見，衣之食之，蓋能均節其衣食之原也㉘。夫天之道無常，故歲有豐必有凶。地之利有限㉙，故物有盈必有縮。聖王知其必然，於是作錢刀布帛之貨，以時交易之，以時斂散之。所以持豐濟凶，用盈補縮。則衣食之費，穀帛之生，調而均之，不啻足矣。蓋管氏之輕重，李悝之平糴，耿壽昌之常平者，可謂不涸之食㉚，不竭之府也〔八〕。故豐稔之歲，則貴糴而以利農人。凶歉之年，則賤糶以活餓殍。若水旱作沴，則資爲九年之蓄。若甲兵或動㉛，則餽爲三軍之粮。上以均天時之豐凶，下以權地財之盈縮㉜。則雖九年之水，七年之旱，不能害其人，危其國矣。至若禳禱之術，凶荒之政，歷代之法，臣粗聞之。則有雩天地以牲牢，禜山川以圭璧，祈土龍於玄寺，舞羣巫於靈壇〔九〕。徙市修城，貶食徹樂，緩刑省禮，務嗇勸分，殺哀多婚，弛力舍禁〔十〕。此皆從人之望，隨時之宜。勤恤下之心㉝，表恭天之罰㉞。但可以濟小災小弊，未足以救大危大荒㉟。必欲保邦邑於危㊱，安人心於困㊲，則在乎儲蓄充其腹，恩信結其心而已。蓋羲、農、唐、虞、禹、湯、文、武，皆由此塗而王也㊳。（3437）

【校】

①狂常　《文苑英華》、《管見抄》作「狂恒」，下文同。

②僭常　《文苑英華》、《管見抄》作「僭恒」，下文同。

③失道　《文苑英華》作「之道」。

④將欲　《文苑英華》無「將」字。

⑤臣聞　《文苑英華》其上有「對」字。

⑥强暴者　《文苑英華》、《管見抄》作「强暴者焉」。

⑦寃濫者　《文苑英華》、《管見抄》作「寃濫者焉」。

⑧入用　郭本作「入君」。

⑨得志者　《文苑英華》、《管見抄》作「得志者焉」。

⑩放棄者　《文苑英華》、《管見抄》作「放棄者焉」。

⑪之誠　馬本作「之心」。

⑫偶　《文苑英華》、馬本、郭本作「遇」，《文苑英華》校：「集作偶。」

⑬收視　馬本作「回視」。

⑭軍鎮　《白氏策林》作「軍旅」。

⑮忠賢　《白氏策林》作「忠良」。

⑯天下之　馬本無「之」字。

⑰賦入　《白氏策林》作「賦斂」。

⑱曰　《文苑英華》、《管見抄》作「云」，《文苑英華》校：「集作曰。」

⑲不乂　《白氏策林》、郭本作「不義」。

⑳九載　《文苑英華》、《管見抄》作「九年」，《文苑英華》校：「集作載。」

㉒怨嗟　郭本作「嗟怨」。

㉑失道　《文苑英華》作「失道也」，校：「集無也字。」

㉓矣　《文苑英華》作「也」，校：「集作矣。」《白氏策林》作「爾」。

㉔輔時　《文苑英華》作「轉時」，校：「集作輔。」

㉕將在乎　《白氏策林》作「特在乎」。

㉖患難　郭本作「國難」。

㉗謂矣　《文苑英華》作「謂也」，校：「集作矣。」馬本作「謂爾」。

㉘之原　郭本作「之源」。

㉙地之利　郭本作「地之物」。

㉚之食　《文苑英華》、《管見抄》作「之倉」。

㉛甲兵　《文苑英華》、《管見抄》、馬本作「兵甲」。

㉜地財　《文苑英華》作「地利」，校：「集作財。」

㉝勤恤　《文苑英華》、《管見抄》作「見恤」，《文苑英華》校：「集作勤。」

㉞恭天　《白氏策林》作「敬天」。

㉟大危　《文苑英華》作「大困」，校：「集作危。」

㊱邦邑　郭本作「邦本」。

㊲於困　《文苑英華》作「之困」，校：「集作於。」
㊳此塗　《文苑英華》作「此道」，校：「集作塗。」

【注】

〔一〕狂常雨若二句：《書·洪範》：「曰咎徵：曰狂，恒雨若。曰僭，恒暘若。」傳：「敍惡行之驗。君行狂妄，則常雨順之。君行僭差，則常暘順之。」

〔二〕堯之水九年：《史記·五帝本紀》：「堯又曰：『嗟，四嶽，湯湯洪水滔天，浩浩懷山襄陵，下民其憂，有能使治者？』皆曰鯀可……堯於是聽嶽用鯀，九歲，功用不成。」湯之旱七年：《荀子·富國》：「故禹十年水，湯七年旱。」《呂氏春秋·順民》：「昔者湯克夏而正天下，天大旱，五年不收，湯乃以身禱於桑林。」《論衡·感虛》：「傳書言：『湯遭七年旱，以身禱於桑林，自責以六過，天乃雨。』或言五年。」

〔三〕臣聞水旱之災十二句：《鹽鐵論·水旱》：「大夫曰：『禹、湯聖主，后稷、伊尹賢相也，而有水旱之災。水旱，天之所爲。饑穰，陰陽之運也，非人力。故太歲之數，在陽爲旱，在陰爲水。六歲一饑，十二歲一荒。天道然，殆非獨有司之罪也。』賢良曰：『古者，政有德，則陰陽調，星辰理，風雨時。故行修於内，聲聞於外，爲善於下，福應於天……今不省其所以然，而曰陰陽之運也，非所聞也。……方今之務，在除饑寒之患，罷鹽鐵，退權利，分土地，趣本業，養桑麻，盡地力也。寡功節用，則民自富。如是，則水旱不能憂，凶年不能累也。』」此各持一端，其論相反。《論衡・明雩》：「夫災變大抵有二：有政治之災，有無妄之變。……問：『政治之災，無妄之變，何以別之？』曰：德酆政得，災猶至者，無妄也；德衰政失，變應來者，政治也。夫政治則外雩而內改，以復其虧；無妄則內守舊政，外修雩禮，以慰民心。故夫無妄之氣，歷世時至，當固自一，不宜改政。」此區分災變爲二，然持論實近於《鹽鐵論》之大夫。居易之論則純爲大夫、賢良觀點之折衷。

〔四〕變而爲沴：《漢書・五行志》：「氣相傷，謂之沴。沴猶臨莅，不和意也。」又：「凡君道傷者病天氣，不言五行沴天，而曰『日月亂行，星辰逆行』者，爲若下不敢沴天。」《五行志》據《洪範》，言所謂「六沴」甚詳。

〔五〕暴身致雨：《後漢書・獨行傳・諒輔》：「仕郡爲五官掾，時夏大旱，太守自出祈禱山川，連日而無所降。輔乃自暴庭中，慷慨咒曰……於是積薪柴聚茭茅以自環，搆火自旁，將自焚焉。未及日中時，而天雲晦合，須臾澍雨，一郡沾潤。」又《戴封》：「其年大旱，封禱請無獲，乃積薪坐其上以自焚。火起而大雨暴至，於是遠近歎服。」救火反風：《後漢書・儒林傳・劉昆》：「即除爲江陵令，時縣連年火災，昆輒向火叩頭，多能降雨止風。……詔問昆曰：『前在江陵，反風滅火，後守弘農，虎北度河，行何德政而致是事？』昆對曰：『偶然耳。』」飛蝗去境：《後漢書・卓茂傳》：「遷密令……數年，教化大行，道不拾遺。平帝時，天下大蝗，河南二十餘縣皆被其災，獨不入密縣界。」又《宋均傳》：「遷九江太守……中元元年，山陽、楚、沛多蝗，其飛至九江界者，輒東西散去，由是名稱遠近。」《獨行傳·戴封》：「遷西華令。時汝、潁有蝗災，獨不入西華界。時督郵行縣，蝗忽大至。督郵其日即去，蝗亦頓除，一境奇之。」

〔六〕禦災：《國語·魯語上》：「以勞定國則祀之，能禦大災則祀之。」輔時：《管子·霸言》：「聖人能輔時，不能違時。」

〔七〕人强勝天：《亢倉子·政道》：「荊君熊圉問水旱理亂，亢倉子曰：『水旱由天，理亂由人，若人事和理，雖有水旱，無能爲害，堯、湯是也。故周之秩官云：人强勝天。若人事壞亂，縱無水旱，日益崩離。且桀、紂之滅，豈惟水旱？』」按，《亢倉子》天寶間王士元所上，云得古本。柳宗元曾疑其僞託。劉禹錫《天論上》：「天，有形之大者也；人，動物之尤者也。天之能，人固不能也；人之能，天亦有所不能也。故余曰：天與人交相勝耳。其説曰：天之道在生植，其用在强弱；人之道在法制，其用在是非。……人能勝乎天者，法也。」劉文約作於元和間，旨意似更爲高遠。

〔八〕管氏之輕重：《管子·國蓄》：「凡將爲國，不通於輕重，不可爲籠以守民；不能調通民利，不可以語制爲大治。……凡輕重之大利，以重射輕，以賤泄平。萬物之滿虚隨財，准平而不變，衡絶則重見。人君知其然，故守之以准平，使萬室之都必有萬鍾之藏，藏繦千萬；使千室之都必有千鍾之藏，藏繦百萬。」《通典》卷十二《食貨·輕重》：「至管仲相桓公，通輕重之權曰」，詳引《管子》之説。李悝之平糴：《漢書・食貨志上》：「李悝爲魏文侯作盡地力之教……又曰：糴甚貴傷民，甚賤傷農。民傷則離散，農傷則國貧，故甚貴與甚賤，其傷一也。善爲國者，使民毋傷而農益勸。……是故善平糴者，必謹觀歲有上、中、下熟。……故大熟則上糴三而捨一，中熟則糴二，下熟則糴一，使民適足，賈平則止。」《通典》卷十二《食貨・輕重》詳引此。耿壽昌之常平：《漢書・食貨志上》：「時大司農中丞耿壽昌以善爲算能商功利，得幸於上……壽昌遂白令邊郡皆築倉，以穀賤時增其賈而糴，以利農，穀貴時減賈而糶，名曰常平倉。民便之。」《通典》卷十二《食貨・輕重》引此。

〔九〕雩天地以牲牢四句：《禮記・祭法》：「雩宗，祭水旱也。」注：「宗，皆當爲禜，字之誤也。……禜之言營也。雩禜，亦謂水旱壇也。雩之言吁嗟也。」《淮南子・墬形訓》：「土龍致雨。」《論衡・亂龍》：「董仲舒申《春秋》之雩，設土龍以招雨，其意以雲龍相致。」《周禮・春官・司巫》：「司巫掌群巫之政令。若國大旱，則帥巫而舞雩。」

〔十〕徙市修城六句：《禮記・檀弓下》：「歲旱，穆公召縣子而問然，曰：『天久不雨，吾欲暴尫奚若？』曰：『天久不雨，而暴人之疾子，虐，毋乃不可與！』『然則吾欲暴巫而奚若？』曰：『天則不雨，而望之愚婦人，于以求之，毋乃已疏乎！』『徙市則奚若？』曰：『天子崩，巷市七日；諸侯薨，巷市三日。爲之徙市，不亦可乎。』」《左傳》僖公二十一年：「夏，大旱。公欲焚巫尫。臧文仲曰：『非旱備也。修城郭，貶食省用，務穡勸分，此其務也。巫尫何爲？天欲殺之，則如勿生，若能爲旱，焚之滋甚。』公從之。是歲也，饑而不害。」《魏書·天象志》：「（正始元年）六月，詔以旱，徹樂減膳。」《周禮·地官·大司徒》：「以荒政十有二聚萬民：一曰散利，二曰薄征，三曰緩刑，四曰弛力，五曰舍禁，六曰去幾，七曰眚禮，八曰殺哀，九曰蕃樂，十曰多昏，十有一曰索鬼神，十有二曰除盜賊。」注引鄭司農云：「弛力，息繇役也。……眚禮，《掌客職》所謂凶荒殺禮者也。多昏，不備禮而娶，昏者多也。」注又云：「舍禁，若公無禁利。眚禮，謂殺吉利也。殺哀，謂省凶禮。」

# 白居易文集校注卷第二十六①

## 策林二　凡十七首

### 十九、息遊墮　勸農桑，議賦税，復租庸，罷緡錢，用穀帛。

問：一夫不田，天下有受其餒者；一婦不蠶，天下有受其寒者〔一〕。斯則人之性命繫焉，國之貧富屬焉。方今人多游心②，地有遺力，守本業者浮而不固，逐末作者蕩而忘歸。夫然，豈懲戒游墮之法失其道耶③？將敦勸農桑之教不得其本耶？

臣伏見今之人捨本業、趨末作者，非惡本而愛末④，蓋去無利而就有利也。夫人之蚩蚩趨利者甚矣⑤，苟利之所在，雖水炎蹈焉，雖白刃冒焉。故農桑苟有利也，雖曰禁之人亦歸矣，而況於勸之乎？游墮苟無利也，雖曰勸之亦不爲矣，而況於禁之乎？當今游墮者逸而利，農桑者勞而傷。所以傷者，由天下錢刀重而穀帛輕也〔二〕。所以輕者，由賦斂失其本也。夫賦斂之本者⑥，量桑地以出租，計夫家以出庸。租庸者，穀帛而已〔三〕。今則穀帛之外，又責之以錢〔四〕。錢者⑦，桑地不生；銅，私家不敢鑄，業於農者何從得之？至乃吏胥追徵，官限迫蹙，則易其所有，以赴公程。當豐歲，則賤糶半價不足以充緡錢⑧；遇凶年，則息利倍稱不足以償逋債。豐凶既若此⑨，爲農者何所望焉？是以商賈大族乘時射利者，日以富豪；田壟罷人望歲勤力者⑩，日以貧困。勞逸既懸，利病相誘，則農夫之心，盡思釋耒而倚市；織婦之手，皆欲投杼而刺文。至使田卒汙萊，室如懸罄。人力罕施，而地利多鬱。天時虛運，而歲功不成。臣常反覆思之，實由穀帛輕而錢刀重也。夫糴甚貴⑪，錢甚輕，則傷人⑫。糴甚賤，錢甚重，則傷農⑬。農傷則生業不專，人傷則財用不足。故王者平均其貴賤，調節其重輕，使百貨通流⑭，四人交利。然後上無乏用，而下亦阜安⑮。方今天下之錢日以減耗，或積於國府，或滯於私家。若復日月徵求，歲時輸納，臣恐穀帛之價轉賤，農桑之業轉傷。十年已後，其弊或甚於今日矣。非所謂平均調節之道也⑯。今若量夫家之桑地，計穀帛爲租庸，以石斗登降爲差，以匹丈多少爲等⑰，但書估價，並免税錢，則任土之利載興，易貨之弊自革。弊革則務本者致力，利興則趨末者迴心。游手於道途市肆者，可易業於西成；託跡於軍籍釋流者，可返躬於東作。欲其浮墯⑱，其可得乎？加以陛下念稼穡之艱難，則薄斂而人足食矣；念紡績之勤苦，則省用而人豐財矣；念異貨之敗度，則寡欲而人著誠矣；念奇器之蕩心，則正德而人歸厚矣。其興利除害也如彼，又修己化人也如此，是必應之如響答⑲，順之如風行。斯所謂下令於流水之源，繫人於苞桑之本者矣。欲其浮惰，其可得乎⑳？

（3438）

【校】

①卷第二十六　即《白氏文集》紹興本、馬本卷六十三，那波本卷四十六。

②游心　《文苑英華》作「游惰」。

③游惰之法　《文苑英華》無「法」字。

④本　郭本作「本業」。「末」　郭本作「末作」。

⑤蚩蚩　馬本二字脱。「趨利者」　《管見抄》無「者」字。

⑥之本　《文苑英華》作「之失其本」。

⑦錢者　二字《白氏策林》作「刀」，屬上。

⑧糴　紹興本等作「糴」，據那波本、《文苑英華》、《白氏策林》改。下文「糴甚貴」、「糴甚賤」同。

⑨既若此　《管見抄》作「皆若此」。

⑩望歲　《白氏策林》作「終歲」。
⑪貴　《文苑英華》作「重」，校：「集作貴。」
⑫傷人　《白氏策林》作「人傷」。
⑬傷農　《白氏策林》作「農傷」。
⑭通流　《白氏策林》作「流通」。
⑮阜安　郭本作「且安」。
⑯所謂　馬本作「可謂」。
⑰匹丈　紹興本等作「匹夫」，據《文苑英華》、《管見抄》改。
⑱浮　《文苑英華》、郭本、《白氏策林》作「游」。下文「浮墮」同。《文苑英華》校：「集作浮。」
⑲響答　《文苑英華》作「谷響」，校：「集作響答。」
⑳得乎　此下《文苑英華》有「謹對」二字。

【注】

〔一〕一夫不田四句：《管子・揆度》：「一農不耕，民有爲之飢者；一女不織，民有爲之寒者。」賈誼《新書・無蓄》：「古人曰：一夫不耕，或爲之饑；一婦不織，或爲之寒。」《魏書・高祖紀》太和四年四月己卯詔：「一夫不耕，將或受其餒；一婦不織，將或受其寒。」

〔二〕由天下錢刀重而穀帛輕：兩税法實行後形成錢重貨輕之趨勢。陸贄《均節賦税恤百姓六條》「其二請兩税以布帛爲額不計錢數」：「往者初定兩税之時，百姓納絹一匹，折錢三千二三百文，大率萬錢爲絹三匹，價計稍貴，數則不多。及乎頒給軍裝，計數而不計價，此所謂税入少而國用不充者也。近者百姓納絹一匹，折錢一千五六百文，大率萬錢爲絹六匹。價既轉賤，數則漸加。向之蠶織不殊，而所輸尚欲過倍。此所謂供税多而人力不給者也。」此貞元十年上。李翺《疏改税法》：「臣以爲自建中元年初定兩税，至今四十年矣。當時絹一匹爲錢四千，米一斗爲錢二百，税户之輸十千者，爲絹二匹半而足矣。今税額如故，而粟帛日賤，錢益加重，絹一匹價不過八百，米一斗不過五十，税户之輸十千者，爲絹十有二匹然後可。况又督其錢使之賤賣者耶？假令官雜虚估以受之，尚猶爲絹八匹，乃僅可滿十千之數。是爲比建中之初，爲税加三倍矣。雖明詔屢下，哀恤元元，不改其法，終無所救。然物極宜變，正當斯時。推本弊，乃錢重而督之於百姓之所生也。錢者官司所鑄，粟帛者農之所出，今乃使農人賤賣粟帛，易錢入官，是豈非顛倒而取其無者耶？由是豪家大商，皆多積錢以逐輕重，故農人日困，末業日增。」此元和間上，議論尤與居易近同。又權德輿貞元十九年上《論旱災表》：「大曆中絹一疋價近四千，今止八百九百。設使税入之數如其舊，出於人者已五倍其多。」

〔三〕量桑地以出租二句：此敍租庸調法。陸贄《均節賦税恤百姓六條》「其一論兩税之弊有釐革」：

「國朝著令，賦役之法有三：一曰租，二曰調，三曰庸。……丁男一人，授田百畝，但歲納租稅二石而已。言以公田假人，而收其租入，故謂之租。……每丁各隨鄉土所出，歲輸若絹若綾若絁，共二丈，綿三兩。其無蠶桑之處，則輸布二丈五尺，麻三斤。以其據丁户，調而取之，故謂之調。……每丁一歲定役二旬，若不役則收其庸，日准三尺，以其出絹而當庸直，故謂之庸。……有田則有租，有家則有調，有身則有庸。」

〔四〕穀帛之外又責之以錢：此指兩税法。陸贄《均節賦税恤百姓六條》「其二請兩税以布帛爲額不計錢數」：「今之兩税，獨異舊章，違任土之通方，效算緡之末法，不稽事理，不揆人功，但估資産爲差，便以錢穀定税，臨時折徵雜物，每歲色目頗殊。唯計求得之利宜，靡論供辦之難易，所徵非所業，所業非所徵，遂或增價以買其所無，減價以賣其所有，一增一減，耗損已多。」《舊唐書·食貨志》：「元和十五年八月，中書門下奏：『伏准今年閏正月十七日敕，令百僚議錢貨輕重者，今據群官楊於陵等議：「伏請天下兩税榷鹽酒利等，悉以布帛絲綿，任土所産物充税，並不徵見錢，則物漸重，錢漸輕，農人見免賤賣匹帛」者。伏以群臣所議，事皆至當，深利公私。請商量付度支，據諸州府應徵兩税，供上都及留州留使舊額，起元和十六年已後，並改配端匹斤兩之物爲税額，如大曆已前租庸課調，不計錢，令其折納。……』詔從之。」此稍晚所行之變革。《新唐書·食貨志》載楊於陵議泉貨：「古者權之於上，今索之於下；昔散之四方，今藏之公府；昔廣鑄以資用，今減爐以廢功；昔行之於中原，今泄之於邊裔。又有閭井送終之唅，商賈貸舉之積，江湖壓覆之耗，則錢焉得不重，貨焉得不輕？開元中，天下鑄錢七十餘爐，歲盈百萬，今纔十數爐，歲入十五萬而已。大曆以前，淄青、太原、魏博雜鉛鐵以通時用，嶺南雜以金銀、丹砂、象齒，今一用泉貨，故錢不足。今宜使天下兩稅、榷酒、鹽利、上供及留州、送使錢，悉輸以布帛穀粟，則人寬於所求。然後出内府之積，收市廛之滯，廣山鑄之數，限邊裔之出，禁私家之積，則貨日重而錢日輕矣。」所論最爲全面。

## 二十、平百貨之價

陳斂散之法，請禁銷錢爲器。

問：今田疇不加闢，而菽粟之估日輕；桑麻不加植，而布帛之價日賤。是以射時利者賤收而日富，勤力穡者輕用而日貧。夫然，豈殖貨斂散之節失其宜耶？將泉布輕重之權不得其要也①？

臣聞穀帛者生於農也，器用者化於工也，財物者通於商也，錢刀者操於君也。君操其一，以節其三。三者和鈞，非錢不可也。夫錢刀重則穀帛輕，穀帛輕則農桑困。故散錢以斂之，則下無棄穀遺帛矣。穀帛貴則財物賤，財物賤則工商勞。故散穀以收之，則下無廢財棄物矣。斂散得其節，輕重便於時，則百貨之價自平，四人之利咸遂。雖有聖智，未有易此而能理者也〔一〕。方今關輔之間，仍歲大稔，此誠國家散錢斂穀防儉備凶之時也②〔二〕。時不可失，伏惟陛下惜之。臣又見今人之所以弊者，由錢刀重於穀帛也；所以重者③，由銅利貴於錢刀也。何者？夫官家採銅鑄錢，成一錢破數錢之費也。私家銷錢爲器，破一錢成數錢之利也④。鑄者有程，銷者無限。雖官家之歲鑄，豈能勝私家之日銷乎⑤？此所以天下之錢日減而日重矣⑥〔三〕。今國家行挾銅之律，執鑄器之禁，使器無用銅〔四〕。銅無利也⑦，則錢不復銷矣。此實當今權節重輕之要也。（3439）

【校】

①泉布　《白氏策林》作「布泉」。郭本二字作「有」。「也」　《文苑英華》、《管見抄》作「耶」。

②防儉　《管見抄》、郭本作「防險」。

③今　《文苑英華》作「日者」，校：「二字集作今。」《管見抄》作「日來」。「所以弊」　紹興本等無「所以」二字，據《文苑英華》、《管見抄》補。「由錢刀重於穀帛也所以重者」　十二字據《文苑英華》、《管見抄》補。

④破　《文苑英華》作「銷」，校：「集作破。」

⑤乎　《文苑英華》、《管見抄》作「哉」，《文苑英華》校：「集作乎。」

⑥矣　《管見抄》作「者也」。

⑦銅　《文苑英華》其下有「既」字。

【注】

〔一〕斂散得其節六句：《管子·國蓄》：「凡五穀者，萬物之主也。穀貴則萬物必賤，穀賤則萬物必貴。兩者爲敵，則不俱平。故人君御穀物之秩相勝，而操事於其不平之間。故萬民無籍而國利歸於君也。……夫物多則賤，寡則貴，散則輕，聚則重。人君知其然，故視國之羨不足而御其財物。穀賤則以幣予食，布帛賤則以幣予衣。視物之輕重而御之以准，故貴賤可調而君得其利。」

〔二〕方今關輔之間三句：《新唐書·食貨志》：「貞元初，吐蕃劫盟，召諸道兵十七萬戍邊。關中爲吐蕃蹂躪者二十年矣，北至河曲，人户無幾，諸道戍兵月給粟十七萬斛，皆糴於關中。宰相陸贄以關中穀賤，請和糴，可至百餘萬斛。……帝乃命度支增估糴粟三十三萬斛，然不能盡用贄議。憲宗即位之初，有司以歲豐熟，請畿内和糴。當時府縣配户督限，有稽違則迫蹙鞭撻，甚於稅賦，號爲和糴，其實害民。」陸贄《請減京東水運收脚價於緣邊州鎮儲蓄軍糧事宜狀》：「近歲關輔之地，年穀屢登，數減百姓稅錢，許其折納粟麥，公儲委積，足給數年。田農之有，猶困穀賤。今夏江淮水潦，漂損田畝，比於常時，米貴加倍，旷庶匱乏，流庸頗多。關輔以穀賤傷農，宜加價糴穀，以勸稼穡。江淮以穀貴民困，宜減價糶米，以救凶災。」居易蓋襲陸贄之論，且亦略合其當時。

〔三〕夫官家採銅鑄錢九句：《唐會要》卷八九《泉貨》：「貞元九年正月，張滂奏：『諸州府公私諸色鑄造銅器雜物等，伏以國家錢少，損失多門。興販之徒，潛將銷鑄。每銷錢一千，爲銅六斤，造寫雜物器物，則斤直六千餘。其利既厚，銷鑄遂多，江淮之間，錢實減耗。伏請准從前敕文，除鑄鏡外，一切禁斷。』十年六月敕：『今後天下鑄造買賣銅器，並不須禁止。其器物約每斤價值不得過一百六十文，委所在長吏及巡院同勾當訪察。如有銷錢爲銅，以盜鑄錢罪論。』……元和元年二月，以錢少，禁用銅器。」《舊唐書·楊嗣復傳》：「上以幣輕錢重，問鹽鐵使何以去其太甚，嗣復曰：『此事累朝制置未得，但且禁銅，未可變法。法變擾人，終亦未罷去弊。』李珏曰：『禁銅之令，朝廷常典，但行之不嚴，不如無令。今江淮已南，銅器成肆，市井逐利者，銷錢一緡，可爲數器，售利三四倍。遠民不知法令，率以爲常。縱國家加爐鑄錢，何以供銷鑄之弊？所以禁銅之令，不得不嚴。』」此文宗時事。

〔四〕挾銅之律：《漢書·王莽傳》：「欲防民盜鑄，乃禁不得挾銅炭。」

## 二十一、人之困窮由君之奢欲〔一〕

問：近古已來，君天下者皆患人之困，而不知困之由；皆欲人之安，而不得安之術。今欲轉勞爲逸，用富易貧。究困之由，矯其失於既往；求安之術，致其利於將來。審而行之，以康天下。

臣聞近古已來①，君天下者皆患人之困，而不知困之由；皆欲人之安，而不得安之術。臣雖狂瞽，然粗知之。臣竊觀前代人庶之貧困者，由官吏之縱欲也。官吏之縱欲者，由君上之不能節儉也。何則？天下之人億兆也，君者一而已矣。以億兆之人奉其一君②，則君之居處雖極土木之功，殫金玉之飾；君之衣食雖窮海陸之味，盡文采之華；君之耳目雖惱鄭衛之音，厭燕趙之色；君之心體雖倦畋漁之樂，疲轍跡之遊，猶未合擾於人③，傷於物。何者？以至多奉至少故也。然則一縱一放而弊及於人者又何哉？蓋以君之命行於左右，左右頒於方鎮，方鎮布于州牧，州牧達于縣宰，縣宰下於鄉吏，鄉吏傳於村胥，然後至於人焉。自君至人④，等級若是。所求既衆，所費滋多，則君取其一而臣已取其百矣。所謂上開一源，下生百端者也。豈直若此而已哉⑤？蓋亦君好則臣爲，上行則下効〔三〕。故上苟好奢，則天下貪冒之吏將肆心焉。上苟好利，則天下聚斂之臣將寘力焉。雷動風行，日引月長。上益其侈，下成其私。其費盡出於人，人實何堪其弊⑥？此又爲害十倍於前也。夫如是，則君之躁靜爲人勞逸之本，君之奢儉爲人富貧之源⑦。故一節其情，而下有以獲其福；一肆其欲，而下有以罹其殃。一出善言，則天下之心同其喜⑧；一違善道，則天下之心共其憂。蓋百姓之殃不在乎鬼神，百姓之福不在乎天地，在乎君之躁靜奢儉而已。是以聖王之修身化下也，宮室有制，服食有度⑨，聲色有節，畋遊有時。不徇己情，不窮己欲，不殫人力，不耗人財。夫然，故誠發乎心，德形乎身，政加乎人⑩，化達乎天下。以此禁吏，則貪欲之吏不得不廉矣。以此牧人，則貧困之人不得不安矣。困之由，安之術，以臣所見，其在兹乎！（3440）

【校】

①臣聞　《文苑英華》其上有「對」字。

②之人　馬本作「人之」。

③合　《文苑英華》作「至」，馬本、《白氏策林》作「全」，郭本作「日」。

④人　馬本作「臣」。

⑤若此　《文苑英華》作「若是」，校：「一作此。」

⑥人實　《文苑英華》作「人亦」，校：「集作實。」

⑦富貧　《管見抄》、《白氏策林》作「貧富」。

⑧其喜　《白氏策林》作「其善」。

⑨服食　郭本作「服飾」。

⑩人　郭本作「萬人」。

【注】

〔一〕人之困窮由君之奢欲：《貞觀政要》卷六《儉約》：「魏徵曰：『陛下本憐百姓，每節己以順人。臣聞以欲從人者昌，以人樂己者亡。隋煬帝志在無厭，惟好奢侈，所司每有供奉營造，小不稱意，則有峻罰嚴刑。上之所好，下必有甚，競爲無限，遂至滅亡。此非書籍所傳，亦陛下目所親見。爲其無道，故天命陛下代之。陛下若以爲足，今日不啻足矣。若以爲不足，更萬倍過此亦不足。』太宗曰：『公所奏對甚善。非公，朕安得聞此言？』」

〔二〕君好則臣爲：《禮記·樂記》：「文侯曰：『敢問溺音何從出也？』子夏對曰：『……爲人君者謹其所好惡而已矣。君好之，則臣爲之。上行之，則民從之。《詩》云：「誘民孔易。」此之謂也。』」《緇衣》：「子曰：下之事上也，不從其所令，從其所行。上好是物，下必有甚者矣。故上之所好惡，不可不慎也。是民之表也。」

## 二十二、不奪人利　議鹽鐵與榷酤，誡厚斂及雜税〔一〕。

問：鹽鐵之謀①，榷酤之法，山海之利，關市之征，皆可以助佐征徭，又慮其侵削黎庶〔二〕。捨之則乏用於軍國，取之則奪利於生人。取捨之間，孰爲可者？

臣聞君之所以爲國者，人也②；人之所以爲命者，衣食也；衣食之所從出者，農桑也。若不本於農桑而興利者，雖聖人不能也。苟有能者，非利也，其害也。何者？既不自地出，又非從天來，必是巧取於人，曲成其利。利則日引而月長，人則日削而月朘③〔三〕。至使人心窮，王澤竭。故臣但見其害，不見其利也。所以王者不殖貨利，不言有無〔四〕。耗羨之財不入於府庫，析毫之計不行於朝廷者，慮其利穴開而罪梯構。然則聖人非不好利也，利在於利萬人；非不好富也，富在於富天下。節欲於中，人斯利矣；省用於外，人斯富矣。故唐堯、夏禹、漢文之代，雖薄農桑之税，除關市之征，棄山海之饒，散鹽鐵之利，亦國足而人富安矣④。何則？欲節而用省也。秦皇、漢武、隋煬之時，雖入太半之賦⑤，徵逆折之租，建榷酤之法，出舟車之算，亦國乏用而人貧弊矣⑥。何則？欲不節而用不省也。蓋所謂山林不能給野火，江海不能實漏卮〔五〕。夫利散於下⑦，則人逸而富；利壅於上，則人勞而貧⑧。故下勞則上無以自安，人富則君孰與不足〔六〕？《禮記》曰⑨：「人以君爲心⑩，君以人爲體。」〔七〕《詩》曰：「愷悌君子，人之父母⑪。」〔八〕由此而言，未有體勞而心逸者也，未有子富而父貧者也。臣又聞，地之生財，多少有限；人之食利，衆寡有常。若盈於上則耗於下，利於彼則害於此。而王者四海一家，兆人一統，國無異政，家無異風⑫。若奪其利則害生，害不加於人，欲何加乎？若除其害則利生，利不歸於人，欲何歸乎？故奪之也，如皮盡於毛下⑬，本或不存〔九〕；與之也，同囊漏於貯中⑭，利將焉往〔十〕？與奪利害，斷可知焉。是以善爲國者不求非農桑之産，不重非衣食之貨，不用計數之吏，不畜聚斂之臣⑮。聞榷筦之謀，則思侵削于下；見羨餘之利，則念誅求於人，然後德澤流而歌詠作矣。故曰利出一孔者王，利出二孔者强，利出三孔者弱〔十一〕。此明君立國子人者，貴本業而賤末利也。（3441）

**【校】**

①鹽鐵　馬本作「鹽法」，誤。

②人　《管見抄》作「人民」。

③月朘　《白氏策林》作「月剝」。

④國足　《管見抄》作「國足用」。

⑤雖入　《文苑英華》、《管見抄》作「雖收」。

⑥貧弊　《管見抄》作「糜弊」。

⑦散　《文苑英華》作「通」，校：「集作散。」

⑧貧　《文苑英華》作「靡」，校：「集作貧。」
⑨禮記　《文苑英華》無「禮」字。
⑩人　《白氏策林》作「民」。下句同。
⑪人之　郭本、《白氏策林》作「民之」。
⑫異風　《白氏策林》作「殊俗」。
⑬如　《文苑英華》作「若」，校：「集作如。」
⑭存與之也同　紹興本等作「與存之同也」，據《文苑英華》、馬本改。
⑮臣　紹興本等重「臣」字，衍。據《文苑英華》、郭本删。

【注】

〔一〕議鹽鐵與榷酤：《漢書·食貨志》：「昭帝即位六年，詔郡國舉賢良文學之士，問以民所疾苦，教化之要，皆對願罷鹽鐵、酒榷、均輸官，毋與天下爭利，視以儉節，然後教化可興。弘羊難，以爲此國家大業，所以制四夷，安邊足用之本，不可廢也。乃與丞相千秋共奏罷酒酤。」《舊唐書·食貨志》：「（開元元年）其年十一月五日，左拾遺劉彤上表曰：『……故先王作法也，山海有官，虞衡有職，輕重有術，禁發有時。一則專農，二則饒國，濟人盛事也。……若能以山海厚利，資農之餘人，厚斂重徭，免窮苦之子，所謂損有餘而益不足。帝王之道，可不謂然乎？臣願陛下詔鹽鐵木等官收興利，貿遷於人，則不及數年，府有餘儲矣。……』上令宰臣議其可否，咸以鹽鐵之利甚益國用，遂令將作大匠姜師度、户部侍郎强循俱攝御史中丞，與諸道按察使檢責海内鹽鐵之課。」元稹《授王播刑部尚書諸道鹽鐵轉運等使制》：「漢諸儒議鹽鐵者百輩，終莫能罷，以其均口賦利，則貴賤盡徵於王府矣。」居易此論近於漢之賢良文學，謂王者不殖貨利，然僅爲應制而立論，無法貫徹於政務實際。

〔二〕榷酤之法：《唐會要》卷八八《榷酤》：「貞元二年十二月，度支奏：『請於京城及畿縣行榷酒之法，每斗榷酒錢百五十文，其酒户與免雜差役。』從之。元和六年，京兆府奏：『榷酒錢除正酒户外，一切隨兩税青苗錢據貫均率。』從之。……大和八年二月九日赦節文：『京邑之内，本無酤榷，自貞元用兵之後，費用稍廣，始定户店等第，令其納榷，殊非惠民，今後特宜停廢。』」

〔三〕日削而月朘：《漢書·董仲舒傳》載舉賢良對策：「博其産業，畜其積委，務此而亡已，以迫蹴民，民日削而月朘，浸以大窮。」

〔四〕王者不殖貨利：《書·仲虺之誥》：「惟王者不邇聲色，不殖貨利。」

〔五〕山林不能給野火二句：《鹽鐵論·本議》：「文學曰：『國有沃野之饒而民不足於食者，工商盛而本業荒也；有山海之貨而民不足於財者，不務民用而淫巧衆也。故川源不能實漏巵，山海不能贍溪壑。』」《潛夫論·浮侈》：「山林不能給野火，江海不能灌漏巵。」

〔六〕人富則君孰與不足：《論語·顔淵》：「哀公問于有若曰：『年饑，用不足，如之何？』有若對曰：『盍徹乎？』曰：『二，吾猶不足，如之何其徹也？』對曰：『百姓足，君孰與不足？百姓不足，君孰與足？』」

〔七〕禮記曰：《禮記·緇衣》：「子曰：民以君爲心，君以民爲體。心莊則體舒，心肅則容敬。心好之，身必安之；君好之，民必欲之。心以體全，亦以體傷；君以民存，亦以民亡。」

〔八〕詩曰：《詩·大雅·泂酌》：「豈弟君子，民之父母。」

〔九〕皮盡於毛下：《左傳》僖公十五年：「皮之不存，毛將安傅？」

〔十〕囊漏於貯中：《新書·春秋》：「周諺曰：『囊漏貯中。』而獨弗聞乎？夫君者，民之父母也。取倉之粟，移之與民，此非吾粟乎？」

〔十一〕故曰三句：《管子·國蓄》：「利出於一孔者，其國無敵。出二孔者，其兵不詘。出三孔者，不可以舉兵。出四孔者，其國必亡。先王知其然，故塞民之養，隘其利途。故予之在君，奪之在君，貧之在君，富之在君。」《通典》卷十七《選舉》：「及周之末，諸侯異政，取人多方，故商鞅患之，説秦孝公曰：『利出一孔者王，利出二孔者强，利出三孔者弱。』於是下令：非戰非農，不得爵位。秦卒以是能併吞六國。」柳芳《姓系論》：「管仲曰：『爲國之道，利出一孔者王，二孔者强，三孔者弱，四孔者亡。』」

## 二十三、議鹽法之弊〔一〕　論鹽商之幸。

臣伏以國家鹽之法久矣①，鹽之利厚矣。蓋法久則弊起，弊起則法隳②；利厚則姦生，姦生則利薄。臣以爲隳薄之由，由乎院場太多，吏職太衆故也。何者？今之主者，歲考其課利之多少而殿最焉，賞罰焉。院場既多，則各慮其商旅之不來也，故羡其鹽而多與焉。吏職既衆，則各懼其課利之不優也，故慢其貨而苟得焉。鹽羡則幸生，而無厭之商趨矣。貨慢則濫作，而無用之物入矣。所以鹽愈費而官愈耗，貨愈虚而商愈饒。法雖行而姦緣，課雖存而利失③。今若減其吏職，省其院場，審貨帛之精麤，謹鹽量之出入，使月有常利④，歲有常程，自然鹽不誘商，則出無羡鹽矣；吏不爭課，則入無濫貨矣⑤。鹽不濫出⑥，貨不濫入，則法自張而利復興矣。利害之効，豈不然乎？臣又見，自關以東，上農大賈，易其資産，入爲鹽商。率皆多藏私財，别營稗販，少出官利，唯求隷名。居無征徭，行無榷税⑦。身則庇於鹽籍，利盡入於私室⑧〔二〕。此乃下有耗於農商⑨，上無益於筦榷，明矣。蓋山海之饒，鹽鐵之利，利歸於人，政之上也；利歸於國，政之次也。若上既不歸於人⑩，次又不歸於國，使幸人姦黨得以自資，此乃政之疵，國之蠹也。

今若剗革弊法，沙汰姦商，使下無僥倖之人，上得析毫之計，斯又去弊興利之一端也。唯陛下詳之。（3442）

## 【校】

①臣伏以　《文苑英華》其上有「對」字。

②法隳　《文苑英華》此下有「法隳則利厚」五字。

③利失　《文苑英華》此下有「矣」字。

④月有　郭本作「司有」。

⑤濫貨　《文苑英華》作「濫課」。

⑥濫出　《管見抄》作「羨出」。

⑦行無　《白氏策林》作「貨無」。

⑧利盡　《白氏策林》作「利則」。「私室」　《文苑英華》、《管見抄》作「私家」，《文苑英華》校：「集作室。」

⑨農商　馬本作「商農」。

⑩上既　馬本脱「既」字。

【注】

〔一〕議鹽法之弊：《新唐書·食貨志》：「乾元元年，鹽鐵、鑄錢使第五琦初變鹽法，就山海井竈近利之地置監院，遊民業鹽者爲亭户，免雜徭。盜鬻者論以法。及琦爲諸州榷鹽鐵使，盡榷天下鹽，斗加時價百錢而出之，爲錢一百一十。自兵起，流庸未復，税賦不足供費，鹽鐵使劉晏以爲因民所急而税之，則國足用。於是上鹽法輕重之宜，以鹽吏多則州縣擾，出鹽鄉因舊監置吏，亭户糶商人，縱其所之。江、嶺去鹽遠者，有常平鹽，每商人不至，則減價以糶民，官收存利而人不知貴。……有漣水、湖州、越州、杭州四場，嘉興、海陵、鹽城、新亭、臨平、蘭亭、永嘉、大昌、候官、富都十監，歲得錢百餘萬緡，以當百餘州之賦。自淮北置巡院十三，曰揚州、陳許、汴州、廬壽、白沙、淮西、甬橋、浙西、宋州、泗州、嶺南、兖鄆、鄭滑，捕私鹽者。姦盜爲之衰息。然諸道加榷鹽錢，商人舟所過有税。晏奏罷州縣率税，禁堰埭邀以爲利者。……貞元四年，淮南節度使陳少游奏加民賦，自此江淮鹽每斗亦增二百，爲錢三百一十，其後復增六十，河中兩池鹽每斗爲錢三百七十。江淮豪賈射利，或時倍之，官收不能過半，民始怨矣。劉晏鹽法既成，商人納絹以代鹽利者，每緡加錢二百，以備將士春服。包佶爲汴東水陸運、兩税、鹽鐵使，許以漆器、玳瑁、綾綺代鹽價，雖不可用者亦高估而售之，廣虚數以罔上。亭户冒法，私鬻不絶。巡捕之卒，遍於州縣。鹽估益貴，商人乘時射利，遠鄉貧民困高估，至有淡食者。巡吏既多，官冗傷財，當時病之。其後軍費日增，鹽價浸貴，有以穀數斗易鹽一升。私糶犯法，未嘗少息。順宗時始減江淮鹽價，每斗爲錢二百五十，河中兩池鹽斗錢三百。增雲安、涣陽、塗潹三監。其後鹽鐵使李錡奏江淮鹽斗減錢十以便民，未幾復舊。方是時，錡盛貢獻以固寵，朝廷大臣皆餌以厚貨，鹽鐵之利積於私室，而國用耗屈，榷鹽法大壞，多爲虚估，率千錢不滿百三十而已。兵部侍郎李巽爲使，以鹽利皆歸度支，物無虚估，天下糶鹽税茶，其贏六百六十五萬緡。初歲之利，如劉晏之季年，其後則三倍晏時矣。」此元和前鹽法變更之大概。李巽判鹽政，在元和二年三月。《策林》撰於此前。《舊唐書·食貨志》、《唐會要》卷八七謂巽既爲鹽鐵使，大正其事，其堰埭先隸浙西觀察使者悉歸之，因循權置者盡罷之，增置河陰、敖倉，置桂陽監，又奏請鹽價緡錢付度支。居易此論謂鹽法之弊在院場太多、吏職太衆，尚屬皮相之見。獨孤郁《對才識兼茂明於體用策》：「夫鹽榷之重弊，失於商徒操利權，州縣不奉法，賈太重而吏太煩，布帛精粗不中數矣。夫以商徒操利權，則其利有時而廢，州郡不敢誰何，是勸農人以逐末也。州郡不奉法，則各私其人，而盜煮者行矣。賈太重，則貧者不堪矣。吏太煩，則縻費之者衆矣。布帛精粗不中數，則女工徒損，風俗偷薄，而上困矣。即如此，宜罷鹽鐵之官以省費，停郡府之政令以一其門，禁人爲商以反其耕，損其厚賈以利其人，速其售而布帛必精，以齊其俗，以厚其利。」凡對策持論皆近此，率不問其可行與否。

〔二〕上農大賈入爲鹽商：唐鹽法實行官賣商銷後，鹽商被免除徭役。《册府元龜》卷四九三《邦計部·山澤》：「（長慶元年三月，王播）又奏：應管煎鹽户、鹽商並諸鹽院停場官吏所繇等，前後敕制：除兩税不許差役追擾。今請更有違越，其縣令奏聞貶黜，刺史罰一季俸料，再犯者奏聽進止。並從之。」武宗《加尊號赦文》：「度支、鹽鐵、户部諸色所由茶油鹽商人，准敕例條免户内差役。天下州縣豪宿之家，皆名屬倉場鹽院，以避徭役，或有違犯條法，州縣不敢追呼。以此富屋皆趨倖門，貧者偏當使役。其中亦有影庇，真僞難分。自今已後，委本司條疏，應屬三司及茶鹽商人，各據所在場鹽正額人名，牒報本貫州縣，准敕文處分。其茶鹽商，仍定斤石多少，以爲限約。其有冒名接脚、短販零少者，不在此限。」

## 二十四、議罷漕運可否

問：秦居上腴，利號近蜀，然都畿所理，征賦不充〔一〕。故歲漕山東穀四百萬斛用給京師〔二〕。其間水旱不時，賑貸貧乏①。今議者罷運穀而收脚價，糴户粟而折税錢〔三〕。但未知利於彼乎，而害於此乎？

臣聞議者將欲罷漕運於江淮②，請和糴於關輔，以省其費，以便於人。臣愚以爲救一時之弊則可也，若以爲長久之法則不知其可也③。何者？方今自淮以南，逾年旱歉。自洛而西，仍歲豐稔〔四〕。彼人困於艱食，此穀賤而傷農④。困則難於發租⑤，賤則易於乞糴。斯則便於彼而無害於此矣⑥。此臣所謂救一時之弊則可也。若舉而爲法，循以爲常⑦，臣雖至愚，知其不可⑧。何者？夫都畿者，四方所湊也，萬人所會也，六軍所聚也。雖利稱近蜀之饒⑨，猶未能足其用。雖田有上腴之利，猶不得充其費⑩。況可日削其穀，月朘其食乎？故國家歲漕東南之粟以給焉，時發中都之廩以賑焉。所以贍關中之人，均天下之食，而古今不易之制也。然則用捨利害，可明徵矣。夫賣斂糴之資，省漕運之費，非無利也，蓋利小而害大矣，故久而不勝其害。輓江淮之租，贍關輔之食，非無害也，蓋害小而利大矣，故久而不勝其利。大凡事之大害者，不能無小利也；事之大利者，不能無小害也。蓋恤小害則大害不去，愛小利則大利不成也。古之明王所以能興利除害者非他，蓋棄小而取大耳。今若恤汎舟之役，忘移穀之用，是知小計而不知大會矣。此臣所謂若以爲長久之法則不知其可也⑪。（3443）

【校】

①賑貸貧乏　《文苑英華》作「賑貧貸乏」。

②臣聞　《文苑英華》其上有「對」字。

③長久　《白氏策林》作「常久」。

④而　紹興本等作「於」，據《管見抄》改。

⑤發租　《文苑英華》作「徵租」，校：「集作發。」

⑥便於　紹興本等作「不便於」，據《管見抄》改。

⑦循　馬本作「徇」。

⑧知其　《白氏策林》其上有「亦自」二字。

⑨利　《文苑英華》、《管見抄》作「野」，《文苑英華》校：「集作利。」

⑩不得　《文苑英華》、《管見抄》作「不能」。「費」　《文苑英華》作「用」，校：「集作費。」《管見抄》作「糧」。

⑪所謂　《文苑英華》作「所以謂」。

【注】

〔一〕秦居上腴二句：班固《兩都賦》：「漢之西都，在於雍州，實曰長安。左據函谷、二崤之陰，表以太華、終南之山。右界褒斜、隴首之險，帶以洪河、涇渭之川。華實之毛，則九州之上腴焉。……竹林果園，芳草甘木，郊野之富，號曰近蜀。」

〔二〕歲漕山東穀四百萬斛：《通典》卷十《食貨·漕運》：「大曆後，水陸每歲四十萬石入關。」《唐會要》卷八七《鹽鐵轉運總敍》：「兵興以來，凶荒相屬，京師斗斛萬錢，官厨無兼辦時之食，百姓在畿甸者，拔穀挼穗，以供禁軍。洎（劉）晏既遺元載書，陳轉税米利病，歲入米數十萬斛，以濟關中。」「舊制，每歲運江淮米五十萬斛，至河陰留十萬，四十萬送渭倉。晏殁，久不登其數，惟（李）巽掌使三載，無升斗之缺焉。……（元和）六年，（盧）坦奏：『每年江淮運糙米四十萬石到渭橋，近日欠闕大半，詳旋收糴，遞年貯備。』從之。」《舊唐書·食貨志》略同。《舊唐書·德宗紀》：「（貞元十五年三月）癸酉，令江淮歲運米二百萬石。雖有是命，然歲運不過四十萬石。」《漢書·食貨志》：「故事，歲漕關東穀四百萬斛以給京師，用卒六萬人。」居易蓋用此語，非可與唐史記事相校。

〔三〕今議者罷運穀：陸贄《請減京東水運收脚價於緣邊州鎮儲蓄軍糧事宜狀》：「舊制以關中王者所都，萬方輻輳，人殷地狹，不足相資，加以六師糗糧，百官禄廩，邦畿之税，給用不充。所以控引東方，歲運租米。冒淮湖風浪之弊，泝河渭湍險之艱，所費至多，所濟蓋寡。習聞見而不達時宜者則曰：國之大事，不計費損，故承前有用一斗錢運一斗米之言，雖知勞煩，不可廢也。習近利而不防遠患者則曰：每至秋成之時，但令畿内和糴，既易集事，又足勸農，何必轉輸，徒耗財賦。」《舊唐書·順宗紀》：「（永貞元年六月）甲午，度支使杜佑奏：『太倉見米八十萬石，貯來十五年，東渭橋米四十五萬石，支諸軍皆不悦。今歲豐旱，請權停北河轉運，於濱河州府和糴二十萬石，以救農傷之弊。』乃下百僚議，議者同異，不決而止。」此即當時罷漕運之議。居易所謂「長久之法」與「救一時之弊」，即陸贄所謂「習聞見」與「習近利」之引申。脚價：又稱脚錢、運脚，運輸費。陸贄《請減京東水運收脚價於緣邊州鎮儲蓄軍糧事宜狀》：「今淮南諸州，米每斗當錢一百五十文。從淮南轉運至東渭橋，每斗船脚又約用錢二百文，計運米一斗，總當錢三百五十文。……節級所減運脚，計得六十九萬貫。」

〔四〕方今自淮以南四句：陸贄《請減京東水運收脚價於緣邊州鎮儲蓄軍糧事宜狀》：「近歲關輔之地，年穀屢登，數減百姓税錢，許其折納粟麥，公儲委積，足給數年，田農之有，猶困穀賤。今夏江淮水潦，漂損田苗，比於常時，米貴加倍，甿庶匱乏，流庸頗多。關輔以穀賤傷農，宜加價糴穀，以勸稼穡。江淮以穀貴民困，宜減價糶米，以救凶災。」陸贄狀約貞元十年前上，居易徑襲其説。

## 二十五、立制度〔一〕　節財用，均貧富，禁兼并，止盜賊，起廉讓〔二〕。

問：夫地之利有限也①，人之欲無窮也。以有限奉無窮，則必地財耗於僭奢，人力屈於嗜欲②。故不足者爲姦爲盜，有餘者爲驕爲濫③。今欲使食力相充，財欲相稱，貴賤别而禮讓作，貧富均而廉恥行，作爲何方，可至於此？

臣聞天有時④，地有利，人有欲，能以三者與天下共者，仁也，聖也〔三〕。仁聖之本，在乎制度而已。夫制度者，先王所以下均地財，中立人極，上法天道者也〔四〕。且天之生萬物也，長之以風雨，成之以寒燠。聖人之牧萬人也，活之以衣食，濟之以器用。若風雨淫，寒燠甚，則反傷乎物之生焉。若衣食奢，器用費，則反傷乎人之生焉。故天作四時八節⑤，所以時寒燠，節風雨，不使之過差爲沴也。聖人制五等十倫，所以倫衣食⑥，等器用，不使之踰越爲害也〔五〕。此所謂法天而立極者也。然則地之生財有常力，人之用財有常數，若羨於上則耗於下也，有餘於此則不足於彼也。是以地力人財皆待制度而均也，尊卑貴賤皆待制度而別也⑦。大凡爵禄之外，其田宅棟宇車馬僕御器服飲食之制，暨乎賓婚祠葬之度⑧，自上而下皆有數焉。若不節之以數，用之以倫⑨，則必地力屈於僭奢⑩，人財消於嗜欲，而貧困凍餒、姦邪盜賊盡生於此矣。聖王知其然，故天下奢則示之以儉，天下儉則示之以禮，俾乎貴賤區別，貧富適宜〔六〕。上下無羨耗之差，財力無消屈之弊，而富安溫飽，廉恥禮讓，盡生於此矣。然則制度者，出於君而加於臣，行於人而化於天下也。是以君人者莫不唯欲是防，唯度是守。守之不固，則外物攻之。故居處不守其度⑪，則峻宇崇臺攻之；飽食不守其度，則殊滋異味攻之；衣服不守其度，則奇文詭製攻之；視聽不守其度，則姦聲豔色攻之；喜怒不守其度，則僭賞淫刑攻之；玩好不守其度，則妨行之貨、蕩心之器攻之；獻納不守其度，則讒諂之言、聚斂之計攻之；道術不守其度，則不死之方、無生之法攻之。夫然，則安得不內固其守，甚於城池焉？外防其攻，甚於寇戎焉？將在乎寢食起居⑫，必思其度。思而不已⑬，則其下化之。《詩》曰：「儀刑文王，萬邦作孚。」〔七〕此之謂矣⑭。（3444）

【校】

①夫地　《文苑英華》、郭本、《白氏策林》作「天地」。

②嗜欲　《白氏策林》作「嗜利」。

③爲濫　《文苑英華》、《管見抄》作「爲淫」。

④臣聞　《文苑英華》其上有「對」字。

⑤天作　紹興本等無「天」字，據《管見抄》、《白氏策林》補。

⑥倫　《文苑英華》校：「一作制。」

⑦皆待　郭本作「皆在」。

⑧賓婚　馬本作「嬪婚」。

⑨以　《文苑英華》校：「一作有。」

⑩地力　《白氏策林》作「地利」。

⑪居處　郭本作「君家」。

⑫寢食　《白氏策林》作「飲食」。

⑬不已　郭本作「不失」。

⑭矣　《文苑英華》、《管見抄》作「也」，《文苑英華》校：「集作矣。」

**【注】**

〔一〕立制度：《易・節・彖》：「天地節而四時成，節以制度，不傷財，不害民。」劉蕡《對賢良方正直言極諫策》：「夫欲人之仁壽也，在乎立制度，修教化。夫制度立則財用省，財用省則賦斂輕，賦斂輕則人富矣。」蓋襲居易此篇之意。

〔二〕節財用：《周禮・天官・小宰》：「以官府之六職辨邦治：一曰治職，以平邦國，以均萬民，以節財用。」均貧富：《韓非子・六反》：「故明主之治國也，適其時事以致財物，論其稅賦以均貧富，厚其爵祿以盡賢能。」禁兼并：《通典》卷一《食貨・田制》引荀悦論：「今漢人田，或百一而稅，可謂鮮矣。然豪富强人占田逾多，其賦太半，官收百一之稅，而人輸豪强太半之賦。官家之惠，優於三代，豪强之暴，酷於亡秦。是以惠不下通，而威福分於豪人也。今不正其本，而務除租稅，適足以資富强也。孝武皇帝時董仲舒嘗言，宜限人占田。至哀帝時，乃限人占田不得過三十頃。雖有其制，卒難施行。……由是觀之，若高祖初定天下，光武中興之後，人衆稀少，立之易矣。既未悉備井田之法，宜以口數占田爲之立限。人得耕種，不得賣買，以贍貧弱，以防兼并，且爲制度張本，不亦宜乎！」卷二《食貨·田制》：「大唐開元二十五年令……丁男給永業田二十畝，口分田八十畝，……諸買地者，不得過本制，雖居狹鄉，亦聽依寬制，其賣者不得更請。凡賣買，皆須經所部官司申牒，年終彼此除附。」注：「雖有此制，開元之季，天寶以來，法令弛寬，兼并之弊，有逾於漢成、哀之間。」居易此論題涉及土地兼并，然正文未展開。

〔三〕臣聞天有時六句：《禮記·禮器》：「禮也者，合於天時，設於地財，順於鬼神，合於人心，理萬物者也。是故天時有生也，地理有宜也，人官有能也，物曲有利也。」

〔四〕下均地財：《周禮·冬官考工記》：「飭力以長地財，謂之農夫。」中立人極：《書·君奭》：「前人敷乃心，乃悉命汝，作汝民極。」傳：「爲汝民立中正矣。」

〔五〕五等十倫：《禮記·王制》：「王者之制禄爵，公侯伯子男，凡五等。諸侯之上大夫卿、下大夫、上士、中士、下士，凡五等。」《禮記·祭統》：「夫祭有十倫焉：見事鬼神之道焉，見君臣之義焉，見父子之倫焉，見貴賤之等焉，見親疏之殺焉，見爵賞之施焉，見夫婦之别焉，見政事之均焉，見長幼之序焉，見上下之際焉。此之謂十倫。」

〔六〕故天下奢二句：《禮記·檀弓下》：「曾子曰：『國無道，君子恥盈禮焉。國奢，則示之以儉；國儉，則示之以禮。』」

〔七〕詩曰：《詩·大雅·文王》：「儀刑文王，萬邦作孚。」

## 二十六、養動植之物　以豐財用，以致麟鳳龜龍。

臣聞天育物有時，地生財有限①，而人之欲無極〔一〕。以有時有限奉無極之欲，而法制不生其間，則必物暴殄而財乏用矣。先王惡其及此②，故川澤有禁，山野有官，養之以時，取之以道〔二〕。是以豺獺未祭，罝網不布於野澤。鷹隼未擊，矰弋不施於山林。昆蟲未蟄，不以火田。草木未落，不加斤斧。漁不竭澤，畋不合圍。至於麛卵蚳蝝、五穀百果不中殺者③，皆有常禁〔三〕。夫然，則禽獸魚鼈不可勝食矣，財貨器用不可勝用矣④。臣又觀之，豈直若此而已哉？蓋古之聖王，使信及豚魚，仁及草木，鳥獸不狘⑤，胎卵可窺，麟鳳效靈，龜龍爲畜者，亦由此塗而致也〔四〕。（3445）

【校】

①生財　《文苑英華》作「生物」，校：「集作財。」

②及此　郭本作「無極」。

③蚳蟓　馬本作「蚿蟓」。「百果」《文苑英華》作「百草」，校：「集作果。」
④器用　《文苑英華》、《管見抄》作「器物」，《文苑英華》校：「集作用。」
⑤狘　郭本作「戕」。

**【注】**

〔一〕臣聞三句：《周禮·冬官考工記》：「天有時以生，有時以殺；草木有時以生，有時以死。」《文子·上仁》：「貪主暴君，涸漁其下，以適無極之欲，則百姓不被天和、履地德矣。」

〔二〕故川澤有禁四句：《周禮·地官·川衡》：「川衡掌川澤之禁令而平其守。以時舍其守，犯禁者，執而誅罰之。」又《地官·山虞》：「山虞掌山林之政令，物爲之厲而爲之守禁。」

〔三〕是以豺獺未祭十三句：《禮記·王制》：「無事而不田，曰不敬；田不以禮，曰暴天物。天子不合圍，諸侯不掩群。天子殺則下大綏，諸侯殺則下小綏，大夫殺則止佐車。佐車止，則百姓田獵。獺祭魚，然後虞人入澤梁。豺祭獸，然後田獵。鳩化爲鷹，然後設罻羅。草木零落，然後入山林。昆蟲未蟄，不可以火田。不麛，不卵，不殺胎，不殀夭，不覆巢。」《國語·魯語上》：「宣公夏濫於泗淵，里革斷其罟而棄之，曰：『古者大寒降，土蟄發，水虞於是乎講罛罶，取名魚，登川獵禽，而嘗之寢廟，行諸國，助宣氣也。鳥獸孕，水蟲成，獸虞於是禁罝羅，矠魚鱉以爲夏犒，助生阜也。鳥獸成，水蟲孕，水虞於是禁罝麗，設穽鄂，以實廟庖，畜功用也。且夫山不槎蘖，澤不伐夭，魚禁鯤鮞，獸長麑麇，鳥翼鷇卵，蟲舍蚳蝝，蕃庶物也，古之訓也。今魚方別孕，不教魚長，又行網罟，貪無藝也。』」韋昭注：「蚳，螘子也，可以爲醢。蝝，復陶也，可食。」《漢書・貨殖傳》：「育之以時，而用之有節。草木未落，斧斤不入於山林；豺獺未祭，罝網不布於野澤；鷹隼未擊，矰弋不施於徯隧。既順時而取物，然猶山不茬蘖，澤不伐夭，蝝魚麛卵，咸有常禁。所以順時宣氣，蕃阜庶物，蓄足功用，如此之備也。」《呂氏春秋・孝行覽》：「雍季曰：『竭澤而漁，豈不獲得？而明年無魚；焚藪而田，豈不獲得？而明年無獸。』」

〔四〕信及豚魚：《易・中孚・彖》：「豚魚吉，信及豚魚也。」王弼注：「魚者，蟲之隱者也。豚者，獸之微賤者也。爭競之道不興，中信之德淳著，則雖微隱之物，信皆及之。」仁及草木：董仲舒《春秋繁露・天地陰陽》：「是故治世之德潤草木，澤流四海，功過神明。」王符《潛夫論・忠貴》：「五代之臣，以道事君，以仁撫世，澤及草木。」鳥獸不狘：《禮記・禮運》：「何謂四靈？麟鳳龜龍，謂之四靈。故龍以爲畜，故魚鮪不淰。鳳以爲畜，故鳥不獝。麟以爲畜，故獸不狘。龜以爲畜，故人情不失。」注：「獝、狘，飛走之貌也。」疏：「狘，驚走也。獸，從麟者。麟既來爲人之畜，故其屬見人不狘然驚走也。」胎卵可窺：《禮記・禮運》：「鳳凰麒麟皆在郊棷，龜龍在宮沼。其餘鳥獸之卵胎，皆可俯而窺也。」言所致群瑞非一。

# 二十七、請以族類求賢[一]

問：自古以來，君者無不思求其賢，賢者罔不思効其用。然兩不相遇，其故何哉？今欲求之①，其術安在？

臣聞人君者無不思求其賢②，人臣者無不思効其用，然而君求賢而不得，臣効用而無由者，豈不以貴賤相懸，朝野相隔，堂遠於千里，門深於九重？雖臣有慺慺之誠③，何由上達？雖君有孜孜之念，無因下知④。上下茫然，兩不相遇。如此則豈唯賢者不用，矧又用者不賢。所以從古已來，亂多而理少者，職此之由也。臣以爲求賢有術，辨賢有方。方術者，各審其族類，使之推薦而已。近取諸喻，其猶線與針、矢與弦也⑤。線因針而入，矢待弦而發。雖有線矢，苟無針弦，求自致焉，不可得也。夫必以族類者，蓋賢愚有貫，善惡有倫。若以類求，必以類至。此亦由水流濕，火就燥，自然之理也。何則？夫以德義立身者，必交於德義，不交於險僻[二]。以正直克己者，必朋於正直⑥，不朋於頗邪⑦。以貪冒爲意者，必比於貪冒，不比於貞廉。以悖慢肆心者，必狎於悖慢，不狎於恭謹。何者？事相害而不相利⑧，性相戾而不相從。此乃天地常倫，人物常理，必然之勢也。則賢與不肖，以此知之。伏惟陛下欲求而致之也，則思因針待弦之勢；欲辨而別之也，則察流濕就燥之徒。得其勢，必彙征而自來；審其徒，必羣分而自見⑨。求人之術⑩，辨人之方，於是乎在此矣⑪。（3446）

【校】

①求之　《文苑英華》此下有「辨之」二字，校：「集無二字。」

②臣聞　《文苑英華》其上有「對」字。

③慺慺　《白氏策林》作「惓惓」。

④無因　《白氏策林》作「罔克」。

⑤線與針矢與弦　紹興本等作「線與矢」，據《管見抄》改。「也」　《文苑英華》、《管見抄》作「乎」。

⑥朋於　紹興本等作「用於」，據《文苑英華》、《管見抄》改。下句同。

⑦頗邪　郭本作「姦邪」，《白氏策林》作「陂邪」。

⑧相利　《文苑英華》作「相習」，校：「集作利。」

⑨必　《文苑英華》作「則」，校：「集作必。」

⑩人之　《文苑英華》、《管見抄》作「之之」，《文苑英華》校：「集作人之。」下句同。

⑪在此　《文苑英華》、《管見抄》無「此」字，《文苑英華》校：「集有此字。」

【注】

〔一〕請以族類求賢：此篇及以下兩篇涉及唐代科舉及選官制度。謂科舉、選官制度不如鄉里察舉，非取賢之道，自唐初以來言之者甚衆。此篇謂求賢、辨賢之方在推薦，亦附和此類論調。然作者不言科舉之是非，蓋應制之策本不宜言此，否則即成罵題矣。揆作者本意，亦知科舉不可廢，尤其不贊同時議對科第浮薄之攻擊。《唐會要》卷七四《論選事》：「（貞觀元年）上曰：『如何可以得人？』（杜）如晦對曰：『兩漢取人，皆行著州閭，然後入用。今每年選集，尚數千人，厚貌飾詞，不可悉知，選司但配其階品而已，所以不能得才。』」卷七六《制科舉》：「天授三年，左補闕薛謙光上疏曰：『……比來薦舉，多不以才，假譽馳聲，互相推獎。希潤身之小計，忘臣子之大猷。非所以報國求賢，副陛下翹翹之望也。古之取士，有異於今。先觀名行之源，考其鄉邑之譽，崇禮讓以勵己，揚信義以標信。』」卷七五《帖經條例》：「（開元）二十五年二月敕：『今之明經、進士，則古之孝廉、秀才。近日以來，殊乖本意。進士以聲律爲學，多昧古今；明經以帖誦爲功，罕窮旨趣。安得爲敦本復古、經明修行？以此登科，非選士取賢之道。』」《舊唐書·楊綰傳》：寶應二年楊綰上疏奏貢舉之弊：「凡國之大柄，莫先擇士。自古哲后，皆側席待賢；今之取人，令投牒自舉，非經國之體也。望請依古制，縣令察孝廉，審知其鄉閭有孝友信義廉恥之行，加以經業，才堪策試者，以孝廉爲名，薦之於州。刺史當以禮待之，試其所通之學，其通者送名於省。自縣至省，不得令舉人輒自陳牒。」

〔二〕必交於德義：蔡邕《正交論》：「聞之前訓曰：『君子以朋友講習，而正人無有淫朋。』」

## 二十八、尊賢　請厚禮以致大賢也。

問：國家歲貢俊造①，日求賢良，何則所得者率尋常之才，所來者非師友之佐？豈時無大賢乎？將求之不得其道乎？

臣聞致理之先②，先於行道。行道之本，本於得賢。得賢之由，由乎審禮。若禮之厚薄定於此，則賢之優劣應於彼。故黜位而朝③，西面而事，則師之才至矣。先之以身，下之以色，則友之才至矣。展皮弊之禮，盡揖讓之儀，則大臣之才至矣。南面而坐，使者先焉，則左右之才至矣。憑几據杖④，以令召焉，則厮役之才至矣。是以得師者帝，得友者王，得大臣者霸，得左右者弱，得厮役者亂〔一〕。然則求師而得友，求友而得臣者有矣，未有求臣而得友，求友而得師者也。是故圖帝而成王，圖王而成霸者有矣，未有圖霸而成王，圖王而成帝者也〔二〕。夫以夷吾之賢，爲不可召之臣，桓公所以霸齊也。孔明之才，爲非屈致之士，劉氏所以圖蜀也。夫欲霸一國，圖一方，猶審其禮，行其道焉。況開帝王之業⑤，垂無疆之休，苟無尊賢之風，師友之佐，則安能弘其理，恢其化乎？　國家有天下二百年，政無不施，德無不備。唯尊賢之禮，未與三代同風。陛下誠能行之，則盡美盡善之事畢矣⑥。(3447)

【校】

①俊造　《文苑英華》作「俊逸」，校：「集作造。」

②臣聞　《文苑英華》其上有「對」字。

③故　《文苑英華》作「有」，校：「集作故。」「黜位」　郭本、《白氏策林》作「出位」。

④據杖　《文苑英華》作「據床」。

⑤況　《文苑英華》、《管見抄》作「況於」。

⑥盡美盡善　《文苑英華》作「盡善盡美」。

【注】

〔一〕故黜位而朝二十句：《戰國策・燕策一》：「燕昭王收破燕後即位，卑身厚幣以招賢者，欲將以報讎。故往見郭隗先生曰：『齊因孤國之亂而襲破燕，孤極知燕小力少，不足以報。然得賢士與共國，以雪先王之恥，孤之願也。敢問以國報讎者奈何？』郭隗先生對曰：『帝者與師處，王者與友處，霸者與臣處，亡國與役處。詘指而事者，北面而受學，則百己者至；先趨而後息，先問而後嘿，則什己者至；人趨己趨，則若己者至；憑几據杖，眄視指使，則廝役之人至；若恣睢奮擊，呴籍叱咄，則徒隸之人至矣。』」又見《說苑・君道》、《鶡冠子・博選》、《新書・官人》等。《新書・官人》：「取師之禮，黜位而朝之。取友之禮，以身先焉。取大臣之禮，皮幣先焉。取左右之禮，使使者先焉。取侍御之禮，以令至焉。取廝役之禮，以令召矣。」《說苑・君道》：「今王將東面目指氣使以求臣，則廝役之材至矣；南面聽朝，不失揖讓之禮以求臣，則人臣之材至矣；西面等禮相亢，下之以色，不乘勢以求臣，則朋友之材至矣；北面拘指，逡巡而退以求臣，則師傅之材至矣。」

〔二〕圖王而成霸：《史記・越王句踐世家》：「臣聞之，圖王不王，其敝可以伯。然而不伯者，王道失也。」《管子・霸言》：「强國衆，合强以攻弱，以圖霸；强國少，合小以攻大，以圖王。」

## 二十九、請行賞罰以勸舉賢

問：頃者累下詔旨，令舉所知。獻其狀莫匪賢能，授以官罕聞政績。將人不易知耶？將容易其舉耶①？

臣伏見頃者德宗皇帝頒下詔旨②，令舉所知〔二〕。自是内外百寮，歲有聞薦。有司各詳其狀，咸命以官。語其數誠得多士之名，考其才或非盡善之實。何則？得賢由舉擇慎審，慎審由賞罰必行。自十年以來，未聞有司以得所舉賞一人，以失所舉罪一人。則内外之薦，恐未專精；出處之賢，或有違濫③。斯所以令陛下尚有未得賢之歎也。伏惟申命所舉④，深詔有司，量其短長之材，授以小大之職⑤。然後明察臧否，精考殿最⑥。得人者行進賢之賞，謬舉者坐不當之辠⑦。自然上下精詳，遠近懲勸。謹關梁以相保，責轅輪以相求⑧。俾夫草靡風行，達于天下⑨。則天下之耳盡爲陛下聽⑩，天下之目盡爲陛下視。明其視則舉不失德，廣其聽則野無遺賢。而後官得其才，事得其序。如此則陛下但凝神端拱而天下理矣。（3448）

【校】

①其舉　《管見抄》作「所舉」。「耶」　《文苑英華》作「也」，校：「集作耶。」

②臣伏見　《文苑英華》其上有「對」字。

③違濫　《文苑英華》、《管見抄》作「遺濫」，《文苑英華》校：「集作違。」

④申命　郭本作「申令」。

⑤小大　馬本作「大小」。

⑥殿最　《文苑英華》作「課最」，校：「集作殿。」

⑦之臯　那波本、《文苑英華》、馬本作「之辜」。

⑧相求　《文苑英華》作「相承」，校：「集作求。」

⑨天下　馬本作「上下」。

⑩則　紹興本等無，據《管見抄》補。

【注】

〔一〕德宗皇帝頒下詔旨：《唐會要》卷二六《舉人自代》：「建中元年正月五日敕文：『常參官及節度、觀察、防禦、軍使、城使、都知兵馬使、諸州刺史、少尹、赤令、畿令，並七品已上清望官，及大理司直、評事，授訖三日内，於四方館上表，讓一人以自代。其外官與長吏勾當，附驛聞奏。其表付中書門下，每官闕即以見舉多者量而授之。』貞元二年正月二十四日：『新授三日内上表舉人自代者，比來所舉，少有摭實，殊乖求才之意。自今已後，每舉人皆令指陳其承前事迹，分析言之。』」《册府元龜》卷六八《帝王部·求賢》：「（貞元）四年詔曰：『賢良方正能直言極諫者，高蹈不仕隱居巖穴，孝悌力田聞於鄉里，所在長官具名聞薦。諸色有清白政術、堪任刺史縣令，常參官各舉所知，朕當親自策試之。』十一年九月制曰：『天下有才德高遠、爲衆所知，及隱居丘園，不求聞達者，委所在州縣長吏具名跡聞薦。諸色人中有賢良方正能直言極諫，或博通墳典、達於教化，或詳明政術、可以理人者，委常參官及州府長吏各舉所知奏聞。朕當親自策試。』」

## 三十、審官〔一〕　量才授職則政成事舉。

問：官既備而事未舉，才既用而政未成，將欲正之，其失安在？

臣聞夫官既備而事未舉，才既用而政未成者，由官與才不相得也。且官有小大繁簡之殊，才有短長能否之異。稱其任則政立，枉其能則事乖。故先王立庶官而後求人①，使乎各司其局也〔二〕；辨衆才而後入仕，使乎各盡其能也。如此，則官雖省，才雖半，可得而理矣。若以短任長，以大授小②，委其不可而望其可，强其不能而責其能，如此則官雖能③，才雖倍，無益於理矣。故曰：任小能於大事者，猶狸搏虎而刀伐木也；屈長才於短用者④，猶驥捕鼠而斧剪毛也〔三〕。所不相及，豈不宜哉？王者誠能量衆才之短長，審庶官之小大，俾操鑿枘者無圓方之謬⑤，備輪轅者適曲直之宜，自然人盡其能，職修其要，彝倫日敍，庶績日凝〔四〕。又何思乎事不舉而政未成哉⑥？（3449）

【校】

①立庶官　《管見抄》作「定庶官」。

②大授小　《白氏策林》作「小受大」。

③雖能　《管見抄》作「雖備」。

④屈　馬本作「展」。

⑤圓方　郭本作「方圓」。

⑥不舉　《白氏策林》作「未舉」。「未成」《管見抄》作「不成」。

【注】

〔一〕審官：《三國志·魏書·夏侯玄傳》引玄議：「夫官才用人，國之柄也。故銓衡專於臺閣，上之分也；孝行存乎閭巷，優劣任之鄉人，下之敍也。夫欲清教審選，在明其分敍，不使相涉而已。……斯則人心定而事理得，庶可以靜風俗而審官才矣。」《舊唐書·馬周傳》載周上疏：「臣又聞致化之道，在於求賢審官；爲政之基，在於揚清激濁。」《趙憬傳》：「憬深於理道，常言：爲政之本，在於選賢能、務節儉、薄賦斂、寬刑罰。對揚之際，必以此爲言，乃獻《審官六議》。……議進用庶官，則曰：『異同之論，是非難辨。由考課難於實效，好惡雜於衆聲，所以訪之彌多，得之彌少。選士古今爲難，拔十得五，賢愚猶半。陛下謂臣曰：「何必五也？十得二三斯可矣！」聖主思賢至是，而宰臣不能進之，臣之罪也。進賢在於廣任用，明殿最，舉大節，棄其小瑕，隨其所能，試之以事，用人之大綱也。』」

〔二〕立庶官：《書·説命》：「惟治亂在庶官。」

〔三〕故曰四句：《淮南子·主術訓》：「人有其才，物有其形，有任一而太重，或任百而尚輕。是故審毫厘之計者，必遺天下之大數；不失小物之選者，惑於大數之舉。譬猶狸之不可使搏牛，虎之不可使捕鼠。……或佞巧小具，諂進愉悦，隨鄉曲之俗，卑下衆人之耳目，而乃任之以天下之權，治亂之機，是猶以斧劗毛，以刀抵木也，皆失其宜矣。」又《説山訓》：「刀便剃毛，至伐大木，非斧不克。物固有以克適成不逮者。」

〔四〕備輪轅者適曲直之宜：《淮南子·泰族訓》：「輪圓輿方，轅從衡横，勢施便也。」張纘《南征賦》：「如蓑衮之代用，譬輪轅之曲直。」

## 三十一、大官乏人　由不慎選小官也。

問：國家台衮之材，臺省之器①，胡然近日稍乏其人？將欲救之，其故安在？

臣伏見國家公卿將相之具②，選於丞郎給舍。丞郎給舍之材，選於御史遺補郎官③。御史遺補郎官之器，選於秘著校正畿赤簿尉。雖未盡是，十常六七焉④。然則畿赤之吏，不獨以府縣之用求之。秘著之官，不獨以校勘之用取之。其所責望者，乃丞郎之椎輪，公卿之濫觴也。則選用之際，宜得其人。臣竊見近日秘著校正，或以門地授⑤；畿赤簿尉，唯以資序求〔一〕。未商較其器能⑥，不研覈其才行。至使頃年已來，臺官空不知所取，省郎闕不知所求。豈直乏賢⑦？誠亦廢事。且以資序得者，僅能參於簿領；以門地進者，或未任於鉛黃。臣恐台衮之才，臺省之具⑧，十年已後，稍乏其人。又頃者有司懲趨競之流，塞僥倖之路⑨，俾進士非科第者不授校正，校正欠資考者不署畿官〔二〕。立而爲文，權以救弊。蓋以一時之制，非可久之術。今者有司難於掄材，易於注擬。因循勿改，守以爲常。至使兩畿之中，數縣之外，雖資序皆當其任，而名實莫得而聞。故每臺省缺員，曾莫擬議。則守文之弊，一至於斯。伏願思以後艱⑩，革其前失。廣丞郎椎輪之本，疏公卿濫觴之源。如此，則良能之材必足用矣，要劇之職不乏人矣。（3450）

**【校】**

①之器　郭本作「之具」。

②臣伏見　《文苑英華》其上有「對」字。

③遺補　《白氏策林》作「補遺」。下句同。

④十常　《文苑英華》、《管見抄》作「十恒」。

⑤門地　《白氏策林》作「門第」。下文同。

⑥未　《文苑英華》校：「集作不。」《管見抄》、馬本作「不」。「商校」　《管見抄》作「商榷」。

⑦直　《文苑英華》校：「集作唯。」《管見抄》作「唯」。

⑧具　《文苑英華》校：「集作器。」馬本作「器」。

⑨塞　《文苑英華》、《管見抄》作「杜」，《文苑英華》校：「集作塞。」

⑩後艱　馬本作「後難」。

**【注】**

〔一〕臣竊見四句：此處「以門地授」、「以資序求」當爲互文。《唐會要》卷六九《縣令》：「貞元二年二月，京兆尹鮑防奏狀：『准廣德二年敕，中書門下及兩省五品已上、尚書省四品已上、諸司正員三品已上官，諸王駙馬等周親已上親及女婿、外甥等，自今已後，不得任京兆府判司及畿縣令、兩京縣丞簿尉等者。今咸陽縣令賈全，是臣親外甥，恐須停罷。』詔曰：『功勞近臣，至親子弟，既處繁劇，或招過犯，寬容則撓法，恥責則虧恩，不令守官，誠爲至當。賈全等十人，昨緣畿内凋殘，親自選擇，事非常制，不合避嫌。』」是畿縣令丞等可入朝遷升，其營求者亦衆，原有避嫌之制。

〔二〕進士非科第者不授校正：意即非進士科第者不授校正。唐進士出身依常格可授秘書省校書、正字，限滿遷畿尉，爲優升之途。《唐摭言》卷六「公薦」王泠然上相國燕公書：「凡校書、正字，一政不得入畿。相公曾爲此職，見貞觀已來故事。今吏部侍郎楊滔，眼不識字，心不好賢，蕪穢我清司，改張我舊貫，去年冬奏請：『自今已後，官無内外，一例不得入畿。』即知正字、校書，不如十鄉縣尉；明經、進士，不如三衛出身。相公復此改張，甄别安在？」此玄宗時事。《唐會要》卷七六《開元禮舉》：「元和八年四月，吏部奏：『……近日緣校書、正字等名望稍優，但霑科第，皆求注擬，堅待員闕，或至逾年。若無科條，恐長僥倖。起今已後，等第稍高、文學兼優者，伏請量注校正。』」此欲以科第限求校正者。又卷六五《秘書省》：「元和三年三月詔：『秘書省、弘文館、崇文館、左春坊、司經局校書、正字，宜委吏部，自今以後，於平留選人中加功訪擇，取志行貞退、藝學精通者注擬。綜覈才實，惟在得人，不須限以登科及判入等第。其校書、正字限考入畿縣尉簿，任依常格。』」此則意在破等第。《唐國史補》卷下：「李建爲吏部郎中，常言於同列曰：『方今俊秀，皆舉進士。使僕得志，當令登第之歲，集於吏部，使尉緊縣。既罷又集，乃尉兩畿，而升於朝。』」沈亞之《櫟陽兵法尉廳記》：「永貞前，諸畿自進士而得尉而升班者十六七，他入之尉而升者百一二。」徐鉉《送張佖郭賁二先輩序》：「君子所以章灼當時、焜燿來裔者，必曰進士擢第，畿尉釋褐。斯道也，中朝令法，雖百王不移者也。」

## 三十二、議庶官遷次之遲速①

問：先王建官，升降有制，遷次有常②，此經久之道也。或云：善賞爵者不踰時月③。又曰：爲官吏者可長子孫〔一〕。豈今古之制殊乎？不然，何遲速之異如此也？今欲速遷而勸善，恐誘躁求之心；將令久次而望功，慮興滯用之歎。疾徐之制，何以爲中？

臣聞孔子曰④：「苟有用我者，三年而有成。」〔二〕《舜典》曰：「三載考績，三考黜陟幽明。」〔三〕雖聖賢爲政，未及三年，不能成也。雖善惡難知，不過九載，必自著也。由此而論，爲官吏者不可速遷也，不可久次也。若未三年而遷，則政未立，績未成。且躁求之心生，而馴致之化廢矣。若過九載而不轉，則明不陟，幽不黜，而勸善之法缺⑤，懲惡之典隳矣⑥。大凡内外之官，其略如此。然則最與天子共理者，莫先於二千石乎〔四〕？臣竊見近來諸州刺史⑦，有未兩考而遷者，豈爲善成政之速速於聖賢耶⑧？將有司考察之不精耶？不然，何遷之遽也？又有踰一紀而不轉者。豈善惡未著⑨，莫得而知耶？將有司遺忘而不舉耶？不然，何轉之遲也？臣伏見順宗皇帝詔曰：「凡内外之職，四考遞遷。」〔五〕斯實革今之弊，行古之道也。然臣猶以爲吏能有聞者⑩，既以四考遷之，政術無取者，亦宜四考黜之。將欲循其名，辨其實，則在陛下獎糾察之吏，督考課之官，使別其否臧，明知白黑。仍命曰：雖久次者不得逾於四載，雖速遷者亦待及於三年。此先王較能之大方，致理之要道也。伏惟陛下試垂意而察焉⑪。（3451）

【校】

①題　《文苑英華》無「之」字。

②有常　《文苑英華》、《管見抄》作「有恒」。

③善賞爵　紹興本等作「賞善罰惡」，據《管見抄》改。「時月」《白氏策林》作「時日」。

④臣聞　《文苑英華》其上有「對」字。

⑤而　馬本作「且」。

⑥懲惡　馬本、《白氏策林》其上有「而」字。

⑦近來　《文苑英華》、《管見抄》作「比來」，《文苑英華》校：「集作近。」

⑧成政　《文苑英華》無「成」字，校：「集有成字。」
⑨豈善惡　紹興本、那波本脱「豈」字，據他本補。
⑩有聞　《白氏策林》作「有爲」。
⑪垂意　《白氏策林》作「留意」。

【注】

〔一〕或云二句：《漢書·翟方進傳》：「《司馬法》不云乎：『賞不逾時。』欲民速睹爲善之利也。」又《王嘉傳》：「孝文時，吏居官者或長子孫，以官爲氏。」
〔二〕孔子曰：《論語·子路》：「子曰：『苟有用我者，期月而已可也，三年有成。』」
〔三〕舜典曰：《書·舜典》：「三載考績，三考，黜陟幽明，庶績咸熙。」傳：「三年有成，故以考功。九歲則能否幽明有別，黜退其幽者，升進其明者。」
〔四〕然則二句：《漢書·循吏傳》：「及至孝宣，由仄陋而登至尊，興於閭閻，知民事之艱難……常稱曰：『庶民所以安其田里而亡歎息愁恨之心者，政平訟理也。與我共此者，其唯良二千石乎！』以爲太守，吏民之本也。數變易則下不安。」
〔五〕順宗皇帝詔：《册府元龜》卷八九《帝王部·赦宥》順宗即位大赦天下制：「内外五品已上文官

及臺省常參官，宜至四考滿與改轉。中外參遷，量才敍用。其中政績尤異須甄升者，不在此限。」《唐會要》卷六九《都督刺史已下雜錄》：「至貞元元年十一月十一日敕文：『自今已後，刺史、縣令，未經三考，不得改移。』至六年十一月八日敕文：『自今已後，刺史、縣令，以四考爲滿。』」

## 三十三、革吏部之弊

問：吏部之弊，爲日久矣。今吏多於員①，其故何因？官不得人，其由何在？姦僞日起，其計何生？馳騖日滋，其風何自？欲使吏與員而相得，名與實而相符，趨競巧濫之弊銷，公平政理之道長②，妍蚩者不能欺於藻鏡，錙銖者不敢詐於銓衡③，豈無良謀，以救其弊？

臣伏見吏部之弊④，爲日久矣。時皆共病，不知其然。臣請備而言之。臣聞古者計户以貢士，量官而署吏，故官不乏吏，士不乏官，士吏官員，必相參用⑤。今則官倍於古，吏倍於官，入色者又倍於吏也。此由每歲假文武而筮仕者衆，冒資蔭而出身者多。故官不得人，員不充吏。是以爭求日至⑥，姦濫日生。斯乃爲弊之一端也〔二〕。臣又聞，古者州郡之吏，牧守選而舉之。府寺之寮，公卿辟而署之。其餘者乃歸有司。有司所領既少，則所選必精。此前代所以得人也。今則内外之官，一命已上，歲羨千數，悉委吏曹。吏曹案資署官，猶懼不給，則何暇考察名實，區别否臧者乎？至使近代以來，寖而成弊。真僞爭進，共徵循資之書；賢愚莫分，同限停年之格〔二〕。才能者淹滯而不振，巧詐者因緣以成姦。此又爲弊之一端也。今若使内外師長者各選其人，分署其吏，則庶乎官得其才矣〔三〕。使諸色入仕者量省其數，或問以年，則庶乎士不乏官矣。官得其才，則公平政理之道所由長也。士不乏官，則趨競巧濫之弊所由消也。矧又滅銓衡之偏重，則力不撓而易平矣。分藻鏡之獨鑒，則照不疲而易明矣。與夫千品折於一面⑦，百職斷於一心，功相萬也。得失相懸，豈不遠矣？臣以爲芟煩劃弊，莫尚於斯。（3452）

【校】

①於員　《白氏策林》作「乏員」。

②政理　郭本作「理政」。

③詐　《文苑英華》作「冒」，校：「集作詐。」郭本作「評」。

④臣伏見　《文苑英華》其上有「對」字。

⑤必相參用　《管見抄》作「必參相得」。

⑥日至　《文苑英華》作「日進」，校：「集作至。」

⑦千品　《文苑英華》作「羣品」，校：「集作千。」

【注】

〔一〕今則官倍於古：唐代科舉及第及雜色入流者人數衆多，造成闕少員多，吏部選官弊端皆由此而生。居易此篇雖言吏部之弊，但敍其原因仍不夠明晰，蓋縮減入流人數實爲衆議所不許，初唐大臣有言之者，其後則少有敢斷然主張者。《唐會要》卷七四《論選事》：「顯慶二年，黄門侍郎、知吏部選事劉祥道上疏曰：『今之選司取士，傷多且濫。每年入流，數過一千四百人，是傷多也。雜色入流，不加銓簡，是傷濫也。……謹約准所須人，量支年别入流者，今内外文武官一品以下、九品以上一萬三千四百六十五員，舉大數當一萬四千人。壯室而任，耳順而退，取其中數，不過支三十年。此則一萬四千人，支三十年而略盡。若年别入流者五百人，三十年便得一萬五千人定數。……今年當入流者，遂逾一千四百，計應須數外，常餘兩倍。又常選者仍停六七千人，更復年别新加，實非處置之法。望請釐革，稍清其選。』中書令杜正倫亦言：『入流者多，爲政之弊。』公卿以下，憚於改作，事竟不行。」蘇氏議曰：「況今河西、隴右，虜盜其境，河北、河南、關中，止計官員大數，比天寶中三分減一。入流之人，比天寶中三分加一。自然須作法造令，增選加考，設格檢勘，選司試能。嗟乎！士子三年守官，十年待選，欲吏有善稱，野無遺賢，不可得也。若比祥道所述，豈祇十倍，不更弊乎！」吏倍於官：此吏似指流外職掌，倍於官者蓋指朝内職掌，合外職掌則其數遠不止倍於官。《通典》卷四十《職官·秩品》：「右内外文武官員凡萬八千八百五。文官萬四千七百七十四，武官四千三十一，内官二千六百二十，外官……萬六千一百八十五。内職掌……外職掌……總三十四萬九千八百六十三。内三萬五千一百七十七，外三十一萬四千六百八十六。都計文武官及諸色胥吏等，總三十六萬八千六百六十八人。」此唐文武官員與流外胥吏之定員數，官與吏之比約爲一比十八。入色：謂諸色出身者。《唐會要》卷六九《州府及縣加減官》：「元和六年六月，宰臣李吉甫奏請減職員，量定中外官俸料：『……臣竊計當今内外官，見以兩稅給俸料者，不下一萬員。其間有職出異名，事離本局，府寺曠廢，簪組因循者甚衆。況斂賦日寡，而受祿者漸多；設官有限，而入色者無數。九流安得不雜，萬務安得不煩。』」此減官之議。

〔二〕停年之格：即循資格。《通典》卷十四《選舉·歷代制·後魏》：「及崔亮爲吏部尚書，乃奏爲格制，官不問愚賢，以停解日月爲斷，雖復官須此人，停日後者終不得取；庸才下品，年月久者則先擢用。時沉滯者皆稱其能。」卷十五《選舉·歷代制·大唐》：「至玄宗開元中，（裴）行儉子光庭爲侍中，以選人既無常限，或有出身二十餘年而不獲祿者，復作循資格，定爲限域：凡官罷滿以若干選而集，各有差等，卑官多選，高官少選，賢愚一貫，必合乎格者，乃得銓授。自下升上，限年躡級，不得逾越。久淹不收者皆苛之，謂之聖書。雖小有常規，而掄材之方失矣。其有異才高行，聽擢不次。然有其制，而無其事。有司但守文奉式，循資例而已。」注：「此起於後魏崔亮停年之制也。」

〔三〕使内外師長者各選其人：唐人批評吏部選人之弊，每主張恢復辟署薦舉。《通典》卷十七《選舉·雜議論》魏玄同上疏：「自秦並天下，罷侯置守，漢氏因之，有沿有革。諸侯得自置吏四百石以下，其傅相大官，則漢爲置之。州郡掾吏督郵從事，悉任之於牧守。爰自魏晉，始歸吏部，遞相祖襲，以迄於今。用刀筆以量才，案簿書而察行。命官之弊，其來日久。」卷十八《選舉·雜議論》沈既濟議：「按前代選用，皆州府察舉，及年代久遠，訛失滋深。至於齊、隋，不勝其弊，凡所置署，多由請託。故當時議者以爲，與其率私，不若自舉；與其外濫，不若内收。是以罷州府之權而歸吏部。此矯時懲弊之權法，非經國不刊之常典。……謹按詳度古制，折量今宜，謂五品以上及群司長官，俾宰臣進敍，吏部兵部得參議焉。其六品以下，或僚佐之屬，許州府辟用。則銓擇之任，悉委於四方；結奏之成，咸歸於二部。」唐貞元後亦行奏薦制。《唐會要》卷八二《冬薦》：「貞觀（按，據《通典》卷十五，此及下文『貞觀』當作『貞元』）五年六月十一日敕：『准貞觀四年正月一日制，春秋舉薦官。』……至八年：『每冬薦官，比來所舉，人數頗多。自今以後，中書門下兩省，御史臺五品已上，尚書省四品已上，諸司、省三品已上，應合舉人，各令每人薦不得過兩人，餘官不得過一人，准前敕處分。』」由春秋舉薦改爲冬薦，蓋因舉薦人數頗衆，欲使其制度化，並對人數加以限制。又唐自軍興之後，吏部銓選權日削，六品以下官亦有由宰相直除者，諸道節鎮日强，奏授官員日衆，諸司諸使屬官亦自行差遣奏請，不經吏部。參嚴耕望《唐史研究叢稿·論唐代尚書省之職權與地位》。居易此篇似襲沈既濟之議，欲以薦舉爲銓選之補充，然僅祇書面理想，與實務尚隔一間。《册府元龜》卷三一三《宰輔部·謀猷》：「陸贄貞元中爲中書侍郎平章事，請許臺省長官自薦屬官。德宗俄又宣旨曰：『外議以諸司所舉，多引用親黨，兼通賂遺，不得實才。此法行之非便，今後卿等宜自選擇，勿用諸司延薦。』贄論奏曰……帝雖嘉其所陳，長官薦士之詔竟追寢之。」《唐會要》卷七四《論選事》：「寶曆二年十二月，吏部奏：『……近者入仕歲增，申闕日少，實由諸道州府所奏悉行，致令選司士子無闕。……私惠行於外府，怨謗歸於有司。特望明立節文，令自今以後，諸司諸使、天下州府，選限内不得奏六品以下官。』」奏薦制之流弊，參王勳成《唐代銓選與文學》第六章。

## 三十四、牧宰考課〔一〕　議殿最未精，又政不由己〔二〕。

問：今者勤恤黎元之隱，精求牧宰之材，亦既得人。使之爲政，何則撫字之方，尚未副我精求之旨？疲困之俗，尚未知我勤恤之心？豈才未稱官，將人不求理？備陳其故，以革其非①。

臣聞王者之設庶官②，無非共理者也。然則庶官之理同歸，而牧宰之用爲急。蓋以邦之賦役，由之而後均；王之風教，由之而後行。人之性命繫焉，國之安危屬焉。故與夫庶官之寄，輕重不可齊致也。臣伏見陛下勤恤黎元之心至矣，慎擇牧宰之旨深矣。然而黎元之理，尚未副陛下勤恤之心；牧宰之政，尚未稱陛下慎擇之旨。非人不求理，非才不稱官。以臣所窺，粗知其由矣③。臣聞賢者爲善，不待勸矣。何哉？性不忍爲惡耳。愚者爲不善，雖勸而不遷也。何哉？性不能爲善耳。賢愚之間，謂之中人。中人之心，可上可下。勸之則遷於善，捨之則陷於惡。故曰：懲勸之廢也，推中人而墜於小人之域；懲勸之行也，引中人而納諸君子之塗〔三〕。是知勸沮之道④，不可一日無也。況天下牧宰，中人者多。去惡遷善，皆得勸沮⑤。伏以方今殿最之法甚備，黜陟之令甚明。然則就備之中，察之者未甚精也；就明之中，奉之者未甚行也。未甚精，則臧否同貫；未甚行，則善惡齊驅。雖有和璞之真，不能識也；雖有齊竽之濫，何由知之？如此則豈獨利淫，亦將失善。善苟未勸，淫或未懲⑥，欲望副陛下勤恤之心，稱陛下慎擇之旨，或恐難矣。臣又請以古事驗之。臣聞唐虞之際也，敷求俊乂，而四兇見用。及三考黜陟，而四罪乃彰〔四〕。則知雖至明也⑦，尚或迷真僞之徒；雖至聖也，不能去考察之法。故其法張則變曲爲直，如蓬生於麻也〔五〕。其法弛則變香爲臭，使蘭化爲艾也〔六〕。且聖人之爲理，豈盡得賢而用之乎？豈盡知不肖而去之乎？將在夫秉其樞，操其要，刻邪爲正，削觚爲圓〔七〕。能使善之必遷，不謂善之盡有⑧。能使惡之必改，不爲惡之盡無⑨。成此功者無他⑩，懲勸之所致也。則考課之法，其可輕乎？臣又見當今牧宰之内，甚有良能。委之理人，亦足成政。所未至者，又有其由。臣聞牧宰古者五等之國也，於人有父母之道焉，於吏有君臣之道焉〔八〕。所宜弛張舉措由其心，威福賞罰懸於手。然後能鎮其俗，移其風也。今縣宰之權受制於州牧，州牧之政取則於使司。迭相拘持，不敢專達。雖有政術，何由施行？況又力役之限，賦斂之期，以用之費省爲求，不以人之貧富爲度；以上之緩急爲節，不以下之勞逸爲程。縣畏于州，州畏于使⑪，雖有仁惠，何由撫綏？此由束舟檝而望濟川⑫，絆騏驥而求致遠。臣恐龔、黄、卓、魯復生於今日，亦不能爲理矣〔九〕。（3453）

【校】

①革　郭本作「重」。

②臣聞　《文苑英華》其上有「對」字。

③矣　《文苑英華》作「也」，校：「集作矣。」

④是知　《文苑英華》無「知」字，校：「集有知字。」「勸沮」　郭本作「勸懲」。下文同。

⑤皆得　《文苑英華》、《管見抄》作「皆待」。

⑥淫或　《白氏策林》作「淫苟」。

⑦則知　《白氏策林》其下有「人」字。

⑧不謂善　郭本作「不爲惡」。

⑨不爲　《文苑英華》作「不謂」。「惡」　郭本作「善」。

⑩無他　《文苑英華》、《管見抄》作「非他」，《文苑英華》校：「集作無。」

⑪使　《白氏策林》作「使司」。

⑫此由　《文苑英華》、馬本、《白氏策林》作「此猶」。

【注】

〔一〕牧宰：州牧縣宰，指刺史縣令。《唐會要》卷六七《員外官》景龍二年蘇瓌上封事：「伏以州牧縣宰，選授多不得人。自餘寮佐，鮮有稱職，不務公謹，專於刻剥。比之馬也，必除其害牧；況之羊也，必去其亂群。」陳子昂《上軍國利害事·牧宰》：「臣伏惟陛下當今所共理天下、欲致太平者，豈非宰相與諸州刺史、縣令邪？……宰相，陛下之腹心；刺史、縣令，陛下之手足。未有無腹心手足而能獨理者也。臣竊觀當今宰相，已略得其人矣，獨刺史、縣令，陛下獨甚輕之，未見得其人。」

〔二〕殿最：唐代考課之法。《唐六典》卷二考功郎中：「凡考課之法有四善……善狀之外有二十七最……若於善最之外別可嘉尚，及罪雖成殿，情狀可矜，雖不成殿而情狀可責者，省校之日，皆聽考官臨時量定。諸官人犯罪負殿者，計贖銅一斤爲一負，公罪倍之。十負爲一殿。當上上考者，雖有殿不降，此謂非私罪。自上中已下，率一殿降一等。」

〔三〕中人之心可上可下：《論語·雍也》：「子曰：『中人以上，可以語上也；中人以下，不可以語上也。』」《論衡·本性》：「無分於善惡，可推移者，謂中人也，不善不惡，須教成者也。故孔子曰：『中人以上，可以語上也；中人以下，不可以語上也。』告子之以決水喻者，徒謂中人，不指極善極惡也。孔子曰：『性相近也，習相遠也。』夫中人之性，在所習焉。習善而爲善，習惡而爲惡也。至於極善極惡，非復在習。」《申鑒·政體》：「若夫中人之倫，則刑禮兼焉。教化之廢，推中人而墜於小人之域；教化之行，引中人而納於君子之途，是謂章化。」

〔四〕四罪：《書·舜典》：「流共工于幽州，放驩兜于崇山，竄三苗于三危，殛鯀于羽山，四罪而天下咸服。」《左傳》文公十八年：「舜臣堯，賓于四門，流四兇族渾敦、窮奇、檮杌、饕餮，投諸四裔，以禦螭魅。」杜預注謂窮奇即共工，渾敦即驩兜，檮杌即鯀。縉雲氏之子號饕餮，即三苗。

〔五〕蓬生於麻：《荀子·勸學》：「蓬生麻中，不扶而直。」

〔六〕蘭化爲艾：《楚辭·離騷》：「蘭芷變而不芳兮，又何可以淹留。何昔日之芳草兮，今直爲此蕭艾。」

〔七〕削觚爲圓：《史記·酷吏列傳》：「漢興，破觚而爲圜，斫雕而爲樸，網漏吞舟之魚，而吏治烝烝，不至於姦，黎民艾安。」索隱：「應劭云：觚，八棱有隅者。高祖反秦之政，破觚爲圜，謂除其嚴法，約三章耳。」

〔八〕牧宰古者五等之國：傅玄《傅子·安民》：「今之刺史，古之牧伯也。今之郡縣，古之諸侯也。」唐玄宗《幸河東推恩詔》：「今之刺史，古之諸侯。」

〔九〕龔黄卓魯：龔遂、黄霸及卓茂、魯恭。見《漢書·循吏傳》、《後漢書·卓魯魏劉傳》。

## 三十五、使百職修皇綱振

在乎革慎默之俗〔一〕。

夫百職不修，萬事不舉，皇綱弛而不振，頹俗蕩而不還者，由君子讜直之道消，小人慎默之道長也。臣伏見近代以來，時議者率以拱默保位者爲明智，以柔順安身者爲賢能，以直言危行者爲狂愚，以中立守道者爲凝滯①。故朝寡敢言之士，庭鮮執咎之臣。自國及家，寖而成俗。故父訓其子曰：無介直以立仇敵。兄教其弟曰：無方正以賈悔尤。識者腹非而不言，愚者心競而是効。至使天下有目者如瞽也②，有耳者如聾也，有口者如含鋒刃也。慎默之俗，一至於斯〔二〕。此正士直臣所以退藏而長太息也。豈直若此而已哉？蓋慎默積於中，則職事廢於外。强毅果斷之心屈，畏忌因循之性成。反謂率職而舉正者不達於時宜，當官而行法者不通於事變。是以殿最之文雖書而不實，黜陟之法雖備而不行。欲望善者勸，惡者懲，百職修，萬事舉，不可得也。然臣以爲歷代之頹俗，非國朝不能革也。國朝之皇綱，非陛下不能振也。革振之術，臣粗知之。何者？夫人之蚩蚩，唯利是務。若利出於慎默，則慎默之風大起。若利出於讜直，則讜直之風大行。亦猶冬日之陽③，夏日之陰，不召物自歸之者④，無他，溫涼之利所在故也〔三〕。伏惟陛下以至公統天下，以至明御羣臣，使情僞無所逃，言行無所隱。有若讜直强毅舉正彈違者，引而進之。有若慎默畏忌吐剛茹柔者，推而遠之。使此有利彼無利，安得不去彼取此乎？斯所謂俾人日從善遠罪而不自知也⑤〔四〕。如此則百職修，萬事舉，皇綱振，頹俗移。太平之風由斯而致矣。（3454）

【校】

①中立　郭本作「中正」。

②至使　《文苑英華》作「致使」。

③冬日　馬本作「冬月」。

④自歸　《文苑英華》其上有「而物」二字。

⑤從善　紹興本作「徙善」，據他本改。

## 【注】

〔一〕革慎默之俗：《晉書·王雅傳》：「又以朝廷方亂，内外攜離，但慎默而已，無所辯正。」《貞觀政要》卷五《公平》魏徵上疏：「昔在貞觀之初，側身勵行，謙以受物。蓋聞善必改，時有小過，引納忠規，每聽直言，喜形顏色。故凡在忠烈，咸竭其辭。自頃年海内無虞，遠夷懾服，志意盈滿，事異厥初。高談疾邪，而喜聞順旨之説；空論忠讜，而不悦逆耳之言。私嬖之徑漸開，至公之道日塞，往來行路，咸知之矣。邦之興衰，實由斯道。爲人上者，可不勉乎？」陸贄《奉天請數對群臣兼許令論事狀》：「臣每讀史書，見亂多理少，因懷感歎，嘗試思之。竊謂爲下者莫不願忠，爲上者莫不求理，然而下每苦上之不理，上每苦下之不忠，若是者何？兩情不通故也。下之情莫不願達於上，上之情莫不求知於下。然而下恒苦上之難達，上恒苦下之難知，若是者何？九弊不去故也。所謂九弊者，上有其六，而下有其三。好勝人，恥聞過，騁辯給，眩聰明，厲威嚴，恣强愎：此六者，君上之弊也。諂諛，顧望，畏懦：此三者，臣下之弊也。」

〔二〕故父訓其子四句：本書卷七《爲人上宰相書》（2882）：「是以聰明損於上，則正道銷於下；畏忌慎默之道長，公議忠讜之路塞；朝無敢言之士，庭無執咎之臣。自國及家，寖以成弊。故父訓其子曰：無介直以立仇敵。兄教其弟曰：無方正以賈悔尤。先達者用以養身，後進者資而取仕。日引月長，熾然成風。識者腹非而不言，愚者心競而是效。至使天下有目者如瞽也，有耳者如聾也，有口者如含鋒刃也。」作於永貞元年（八〇五）。與此篇議論互見。

〔三〕亦猶冬日之陽：《淮南子·主術訓》：「夫疾呼不過聞百步，志之所在，逾於千里。冬日之陽，夏日之陰，萬物歸之，而莫使之然。」

〔四〕俾人日從善遠罪而不自知：《大戴禮記·禮察》：「然如曰禮云禮云，貴絶惡於未萌，而起信於微眇，使民日從善遠罪而不自知也。」

# 白居易文集校注卷第二十七①

## 策林三　凡十九道

### 三十六、達聰明致理化

夫欲達聰明，致理化，則在乎奉成式②，不必乎創新規也。臣聞堯之所以神而化者，聰明文思也③〔一〕；舜之所以聖而理者，明四目、達四聰也〔二〕。蓋古之理化，皆由聰明出也。自唐虞以降，斯道寖衰。秦漢以還，斯道大喪。上不以聰接下，下不以明奉上。聰明之道既阻於上下，則訛僞之俗不得不流於内外也。國家承百王已弊之風，振千古未行之法，於是始立匭使，始加諫員，始命待制官，始設登聞鼓。故遺補之諫入④，則朝廷之得失所由知也〔三〕；匭使之職舉，則天下之壅蔽所由通也〔四〕；待制之官進，則衆臣之謀猷所由展也〔五〕；登聞之鼓鳴，則羣下之冤濫所由達也〔六〕。此皆我烈祖所創，累聖所奉。雖堯舜之道，無以出焉。故貞觀之大和⑤，開元之至理，率由斯而馴致矣。自貞元以來，抗疏而諫者留而不行，投書於匭者寢而不報。待制之官，經時而不見於一面⑥。登聞之鼓，終歲而不聞於一聲。臣恐衆臣之謀猷或未盡展，朝廷之得失或未盡知，壅蔽者有所未通，冤濫者有所未達。今幸當陛下踐祚體元之始，施令布和之初，則宜申明舊章，條舉廢事⑦，使列聖之述作不墜，陛下之聰明惟新。以初爲常，今其時矣。時不可失，惟陛下惜而行之⑧。則堯舜之化⑨，祖宗之理，可得而致矣。臣故曰：達聰明，致理化，在乎奉成式，不必乎創新規也⑩。（3455）

【校】

①卷第二十七　即《白氏文集》紹興本、馬本卷六十四，那波本、金澤本卷四十七。金澤本署「太原白居易」。

②成式　金澤本其下有「也」字。

③聰明　《白氏策林》作「欽明」。

④遺補　郭本作「補遺」。

⑤大和　《文苑英華》、馬本、《白氏策林》作「太和」。

⑥一面　金澤本、《管見抄》作「一問」。

⑦條舉　金澤本、《文苑英華》、《管見抄》作「修舉」，《文苑英華》校：「集作條。」

⑧惟　金澤本作「伏惟」。

⑨化　《文苑英華》校：「一作風。」

⑩不必乎　《管見抄》作「不必」。

**【注】**

〔一〕聰明文思：《書·堯典》：「昔在帝堯，聰明文思，光宅天下。」傳：「言聖德之遠著。」

〔二〕明四目達四聰：《書·舜典》：「舜格于文祖，詢于四嶽，辟四門，明四目，達四聰。」傳：「廣視聽於四方，使天下無壅塞。」

〔三〕遺補之諫：《唐六典》卷八門下省：「左補闕二人，從七品上。左拾遺二人，從八品上。左補闕、拾遺掌供奉諷諫，扈從乘輿。凡發令奏事有不便於時，不合於道，大則廷議，小則上封。若賢良之遺滯於下，忠孝之不聞於上，則條其事狀而薦言之。」注：「皇朝所置。言國家有過闕而補正之，故以名官焉。……右補闕亦同。」「皇朝所置。言國家有遺事，拾而論之，故以名官焉。……右拾遺亦同。」

〔四〕匭使：《唐六典》卷九匭使：「匭使院，知匭使一人。知匭使掌申天下之冤滯，以達萬人之情狀。」注：「垂拱元年置，常以諫議大夫及補闕、拾遺一人爲使，專知受狀，以達其事。事或要者，當時處分，餘出付中書及理匭使據狀申奏。理匭使常以御史中丞及侍御史一人爲之。」

〔五〕待制官：《唐六典》卷九集賢院：「（開元）十三年，召學士張説等宴於集仙殿，於是改名集賢殿修書所爲集賢殿書院，五品已上爲學士，六品已下爲直學士，以説爲大學士，知院事。説累讓大字，詔許之。其後，更置修撰、校理官。又有待制官名，其來尚矣。漢朱買臣待詔公車。公車，衛尉之屬官，掌天下之上書。東方朔、劉向、王褒、賈捐之等待詔金馬門，宦署門也。今之待制，即其事焉。」《唐會要》卷二六《待制官》：「大曆十四年六月八日，門下侍郎崔祐甫奏：『伏以先天二年令群臣直日待制以備顧問。自今已後，准元敕文官一品以下，更直待制。……』至建中二年五月二日，敕：『宜令中書門下兩省分置待制官三十員，仍於見任前資及同正兼試九品已上官中，簡擇文學理道、兵鋒法度優深者，具名聞奏。……』」

〔六〕登聞鼓：《唐會要》卷三十《大内》：「顯慶五年八月，有抱屈人賷鼓於朝堂訴，上令東都置登聞鼓。西京亦然。」卷五八《左右司郎中》：「建中元年三月，於朝堂別置三司，以決庶獄，爭者輒擊登聞鼓。右司郎中裴諝上疏曰：『夫諫鼓謗木之設，所以達幽枉，延直言。今輕滑之人，援桴鳴鼓，始動天聽，因競纖微。若然者，安用吏乎？』上然之，悉命歸於有司。」

## 三十七、決壅蔽〔一〕 在不使人知所欲。

臣聞國家之患①，患在臣之壅蔽也。壅蔽之生，生於君之好欲也②。蓋欲見於此，則壅生於彼。壅生於彼，則亂作其間。歷代有之，可略言耳③。昔秦二代好佞，趙高飾諂諛之言以壅之〔二〕。周厲好利，榮夷公陳聚斂之計以壅之〔三〕。殷辛好音，師涓作靡靡之音以壅之〔四〕。周幽好色，褒人納豔妻以壅之〔五〕。齊桓好味，易牙蒸首子以壅之〔六〕。雖所好不同，同歸於壅矣④。所壅不同，同歸於亂也。故曰：人君無見其意，將爲下餌。蓋謂此矣。然則明王非無欲也，非無壅也。蓋有欲則節之，有壅則決之。節之又節之，以至於無欲也。決之又決之，以至於無壅也。其所然者⑤，將在乎靜思其故，動防其微。故聞甘言，則慮趙高之諛進於側矣。見厚利，則慮榮夷公之計陳於前矣。聽新聲，則慮師涓之音誘於耳矣。顧豔色，則慮褒氏之女惑於目矣。嘗異味，則慮易牙之子入於口矣。夫如是，安得不晝夜慮之，寤寐思之。立則見其參於前，行則想其隨於後。自然兢兢業業，日慎一日，使左不知其所欲，右不知其所好。雖欲壅蔽，其可得乎？此明王節欲決壅之要道也。（3456）

【校】

①臣聞　《文苑英華》其上有「對」字。

②壅蔽之生生於君　《文苑英華》作「壅蔽之由由生於君」，校文同紹興本等。

③略言　郭本作「略舉」。

④矣　金澤本、《文苑英華》、《管見抄》作「也」，《文苑英華》校：「集作矣。」

⑤所然　馬本作「所以然」。

【注】

〔一〕決壅蔽：桓範《世要論·決壅》：「夫人君爲左右所壅制，此有目而無見，有耳而無聞……人主之好惡，不可見於外也。所好惡見於外，則臣妾乘其所好惡以行壅制焉。故曰人君無見其意，將爲下餌。昔晉公好色，驪女乘色以壅之。吳王好廣地，太宰陳伐以壅之。桓公好味，易牙蒸首子以壅之。及薛公進美珥以勸立后，龍陽臨釣魚行微巧之詐以壅制其主，沈冥無端，甚可畏矣。古今亡國多矣，皆由壅蔽於帷幄之內，沈溺於諂諛之言也，而秦二世獨甚。趙高見二世好淫游之樂，遺於政，因曰：『帝王貴有天下者，貴得縱欲恣意，尊嚴若神，固可得聞，而不可得睹。』高遂專權欺罔，二世見殺望夷，臨死乃知見之禍，悔復無及，豈不哀哉！」此篇多襲其意。

《貞觀政要》卷一《君道》：「貞觀二年，太宗問魏徵曰：『何謂明君暗君？』徵曰：『君之所以明者，兼聽也；其所以暗者，偏信也。《詩》云：「先人有言，詢於芻蕘。」昔唐虞之理，闢四門，明四目，達四聰。是以聖無不照，故共鯀之徒，不能塞也；靖言良回，不能惑也。秦二世則隱藏其身，捐隔疏賤，而偏信趙高。及天下潰叛，不得聞也。梁武帝偏信朱异，而侯景舉兵向闕，竟不得知也。隋煬帝信虞世基，而諸賊攻城剽邑，亦不得知也。是故人君兼聽納下，則貴臣不得壅蔽，而下情必得上通也。』太宗甚善其言。」亦與本篇同旨。

〔二〕趙高：《史記·秦始皇本紀》：「趙高説二世曰：『先帝臨制天下久，故群臣不敢爲非，進邪説。今陛下富於春秋，初即位，奈何與公卿廷決事？事即有誤，示群臣短也。天子稱朕，固不可聞聲。』於是二世常居禁中，與高決諸事。其後公卿希得朝見。」

〔三〕榮夷公：《國語·周語上》：「厲王説榮夷公，芮良夫曰：『王室其將卑乎！夫榮公好專利而不知大難。夫利，百物之所生也，天地之所載也，而或專之，其害多矣。……今王學專利，其可乎？匹夫專利，猶謂之盜，王而行之，其歸鮮矣。榮公若用，周必敗。』既，榮公爲卿士，諸侯不享，王流於彘。」

〔四〕師涓：《史記·殷本紀》：「帝紂資辨捷疾，聞見甚敏，材力過人，手格猛獸。……於是使師涓作新淫聲，北里之舞，靡靡之樂。」《韓非子·十過》、《史記·樂書》載師涓爲晉平公時樂師，聽濮水之上新聲而寫之，師曠謂此亡國之音，師延所作，與紂爲靡靡之樂。

〔五〕褒人：《國語·晉語》：「周幽王伐有褒，褒人以褒姒女焉，褒姒有寵，生伯服，於是乎與虢石甫比，逐太子宜臼而立伯服。太子出奔申，申人、鄫人召西戎以伐周，周於是乎亡。」

〔六〕易牙：《韓非子·二柄》：「桓公好味，易牙蒸其子首而進之。」

## 三十八、君不行臣事〔一〕 委任宰相①。

臣聞建官施令者②，君所執也；率職知事者，臣所奉也。臣行君道則政專，君行臣道則事亂。專與亂，其弊一也③。然則臣道者，百職至衆，萬事至繁，誠非一人方寸所能盡也。故王者但操其要，擇其人而已。將在乎分務於羣司④，各令督責其課⑤；受成於宰相，不以勤倦自嬰⑥。然後謹殿最而賞罰焉，審幽明而黜陟焉，則萬樞之要畢矣。故失君道者，雖多夕惕若厲之慮⑦，而彝倫未必序也。行臣事者，雖多日昃不食之勤，而庶績未必凝也。得其要，逸而有終⑧；非其宜，勞而無功故也。臣又聞，坐而論道，三公之任也；作而行之，卿大夫之職也〔二〕。故陳平不肯知錢穀⑨，邴吉不問死傷者〔三〕。此有司之職也，非宰相之任也。夫以宰相尚不可侵有司之職，況人君可侵宰相之任乎？可侵百執事之事乎？臣又聞，宰相之任者，上代天工，下執人柄〔四〕。羣職由之而理亂⑩，庶政由之而弛張。君之心膂待宰相而啓沃，君之耳目待宰相而聰明。設其位，不可一日非其人⑪。得其人，不可一日無其寵。疑則勿用，用則勿疏。然後能訢合其心，馴致其道。蓋先王所以端拱凝旒而天下大理者，無他焉，委務於有司也，仰成於宰相也。（3457）

【校】

①委任　《白氏策林》其上有「在」字。

②臣聞　《文苑英華》其上有「對」字。

③一也　金澤本、《管見抄》作「大也」。

④將在乎分務於羣司　郭本作「操在乎分務擇在乎羣司」。

⑤其　《文苑英華》作「考」，校：「集作其。」

⑥不以　《白氏策林》作「不必」。

⑦若厲　金澤本、《管見抄》作「惟厲」。

⑧有終　郭本作「有成」。

⑨不肯　金澤本、《管見抄》、《文苑英華》無「肯」字。

⑩羣職　郭本作「百職」。

⑪非　《文苑英華》作「無」，校：「集作非。」

【注】

〔一〕君不行臣事：《慎子·民雜》：「君臣之道，臣事事，君無事；君逸樂，而臣任勞；臣盡智力以善其事，而君無與焉，仰成而已。……是以人君自任而躬事，則臣不事事，是君臣易位也，謂之倒逆，倒逆則亂矣。人君苟任臣而勿自躬，則臣皆事事矣。是君臣之順，治亂之分，不可不察也。」《群書治要》引《申子》：「明君如身，臣如手；君若號，臣如響；君設其本，臣操其末；君治其要，臣行其詳；君操其柄，臣事其常。……君知其道也，臣知其事也。十言十當，百爲百當者，人臣之事也，非君人之道也。」《貞觀政要》卷一《政體》：「貞觀四年，太宗問蕭瑀曰：『隋文帝何如主也？』對曰：『克己復禮，勤勞思政，每一坐朝，或至日昃，五品已上，引坐論事，宿衛之士，傳飧而食，雖性非仁明，亦是勵精之主。』太宗曰：『公知其一，未知其二。此人性至察而心不明。……朕意則不然，以天下之廣，四海之衆，千端萬緒，須合變通，皆委百司商量，宰相籌畫，於事穩便，方可奏行。豈得以一日萬機，獨斷一人之慮也？且日斷十事，五條不中，中者信善，其如不中者何？以日繼月，乃至累年，乖謬既多，不亡何待？豈如廣任賢良，高居深視，法令嚴肅，誰敢爲非？』」

〔二〕坐而論道四句：《周禮·冬官考工記》：「坐而論道，謂之王公；作而行之，謂之士大夫。」

〔三〕陳平不肯知錢穀：《史記·陳丞相世家》：「於是上亦問左丞相平。平曰：『有主者。』上曰：『主者謂誰？』平曰：『陛下即問決獄，責廷尉；問錢穀，責治粟内史。』上曰：『苟各有主者，而君所主者何事也？』平謝曰：『主臣。陛下不知其駑下，使待罪宰相。宰相者，上佐天子理陰陽，順四時，下育萬物之宜，外鎮撫四夷諸侯，内親附百姓，使卿大夫各得任其職焉。』孝文乃稱善。」

邴吉不問死傷：《漢書·丙吉傳》：「吉又嘗出，逢清道群鬥者，死傷横道，吉過之不問。掾史獨怪之。吉前行，逢人逐牛，牛喘吐舌，吉止駐，使騎吏問：『逐牛行幾里矣？』掾史獨謂丞相前後失問。或以譏吉，吉曰：『民鬥相殺傷，長安令、京兆尹職所當禁備逐捕，歲竟丞相課其殿最，奏行賞罰而已。宰相不親小事，非所當於道路問也。方春少陽用事，未可大熱，恐牛近行，用暑故喘，此時氣失節，恐有所傷害也。三公典調和陰陽，職當憂，是以問之。』掾史乃服，以吉知大體。」

〔四〕上代天工二句：《書·皋陶謨》：「皋陶曰：『……無曠庶官，天工，人其代之。』」《左傳》襄公二十三年：「既有利權，又執民柄，將何懼焉。」

## 三十九、使官吏清廉 在均其禄厚其俸①〔一〕。

臣聞爲國者皆患吏之貪②，而不知去貪之道也；皆欲吏之清，而不知致清之由也。臣以爲去貪致清者，在乎厚其禄，均其俸而已。夫衣食闕於家，雖嚴父慈母不能制其子，況君長能檢其臣吏乎？凍餒切於身，雖巢、由、夷、齊不能固其節，況凡人能守其清白乎？臣伏見今之官吏所以未盡貞廉者，由祿不均而俸不足也。不均者，由所在課料重輕不齊也③〔二〕。不足者，由所在官長侵刻不已也④。其甚者，則有官秩等而祿殊，郡縣同而俸異。或削奪以過半，或停給而彌年。至使衣食不充，凍餒並至。如此，則必冒白刃、蹈水火而求私利也⑤。況可使撫人字物、斷獄均財者乎⑥？夫上行則下從，身窮則心濫。今官長日侵其利而望吏之不日侵於人⑦，不可得也。蓋所謂渴馬守水，餓犬護肉，則雖日用刑罰不能懲貪而勸清必矣〔三〕。陛下今欲革時之弊，去吏之貪，則莫先於均天下課料重輕，禁天下官長侵刻。使天下之吏溫飽充於內，清廉形於外，然後示之以恥，糾之以刑。如此則縱或爲非者，百無一二也⑧。（3458）

【校】

①其俸　馬本此下有「也」字。

②臣聞　《文苑英華》其上有「對」字。「患」《白氏策林》作「知」。

③所在　金澤本無二字。

④侵刻　《白氏策林》作「侵克」。

⑤也　金澤本作「矣」。

⑥均　金澤本作「臨」，《文苑英華》校：「集作臨。」

⑦其利　金澤本、《管見抄》、《文苑英華》作「其吏」。

⑧也　金澤本、《文苑英華》、《管見抄》作「矣」，《文苑英華》校：「集作也。」

【注】

〔一〕均其祿厚其俸：唐代外官俸料因州縣等級及税收不同，厚薄之差明顯。《舊唐書·職官志一》比部郎中：「凡内外官料俸，以品第高下爲差。外官以州縣府之上中下爲差。凡税天下户錢，以充州縣官月料，皆分公廨本錢之利。羈縻州所補漢官，給以當土之物。關監之官，以品第爲差。其給以年支輕貨。鎮軍司馬、判官俸祿，同京官。鎮戍之官，以鎮戍上中下爲差。」穆宗《南郊改元德音》：「河北諸道管内，自艱難以來，各隨所在，徵斂不時，色目至多，都無藝極。宜委本道觀察使勘實，據桑産及先各徵配量輕重團定兩税，務令均濟。其刺史已下俸料，仍據州縣户口徵科多少，並職田祿粟作等第，河南諸州府例條疏分析聞奏。」李德裕《論河東等道比遠官加給俸料狀》：「河東等道，或興王舊邦，或陪京近地，州縣之職，人合爲樂。祇緣俸祿寡薄，官同比遠。元和六年閏十二月十二日及元和七年十二月二十四日敕，河中、鳳翔、鄜坊、邠州、易定等道，令户部加給俸料錢，共當六萬二千五百貫，吏曹出得平留官數百員，時議以爲至當。自後訪聞户部所給零碎，兼不及時，觀察使以爲虚折，皆别將破用，徒有加給，不及官人，近地好官，依前比遠。」《册府元龜》卷五〇八《邦計部·俸禄》：「（會昌六年）十二月，中書門下奏：應諸州刺史，既欲責其潔己，須令俸禄稍充。但以厚薄不同，等級無制，致使俸薄處無人願去，禄厚處終日爭先。應諸中下州司馬軍事俸料其不滿一百千者，請添至一百千。其緊上州不滿一百五十千者，請添至一百五十千。其雄望州不滿二百千者，請添至二百千。」《舊五代史·周太祖紀》廣順元年四月丙辰詔：「牧守之任，委遇非輕，分憂之務既同，制禄之數宜等。自前者富庶之郡，請給則優；或邊遠之州，俸料素薄。以至遷除之際，擬議亦難。既論資序之高卑，又患禄秩之升降。所宜分多益寡，均利同恩，冀無黨無偏，以勸勤效。」

〔三〕課料：唐代官員俸料包括俸、料、課及雜錢。《通典》卷三五《職官·禄秩》：「凡京師文武職事官，五品以上給防閤，一品九十六人……六品以下給庶僕，六品五人……凡州縣官皆有白直，二品四十人……凡諸親王府屬並給士力，數如白直。其防閤、庶僕、白直、士力納課者，每年不過二千五百，執衣元不過一千文。防閤、庶僕，舊制季分；月俸、食料、雜用，即有月分，諸官應月給。開元二十四年六月，乃撮而同之，通謂之月俸。一品月俸料八千，食料千八百，雜用千二百，防閤二十千，通計三十一千。……其後舉其名而徵其資，以給郡縣之官。其門之多少、課之高下，任土作制，無有常數。天寶五載制，郡縣白直計數多少，同料錢加税以充之，不得配丁爲白直。十四載八月制，兩京文武官九品以上正員外官，自今以後，每月給俸食、雜用、防閤、庶僕等，宜十分率加二分，其同正官加一分，仍永爲恒式。」防閤、庶僕等，「初以民丁中男充，爲之役使者不得逾境。後皆捨其身而收其課，課入所配之官，遂爲恒制。」此爲課，與食料、雜用等一併計入月俸料。

〔三〕蓋所謂三句：《韓非子·外儲説右下》：「造父爲齊王駙駕，渴馬服成，效駕圃中。渴馬見圃池，去車走池，駕敗。」《群書治要》引崔寔《政論》：「人非食不活，衣食足然後可教以禮義，威以刑罰。苟其不足，慈親不能畜其子，況君能檢其臣乎？故古《記》曰：『倉廩實而知禮節，衣食足而知榮辱。』今所使分威權、御民人、理獄訟、干府庫者，皆群臣之所爲也，而其奉祿甚薄，仰不足以養父母，俯不足以活妻子。父母者，性所愛也。妻子者，性所親也。所愛所親方將凍餒，雖冒刃求利，尚猶不避，況可令臨財御衆乎！是所謂渴馬守水，餓犬護肉，欲其不侵，亦不幾矣。」此襲其意。

## 四十、省官併俸減使職①〔一〕

臣聞古者計人而置官，量賦而制祿。故官之省置②，必稽人户之衆寡；祿之厚薄，必稱賦入之少多③。俾乎官足以理人，人足以奉吏。吏有常祿，財有常征。財賦吏員，必參相得者也。頃以兵戎屢動，荒沴荐臻，户口流亡，財征減耗④，則宜量其官而省之，併其祿而厚之。故官省則事簡，事簡則人安；祿厚則吏清，吏清則俗阜，而天下所由理也。然則知清其吏而不知厚其祿，則飾詐而不廉矣。知厚其祿而不知省其官，則財費而不足矣。知省其官而不知選其能⑤，則事壅而不理矣。此三者迭爲表裏⑥，相須而成者也。伏惟陛下詳而行之。臣又見兵興以來，諸道使府或因權宜而置職，一置而不停。或因暫勞而加俸，一加而無減。至使職多於郡縣之吏，俸優於臺省之官〔二〕。積習生常，煩費滋甚。今若量其職員，審其祿秩⑦，使衆寡有常數，厚薄得其中。故祿得其中，則費不廣而下無侵削之患矣。職有常數，則事不煩而人無勞擾之弊矣。此又利害相懸遠者⑧，伏惟陛下念而救之。（3459）

【校】

①題　「減使職」三字金澤本、《管見抄》小字側注。

②省置　馬本作「省制」。

③少多　金澤本、《文苑英華》、《管見抄》作「多少」，《文苑英華》校：「集作少多。」

④財征　《白氏策林》作「賦征」。

⑤不知　《文苑英華》作「不能」。

⑥迭爲　郭本作「實爲」。

⑦禄秩　金澤本作「禄稍」。

⑧利害　金澤本其下有「之」字。

【注】

〔一〕省官併俸：《通典》卷四十《職官·秩品》載杜佑建中中上議：「當開元、天寶之中，四方無虞，百姓全實，大凡編户九百餘萬。吏員雖衆，經用雖繁，人力有餘，帑藏豐溢，縱或枉費，不足爲憂。今兵革未寧，黎庶凋瘵，數年前天下簿帳到省百三十餘萬户。自聖上御極，分命使臣，按地收斂，土户與客户共計得三百餘萬，比天寶纔三分之一，就中浮寄仍五分有二。出租賦者減耗若此，食租賦者豈可仍舊。如一州無三數千户，置五六十官員，十羊九牧，疲吏煩衆。顧兹大弊，實思革之。……今若以人情因習既久，不能改更制度，併省内官，但且權停省外官别駕、司馬及參軍，州縣額内官約人户減縣尉。其被罷者但有德行才器，委州府長史搜擇論薦，固亦不遺器能。」所論甚詳，然未涉使職。《舊唐書·憲宗紀》：「（元和六年六月丁卯）中書門下奏……今内外官給俸料者，不下一萬餘員。其間有職出異名，俸離本局。府寺曠廢，簪組因循者甚衆。況斂財日寡，而授禄至多；設官有限，而入色無數。九流安得不雜，萬物安得不煩……又國家舊章，依品制俸，官一品月俸三十千，其餘職田禄米，大約不過千石。自一品以下，多少可知。艱難已來，禁網漸弛，於是增置使額，厚請俸錢。故大曆中，權臣月俸有至九千貫者。列郡刺史無大小給皆千貫。常衮爲相，始立限約，至李泌又量其閑劇，隨事增加。時謂通濟，理難減削。然猶有名存職廢，額去俸存；閑劇之間，厚薄頓異。」此李吉甫之奏，其減官之議曾付諸實施。又見《唐會要》卷六九《州府及縣加減官》。

〔二〕使職多於郡縣之吏：唐中葉以後，地方節度使、觀察使以下諸使名目繁多，諸使屬官有判官、推官、巡官、掌書記、進奏官等，均屬差職，多由使職之長奏請敕授，以差職兼帶品官，乃至越權奏攝州縣官，以致吏部無闕可授。《唐會要》卷七五《選部雜處置》：「(元和)七年十二月，魏博奏：管内州縣官二百五十三員，内一百六十三員見差假攝，九十員請有司注擬。從之。」又：「會昌二年四月赦文：准大和九年十二月十八日敕：進士初合格，並令授諸州府參軍及緊縣簿尉，未經兩考，不許奏職。……近者諸州長吏，漸不遵承，雖注縣僚，多縻使職，苟從知己，不顧蒸人。流例寖成，侵費不少。況去年選格，更改新條，許本郡奏官，便當府充職，一人從事，兩請料錢，虚占吏曹正員，不親本任公事。」《册府元龜》卷六三一《銓選部・條制》：「(大和二年)六月敕：應諸軍使及諸道軍將兼特授正官，如聞内外官曹，悉皆充滿，上自要重，下至卑散，班行府縣，更無闕員，或未經考，便須更替，相沿薦請，爲弊滋深。……其諸道將校等，自今後宜依注例，除舊有正官外，並不得兼授正官。」「（開成三年）十二月制曰：應諸道奏請軍將兼巡内州别駕、長史、判司等，近日諸色入流人多，官途隘窄，諸道軍將自有衣糧優厚之處，仍兼月俸，若更占州縣員闕，則文吏無所容身，須有申明，人知分限。起今已後，諸道節度、團練、防禦等使不得更奏大將充巡内上佐等官。」參嚴耕望《唐史研究叢稿·論唐代尚書省之職權與地位》。

## 四十一、議百司食利錢〔一〕

臣伏見百司食利，利出於人。日給而經費有常，月徵而倍息無已①。然則舉之者無非貧户，徵之者率是遠年。故私財竭於倍利②，官課積於逋債③。至使公食有闕，人力不堪。弊既滋深，法宜改作。且王者惡言求利，患在不均④。況天下之錢一也，謂之曰利，曷若謂之曰征乎？取之於寡，曷若取之於衆乎？今若日計其費，歲會其用，舉爲定數，命曰食征〔二〕。隨兩税以分徵，使萬民而均出⑤。散之天下，其數幾何？故均之於衆⑥，則貧户無倍息之弊矣。入之有程，則公食無告闕之慮矣。公私交便，其在兹乎⑦！

（3460）

【校】

①月徵　《文苑英華》作「日徵」，校：「集作月。」「無已」《白氏策林》作「不已」。

②倍利　金澤本、《文苑英華》作「倍稱」，《文苑英華》校：「集作相，非。」

③積於　金澤本、《管見抄》、《文苑英華》作「積爲」，《文苑英華》校：「集作於，非。」

④在　《文苑英華》作「其」，校：「集作在。」

⑤萬民　金澤本、《管見抄》作「萬人」。

⑥故均之　馬本脱「故」字。

⑦兹乎　《管見抄》作「此乎」。紹興本此下衍「此」字，據他本删。

【注】

〔一〕百司食利錢：指公廨本錢中的食利本錢。《唐會要》卷九三《諸司諸色本錢下》：「（元和）九年十一月，户部奏：准八月十五日敕，諸司食利本錢，出放已久，散失頗多，各委本司勘會，其合徵錢數，便充食錢……得報，據秘書省等三十二司牒，應管食利本錢物五萬三千九百五十二貫九百五十五文。……其年十二月敕：比緣諸司食利錢，出舉歲深，爲弊頗甚，已有釐革，別給食錢。其御史臺奏：所勘責秘書省等三十二司食利本錢數内，有重攤轉保，稱甚困窮者，據所欠本利並放，其本户中納利，如有十倍已上者，既緣輸利歲久，理亦可矜，量准前本利並放。其納經五倍已上，從今年十二月以前，應有欠利並放。……十一年八月敕：京城百司、諸軍、諸使及諸道應差所由，並召人捉本錢。右御史中丞崔從奏：『前件捉錢人等，比緣皆以私錢添雜官本，所防耗折，裨補官利。近日訪聞，商販富人，投身要司，依託官本，廣求私利。可徵索者，自充家產，或逋欠者，證是官錢，非理逼迫，爲弊非一。今請許捉錢户添放私本，不得過官本錢，勘責有賸，並請没官。』從之。」此爲賦税收入之外的官營高利貸，其制起於隋。《通典》卷五《食貨・賦税》：「先是京官及諸州，並給公廨錢，回易生利，以給公用。（開皇）十四年，工部尚書蘇孝慈等以爲，所在官司，因循往昔，皆以公廨錢物出舉興生，惟利是求，煩擾百姓，奏皆給地以營農，回易取利皆禁止。十七年十一月，詔外内諸司公廨在市回易及諸處興生並聽之，唯禁出舉收利。」又卷三五《職官・俸禄》：「貞觀十五年，以府庫尚虚，敕在京諸司依舊置公廨，給錢充本，置令史、府史、胥士等，令回易納利，以充官人俸。諫議大夫褚遂良上疏曰：『……國家制令，憲章三代，商賈之人，亦不居官位。陛下近許諸司令史捉本廨本錢，諸司取此色人，號爲捉錢令史。不簡性識，寧論書藝，但令身能賈販，家足貲財，錄牒吏部，即依補擬。大率人捉五十貫以下，四十貫以上，任居市肆，恣其販易，每月納利四千，一年凡輸五萬，送利不違，年滿授職。』……永徽元年，悉廢胥士等，更以諸州租庸脚直充之。其後又令薄賦百姓一年税錢，依舊令高户及典正等掌之，每月收息以充官俸。其後又以税錢爲之，而罷其息利。」唐後期諸司使公廨本錢劇增，其收入「充添修司廨宇什物，及令史驅使、官厨料等用」（同上），用於諸司使辦公經費及其他支用。

〔三〕命曰食征：此爲作者創議。蓋欲改放貸爲附加税。未見附和其議者，可見殊難實行。

## 四十二、議百官職田①〔一〕

臣伏以職田者，職既不同，田亦異數。内外上下，各有等差。此亦古者公田稍食之制也〔二〕。國家自多事已來，厥制不舉。故稽其地籍，而田則具存。考以户租，而數多散失。至有品秩等，官署同，廪禄厚薄之相懸②，近乎十倍者矣。今欲辨内外之職，均上下之田，不必乎創新規，其在乎舉舊典也。臣謹按國朝舊典，量品而授地，計田而出租。故地之多少必視其品之高下，租之厚薄必視其田之肥墝③。如此則沃瘠齊而户租均，等列辨而禄食足矣④。今陛下求其典而典存焉，索其田而田在焉。誠能申明舉而行之⑤，則前弊必自革矣⑥。（3461）

【校】

①題　金澤本、《管見抄》無「百官」二字。

②廩祿　金澤本作「廩稍」，其上有「而」字。《文苑英華》校：「一作稍。」

③肥墝　金澤本、《白氏策林》作「肥磽」。

④祿食　金澤本、《管見抄》作「稍食」，《文苑英華》校：「集作稍。」

⑤舉而　金澤本、《管見抄》作「而舉」。

⑥必自　金澤本、《管見抄》無「必」字。

【注】

〔一〕百官職田：《通典》卷三五《職官・俸祿》：「隋文帝開皇中，以百僚供費不足，咸置廨錢，收息取利，蘇孝慈上表請罷。於是公卿以下內外官給職分田。」《唐會要》卷九二《內外官職田》：「武德元年十二月制：內外官各給職分田，京官一品十二頃……。」「元和六年八月詔：『百官職田，其數甚廣，今緣水潦，諸處道路不通，宜令所在貯錢，充度支支用，百官却令據數於太倉請受。』十三年三月詔：『百司職田，多少不均，爲弊日久，宜令每司各收職田草粟等數，自長官已下，據多少人作等差，除留闕官外分給。』」

〔二〕稍食：見卷十《進士策問五道》第四道（2914）注。

# 四十三、議兵　用捨，逆順，興亡。

問：《傳》曰：「誰能去兵？兵之設久矣。」〔一〕又曰：「先王耀德不觀兵。」〔二〕二者古之明訓也。然則君天下者廢而不用，且涉去兵之非①；資以定功，又乖耀德之美。去就之理，何者得中？

又問：兵不妄動，師必有名。議之者頗辨否臧，用之者多迷本末。故有一戎而業成王霸，一戰而禍及危亡。興滅之由何申②？逆順之要安在？

臣聞天下雖興③，好戰必亡；天下雖安，忘戰必危〔三〕。不好不忘，天下之王也。祭公曰：「先王耀德不觀兵。」《老子》曰：「兵者不祥之器，不得已而用之。」〔四〕斯則不好之明訓也。《傳》曰：「誰能去兵？兵之設久矣。」又周定天下，偃武修文，猶立司馬之官，六軍之衆，以時教戰〔五〕。斯又不忘之明訓也。然則君天下者不可去兵也，不可黷武也。在乎用之有本末，行之有逆順。逆順之要，大略有三，而兵之名隨焉。夫興利除害，應天順人，不爲名尸④，義然後動，謂之義兵。相時觀釁，取亂侮亡，不爲禍先，敵至而應，謂之應兵。恃力宣驕，作威逞欲，輕人性命，貪人土田，謂之貪兵。兵貪者亡，兵應者强，兵義者王〔六〕。王之兵無敵於天下也，故有征無戰焉〔七〕。强之兵先弱敵而後戰也⑤，故百戰百勝焉。亡之兵先自敗而後戰也⑥，故勝與不勝同歸於亡焉〔八〕。然歷代君臣，惑於本末。聞王者之無敵則思耀武，是獲一兔而欲守株也。見亡者之自敗則思弭兵，是因一咽而欲去食也⑦。曾不知無敵者根於義，自敗者本於貪，而欲歸咎於兵，責功於武，不其惑歟！興廢之由，逆順之要，昭然可見。唯陛下擇之。（3462）

【校】

①之非　《文苑英華》作「之罪」。

②之由　《文苑英華》作「之數」，馬本、《白氏策林》作「之迹」。「何申」　金澤本、《管見抄》作「何因」，《文苑英華》、馬本、《白氏策林》作「何由」。

③臣聞　《文苑英華》其上有「對」字。

④名尸　馬本作「名先」，郭本作「利誘」。

⑤强之兵　《文苑英華》作「强者之兵」。

⑥亡之兵　《文苑英華》作「亡者之兵」。

⑦一咽　金澤本、《管見抄》作「大噎」。

【注】

〔一〕傳曰：《左傳》襄公二十七年：「誰能去兵？兵之設久矣，所以威不軌而昭文德也。聖人以興，亂人以廢，廢興存亡昏明之術，皆兵之由也。」

〔二〕又曰：《史記·周本紀》：「穆王將征犬戎，祭公謀父諫曰：『不可。先王燿德不觀兵。夫兵戢而時動，動則威，觀則玩，玩則無震。』」

〔三〕臣聞四句：《説苑·指武》：「《司馬法》曰：『國雖大，好戰必亡。天下雖安，忘戰必危。』」《史記·平津侯主父列傳》作「天下雖平，忘戰必危」。

〔四〕老子曰：《老子》三十一章：「兵者不祥之器，非君子之器，不得已而用之。」

〔五〕周定天下五句：《書·武成》：「王來自商，至於豐，乃偃武修文，歸馬于華山之陽，放牛于桃林之野，示天下弗服。」《周禮·夏官·大司馬》：「大司馬之職，掌建邦國之九法，以佐王平邦國。」

〔六〕夫興利除害十八句：《文子·道德》：「用兵有五：有義兵，有應兵，有忿兵，有貪兵，有驕兵。誅暴救弱謂之義；敵來加己，不得已而用之謂之應；爭小故不勝其心謂之忿；利人土地，欲人財貨謂之貪；恃其國家之大，矜其人民之衆，欲見賢於敵國者謂之驕。義兵王，應兵勝，忿兵敗，貪兵死，驕兵滅，此天道也。」

〔七〕王之兵二句：《漢書·嚴助傳》：「臣聞天子之兵有征而無戰，言莫敢校也。」

〔八〕强之兵四句：《淮南子·兵略訓》：「故善用兵者，先弱敵而後戰者也，故費不半而功自倍也。湯之地方七十里而王者，修德也；智伯有千里之地而亡者，窮武也。故千乘之國，行文德者王；萬乘之國，好用兵者亡。故全兵先勝而後戰，敗兵先戰而後求勝。」

## 四十四、銷兵數省軍費①〔一〕　在斷召募，除虛名。

臣伏見自古以來，軍兵之衆，資糧之費，未有如今日者②。時議者皆患兵之衆，而不知衆之由；皆欲兵之銷③，而不得銷之術。故散之則軍情怨而戎心啓，聚之則財用竭而人力疲。爲日既深，其弊亦甚。臣以爲銷兵省費者，在乎斷召募，去虛名而已。伏以貞元軍興以來二十餘年④，陛下念其勞効，固不可散棄。幸以時無戰伐，又焉用增加？臣竊見當今募新兵、占舊額、張虛簿、破見糧者，天下盡是矣。斯則致衆之由，積費之本也。今若去虛名，就實數，則一日之内十已減其二三矣⑤。若使逃不補，死不填，則十年之間十又銷其三四矣⑥。故不散棄之，則軍情無怨也；不增加之，則兵數自銷也。去虛就實，則名不詐而用不費也。故臣以爲銷兵之方，省費之術，或在於此。唯陛下詳之。

【校】

①題　「省軍費」三字紹興本等小字側注，據金澤本、《白氏策林》改。

②今日者　金澤本、《管見抄》此下有「也」字。

③皆欲　《白氏策林》作「皆願」。

④年　金澤本、《管見抄》作「載」。

⑤其二三　金澤本無「其」字。

⑥十又銷其　馬本作「又十減其」。

【注】

〔一〕銷兵數：《舊唐書·蕭俛傳》：「穆宗乘章武恢復之餘，即位之始，兩河廓定，四鄙無虞，而俛與段文昌屢獻太平之策，以爲兵以靜亂，時已治矣，不宜黷武，勸穆宗休兵偃武。又以兵不可頓去，請密語天下軍鎮有兵處，每年百人之中，限八人逃死，謂之消兵。帝既荒縱，不能深料，遂詔天下，如其策而行之。而藩籍之卒，合而爲盜，伏於山林。明年，朱克融、王廷湊復亂河朔，一呼而遺卒皆至。朝廷方徵兵諸藩，籍既不充，尋行招募。烏合之徒，動爲賊敗，由是復失河朔，蓋消兵之失也。」所獻議與居易此策如出一轍，可見時人多有此意。然行之不當，竟貽害於國。

# 四十五、復府兵置屯田①〔一〕

分兵權，存戎備，助軍食。

夫欲分兵權，存戎備，助軍食，則在乎復府兵、置屯田而已。昔高祖始受隋禪，太宗既定天下，以爲兵不可去，農不可廢，於是當要衝以開府，因隙地以營田。府有常官，田有常業。俾乎時而講武，歲以勸農。分上下之番，遞勞逸之序。故有虞則起爲戰卒，無事則散爲農夫。不待徵發，而封域有備矣；不勞饋餉，而軍食自充矣。此亦古者尉候之制，兵賦之義也〔二〕。況今關畿之内，鎮壘相望，皆仰給於縣官，且無用於戰伐。若使反兵於舊府，興利於廢田。張以簿書，頒其廩積②。因其卒也，安之以田宅。因其將也，命之以府官。始復於關中，稍置於天下。則兵權漸分，而屯聚之弊日銷矣；戎備漸修，而訓習之利日興矣；軍食漸給，而飛輓之費日省矣。一事作而三利立，唯陛下裁之。（3464）

【校】

①題　金澤本、《管見抄》無「置」字。

②廩積　金澤本作「廩稍」。

【注】

〔一〕府兵：《唐會要》卷七十二《府兵》：「貞觀十年，改統軍爲折衝都尉，副爲果毅都尉。凡府，以衛士一千二百人爲上府，一千人爲中府，八百人爲下府，在赤縣爲赤府，在畿爲畿府。衛士以三百人爲團，有校尉。十人爲隊，三十人爲火，有長。備六馱馬驢、米糧、介胄、戎器、鍋、幕，之府庫，以備武事。關内置府三百六十一，積兵士十六萬。舉關中之衆，以臨四方，乃置十二軍，分關中諸府以隸焉。每歲十一月，以衛士帳上於兵部，以俟徵發。天下衛士尚六十萬。初置，以成丁而入，六十出役，其家不免征徭。通計舊府六百三十三，河東道府額亞於關中。河北之地，人逐漸逃散，年月漸久，逃死者不補，三輔漸寡弱，宿衛之數不給。……天寶八載五月九日，停折衝上府下魚書，以無兵可交。至末年，折衝府但有兵額，其軍士、戎器、六馱、鍋、幕、糗糧並廢。」復府兵之議，如《資治通鑑》貞元二年八月：「初，上與常侍李泌議復府兵，泌因爲上歷敍府兵自西魏以來興廢之由，且言……武后以來，承平日久，府兵浸墮，爲人所賤，百姓耻之，至蒸熨手足以避其役。……自開元之末，張説始募長徵兵，謂之彍騎，其後益爲六軍。及李林甫爲相，奏諸軍皆募人爲之。兵不土著，又無宗族，不自重惜，忘身徇利，禍亂遂生，至今爲梗。曏使府兵之法常存不廢，安有如此下陵上替之患哉！陛下思復府兵，此乃社稷之福，太平有日矣。」劉蕡《對賢良方正直言極諫策》：「曁太宗皇帝肇建邦典，亦置府兵，臺省軍衛，文武參掌。居閑歲則櫜弓力穡，將有事則釋耒荷戈。所以修復古制，不廢舊物。今則不然……臣願陛下貫文武之道，均兵農之功，正貴賤之名，一中外之法，還軍伍之職，修省置之官，近崇貞觀之規，遠復成周之制。」杜牧《原十六衛》：「古今已還，法術最長，其置府立衛乎？……伏惟文皇帝十六衛之旨，誰復而原，其實天下之大命也，故作《原十六衛》。」然皆無法實行。

〔三〕尉候之制：校尉、候，部曲軍官。《史記·項羽本紀》：「梁部署吳中豪傑爲校尉、候、司馬。」《後漢書·百官志》：「大將軍營五部，部校尉一人，比二千石；軍司馬一人，比千石。部下有曲，曲有軍候一人，比六百石。」兵賦之義：《禮記·坊記》鄭玄注：「古者方十里，其中六十四井出兵車一乘，此兵賦之法也。」

## 四十六、選將帥之方〔一〕

臣聞君明則將賢①，將賢則兵勝。故有不能理兵之將②，而無不可勝之兵。有不能選將之君，而無不可得之將。是以君功見於選將，將功見於理兵者也〔二〕。然則選將之術在乎因人之耳而聽之③，因人之目而視之，因人之好惡而取捨之④。故明王選將帥也訪于衆⑤，詢于人。若十人愛之，必十人之將也；百人悦之⑥，必百人之將也⑦。萬人伏之⑧，必萬人之將也〔三〕。臣以爲賢愚之際，優劣之間，以此而求，十得八九矣。（3465）

【校】

①臣聞　《文苑英華》其上有「對」字。

②理兵　《白氏策林》作「領兵」。

③然則　《文苑英華》無「則」字。

④取捨之　《文苑英華》作「取之捨之」。

⑤明王　金澤本、《管見抄》、《文苑英華》此下有「之」字。

⑥悦之　《文苑英華》作「愛之」。

⑦將也　此下《文苑英華》有「千人悦之必千人之將也」十字。《白氏策林》同，「悦之」作「伏之」。

⑧伏之　金澤本、《管見抄》作「服之」。

【注】

〔一〕選將帥之方：陸贄《論緣邊守備事宜狀》：「凡欲選任將帥，必先考察行能，然後指以所授之方，語以所委之事，令其自揣可否，自陳規模。……理兵而措置乖方，馭將而賞罰虧度，制用而財匱，建軍而力分，養士而怨生，用師而機失，此六者，疆埸之蟊賊，軍旅之膏肓也。」

〔二〕故有六句：《新書·大政下》：「故有不能求士之君，而無不可得之士，故有不能治民之吏，而無不可治之民。故君明而吏賢矣，吏賢而民治矣。故見其民而知其吏，見其吏而知其君矣。故君功見於選吏，吏功見於治民，故觀之其上者猶其下，而上睹矣，此道之謂也。」此仿其意。

〔三〕若十人愛之六句：《新書·大政下》：「夫民至卑也，使之取吏焉，必取其愛焉。故十人愛之有歸，則十人之吏也；百人愛之有歸，則百人之吏也；千人愛之有歸，則千人之吏也；萬人愛之有歸，則萬人之吏也。故萬人之吏，選卿相焉。」

## 四十七、御功臣之術

臣聞明王之御功臣也①，量其功而限之以爵，審其罪而糾之以法。限之以爵，故爵加而知榮矣。糾之以法，故法行而知恩矣。恩榮並加，畏愛相濟②。下無貳志，上無疑心。此明王所以念功勞而全君臣之道也〔一〕。若不限之以爵，則無厭之心生矣，雖極人臣之位而不知榮也。若不糾之以法，則不忌之心啓矣，雖竭人主之寵而不知恩也。恩榮不知③，畏愛不立，而望奉上之心盡，念功之道全，或難矣④。故《傳》曰：「報者倦矣，施者未厭。」〔二〕此由爵無限而法不行，使之然也。唯陛下察之。（3466）

【校】

①臣聞　《文苑英華》其上有「對」字。

②畏愛　《白氏策林》作「威愛」。下文「畏愛」同。

③不知　《白氏策林》作「不加」。

④或　金澤本、《管見抄》、《文苑英華》作「或恐」。

【注】

〔一〕臣聞十二句：《三國志·蜀書·諸葛亮傳》裴注引亮答法正：「蜀土人士，專權自恣，君臣之道，漸以陵替；寵之以位，位極則賤，順之以恩，恩竭則慢。所以致弊，實由於此。吾今威之以法，法行則知恩；限之以爵，爵加則知榮。榮恩並濟，上下有節。爲治之要，於斯而著。」

〔二〕傳曰：《左傳》僖公二十四年：「報者倦矣，施者未厭。」

## 四十八、御戎狄　徵歷代之策，陳當今之宜。

問：戎狄之患久矣，備禦之略多矣。故王恢陳征討之謀①，賈生立表餌之術②，婁敬興和親之計③，晁錯建農戰之策。然則古今異道，利害殊宜。將欲採之，孰爲可者？又問：今國家北虜款誠，南夷請命，所未化者其唯西戎乎！討之則疲頓師徒，捨之則侵軼邊鄙。許和親則啓貪而厚費，約盟誓則飾詐而不誠④〔一〕。今欲遏彼虔劉，化其桀驁⑤，來遠人於朔漠，復舊土於河、湟。上策遠謀，備陳本末。

臣聞戎狄者一氣所生⑥，不可剪而滅也〔二〕。五方異族，不可臣而畜也。故爲侵暴之患久矣，而備禦之略亦多矣⑦。考其要者⑧，大較有四焉。若乃選將練兵，長驅深入之謀，自王恢始。建以三表，誘以五餌之術，自賈誼始。厚以賂遺，結以和親之計，自婁敬始。徙人實邊，勸農教戰之策，自晁錯始。然則用王恢之謀，則殫財耗力，罷竭生人，禍結兵連，功不償費。故漢武悔焉⑨，而下哀痛之詔也〔三〕。用賈誼之術，則羌胡之耳目心腹雖誘而荒矣，而華夏之財力風教亦隨而弊矣。故漢文知其不可而不行也〔四〕。用婁敬之計，則啓寵納侮，厚費偷安。雖侵略之患暫寧⑩，而和好之約屢背。故漢氏四代爲匈奴所欺也〔五〕。用晁錯之策，則邊人有安土之患，未免攻戰之勞。匈奴無得志之虞，亦絶歸心之望〔六〕。故漢文猶病之⑪，有廣武之役也〔七〕。是以討之以兵，不若誘之以餌。誘之以餌，不若和之以親。和之以親，不若備之有素。斯皆前代已驗之事，可覆而視也。以今參古，棄短取長，亦可擇而用焉。然臣終以爲近算淺圖，非帝王久遠安邊之上策⑫。

何者？臣觀前代，若政成國富，德盛人安，則雖六月有北伐之師，不足憂也。若政缺國貧，德衰人困，則雖一時無南牧之馬，不足慶也⑬。何則？國富則師壯，師壯則令嚴。人安則心固，心固則思理。如此久久⑭，則天子之守不獨在於諸侯，將在於四夷矣⑮〔八〕。則暫雖有事，何足憂焉？若國貧則師弱，師弱則不虞。人困則心離，心離則思亂。如此久久，則天子之憂不獨在於邊陲，或在於蕭牆矣。則暫雖無事，何足慶焉？蓋古之王者，慶在本而不在末，憂在此而不在彼也。今國家柔中懷外，近悦遠來。北虜嚮風，南蠻底貢，所未化者，其餘幾何⑯？伏願陛下畜之如犬羊，視之如蜂蠆。不以士馬强而財力盛⑰，恃之而務戰爭；不以亭障静而煙塵銷，輕之而去守備。但且防其侵軼，遏其虔劉，去而勿追，來而勿縱而已〔九〕。然後略四子之小術，弘三王之大猷。以政成德盛爲圖，以人安師壯爲計。故德盛而日聞則服，服必懷柔；師壯而時動則威，威必震讋⑱。夫然可以不縻財用⑲，不煩師徒，不盟誓而外服⑳，不和親而内附。如此則四海之内㉑，五年之間，要荒未服之戎，必匍匐而來㉒；河、隴已侵之地，庶從容以歸。上策遠謀，不出於此矣。（3467）

【校】

①陳征討　《文苑英華》作「呈征討」。

②之術　《白氏策林》作「之策」。

③興和親　《白氏策林》作「開和親」。

④約盟　《文苑英華》作「要盟」，校：「集作約。」

⑤桀驁　《文苑英華》作「桀勁」。

⑥臣聞　《文苑英華》其上有「對」字。

⑦亦多　金澤本作「今多」。

⑧要者　馬本作「要旨」。

⑨悔焉　馬本作「悔然」。

⑩侵略　金澤本、《管見抄》作「侵掠」。「之患」《文苑英華》作「之惠」。「暫寧」《文苑英華》作「漸寧」，校：「集作暫。」

⑪漢文　紹興本等作「漢武」，據金澤本、《文苑英華》、《管見抄》改。《文苑英華》校：「《漢・匈奴贊》：文帝聚天下精兵於廣武。集作武，非。」

⑫上策　金澤本、《管見抄》此下有「也」字。

⑬也　金澤本、《管見抄》作「焉」。
⑭久久　《文苑英華》校：「一作矣。」下文「久久」同。
⑮四夷　《文苑英華》校：「一作夷狄。」
⑯其餘　《文苑英華》作「其爲」，校：「一作餘。」
⑰財力　紹興本等作「才力」，據金澤本、《管見抄》改。
⑱震讋　《白氏策林》作「震驚」。
⑲夫然　《文苑英華》、《白氏策林》此下有「後」字。
⑳外服　金澤本、《白氏策林》、《管見抄》作「外成」。
㉑之内　金澤本、《管見抄》作「之外」。
㉒而來　金澤本、《文苑英華》、《管見抄》作「而至」。

【注】

〔一〕又問七句：北虜，指回鶻。南夷，指南詔。西戎，指吐蕃。陸贄《論緣邊守備事宜狀》：「今四夷之最强盛爲中國甚患者，莫大於吐蕃。舉國勝兵之徒，纔當中國十數大郡而已。其於内虞外備，亦與中國不殊。所能寇邊，數則蓋寡，且又器非犀利，甲不堅完，識迷韜鈐，藝乏趫敏。動則中國懼其衆而不敢抗，靜則中國憚其强而不敢侵，厥理何哉？良以中國之節制多門，蕃醜之統帥專一故也。」吐蕃在軍事擴張中常以和親、結盟爲外交手段，虛實莫辨，故唐人每言其狡詐。張九齡《敕安西節度王斛斯書》：「吐蕃與我盟約，歃血未乾，已生異心，遠結凶黨，而甘言緩我，欲待合謀。」代宗《命郭子儀等備邊敕》：「而西戎負約，間歲犯邊。朕嘗棄細過，庶弘大體，疆臣兵吏，亟請長驅，屢有誡敕，不令掩襲，兼約遊騎，不許擒生，或誤得之，亦使還遣。固以亭育之義，豈隔華戎；綏撫之恩，寧殊遠邇？故布文告以訓之，敍舅甥以睦之。彼亦嘗遣聘臣，來修舊好。玉帛之禮，纔至於上國；烽燧之候，已及於近郊。長其無厭，昧於事大。去冬逾我關隴，入我郇邠，驅人之馬牛，掠人之士女。朕許其通好，本在安人，乘此不虞，翻貽我詐。」

〔二〕臣聞四句：《後漢書·西羌傳》論：「而張奐盛稱戎狄一氣所生，不宜誅盡，流血污野，傷和致妖，是何言之迂乎！」

〔三〕王恢之謀：《漢書·韓安國傳》：「匈奴來請和親，天子下議。大行王恢，燕人，數爲邊吏，習故事。議曰：『漢與匈奴和親，率不過數歲即背約。不如勿許，興兵擊之。』……明年，雁門馬邑豪聶壹因大行王恢言：『匈奴初和親，親信邊，可誘以利致之，伏兵襲擊，必破之道也。』上乃召問公卿……大行恢對曰：『……今以陛下之威，海内爲一，天下同任，又遣子弟乘邊守塞，轉粟挽輸，以爲之備，然匈奴侵盜不已者，無它，以不恐之故耳。臣竊以爲擊之便。』」《通典》卷一九四《邊防·匈奴上》引此。

〔四〕賈誼之術：賈誼《新書・匈奴》：「臣爲陛下建三表，設五餌，以此與單于爭其民，則下匈奴猶振槁也。」「三表」謂仁道愛喻、帝義信喻、已諾好喻，「五餌」謂衣繡銀車壞其目、盛食美胾壞其口、婦人倡樂壞其耳、高堂邃宇壞其腹、親幸胡嬰壞其心。《漢書・賈誼傳》贊：「及欲試屬國，施五餌、三表以繫單于，其術固以疏矣。」

〔五〕婁敬之計：《漢書・婁敬傳》：「敬曰：『陛下誠能以適長公主妻單于，厚奉遺之，彼知漢女送厚，蠻夷必慕，以爲閼氏，生子必爲太子，代單于。何者？貪漢重幣。陛下以歲時漢所餘、彼所鮮數問遺，使辯士風喻以禮節。冒頓在固爲子婿，死，外孫爲單于，豈曾聞孫敢與大父亢禮哉？無益可毋戰以漸臣也。若陛下不能遣長公主，而令宗室及後宮詐稱公主，彼亦知不肯貴近，無益也。』高帝曰：『善。』欲遣長公主，呂后泣曰：『妾唯以一太子一女，奈何棄之匈奴！』上竟不能遣長公主，而取家人子爲公主，妻單于。使敬往結和親約。」《舊唐書・突厥傳》中宗時右補闕盧俌上疏：「漢高帝納婁敬之議，與匈奴和親，妻以宗女，賂以鉅萬，冒頓益驕，邊寇不止。則遠荒之地，兇悍之俗，難以德綏，可以威制，而降自三代，無聞上策。」

〔六〕晁錯之策：《漢書・晁錯傳》：「是時匈奴强，數寇邊，上發兵以禦之，錯上言兵事……復言守邊備塞、勸農力本當世急務二事。」《通典》卷一九四《邊防・匈奴上》引其説。

〔七〕廣武之役：《漢書・韓安國傳》載安國與王恢于武帝前議擊匈奴，安國曰：「夫聖人以天下爲度者也，不以己私怒傷天下之功，故乃遣劉敬奉金千斤，以結和親，至今爲五世利。孝文皇帝又嘗壹擁天下之精兵聚之廣武常溪，然終無尺寸之功，而天下黔首無不憂者。孝文寤於兵之不可宿，故復合和親之約。」《匈奴傳下》贊：「昔和親之論，發於劉敬。是時，天下初定，新遭平城之難，故從其言，約結和親，賂遺單于，冀以救安邊境。孝惠、高后時遵而不違，匈奴寇盜不爲衰止，而單于反以加驕倨。逮至孝文，與通關市，妻以漢女，增厚其賂，歲以千金，而匈奴數背約束，邊境屢被其害。是以文帝中年，赫然發憤，遂躬戎服，親御鞍馬，從六郡良家材力之士，馳射上林，講習戰陳，聚天下精兵，軍於廣武，顧問馮唐，與論將帥，喟然歎息，思古名臣。此則和親無益，已然之明效也。」《文帝紀》載孝文前十四年冬匈奴寇邊，遣三將軍軍隴西、北地、上郡，中尉周舍、郎中令張武軍渭北，上親勞軍，自欲征匈奴，皇太后固要上，乃止。又見《匈奴傳》、《馮唐傳》。

〔八〕則天子之守二句：《左傳》昭公二十三年：「古者，天子守在四夷；天子卑，守在諸侯。」

〔九〕去而勿追二句：《後漢書·皇甫嵩傳》：「兵法：窮寇勿追，歸衆勿迫。」《三國志·魏書·張郃傳》裴注引《魏略》：「軍法：圍城必闕，歸軍勿追。」《晉書·沮渠蒙遜載紀》：「歸師勿遏，窮寇弗追，此兵家之戒也。」

## 四十九、備邊併將置帥①

臣伏見方今備邊之計②，未得其宜。何則？京西之兵③，其數頗衆，城堡甚備，器械甚精〔一〕。以之遏侵掠，禁奪攘，則可矣。若犬戎大至，長驅而來，臣恐將卒雖多，無能抗者。今所以軫陛下慮者，豈非此乎？　其所以然者，蓋由鎮壘太多，主將太衆故也。夫鎮多則兵散，兵散則威不相合而力不相濟矣。將衆則心異，心異則勝不相讓而敗不相救矣④。卒然有事，誰肯當之？　今若合之爲五將，統之以一帥⑤，將合則戮力，帥一則同心〔二〕。仍使均握其兵，分守其界，明察功罪⑥，必待賞罰⑦。然後據便宜之地⑧，扼要害之衝，以逸待勞，以寡制衆，則雖黠虜無能爲也。臣又以爲自古及今⑨，有不能守塞之兵，而無不可守之塞；有不能備戎之將，而無不可備之戎。故曰：　十圍之木，持千鈞之屋，得其宜也；　五寸之關，能制其開闔，居其要也〔三〕。伏惟陛下握戎之要，操塞之關，則西陲之憂可以少息矣。（3468）

【校】

①題　金澤本、《文苑英華》、《管見抄》「併將置帥」小字側注。

②臣伏見　《文苑英華》其上有「對」字。

③京西　馬本作「京師」。

④相讓　《管見抄》作「相護」。

⑤統之　《文苑英華》作「總之」。

⑥功罪　《文苑英華》作「其罪」。
⑦必待　金澤本、《文苑英華》、《管見抄》作「必行」。
⑧便宜　金澤本、《管見抄》作「利便」。《文苑英華》校：「一作利便。」
⑨又以爲　紹興本、那波本脱「以」字，郭本無「又」字。據他本補。

**【注】**

〔一〕京西之兵：謂長安以西及以北諸鎮，包括鳳翔、鄜坊、邠寧、涇原、靈武、銀夏、振武諸道節度使及所轄。

〔二〕統之以一帥：《舊唐書·王叔文傳》：「謀奪内官兵柄，乃以故將范希朝統京西北諸鎮行營兵馬使，韓泰副之。初，中人尚未悟，會邊上諸將各以狀辭中尉，且言方屬希朝，中人始悟兵柄爲叔文所奪，中尉乃止諸鎮無以兵馬入。希朝、韓泰已至奉天，諸將不至，乃還。」是永貞之際欲奪内官兵柄，曾行此謀。《高崇文傳》：「（元和）二年冬，制加同中書門下平章事、邠州刺史、邠寧慶三州節度觀察等使，仍充京西都統。」則爲酬勳之設，僅具名義。

〔三〕故曰六句：《淮南子·主術訓》：「是故得勢之利者，所持甚少，其存甚大；所守甚約，所制甚廣。是故十圍之木，持千鈞之屋；五寸之鍵，制開闔之門。豈其材之巨小哉？所居要也。」

# 五十、議守險　德與險兼用。

問：《易》曰：「王公設險①，以守其國。」〔一〕《記》曰：「在德不在險。」〔二〕然則用之則乖在德之訓，棄之則遠守國之誡。二義相反②，其旨何從？

又問：以山河爲寶者，萬夫不能當也。以道德爲藩者，四夷爲之守也。何則苗恃洞庭，負險而亡；漢都天府，用險而昌〔三〕，又何故也③？今欲鑒昌亡，審用捨，復何如哉？

臣聞《易》曰④：「王公設險⑤，以守其國。」又秦得百二以吞天下，齊得十二而霸諸侯〔四〕。蓋恃險之論，興於此矣。《史記》曰：「在德不在險。」《傳》曰：「九州之險，是不一姓。」〔五〕蓋棄險之議，生於此矣。臣以爲險之爲用，用捨有時。恃既失之⑥，棄亦未爲得也。何者？夫險之爲利大矣，爲害亦大矣。故天地閉否，守之則爲利；天地交泰，用之則爲害。蓋天地有常險，而聖人無常用也。然則以道德爲藩，以仁義爲屏，以忠信爲甲胄，以禮法爲干櫓者，教之險，政之守也〔六〕。以城池爲固，以金革爲備，以江河爲襟帶⑦，以丘陵爲咽喉者，地之險，人之守也。王者之興也，必兼而用之。昔漢高帝除害興利，以安天下，自謂德不及於周而賢於秦，故去洛之易，即秦之險，建都創業，垂四百年，是能兼而用之也〔七〕。桀、紂、三苗之徒，負大河，憑太行，保洞庭，而不修德政⑧，坐取覆亡者⑨，是專恃其險也。莒子恃其僻陋，不修城郭，浹辰之間喪其三都者，是怠棄其險也〔八〕。由斯而觀之⑩，山河之阻，溝墉之固，可用而不可恃也，可誡而不可棄也⑪。智以險昌，愚以險亡。昌亡之間，唯陛下能鑒之⑫。（3469）

【校】

①王公　金澤本作「王侯」。下文同。

②二義　《文苑英華》、郭本作「二議」。

③也　《白氏策林》作「歟」。

④臣聞　《文苑英華》其上有「對」字。

⑤王公　《文苑英華》校：「一作侯。」

⑥失之　郭本作「來之」。

⑦江河　《文苑英華》作「山河」。

⑧而不修　金澤本、《管見抄》無「而」字。

⑨覆亡　金澤本、《文苑英華》、《管見抄》作「覆滅」，《文苑英華》校：「一作亡。」

⑩觀之　金澤本、《管見抄》無「之」字。
⑪可誡而不可棄也　《文苑英華》無此七字。
⑫陛下　金澤本、《管見抄》作「聖人」。「能鑒之」《文苑英華》無「能」字。

【注】

〔一〕易曰：《易·坎·象》：「王公設險，以守其國。」
〔二〕記曰：《史記·孫子吳起列傳》：「武侯浮西河而下，中流，顧而謂吳起曰：『美哉乎山河之固，此魏國之寶也。』起對曰：『在德不在險。昔三苗氏左洞庭，右彭蠡，德義不修，禹滅之。夏桀之居，左河濟，右泰華，伊闕在其南，羊腸在其北，修政不仁，湯放之。殷紂之國，左孟門，右太行，常山在其北，大河經其南，修政不德，武王殺之。由此觀之，在德不在險。若君不修德，舟中之人盡爲敵國也。』」
〔三〕漢都天府：《史記·留侯世家》：「劉敬説高帝曰：『都關中。』上疑之。左右大臣皆山東人，多勸上都雒陽……留侯曰：『雒陽雖有此固，其中小，不過數百里，田地薄，四面受敵，此非用武之國也。夫關中左殽函，右隴蜀，沃野千里，南有巴蜀之饒，北有胡苑之利，阻三面而守，獨以一面東制諸侯。諸侯安定，河渭漕輓而下，西給京師。諸侯有變，順流而下，足以委輸。此所謂金城千里，天府之國也，劉敬説是也。』於是高帝即日駕，西都關中。」

〔四〕秦得百二二句：《史記·高祖本紀》：「秦，形勝之國，帶河山之險，縣隔千里，持戟百萬，秦得百二焉。地勢便利，其以下兵於諸侯，譬猶居高屋之上建瓴水也。夫齊，東有琅邪、即墨之饒，南有泰山之固，西有濁河之限，北有渤海之利。地方二千里，持戟百萬，縣隔千里之外，齊得十二焉。故此東西秦也。」

〔五〕傳曰：《左傳》昭公四年：「恃險與馬，而虞鄰國之難，是三殆也。四嶽、三塗、陽城、大室、荆山、中南，九州之險也，是不一姓。冀之北土，馬之所生，無興國焉。恃險與馬，不可以爲固也，從古以然。」

〔六〕然則六句：《禮記·儒行》：「儒有忠信以爲甲冑，禮義以爲干櫓，戴仁而行，抱義而處，雖有暴政，不更其所。」

〔七〕自謂德不及於周：《史記·劉敬叔孫通列傳》：「婁敬説曰：『陛下都洛陽，豈欲與周室比隆哉？』上曰：『然。』婁敬曰：『陛下取天下與周室異。……成王即位，周公之屬傅相焉，乃營成周洛邑，以此爲天下之中也，諸侯四方納貢職，道里均矣，有德則易以王，無德則易以亡。凡居此者，欲令周務以德致人，不欲依阻險，令後世驕奢以虐民也。……及周之衰也，分而爲兩，天下莫朝，周不能制也。非其德薄也，而形勢弱也。』」此取其意。

〔八〕莒子四句：《左傳》成公八年：「晉侯使申公巫臣如吴，假道於莒，與渠丘公立于池上，曰：『城已惡！』莒子曰：『辟陋在夷，其孰以我爲虞？』」九年：「冬十一月，楚子重自陳伐莒，渠丘城惡，衆潰，奔莒。……楚師圍莒，莒城亦惡，庚申，莒潰。楚遂入鄆，莒無備故也。君子曰：恃陋而不備，罪之大者也；備豫不虞，善之大者也。莒恃其陋，而不修城郭，浹辰之間，而楚克其三都，無備也夫！」

# 五十一、議封建論郡縣①〔一〕

問：周制五等，其弊也王室衰微。秦廢列國，其敗也天下崩壞。漢封子弟，其失也侯王僭亂。何則爲制不同，同歸於弊也？故自古及今，議其是非者多矣。今若建侯開國，恐失隨時之宜。如置守專城，慮乖稽古之義。考其要旨，其誰可從？又問：封建之制，肇自黄唐。郡縣之規，始於秦漢。或沿或革，以至國朝。今欲子兆人，家四海，建不拔之業，垂無疆之休。大鑒興亡②，從長而用。無論今古，擇善而行。侯將守而何先③？郡與國而孰愈？具書于策，當舉行之。

臣聞封建之廢久矣④，是非之論多矣。異同之要，歸于三科。或曰：周人制五等，封親賢，其弊也諸侯擅戰伐⑤，陪臣執國命⑥。故聞蠶食瓜剖以至於衰滅也⑦，而李斯、周青之議由是興焉〔二〕。又曰：秦皇廢列國，棄子弟，其敗也萬民無定主，九族爲匹夫。故魚爛土崩以至於覆亡也，而曹冏、士衡之論由是作焉〔三〕。又曰：漢氏侯功臣，王同姓，其失也爵號太尊，土宇太廣。故鴟張瓦解以至於勃亂也⑧，而晁錯、主父之計由是行焉〔四〕。然則秦懲周之弊也，既以亡而易衰⑨；漢鑒秦之亡也，亦矯枉而過正。歷代之説，無出於此焉⑩。以臣所觀，竊謂知其一未知其二也。何者？臣聞王者將欲家四海，子兆人，垂無疆之休，建不拔之業者，在乎操理柄，立人防，導化源，固邦本而已矣。是故刑行德立⑪，近悦遠安，恩信推於中，惠化流於外，如此則四夷爲臣妾，況海内乎？雖置守罷侯⑫，亦無害也。若法壞政荒，親離賢棄，王澤竭於上，人心叛於下，如此則九族爲讎敵，況天下乎？雖廢郡建邦⑬，又何益也？故臣以爲周之衰滅者，上失其道，天厭其德，非爲封建之弊也。秦之覆亡者，君流其毒，人離其心，非唯郡縣之咎也。漢之禍亂者，寵而失教，立不選賢，非獨强大之故也。由是觀之，苟固其本，導其源，雖郡與國俱可理而安矣。苟踰其防，失其柄，雖侯與守俱能亂且危矣。伏惟陛下慮遠憂近，鑒古觀今，以敦睦親族爲先，不以封王爲急；以優勸勞逸爲念⑭，不以建侯爲思⑮；以尊賢寵德爲心⑯，不以開國爲意；以安撫黎元爲事，不以廢郡爲謀。則無疆之休，不拔之業，在於此矣。況國家之制垂二百年，法著一王，理經十聖。變革之議，非臣敢知。（3470）

【校】

①題 「論郡縣」三字金澤本、《管見抄》小字側注。
②大鑒 金澤本、《管見抄》作「大監」。
③侯將守 馬本、《白氏策林》作「侯與守」。
④臣聞 《文苑英華》其上有「對」字。
⑤戰伐 《白氏策林》作「征伐」。
⑥陪臣 馬本、《白氏策林》作「倍臣」。
⑦故聞 金澤本、《文苑英華》、《管見抄》、《白氏策林》無「聞」字。「瓜剖」《白氏策林》作「瓜割」。
⑧勃亂 《文苑英華》作「悖亂」。
⑨既以亡 《文苑英華》作「既以勢亡」，校：「集無勢字。」
⑩此焉 《白氏策林》作「此者」。
⑪而已矣是故 紹興本、那波本作「之業者在乎」，馬本作「而已蓋」。此從金澤本、《文苑英華》、《管見抄》。
⑫雖置 金澤本、《管見抄》其上有「則」字。
⑬雖廢 金澤本、《管見抄》其上有「則」字。
⑭勞逸 金澤本、《管見抄》作「勤勞」。

⑮爲思　《文苑英華》作「爲私」，校：「集作思。」

⑯尊賢寵德　金澤本、《管見抄》作「尊寵賢德」。

**【注】**

〔一〕議封建：唐貞觀朝蕭瑀、顔師古議行封建之法，李百藥、魏徵、馬周謂不可行。其論議詳見《通典》卷三一《職官・王侯》、《唐會要》卷四六《封建雜録上》。《通典》卷三一杜佑撮述諸家，論曰：「漢、隋、大唐，海内統一，人户滋殖，三代莫儔。若以爲人而置君，欲求既庶，誠宜政在列郡，然則主祀或促矣。若以爲君而生人，不病既寡，誠宜政在列國，然則主祀可永矣。主祀雖永乃人鮮，主祀足促則人繁。建國利一宗，列郡利萬姓，損益之理，較然可知。夫立法作程，未有不弊之者，固在度其爲患之長短耳。政在列國也，其初有維城磐石之固，其末有下堂中肩之辱。遠則萬國屠滅，近則鼎峙戰爭，所謂其患也長。政在列郡也，其初有四海一家之盛，其末有土崩瓦解之虞。高、光及於國初，勘定之勳易集，所謂其患也短。豈非已然之證歟？夫君尊則理安，臣强則亂危。是故李斯相秦，堅執罷侯置守。其後立議者，以秦祚促，遂爾歸非。向使胡亥不嗣，趙高不用，閭左不發，酷法不施，百姓未至離心，陳、項何由興亂？自昔建侯，多舊國也。周立藩屏，唯數十焉，餘皆先封，不廢其爵。諒無擇其利遂建諸國，懼其害不立郡縣。故曰事皆相因，斯之謂矣。覽曹、陸著論，誠謂文高理明，不本爲人樹君，不稽烝甿損益。觀李、馬陳諫，乃稱冥數素定，不在法度得失，不關政理否臧。故曰終莫究詳，斯之謂矣。但立制可久，施教得宜，君尊臣卑，幹强枝弱，致人庶富，享代長遠，爲理之道，其在茲乎！」此篇立論，立場亦近同。

〔二〕李斯周青之議：周青，即周青臣。《史記·秦始皇本紀》：「僕射周青臣進頌曰：『……以諸侯爲郡縣，人人自安樂，無戰爭之患，傳之萬世。自上古不及陛下威德。』始皇悦。博士齊人淳于越進曰：『臣聞殷周之王千餘歲，封子弟功臣，自爲枝輔。今陛下有海内，而子弟爲匹夫，卒有田常、六卿之臣，無輔拂，何以相救哉？事不師古而能長久者，非所聞也。今青臣又面諛以重陛下之過，非忠臣。』始皇下其議。丞相李斯曰：『五帝不相復，三代不相襲，各以治，非其相反，時變異也。今陛下創大業，建萬世之功，固非愚儒所知。且越言乃三代之事，何足法也？……。』」

〔三〕曹冏士衡之論：曹冏《六代論》：「秦觀周之弊，將以爲小弱見奪，於是廢五等之爵，立郡縣之官，棄禮樂之教，任苛刻之政。子弟無尺寸之封，功臣無立錐之地，内無宗子以自毗輔，外無諸侯以爲藩衛。仁心不加於親戚，惠澤不流於枝葉。……向使始皇納淳于之策，抑李斯之論，割裂州國，分王子弟，封三代之後，報功臣之勞，士有常君，民有定主，枝葉相扶，首尾爲用，雖使子孫有失道之行，時人無湯武之賢，奸謀未發而身已屠戮，何區區之陳項，而復得措其手足哉！」陸機《五等論》：「五等之制，始於黄唐，郡縣之治，創於秦漢，得失成敗，備在典謨，是以其詳可得而言。……遠惟王莽篡逆之事，近覽董卓擅權之際，億兆悼心，愚智同痛。然周以之存，漢以之亡，夫何故哉？」

〔四〕晁錯主父之計：《史記·袁盎晁錯列傳》：「遷爲御史大夫，請諸侯之罪過，削其地，收其枝郡。……錯所更令三十章，諸侯皆喧嘩疾晁錯。錯父聞之，從潁川來，謂錯曰：『上初即位，公爲政用事，侵削諸侯，别疏人骨肉，人口議多怨公者，何也？』晁錯曰：『固也。不如此，天子不尊，宗廟不安。』錯父曰：『劉氏安矣，而晁氏危矣，吾去公歸矣！』」《平津侯主父列傳》：「偃説上曰：『古者諸侯不過百里，强弱之形易制。今諸侯或連城數十，地方千里，緩則驕奢易爲淫亂，急則阻其强而合從以逆京師。今以法割削之，則逆節萌起，前日晁錯是也。今諸侯子弟或十數，而適嗣代立，餘雖骨肉，無尺寸地封，則仁孝之道不宣。願陛下令諸侯得推恩分子弟，以地侯之，彼人人喜得所願，上以德施，實分其國，不削而稍弱矣。』於是上從其計。」

## 五十二、議井田阡陌〔一〕

息游墯，止兼并，實版圖。

問：三代之牧人也，立井田之制①，别都鄙之名。其爲名制，可得而知乎？其爲功利，可得而聞乎？

又問：自秦壞井田，漢修阡陌，兼并大啓，游墯實繁〔二〕。雖歷代因循，誠恐弊深而害甚。如一朝改作，或慮失業而擾人。既廢之甚難，又復之非便。斟酌其道，何者得中？

臣聞王者之貴②，生於人焉；王者之富，生於地焉。故不知地之數，則生業無從而定，財征無從而平也③。不知人之數，則食力無從而計，軍役無從而均也。不均不平，則地雖廣，人雖多，徒有貴之名，而無富之實。是以先王度土田之廣狹，畫爲夫井；量人户之衆寡，分爲邑居。使地利足以食人，人力足以闢土；邑居足以處衆，人力足以安家④。野無餘田以啓專利，邑無餘室以容游人。逃刑避役者往無所之，敗業遷居者來無所處。於是生業相固⑤，食力相濟⑥。其出財征也⑦，不待徵書而已平矣。其起軍役也，不待料人而已均矣。然後天子可以稱萬乘之貴、四海之富也。洎三代之後⑧，厥制崩壞。故井田廢則游惰之路啓，阡陌作則兼并之門開。至使貧苦者無容足立錐之居⑨，富强者專籠山絡野之利。故自秦漢迄于聖朝，因循未遷，積習成弊。然臣以爲井田者廢之頗久⑩，復之稍難，未可盡行，且宜漸制。何以言之？昔商鞅開秦之利也，蕩然廢之，故千載之間，豪奢者得其計⑪。王莽革漢之弊也，卒然復之，故一時之間，農商者失其業〔三〕。斯則不可久廢、不可速成之明驗也。故臣請斟酌時宜，參詳古制。大抵人稀土曠者⑫，且修其阡陌⑬；户繁鄉狹者，則復以井田。使都鄙漸有名，家夫漸有數⑭。夫然，則井邑丘田之地⑮，衆寡相維；門閭族黨之居⑯，有亡相保。相維則兼并者何所取⑰？相保則游墯者何所容？如此則庶乎人無浮心，地無遺力，財産豐足，賦役平均。市利歸於農，生業著於地者矣⑱。（3471）

【校】

①立井田　《白氏策林》作「定井田」。

②臣聞　《文苑英華》其上有「對」字。

③平也　此上紹興本、那波本、郭本衍「計軍役無從而」六字，據金澤本、《文苑英華》、《管見抄》等刪。

④人力　金澤本、《管見抄》作「衆心」，《文苑英華》校：「一作衆心。」

⑤相固　馬本作「相因」。

⑥相濟　金澤本作「相制」。

⑦其出　金澤本作「出其」。

⑧洎三代　金澤本無「洎」字。

⑨貧苦　金澤本、《文苑英華》、《管見抄》作「貧弱」，《文苑英華》校：「集作苦。」

⑩然臣　金澤本無「然」字。

⑪豪奢　金澤本、《文苑英華》、《管見抄》作「豪奪」，《文苑英華》校：「集作奢。」

⑫人稀　郭本作「蒔稀」。「土曠」　馬本作「土廣」。

⑬修　《文苑英華》作「循」，校：「集作修。」

⑭家夫　金澤本、《管見抄》作「夫家」。

⑮井邑丘田　紹興本等「丘」誤「兵」。金澤本、《管見抄》作「井邑丘甸」。《文苑英華》作「丘田井邑」，校：「一作井邑丘田。」

⑯門閭　金澤本作「比閭」。

⑰兼并　金澤本、《管見抄》作「并兼」。

⑱地者　金澤本、《文苑英華》、《管見抄》作「土者」，《文苑英華》校：「集作地。」

**【注】**

〔一〕議井田阡陌：《通典》卷一《食貨・田制》：「自秦孝公用商鞅計，乃隳經界，立阡陌，雖獲一時之利，而兼并逾僭興矣。降秦以後，阡陌既弊，又爲隱覈，隱覈在乎權宜，權宜憑乎簿書。簿書既廣，必藉衆功，藉衆功則政由群吏，政由群吏則人無所信矣。……夫《春秋》之義，諸侯不得專封，大夫不得專地。若使豪人占田過制，富等公侯，是專封也；賣買由己，是專地也。欲無流竄，不亦難乎！」此亦承其論。

〔二〕秦壞井田漢修阡陌：二句爲互文。《史記·商君列傳》：「爲田開阡陌封疆，而賦税平。」《漢書·食貨志》：「及秦孝公用商君，壞井田，開阡陌，急耕戰之賞，雖非古道，猶以務本之故，傾鄰國而雄諸侯。」「董仲舒説上曰：『……至秦則不然，用商鞅之法，改帝王之制，除井田，民得賣買，富者田連阡陌，貧者無立錐之地。……漢興，循而未改。古井田法雖難卒行，宜少近古，限民名田，以贍不足，塞并兼之路。』」《通典》卷一《食貨·田制》引此。

〔三〕王莽：《通典》卷一《食貨·田制》：「王莽篡位，下令曰：『古者設井田，則國給人富而頌聲作。此唐虞之道，三代所遵行也。秦爲無道，壞聖制，廢井田，是以兼并起，貪鄙生，强者規田以千數，弱者曾無立錐之居。』於是更名天下田曰王田，奴婢曰私屬，皆不得買賣。其男口不盈八而田過一井者，分餘田與九族鄰里鄉黨。故無田今當受田者，如制度。敢有非井田聖制、無法惑衆者，投諸四裔。於是農商失業，食貨俱廢，百姓涕泣於市道。坐賣買田宅奴婢，自諸侯卿大夫至於庶人，抵罪者不可勝數。經三年餘，中郎區博諫曰：『井田雖聖王法，其廢已久。周道既衰，而人不從。秦順人心，改之可以獲大利，故滅廬井而置阡陌，遂王諸夏。訖今海内未厭其弊。今欲違人心，追復千載絶跡，雖堯舜復生，而無百年之漸，不能行也。』莽知人愁，乃以許賣。其後百姓日以凋弊。」參《漢書·食貨志》、《王莽傳》。

## 五十三、議肉刑〔一〕　可廢不可用。

問：肉刑者其來尚矣，其廢久矣。前賢之論，是非紛然。今欲棄而不行，法或乖於稽古。若舉而復用，義恐失於隨時。取捨之間，何者爲可？

臣伏以漢除肉刑①，迨今千有餘祀。其間博聞達識之士②，議其是非者多矣。其欲廢之者，則曰刻膚革，斷支體，人主忍而用之，則愷悌惻隱之心乖矣。此緹縈所謂雖欲改過自新，其道亡由者也〔二〕。其欲復之者，則曰任箠令，用鞭刑，酷吏倚而行之，則專殺濫死之弊作矣〔三〕。此班固所謂以死罔人，失本惠者也〔四〕。臣以爲議事者宜徵其實，用刑者宜酌其情。若以情實言之，則可廢而不可復也。何者？夫肉刑者蓋刵、劓、椓、黥、刖之類耳③。《書》所謂五虐之刑也〔五〕。昔苗人始淫爲之，而天既降咎。及秦人又虐用之，而天下亦離心④。夫如是，則豈無濫死者耶？漢文帝始除去之，而刑罰以清。我太宗亦因而棄之，而人用不犯。夫如是，則豈有罔人者耶？此臣所謂徵其實者也。臣又聞聖人之用刑也，輕重適時變，用捨順人情。不必乎反今之宜，復古之制也。況肉刑廢之久矣，人莫識焉。今一朝卒然用之，或絶筋，或折骨，或面傷⑤，則見者必痛其心，聞者必駭其耳〔六〕。又非聖人適時變、順人情之意也。徵之於實既如彼，酌之於情又如此⑥。可否之驗，豈不明哉？《傳》曰：「君子爲政，貴因循而重改作。」〔七〕又曰：「利不百不變法。」〔八〕臣以爲復之有害而無利也，其可變而改作乎？（3472）

【校】

①臣伏以　《文苑英華》其上有「對」字。

②博聞　馬本誤「傳聞」。

③刵　紹興本等誤「取」，據金澤本、《文苑英華》、《管見抄》改。「椓」　馬本作「腓」。「黥」　金澤本、《管見抄》作「剠」。

④天下　金澤本、《管見抄》作「下」。

⑤面傷　《文苑英華》作「傷面」，校：「集作面傷。」

⑥如此　金澤本、《文苑英華》、《管見抄》作「若此」，《文苑英華》校：「集作如。」

【注】

〔一〕議肉刑：《舊唐書·刑法志》：「及太宗即位，又命長孫無忌、房玄齡與學士法官，更加釐改，戴胄、魏徵又言舊律令重，于時議絞刑之屬五十條，免死罪，斷其右趾，應死者多蒙全活。太宗尋又愍其受刑之苦，謂侍臣曰：『前代不行肉刑久矣，今忽斷人右趾，意甚不忍。』……（裴）弘獻於是與玄齡等議，以爲古者五刑，刖居其一。及肉刑廢，制爲死、流、杖、笞凡五等，以備五刑。今復設刖足，是爲六刑。減死在於寬弘，加刑又加煩峻。乃與八座定議奏聞，於是又除斷趾法，改爲加役流三千里，居作二年。」《通典》卷一六八《刑法・肉刑議》引漢班固、孔融、魏夏侯太初、丁謐、晉劉頌、衛展、蔡廓之論。

〔二〕緹縈：《漢書・刑法志》：「（文帝）即位十三年，齊太倉令淳于公有罪當刑，詔獄逮繫長安。淳于公無男，有五女……其少女緹縈，自傷悲泣，乃隨其父至長安，上書曰：『妾父爲吏，齊中皆稱其廉平，今坐法當刑。妾傷夫死者不可復生，刑者不可復屬，雖後欲改過自新，其道亡繇也。妾願没入爲官婢，以贖父刑罪，使得自新。』書奏天子，天子憐悲其意，遂下令曰：『……夫刑至斷支體，刻肌膚，終身不息，何其刑之痛而不德也！豈稱爲民父母之意哉！其除肉刑，有以易之。及令罪人各以輕重，不亡逃，有年而免。具爲令。』」

〔三〕任箠令用鞭刑：《漢書・刑法志》：「至（景帝）中六年，又下詔曰：『加笞者，或至死而笞未畢，朕甚憐之。其減笞三百曰二百，笞二百曰一百。』又曰：『笞者，所以教之也。其定箠令。』丞相劉舍、御史大夫衛綰請：『笞者，箠長五尺，其本大一寸，其竹也，末薄半寸，皆平其節。當笞者，笞臀。毋得更人，畢一罪乃更人。』自是笞者得全。然酷吏猶以爲威，死刑既重，而生刑又輕，民易犯之。」

〔四〕班固所謂以死罔人：《通典》卷一六八《刑法・肉刑議》引班固曰：「且除肉刑者，本欲以全人也。今去髡鉗一等，轉而入於大辟，以死罔人，失本惠矣。故死者歲以萬數，刑重之所致也。」

〔五〕五虐之刑：《書・呂刑》：「苗民弗用靈，制以刑，惟作五虐之刑曰法。殺戮無辜，爰始淫爲劓、刵、椓、黥。」傳：「三苗之主，頑凶若民，敢行虐刑，以殺戮無罪，於是始大爲截人耳鼻、椓陰、黥面，以加無辜，故曰五虐。」《周禮・秋官・司刑》：「司刑掌五刑之法，以麗萬民之罪。墨罪五百，劓罪五百，宫罪五百，刖罪五百，殺罪五百。」注：「墨，黥也，先刻其面，以墨窒之。劓，截其鼻也。宫者，丈夫則割其勢，女子閉於宫中，若今官男女也。刖，斷足也。周改臏作刖。殺，死刑也。」

〔六〕或絶筋或折骨或面傷：《左傳》哀公二年：「敢告無絶筋，無折骨，無面傷，以集大事，無作三祖羞。」正義：「謂軍之士衆，無令損傷，以成大事。」此騰挪用之。絶筋、折骨謂斷足，面傷謂黥面、截鼻。

〔七〕傳曰：《論語・先進》：「魯人爲長府，閔子騫曰：『仍舊貫，如之何？何必改作？』子曰：『夫人不言，言必有中。』」《漢書・王莽傳》師丹言：「蓋君子爲政，貴因循而重改作。」

〔八〕又曰：《史記・商君列傳》杜摯言：「利不百，不變法；功不十，不易器。法古無過，循禮無邪。」

## 五十四、刑禮道〔一〕　迭相爲用。

問：聖王之致理也①，以刑糾人惡，故人知勸懼。以禮導人情，故人知恥格〔二〕。以道率人性，故人反淳和〔三〕。三者之用，不可廢也。意者將偏舉而用耶，將並建而用耶②？從其宜，先後有次耶？成其功，優劣有殊耶？然則相今日之所宜，酌今日之所急，將欲致理，三者奚先？

臣聞人之性情者③，君之土田也〔四〕。其荒也，則薙之以刑。其闢也，則蒔之以禮。其植也，則穫之以道。故刑行而後禮立，禮立而後道生。始則失道而後禮，中則失禮而後刑，終則修刑以復禮，修禮以復道。故曰：刑者禮之門，禮者道之根。知其門，守其根，則王化成矣。然則王化之有三者，猶天之有兩曜④，歲之有四時。廢一不可也，並用亦不可也。在乎舉之有次，措之有倫而已。何者？夫刑者可以禁人之惡，不能防人之情。禮者可以防人之情，不能率人之性。道者可以率人之性，又不能禁人之惡。循環表裏，迭相爲用。故王者觀理亂之深淺，順刑禮之後先。當其懲惡抑淫，致人於勸懼，莫先於刑。剗邪窒慾，致人於恥格，莫尚於禮。反和復朴，致人於敦厚，莫大於道。是以衰亂之代，則弛禮而張刑；平定之時，則省刑而弘禮；清淨之日，則殺禮而任道。亦如祁寒之節，則疏水而附火；徂暑之候，則遠火而狎水。順歲候者，適水火之用；達時變者，得刑禮之宜。適其用，達其宜⑤，則天下之理畢矣，王者之化成矣。將欲較其短長⑥，原其始終⑦，順其變而先後殊，備其用而優劣等。離而言之則異致，合而理之則同功。其要者，在乎舉有次，措有倫，適其用，達其宜而已。方今華夷有截，内外無虞⑧，人思休和，俗已平泰。是則國家殺刑罰之日，崇禮樂之時。所以文易化成，道易馴致者，由得其時也。今則時矣⑨，伏惟陛下惜而不失焉。（3473）

【校】

①聖王　《文苑英華》作「聖人」。

②而用　《文苑英華》作「而行」。

③臣聞　《文苑英華》其上有「對」字。

④兩曜　《文苑英華》作「兩耀」，校：「集作曜。」

⑤其宜　馬本作「其理」。

⑥較　金澤本、《文苑英華》、《管見抄》作「校」，《文苑英華》校：「集作較。」「短長」　金澤本、《管見抄》作「長短」。

⑦原其　金澤本作「原以」。「始終」《白氏策林》作「終始」。
⑧無虞　馬本作「無慮」。
⑨今則　《文苑英華》作「今其」。

【注】

〔一〕刑禮道：《左傳》僖公二十八年：「禮以行義，信以守禮，刑以正邪，捨此三者，君將若之何？」成公十六年：「德、刑、詳、義、禮、信，戰之器也。德以施惠，刑以正邪，詳以事神，義以建利，禮以順時，信以守物。」《禮記·樂記》：「故禮以道其志，樂以和其聲，政以一其行，刑以防其奸。禮樂刑政，其極一也，所以同民心而出治道也。」「禮節民心，樂和民聲，政以行之，刑以防之。禮樂刑政，四達而不悖，則王道備矣。」經典或言禮樂政刑，或言禮信刑等，此稱刑禮道三者，乃自發新意。

〔二〕以禮導人情：《論語·爲政》：「子曰：『道之以政，齊之以刑，民免而無耻。道之以德，齊之以禮，有耻且格。』」集解：「格，正也。」

〔三〕以道率人性：《禮記·中庸》：「天命之謂性，率性之謂道，修道之謂教。」注：「率，循也。循性行之，是謂道。」

〔四〕臣聞二句：以田喻性，出自佛典。《華嚴經》卷五九：「菩提心者，則爲正業，本性淨故。菩提心者，則爲利犁，修治一切衆生田故。」《大般涅槃經》卷三五：「一切功德真實之性，正法道路，即是種子之良田也，一切土之根本也。」土田，蓋與石田相對而言。《史記·伍子胥列傳》：「破齊，譬猶石田，無所用之。」《大乘大集地藏十輪經》卷六：「譬如石田，雖殖好種，勤加營耨，終無果實。」